호수 골짜기에 있는 헤세의 집 정원/ 수채화/ 1928년경

카사 카무치/ 수채화 펜과 잉크

꿈꾸며 방황하며 사랑하며

젊은 날의 고뇌

꿈꾸며 방황하며 사랑하며

초판 인쇄 2024년 1월 10일
초판 발행 2024년 1월 15일

헤르만 헤세 지음 / 이강래 편역

펴낸곳 문지사
등록 제 25100-2002-000038호
주소 서울특별시 은평구 갈현로 312
전화 02) 386-8451/2
팩스 02) 386-8453

ISBN 978-89-8308-597-9(03850)
값 16,500원

헤르만 헤세

꿈꾸며 방황하며 사랑하며

문지사

이 책을 읽는 분을 위하여

나는 초원의 고독한 별이었다

헤세의 모든 작품을 살펴보면, 유년 시절(Kindheit), 소년 시절(Kinderzeit), 학창 시절(Schülerzeit), 어린이 마음(Kinderseele)과 같은 이름을 붙인 것이 많고, 누나 아델레나, 누이동생 마룰라, 동생 한스, 골목 동네 아이들과 학교 동급생들과의 추억을 엮은 것이 많다.

픽션 형식을 취한 작품 『청춘은 아름다워라』, 『데미안』에서도 그의 집안과 양친, 고향 이야기가 눈에 선하도록 자세히 묘사되어 있다.

『수레바퀴 밑에서』는 어머니가 없는 가정으로 설정된 점에서 헤세의 삶과는 다르지만, 고향에 대한 묘사는 이 작품의 큰 매력이다.

헤세의 최초 단편집 『이 강언덕』에 실린 「아이 때부터(Aus Kinderzeiten)」에는 이렇게 쓰여 있다.

곧잘 어울려 초원이나 숲으로 놀러 갔던 프로치라는 예쁘고 잘생긴 소년이 병에 걸렸으므로 헤세는 어머니의 말에 순종하여 화분에 심은 히아신스를 가꾸어 꽃이 피면 문병할 때 가지고 가려고 했다. 하지만 금방 물 주는 것을 잊고 어머니로부터 심한 꾸중을 받는다.

히아신스가 시들면 프로치의 병세가 나빠질 것처럼 느끼고 꽃이 잘 피면 친구의 병이 좋아질 것으로 믿었다. 정성을 들인 보람으로 꽃은 피었지만, 이미 프로치는 이 세상에 없었다.

이와 같은 아름다운 이야기를 담은 단편으로서 헤세 어머니의 다정한 마음씨와 어린 헤세의 예민한 자연에 대한 감수성을 엿볼 수 있다.

그런 속에서 헤세는 이미 초원에서 뒹굴며 뛰어노는 것을 즐거움으로 삼고 있었다고 쓰고 있는데, 『나의 유년 시절』에서는 초원의 고독에 빠져 있었음을 강렬하게 묘사하고 있다.

몇 시간에 걸친 푸르름 속의 산책, 풀밭 속의 고독은 일찍부터 그를 구름이나 나비, 도마뱀과 민들레, 초롱꽃, 토끼풀들을 벗으로 만들었다. 이렇듯 고향 칼브에서 보낸 소년 시절에는 괴테나 낭만파의 이른바 숲의 고독을 벗으로 삼게 되었지만, 고향 바젤에서의 유년 시절에는 초원의 고독에서 슬픈 행복감을 맛본 것이다.

훗날 그의 수필 『영혼에 대하여』에서 자신은 소년 시절 인간보다는 풍경이나 예술품과 더 가까운 관계를 갖고 오랫동안 인간이 등장하지 않는 문학을 꿈꾸어 왔노라고 쓰고 있다.

헤르만은 9세부터 13세 때까지 칼브의 라틴어 학교에 다녔다. 전입한 첫해 성적은 29명 중 열 번째였는데, 다음 해에는 네 번째로 뛰어올랐다. 3년째부터는 라틴어에서는 첫째, 그리스어에서는 일곱 번째의 성적을 얻었다. 그 4년간의 학창 시절을 실제로 소설이나 수필에 종종 인용 묘사하고 있다.

1890년 2월 1일, 어머니 마리는 칼브로부터 열차로 3시간이 걸리는 괴핑겐(Göppingen)으로 헤르만을 데리고 갔다.

그곳의 라틴어 학교는 마울브론의 신학교로 진학하는 데 가장 좋은 예비학교로 여겨왔으므로 주시험(州試驗)에 의해 선발된 셈인데, 헤세가 "나는 그 무렵 몹시 난폭하여 구제 불능의 자식이 되어 부모님들이 나 때문에 많은 애를 태우고 있었으므로 교육적인 이유에서 처음 타향으로 보내게 되었다."라고 『나의 학창 시절』에서 말하고 있는 것도 과장은 아니다.

괴핑겐은 살풍경한 공장지대로서 조금도 즐겁지 않았지만, 알맹이가 있는 공부를 할 수 있었다는 점에서 역시 얻은 바가 많았던 시기였다. 그것은 오직 열정적인 라틴어 학교의 교장 덕분이었다.

그는 아이들의 심리를 잘 파악하고 유머를 아는 교육자로서 헤르만과 같이 감수성이 예민하고 반항심이 강한 소년에 대해서도 그 자극심이 상하지 않도록 향상심을 길러주어 좋은 소질을 살리는 데 힘썼으므로 헤르만은 이러한 별난 교장의 포로가 되어 열심히 공부했다.

하지만 그 무렵, 그의 심신은 불안정한 상태에서 나날을 보내고 있었다. 입학하자 손발에 통증을 느껴 전기요법으로 치료받았으나, 그다음에는 류머티즘을 일으켜 자리에 눕는 일도 있었다.

방학 중에는 고향 칼브의 숲속을 거닐다가 낙엽을 모아 모닥불을 피우다 산림청 직원에게 발각된 일도 있었다. 신학교 진학 입시가 가까워졌을 때는 두통 때문에 심한 고통을 겪기까지 했다.

라틴어 학교라고 하면 그의 자랑스러운 단편 『라틴어 학교 선생(Der Lateinschiüler 1906)』을 말하지 않을 수 없다.

이것은 타관의 하숙집에서 라틴어 학교에 다니고 있는 소년의 이야기이므로 많은 점에서 헤세 자신의 자화상이라고 말할 수 있을 것이다.

바이올린을 켜고 동화나 문학 서적을 열심히 탐독하는 소년 학생은 손위인 아름다운 금발의 가정부 티네를 사랑하게 된다.

가정부 티네 역시 소년을 안쓰럽게 여긴 연민의 정을 품고 있었으나 대학에 가야 하는 양갓집 소년을 괴롭혀서는 안 되겠다고 싶어 소년에게 사정을 말하며 자기를 단념하도록 타이른다.

그러나 사랑에 굶주려 있는 소녀는 "난 그따위 사정 같은 건 듣고 싶지 않아. 난 죽고 싶단 말이야."라고 막무가내다. 그 외곬의 청초한 순정은 감동적이다.

마침내 소년도 자포자기에서 깨어나 학업에 정진하게 될 무렵, 티네를 우연히 거리에서 다시 만나게 된다. 그녀는 이미 목수와 약혼하고 행복을 기약하고 있던 참이었는데, 약혼자가 건축 중인 옥상에서 떨어져 병원에 입원해 있었다. 그로부터 소년도 종종 함께 문병 가는 동안에 약혼자에 대한 티네의 헌신적인 애정에 깊이 감동한다.

어머니와 떨어져 고적한 생활을 하고 있던 헤세에게는 모성적인 여성에의 사모를 느끼고 있었다고 보인다. 가볍게 넘길 수 없는 작품이다.

헤르만은 반년 동안을 괴핑겐에서 공부한 보람으로 1891년 7월 중순, 드디어 마울브론 신학교 입학시험에 우수한 성적으로 합격했다. 그때까지의 피나는 공부와 불안과 합격의 기쁨은 『수레바퀴 밑에서』에 아주 자세하게 그려져 있다.

그해 9월 15일, 헤세는 어머니를 따라 마울브론으로 가서 신학교에 입학했다. 헤르만이 그곳이 매우 마음에 든다고 했으므로 걱정하고 있었던 어머니는 겨우 한시름을 놓은 심정이었다.

그런데 그것이 갑자기 자살 미수에 몰릴 정도의 혼란으로 격변하는 시련을 맞게 되었다. 그러나 그 사건이 없었더라면 헤세라는 시인은 탄생하지 않았을 것이다. 이 내면에서 소용돌이치는 격렬한 폭풍은 한 시대의 시인을 낳는 껍질이 깨어지는 아픔과 같은 것이었다.

바젤에서의 유년 시절부터 칼브에서의 소년 시절, 괴핑겐에서의 학창 시절을 거쳐 마울브론 시절은 조숙한 젊은이로서 슬픔이나 고뇌하는 일이 있었다고 해도 헤세는 누구보다도 행복에 젖어 있었다.

그런데 그것이 자살 미수에 몰릴 정도의 혼란으로 시련을 맞게 된 것이다. 원인이 끝끝내 알려지지 않았다가 훗날 니논 미망인에 의해 처음으로 세상에 발표된 신학교 학생 헤세의 편지에 따르면, 그는 학교생활에 놀랍도록 빨리 순응하여 생각보다는 유쾌한 나날을 보내고 있었다.

1892년 2월 14일, 부모에게 보낸 편지에는 이렇게 적혀 있었다.

저는 이곳에서의 생활이 즐겁고 유쾌해서 만족하고 있습니다! 신학교에는 저의 마음에 맞는 모든 것이 지배하고 있습니다. 훌륭한 수도원! 장중한 회랑(回廊) 안에서의 언어와 종교, 그리고 예술 등을 토론하는 것은 특별한 매력을 느끼게 해주었습니다.

그런데, 그로부터 3주일 뒤, 헤세는 돌연 신학교를 뛰쳐나와 버린 것이다. 그것은 계획적인 탈주는 아니었고, 오직 발작적인 행위였다고 생각된다. 하지만, 거기에는 끊임없이 그를 괴롭히며 잠재해 있던 것이 동기가 되었을 것이다.

『수레바퀴 밑에서』나 『자전 소묘』에 매우 상세히 분석되어 있다.

'1892년 3월 6일, 마울브론'이라는 날짜가 기록된 꼼꼼한 글씨로 적혀 있는 시가 남아 있다. 그 이틀 전의 편지에는 "건강과 학교생활이 매우 만족스럽습니다."라고 씌어 있는데, 이 시는 죽음을 동경하고 있었다.

홀로 산 위에 서다
모든 슬픔을 안고
멀리 아래쪽을 내려다보며
거기 있는 고요한 호수를 바라본다.

호수는 하늘처럼 푸르다
그 안으로 자꾸만 들어가고 싶은
그렇게 하면 모든 게 잘 될 것 같은
마음이 든다.

3월 7일 오후 5시, 어머니 마리는 '2시 이후부터 헤르만 행방불명! 있는 곳을 알면 급히 연락 바람'이라는 마울브론으로부터의 긴급전보를 받고 깜짝 놀랐다.

결국 집에서는 '아무것도 모른다'는 답신을 보냈다. 그날 밤 9시, '모든 수배를 했으나, 아직도 행방이 묘연'이라는 전보가 다시 왔다. 어머니 마리에게는 무섭고 치가 떨리는 하룻밤이었다.

다음날, 그녀의 친정 동생이 마울브론으로 급히 달려갔다. 그런데 그가 떠나자마자 오후 1시, '헤르만 무사 귀환'이라는 전보가 날아들었다. 일단 마음을 놓았지만, 모자간의 괴로움은 그 뒤부터 찾아들었다.

또한 헤세 자신이 10대 말에 쓴 시 『나는 별이다(Ich bin eim Stern)』 속에서 '나는 나 자신의 뜨거운 빛으로 타 없어진다.' '내 힘 때문에 병들고 있다.'라고 노래하고 있다.

아름다운 광열은 시인을 만들기도 하지만, 아울러 광인도 만든다. 자신을 태우지 않고는 못 배기는 마력적인 공상의 힘을 가꾸고 다듬어 시인이 된다는 것은 몹시 험난한 길이었다. 그 길을 찾기까지 헤세로서는 어찌할 수 없는 일이었다.

6월 20일 자 부모에게 보낸 편지에는 뜻밖의 일이 씌어 있었다. 음식점의 브론다젠 씨에게 16마르크의 빚이 있으니 곧 송금해 달라는 내용이었다. 그리고 같은 날, 그 브론다젠 씨에게 헤르만은 더 놀라운 편지를 냈다.

"그 돈은 내가 권총을 사기 위해 빌린 것이다. 며칠 내로 나는 자살하려 결심했다. 당신이 날 만나는 일은 결코 없을 것이다. 이 편지를 우리 부모에게 보내 달라."

같은 날짜로 헤르만의 정신적 치료를 담당하고 있던 브름하르트 목사는 헤세 어머니 마리에게,

"당신의 아들은 자살한다는 쪽지를 남기고 도망쳤소. 그는 몰래 돈을 빌려서 권총을 산 것입니다. 그러나 지금은 돌아와 있습니다."
라는 편지를 보내왔다.

물론 곧 괴핑겐의 볼(Boll : 온천장)로 와달라고 덧붙여 쓰여 있었다.

그 편지를 받은 어머니는 차마 혼자서는 갈 수 없을 정도의 놀라움과 슬픔 때문에 친정 막냇동생과 함께 달려갔다.

브론다젠 음식점에 감금된 헤르만은 처참한 몰골로 어머니에게 인사도 하지 않았다. 거기서의 하룻밤은 그녀의 일생을 통해 가장 고뇌에 찬 시간이었다고 일기에 쓰여 있다.

왜 갑작스럽게 자살을 꾀했을까?

그 사건에 대해서 그의 외조부이자 신학자인 헤르만 군데르트(Dr. Herman Gundert)가 그로부터 20일쯤 뒤에 뜻밖의 말을 하고 있는데 주의해 볼 필요가 있다.

그의 나이 15세인 헤르만은 거기서 22세인 아가씨에게 사랑을 고백하여 그녀를 당황케 했다는 것이다. 물론 그건 말이 안 되는 일이었으므로 헤르만은 체념할 수밖에 없었다. 신학자로 인간 심리 연구가이기도 한 외할아버지는 그것이 헤르만이 권총을 산 동기가 되었다고 설명하고 있다.

『자전 소묘』에는 '난 고교에서 공부를 계속하려고 노력했지만, 거기서는 감금과 퇴학으로 끝나 버렸다.'라고 간단히 기술하고 있다.

결국 마울브론 신학교에서 퇴학한 헤세는 11월 초 바젤을 떠나 겐슈타트 김나지움에 전학했다. 이때 다른 동급생들 보다는 두 살이 더 많았을 것이다. 이번에도 새로운 학교생활에 쉽게 적응하여 겉으로 보기에는 원만해진 것 같았지만 심신의 불안정은 여전히 계속되고 있었다.

그해 겨울 크리스마스 휴가로 집에 왔을 때, 그는 몰라보게 침착해지고 기분도 좋아 보였고 늘 명랑했으며 스케이트를 즐기기도 했으나 출발할 무렵이 되어서는 "절 잘못 보면 안 돼요. 저는 지금도 병들고 불행해요. 당장이라도 죽어버리고 싶어요."라고 어머니에게 자신의 마음을 털어놓기도 했다.

다시 학교로 돌아온 뒤에도 1월 20일 자 편지에서 충동적으로 여러 권의 책을 팔아서 권총을 샀다고 어머니에게 알리고 있다. 이에 어머니는 깜짝 놀라서 켄슈타트로 달려갔다. 그러한 일진일퇴는 계속되어 그 후에도 부모는 헤르만 때문에 고통스러운 삶의 여행을 거듭하지 않으면 안 되었다.

그러나 시에 대한 재주는 어느 정도의 천분(天分)이 있어서 운율이나 언어의 능력이 자기의 핏속에 잠재해 있다는 걸 어렴풋이 자각하고 있었다. 이렇듯 헤르만에게는 시인이 되는 길 외에는 달리 인생의 길이 없다는 걸 점점 분명하게 깨닫게 되는데, 그렇다면 시인이 되기 위해서는 어떻게 해야 할지를 몰랐기 때문에 더욱 초조하고 걷잡을 수 없는 방황이 계속되었던 것이다.

이렇게 해서 고등학교도 1년이 못 되어 중도에서 그만두어 버렸다. 결국 어머니의 일기에 의하면 헤르만은 자발적으로 그러한 무절제한 생활을 청산하고 칼브의 페로트(Perrot) 시계공장 견습공으로 들어가 집에서 출근하게 되었다.

생각하면 가혹하기 그지없는 방황이었고 외도였다. 그러나 헤세가 작품 『방랑』에서 말하고 있듯이 '가시밭길은 헛된 일은 아니다. 고향으로 돌아온 것은 태어나서부터 줄곧 집에 머물러 있는 것과는 다르다.'라는 말은 특히 작가에는 더욱 그랬을 것이다.

작가란 혼자만의 외로운 길을 더듬어 가면서 가야만 한다. 남이 찾아 놓은 궤도 위를 달리는 것이 아니라 자기의 궤도를 찾아내야만 한다. 그 고통스러운 모색이 한 사람의 작가를 만드는 것이다.

이렇게 해서 헤르만 소년은 최초의 위기를 이겨냈다.

헤세의 젊은 날은 '위험을 저지른 생활'의 연속이었다. 자신의 마음의 소리에 따르려 들 때 저지르지 않고는 견딜 수 없는 위험이 내재해 있었다. '지적인 성실함' 덕분에 그는 스스로 위험한 길을 걸었다.

보라, 나의 청춘은 다채로운 놀이
정처 없는 격렬하게 발열한 춤으로
유성처럼 덧없는 소리를 내며 사라졌다
그로부터 나는 구르고 굴러서 세상을 가로질러
꿈속에서 창백한 향수의 나라를 찾을 뿐이다.

이렇듯 헤세는 청춘의 고독한 순례자였다. 이제 그의 수많은 작품 가운데서 젊은 날의 고뇌와 방황, 꿈, 들꽃 같은 사랑의 이야기를 한데 묶어 『꿈꾸며, 방황하며, 사랑하며』라는 표제를 붙여 엮어 보았다.

엮은이 씀

헤세의 유년 시절

contents

『청춘은 아름다워라』에
나오는 물레방앗간. 헤세는
소년 시절의 대부분을
이곳에서 보냈다.

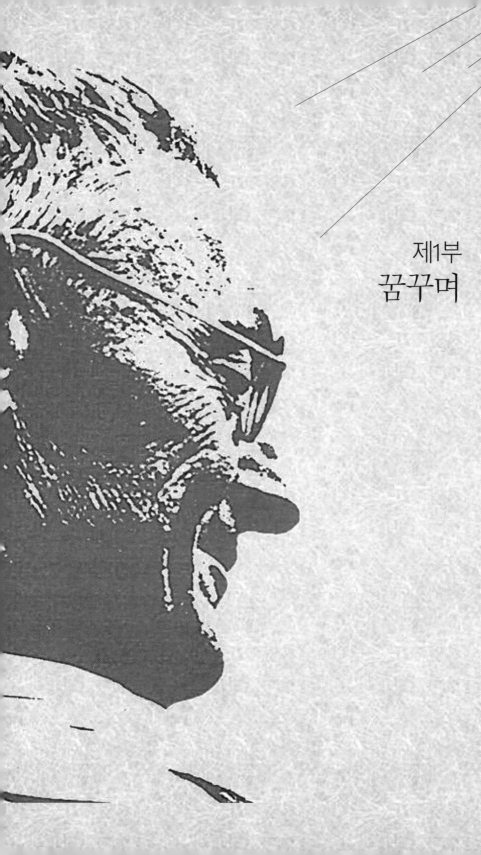

제1부
꿈꾸며

내 작은 삶의 이야기를 시작하면서

7월에 태어난 아이들은
하얀 재스민의 향기를 좋아한다.
조용히, 무거운 꿈에 잠겨
나는 꽃피어 있는 정원 옆을 걷는다.

나는 궁수자리 바로 아래에 있는 목성의 밝고 온화한 빛을 받으며 세상에 태어났다.

나는 어느 여름날 해 질 무렵에 아무런 두려움 없이 태어났으며, 나의 온 삶을 통해 그때의 따뜻함에 늘 애착을 느꼈고, 그 따뜻함을 잃게 되는 날은 감당할 수 없을 만큼의 슬픔과 비애를 느끼곤 했다.

이러한 감정의 섬세한 흐름 속에서 살아온 나는 추운 나라에서의 생활이란 생각할 수도 없어, 나의 자의적인 모든 여행은 오직 따뜻한 남녘을 향해 이루어지거나 계획되어 있었다.

나는 태어날 때부터 양 같은 온순한 천성을 지니고 있어서 한

쪽으로 기우는 감정의 나약함이 단점이긴 했지만, 어떤 것이건 간에 규율에 얽매이는 것을 매우 싫어했다.

나는 다행스럽게도 아름답고 소중한 것들을 학교생활이 시작되기 이전에 배울 기회가 있었다. 나는 활달하고 민감하며 또한 섬세한 감각을 지니고 있어서, 언제나 그것에 따르고 즐길 수 있었던 것은 내 삶을 통해 볼 때 무척 다행스러운 일이었다. 그것은 내 생애를 통해 참으로 많은 것들을 깨닫게 해주고 많은 것을 얻는 힘이 되어 주었다.

학교에서 배울 수 있었던 라틴어는 나에게 새로운 큰 즐거움을 가져다주어 모국어인 독일어로 시를 짓는 것과 다름없이 라틴어로 시 짓기에 열중했다.

열세 살 때였으리라. 나는 시인이 되든가 아니면, 아무것도 될 수 없을 것 같은 불안감에 휩싸였다. 그러나 다른 모든 길에는 이끌어 주는 제도와 스승과 선배가 있었으나, 시인이 되는 길에는 아무것도 보이지 않음을 비로소 깨달았다.

시인이 된다는 것은 참으로 불확실한 길이었다. 그 길이란 자칫하면 웃음거리가 될 수 있는 너무나 막연한 환상과 같은 그림자였다.

그러나 나는 오래지 않아 곧 깨닫게 되었다. 시인은 되는 것이 아니라, 오직 존재할 뿐이라는 사실을 체험하게 된 것이다. 시인은 언제 어디에서나 찬미와 찬탄을 받으며, 그러한 운명을 가진 다른 존재들처럼 비범한 운명을 짊어지고 살아가야 한다는 걸 나는 비로소 절감하였다.

마침내 긴 방황과 고통 끝에 시인이 되겠다는 길을 선택하고부터는 다른 모든 것들이 모호해지면서 집에서나 학교에서 남들이 이해하기 힘든 사건들을 일으키게 되었다.

그리하여 마침내 나는 다른 도시의 라틴어 학교로, 또 그 이듬해에는 신학교로 옮기지 않으면 안 되었다.

그것은 억압받은 내 청춘의 갈등이 나에게 그곳을 끝끝내 떠나게 만든 것이다. 그런 뒤에도 학업에 대한 주위 사람들의 열망과 나 자신의 온갖 노력에도 불구하고, 결국은 참담한 실패로 끝나고 말았다.

그리하여 나는 여러 방면의 기술의 도제(어려서부터 스승을 따라 기술을 배우는 제자)와 견습공으로 몇 년간 전전하지 않으면 안 되었다.

학업에 실패하고 난 후, 나는 나 스스로 가고자 하는 선택의 길에 있어서 내 나름의 수업을 시작했다. 조부 때부터 가전(家傳)되어 온 많은 장서 속에 묻혀서 독서와 습작에 전념할 수 있었던 것은 참으로 다행스럽고 행복한 순간순간의 시간이었다.

스무 살에 이르기까지 나는 내 눈에 띈 문학 서적들을 반쯤은 읽었으며, 철학과 예술사와 언어학 등에도 끈질기게 집념을 보였으며, 또한 수많은 습작을 할 수 있었다.

마침내 내 힘으로 자신의 생활을 꾸려가기 위해 나는 서점 점원으로 취직했다. 책과 더불어 산다는 것은 다른 어느 것보다도 확실히 나에게 맞는 최초의 직업이었다.

책 속에 묻혀서 나는 처음에는 새로 나온 것들에만 집착하기

급급했는데 점차로 오래된 책과의 관계를 통해서 정신적인 위안을 더 받으며 지혜를 터득해 갈 수 있다는 것을 알게 되었다.

스물여섯 살 때 최초의 문학상이라는 것을 수상받으면서 나는 그동안 호구지책으로서의 책과의 씨름을 그만두기에 이르렀다. 이제 나는 시인으로서 존재하게 되었고, 그와 동시에 세상과의 지루하고 쓰디쓴 막연했던 생존의 싸움을 멈추게 되었으며, 모든 고통의 기억을 잠시 잊을 수가 있었다. 이때까지 나에게 낙망하고 있었던 가족과 친지들도 다시 미소를 지어 주었다.

비로소 나는 삶의 위안과 승리를 누리게 된 것이다.

이제는 어떠한 일을 하더라도 나 자신이 너그러운 심정이 되고, 세상 사람들도 그것들을 가치 있는 것으로 생각하게 된 것이다. 그동안 얼마나 무서운 고독과 금욕과 위험 속에서 살아온 것인가를 절감하고 있었다. 이렇듯 안정과 찬사의 미풍이 불어오면서 차츰 나는 만족스러운 인간으로 변모되어 가고 있었다.

그 후 나는 여러 권의 책을 썼다. 그 덕택에 나는 아내와 아이들과 아름다운 정원이 있는 집을 지니게 되었다.

1905년, 나는 빌헬름 2세의 전제적 통치에 반대하는 잡지 창간에 협조했다. 그리고 멀리 인도에 이르기까지 여행했다.

1914년 여름, 엄청난 시대가 도래하기 시작했다. 그때까지의 평온한 생활이 불안한 기반 위에 서 있었다는 것을 비로소 깨닫게 되었다. 또다시 긴 터널과도 같은 삶의 불행한 교육이 시작되었다.

전쟁을 겪으면서 그 엄청난 시대를 통하여 의기양양해 하는 사람들 가운데서 나는 참담한 절망에 빠져 있었다. 어느 날, 그 비참한 심정을 고백하여 나는 수많은 이들과 신문들로부터 조국의 배신자라고 선고받기에 이르렀다. 그러나 그 많은 친구 중에서 나를 옹호하고자 한 사람들은 단 두 명에 불과했다. 낯 모르는 사람들로부터는 모욕적인 편지가 수도 없이 날아왔다.

나는 다시 모든 것들과 충돌하면서 외톨이가 되었다. 바람직하고 이성적이고 좋은 일들과 현실 사이에는 암울한 심연이 가로놓여 있음을 다시금 겪게 된 것이다.

자기 성찰을 통하여 나는 자신의 고통과 책임이 나의 외부에서부터가 아니라, 나 자신의 내부에서 추구하도록 강요당하고 있음을 알았다. 왜냐하면 전 세계의 광기와 포악성을 비난할 권리는 인간에게도 신에게도 없으며, 하물며 나에게는 더욱 없다는 것을 깨달았기 때문이다.

세상의 추세나 동향에 대하여 감당할 수 없는 나 자신과의 충돌은 여러 가지의 혼란을 가져다주었던 것 같다. 실제로 그것은 크나큰 혼란이었다. 내 내면의 혼란을 파악하여 그 정리를 시도한다는 것은 결코 유쾌한 일은 못 되었다.

그리고 내가 현실과 유지하고 있었던 평화를 나는 너무 값비싸게 치렀을 뿐만 아니라, 그것은 세계의 외면적인 평화와 같은 너무나 터무니없는 장식품과 같은 것들이 아니었나 싶다.

나는 소년 시절의 오랜 고통스러운 싸움을 통하여 세상에서 한 인간으로서 지위를 획득할 수 있었고, 이제는 시인이 되었고 또 그렇게 믿고 있다. 그동안의 성공과 안락은 나에게 흔히 있는 경우처럼 안일과 나태에 젖게 하였다. 살펴본다면 오락적인 글을 쓰는 필자와의 구분이 애매했다.

그렇듯 나는 너무나도 안일에 빠져 있었다. 여의치 못하다는 단점은 항상 유력하고 좋은 삶의 수업이 되었지만, 그에 대해서 충분히 대처할 수 있게끔 숙달되었다는 데 만족했다.

그리하여 나는 차츰 세상의 사소한 분쟁을 될 수 있는 한 그대로 내버려 두어야 한다는 것을 알게 되었고, 전체의 혼란과 죄과에 대해서는 내 나름대로 적당히 관여하게 되었다. 그러한 점을 나의 작품 속에서 발견할 수 있을지는 독자의 판단에 맡길 수밖에 없으리라.

시간의 흐름에 따라서 독일 국민 전체 모두는 아니더라도 사람들 대부분이 새로운 자각과 책임 의식을 통하여 내가 겪은 것과 마찬가지로 어떻게 해서 사악한 전쟁과 시류에 휘말려 죄를 짓게 되었던가, 그리고 어떻게 속죄(贖罪)할 수 있을 것인가 하는 물음을 제기하게 되었다.

이제 나는 인간이란 입장에서 나의 고뇌와 죄과를 인정하고 끝까지 괴로워하면서 그 죄를 다른 사람들에게 전가하지 않는다면, 언젠가는 그 죄에서 벗어날 수 있는 존재임을 확신하게 되었다.

나의 작품과 생활에 새로운 변화가 일기 시작하면서 친구들 상당수가 고개를 저으며 멀어져 갔다. 아니면 많은 이가 나를 외면하기도 했다.

그것은 매우 심각한 생활상의 변모를 요구하는 것이기도 했고 내가 하루하루의 삶에 작별을 고하며, 이러한 일에 견디어 나갈 수 있을까 매일같이 놀라워하면서도 살아가고 있는 고통과 환멸과 상실만을 가져다주는 것 같은 이 비정상적인 생활 속에서도 또한 그 무엇인가를 사랑하고 있었던 시절이기도 하였다.

그러한 가운데서도 꼭 상기하고 싶은 것은 전쟁 중에도 나는 좋은 별, 즉 수호천사 같은 존재가 나를 지켜주었다는 사실이다. 내가 고뇌 속에서 괴로워할 때, 자신의 운명을 항상 불행한 것으로 여기고 자학 자조하고 있을 때, 나의 고뇌와 그 고뇌의 상태가 외계에 대한 수호자 역으로서 방패로서 나에게 도움이 되었다.

말하자면 전쟁을 통해 정치니, 첩보니, 애수니, 흥정이니 하는 그 무렵 사회악의 한가운데서 나는 내 삶을 버티며 산 것이다.

스위스의 수도인 베른, 그곳은 독일과 중립국과 적국과의 외교 중심지였으며, 하룻밤 사이에 각국의 외교관이라든가, 정치상의 밀사라든가, 스파이와 저널리스트, 모리배와 밀수꾼들로 이미 포화상태가 되어버린 도시였다. 그와 같은 도시에서 나는 아무것도 깨닫지 못하고 있었다.

나는 늘 감시당하고, 탐색 당하고, 때로는 적국 사람들로부터, 중립국 사람들로부터 아니면, 자국인들로부터 의심받고 있었건만, 당사자인 나는 그러한 사실을 전혀 모르고 있었다.

훨씬 뒤에서야 비로소 소문을 통해 알게 되었다. 아무튼 이렇다 할 만한 일없이 지나간 것이 신기할 정도였다.

전쟁의 종말과 내 심경의 마무리와 시련과 고통이 절정에 다다랐을 때였다. 그 고통은 전쟁이나 세계의 운명과는 상관이 없는 것이었다. 외국에 있던 우리에게는 몇 년 전부터 예견되어 있던 독일의 패망이라는 것도 그 당시에는 이미 놀라운 일이 못 되었다. 나 자신과 운명에 침잠되어 있었던 시기였다.

그것은 인간의 운명 전체에 관한 것이기도 하다는 느낌을 자주 감지하기도 했다. 나는 이 세상 곳곳에서 일어나고 있는 전쟁과 살의와 모든 경솔과 조잡한 침략 야욕과 비겁함을 나 자신 속에서 재발견하고 있었다. 그리고 나는 자신에 대한 자부심을, 경멸감을 모두 상실했다.

그리하여 혼돈의 저쪽에서 다시금 자연과 순수성을 발견할 수 있다는 희망이 불타오르고 꺼지고 했지만, 또 다른 혼돈을 응시하는 일에 몰두하고 있었다. 눈을 뜬 사람, 진실을 자각한 사람은 누구나 한 번쯤은 통과하는 이 좁은 길을 필연코 가야만 한다고 생각했다.

친한 친구들로부터 배반당하게 될 때면 비애를 느끼기도 했지만, 불쾌감을 느끼지는 않았다. 그러한 일은 오히려 나 자신의 길을 더욱 굳건히 해준다고 믿게 해주었다.

그들 즉, 나의 오랜 벗들은 전에는 많은 것을 함께 공감할 수 있었는데, 이제는 인간적인 사건들로부터 초월하는 문제들에 집착하고 있는 나의 자세나 나의 내면의 세계를 이해할 수 없다고 하는 것도 당연하게 여겼다.

그 무렵의 나는 취미생활 같은 것에는 완전히 초월해 있었고, 나의 말을 이해해 줄 만한 사람도 내 주위엔 없었다.

내가 구가하는 글이 아름다움과 조화를 잃고 있다고 우려하는 친구들의 말은 지당했다. 그러나 그러한 비평이나 우려는 나를 실소케 할 뿐이었다.

짧은 시한부 인생을 사는, 또는 붕괴한 벽 사이에 끼어 목숨만을 유지하려고 발버둥 치는 삶을 사는 인간에게 있어서 아름다움이나 조화 따위가 무슨 소용이란 말인가?

아마도 내 인생의 신조에 상반되는 시인이 아니었더라면 내 생의 끝은 어떠한 모습이었을까? 미적인 행위는 모두 하나의 미망에 불과했던 것일까?

그런데 왜 그럴까 하는 의문조차도 나에게는 중요하지 않았다.

나 자신을 투시하는 지옥의 순례 같은 괴로운 도정(道程)에서 눈을 돌린 것 대부분은 하찮고 무가치한 것들이었다. 아마도 그러한 무분별은 나 자신의 천직이나 천분에 대한 오판이기도 했을 것이다. 그러나 그러한 것은 아무래도 좋았다.

내가 허영과 순진한 기쁨에 들뜬 나머지 일찍이 자신의 사명이라고 간주했던 것도 이제는 존재하지 않았다.

나는 나 자신의 사명, 사명이라기보다는 차라리 구원에의 길을 이미 오래전부터 서정시라든가 철학이라든가 하는 전문가의 이야기의 영역에서 찾지 않고 오로지 진정으로 살아 있는 조그마한 것을, 마음속에 살아있다는 것이 느껴지는 사물에 대하여 철저하고 성실하게 대하는 것에서 찾고 있었다. 그것이 바로 생명이며 신이었다.

마침내 전쟁이 끝난 1919년 봄, 나는 스위스의 한적한 시골로 들어가 은둔자가 되었다. 그곳에서도 나는 평생토록 가업이기도 한 인도와 중국의 지혜에 관한 연구를 게을리하지 않았다.

나의 새로운 체험이 때로는 동방의 비유에 가득 찬 말로써 표현되었기 때문에 어떤 이들은 나를 '불교도'라고 부르기도 했다. 하지만 본질적으로 나는 불교 신앙과는 거리가 멀었다. 그러나 나에 대한 그러한 별명 속에는 어떤 진실, 한 알의 진리가 들어 있는 것이다. 그 사실을 나는 나중에서야 깨닫게 되었다.

한 인간이 개인적인 종교를 선택할 수 있다고 한다면, 나는 마음속으로부터의 동경 때문에 틀림없이 너무나 오래되고 가득 찬 즉, 공자의 말씀을 좇았을지도 모른다.

하지만 나는 우연히도 신앙 깊은 신교도의 집안에서 태어났으며 기질적으로도 신교도라고 단언할 수 있다. 그런데 존재보다도 생성을 보다 많이 긍정하도록 촉구한 점에서 본다면 불타(석가모니)도 프로테스탄트였다고 할 수 있지 않을까.

시인으로서의 내 존재와 나의 문학작품의 가치에 대한 신념은 이렇게 변화를 겪으면서 내면세계에서 그 뿌리가 뽑히고 말았다. 글을 쓴다는 것은 기쁨이 되지 못했다.

그러나 인간이란 결국 기쁨을 찾을 수밖에 없는 존재이다. 나 역시 그 어떠한 고통을 당하더라도 그것을 요구하고 절실하게 원했던 것이다. 정의라든가, 이성이라든가, 생활과 세계의 의미를 단념할 수 없는 것과 같은 이치였다.

이렇듯 이 세상은 그러한 추상적인 것이 없어도 존재할 수 있다는 것을 깨닫게 되었다.

그런 어느 날 갑자기 나는 새로운 기쁨을 발견했다. 어느덧 나는 마흔 살이 되어 있었는데 그림을 그리기 시작한 것이다. 스스로 화가라고 생각하지도 않았고 화가가 되고 싶다고 생각하지도 않았다.

다만, 그림을 그린다는 작업은 기막히게 아름다운 일이었다. 그것은 사람을 즐겁게 하고 참을성 있게 만들었다. 그림을 그리고 나면 글을 쓴 뒤처럼 손가락이 시꺼멓게 되지 않고 온통 붉어지는 것이었다.

세상 사람들이 또다시 나를 비난한 것은 당연했는지도 모른다. 그것은 나에게 현실 감각이 부족하다는 점이었다. 내가 짓는 시나, 내가 그리는 그림은 현실과 부합되지 않는다. 창작할 때 나는 흔히 교양 있는 독자가 정당한 저서에 대해서 요구하는 바를 망각해 버리는 것과 같기 때문이다. 그러므로 현실이란 별로 개의할 필요가 없다고 생각하고 있었다.

현존하는 것들이 나에게는 까마득히 멀리 보이기 때문에 나는 대개 남들처럼 미래까지도 과거와 연관 지어 이렇다 할 구별 없이 생각하기도 한다.

그러므로 나의 전기(傳記)도 여기에서 끝나는 것이 아니고, 내가 이어갈 삶을 통하여 끝없이 상정되어 나갈 수 있을 것이다.

유년 시절에 잃어버린 꿈의 조각들

공허 속에 혼자
쓸쓸하게 타고 있는 마음이여
괴로움의 검은 꽃이
심연에서 너에게 인사를 한다.

유년 시절의 어느 봄날, 안제름은 초록빛 정원에서 뛰어놀고 있었다. 어머니가 가꾸고 있는 꽃 중에 '붓꽃'이라는 이름을 가진 꽃을 특히 좋아했다.

그는 짙은 담녹색 이파리에 입술을 대거나 꽃향기를 맡으며 오랫동안 들여다보기도 했다. 엷게 푸른 빛을 띤 꽃받침에는 노란 손가락의 꽃술이 긴 행렬을 이루고 있으며, 그 사이를 한 줄기의 밝은 길이 열려 있어 꽃의 아득하고 신비한 비밀 속으로 자기 자신이 내려가고 있었다.

그는 이 꽃을 매우 사랑했다. 그리고 조용히 밝은 꽃의 내면을 바라보고 있노라면, 노랗고 가느다란 손가락 같은 꽃술이 어떤 때는 임금님 정원에 있는 황금빛 울타리같이, 어떤 때는 조금도 움직이지 않는 아름다운 두 개의 꿈나무처럼 보였다.

그 사이를 신비스러운 길이 밝고 투명하게 생생한 줄기처럼 이어져 더 깊은 곳으로 달리고 있었다. 활처럼 굽은 윗부분은 상상도 할 수 없을 정도로 넓게 펼쳐져 있었으며, 그 아래쪽을 향해서는 황금빛 나무 사이의 작은 길이 끝없이 깊게 상상을 초월한 심연 속으로 너무나 멀리 사라져 갔다.

그러나 자줏빛 활 모양의 꽃잎은 당당하게 젖혀져 조용히 기다리고 있는 기적의 마법처럼 얇은 그림자를 드리우고 있었다.

이것이 바로 꽃의 입술임을, 노랗고 화려한 빛깔의 심연 속에 꽃의 마음이나 생각이 머무르고 있음을, 이 단아하고 밝은 유리 같은 줄기가 있는 길을 통해서 꽃의 숨결과 꿈이 출입하고 있음을 안제름은 알고 있었다.

그 큰 꽃 옆에 아직 피지 않은 또 다른 작은 꽃이 꿈꾸고 있었는데, 그 미지의 꽃은 다갈색을 띤 녹색 껍질의 작은 꽃받침에 싸여서 싱싱하고 견실한 꽃자루 위에 비밀스럽게 놓여 있었다.

그 속에서 어린 생명이 밝은 초록빛과 자줏빛에 젖어 가쁜 숨을 쉬며 조용하고 힘있게 쭉쭉 뻗어 오르려고 했으나, 위쪽에서는 우아하게 짙은 자색이 가느다란 끝을 들여다보고 있었다.

아직은 단단히 숨어 있는 이 어린 꽃잎에도 서서히 맥관(脈管)이나 형형색색의 모양이 나타나고 있었다.

다음 날 아침이 되자, 여느 때와 마찬가지로 정원은 새로운 모습을 하고 그를 기다리고 있었다.

어제는 단단한 꽃받침에 싸여 있어 초록빛 껍질만 물끄러미 보고 있었던 것에 불과했는데, 지금은 어린 꽃잎이 공기처럼 투명하고 푸르게 입을 벌리고 오래전부터 꿈꾸어 왔던 애기를 서투르게 나누려는 듯 망설이고 있었다.

그러나 아래쪽에서는 아직 껍질과 미미한 싸움을 계속하고 있었으며, 이미 아름다운 노랑 꽃술과 밝은 줄기가 뻗은 작은 길에 은근한 향기를 발산하는 영혼의 심연이 생겨나고 있는 것을 알 수 있었다.

정오가 되면, 아니 저녁 무렵에는 더 열려 황금빛 꿈으로 치장된 꽃망울은 푸른 명주로 된 천막처럼 둥글게 피워 올릴 것이다. 그리고 최초의 꿈과 생각, 노래가 신비적인 심연에서 조용히 울려 퍼지리라.

어떤 때는 푸른 줄기만이 잡초 속에 고독하게 서 있는 날도 있었다. 그러자 갑자기 새로운 울림과 향기가 정원에 감돌고, 햇빛을 풍부하게 받고 붉은빛을 띠고 있는 잎새 위에 최초의 갈색 장미가 부드럽게 황금빛처럼 흘러내리는 날도 있었다.

한편 붓꽃이 전혀 피지 않는 날도 있었다. 붓꽃이 보이지 않자, 황금빛 울타리에 둘러싸인 작은 꽃길이 유리 같은 줄기의 비밀 속으로 부드럽게 통하는 일도 없어졌다. 단단한 잎이 뾰족하고 새초롬히 쌀쌀맞게 서 있을 뿐이었다.

하지만 처음 보는 진기한 나비가 자유로이 날고 있었다. 진주 조개껍데기 같은 무늬를 등에 얹고 홍차색과 같은 윙윙거리는 소리를 내는 투명한 날개는 천사의 옷이었다.

안제름은 나비나 조약돌과 이야기 나누며 개똥벌레나 도마뱀을 친구로 삼았다. 새는 그에게 새들의 이야기를 들려주고, 양치식물은 커다란 나뭇잎 그늘에 갈색 종자를 살짝 엿보여 주었다.

수정 같은 초록빛 유리 조각은 그를 위해서 태양 광선을 받아들여 궁전이 되었다가, 한편에서 번쩍이는 보물 창고를 만들어 주었다.

백합이 지자 뒤를 이어 불같은 금잔화가 피어났고, 저쪽 그늘에서 붉은 장미가 시들자 나무딸기가 갈색으로 물들었다.

모든 것이 변했다. 끊임없이 나타났다가는 지고, 사라졌다가는 또 때가 되어 꽃을 피웠다. 마음이 차분해지지 않는 묘한 나날이 계속되자, 스산한 바람이 전나무 숲에서 소란스러워지고 정원에서는 시든 잎이 빛과 생기를 잃은 채 바사삭 바사삭, 마른 소리를 내면서 지난 계절의 노래나 체험, 아직 이야기가 남아 있었으나 마지막엔 모든 것이 소멸하고 창밖에 눈이 내리고, 종려나무 숲이 비어 가면서 은빛 천사가 어둠 속에서 날자 계단이나 마루에는 건조한 과일 냄새가 풍기는 듯했다. 그러나 이 아름다운 세계에서는 우정과 신뢰가 사라지는 일은 결코 없었다.

언젠가는 또 겨울 꽃나무가 검은 상춘 등나무 옆에서 반짝이고, 새가 다시 푸른 하늘로 높이 날아오르면 모든 것이 옛날부터 있어 온 것처럼 보일 것이다.

마침내, 어느 날 예기치 않았던, 늘 그대로가 아니면 안 되었던 것처럼 항상 바라는 대로 붓꽃은 비밀스러운 최초의 푸른 빛을 띤 꽃의 끝부분부터 살며시 모습을 드러낼 것이다.

모든 것이 아름답고, 모든 것이 안제름을 사랑하고 다정한 목소리로 유혹했다. 그러나 해마다 소년이 매력과 유혹, 풍요로움을 느끼는 순간은 최초의 붓꽃이 필 무렵이었다.

붓꽃은 천진난만한 소년 시절을 통해서 그의 길동무였으며, 여름마다 새로운 모습으로 피어 늘 신비적이고 감동적이었다. 물론 다른 꽃에도 입이 있고, 향기와 생각을 빛깔로 표현하고 꿀벌이나 나비, 갑충 벌레들을 그 작고 달콤한 방으로 유혹했다.

하지만 푸른 붓꽃은 소년에게 다른 어느 꽃보다도 사랑스럽고 소중하게 여겨지며 성찰과 경탄에 해당하는 일체에 비유되는 작은 나라였다.

소년은 밤에도 종종 이 꽃에 대해 꿈을 꾼 적이 있었다. 붓꽃이 천국의 문처럼 상상할 수 없이 크게 바로 앞에 열려 있는 것이 보이고, 그러면 소년은 마차를 타고 달리거나 백마를 타고 안으로 들어가곤 했다. 그와 함께 온 세계가 마법에 걸려 아름다운 곳으로 깊이 가라앉았다.

그곳엔 모든 기대가 현실화하고 모든 예감이 진실로 되지 않을 수 없었다.

지상의 현상은 하나의 비유에 불과할 뿐이다. 모든 비유는 영혼이 준비만 되어 있다면, 그곳을 통해 내부 세계로 들어갈 수 있는 열린 문이다.

이 내부로 들어가면 여러분과 내가 함께 낮과 밤이 모두가 일체이다. 인간은 누구나 여기저기 그 열린 문에 이르고 눈으로 볼 수 있는 모든 현상은 하나의 비유이고, 이 비유 속에 정신과 영원한 생명이 머물러 있다고 생각하게 된다.

물론 이 문을 통해서 비밀스러운 것을 현실로 느끼고, 아름다운 꿈을 버리고 돌아보지 않는 사람은 아주 적다.

소년 안제름에게는 사랑하는 붓꽃이 간직하고 있는 비밀이 꿈으로 열린 것처럼 보였다. 그래서 그의 작은 영혼은 기쁜 예감으로 가슴이 용솟음치며 그 비밀을 찾아 미지의 세계로 떠났다.

그리하여 여러 가지 사물의 다양한 모습에 마음을 빼앗기고 풀이나 돌, 뿌리, 동물 등 그 세계의 모든 친구와 이야기를 나누거나 놀며 기뻐했다.

종종 그는 자기 자신을 내면세계의 영혼의 눈을 통해 관찰에 깊이 빠지기도 했다.

조용히 눈을 감고 무엇을 마시거나 노래하거나 호흡하면 기묘한 흥분과 생각, 느낌이 입이나 목구멍에까지 전해 오고 자신의 영혼을 통해 보랏빛 암흑 속에서 때때로 나타나는 의미 깊은 여러 빛깔의 형태를 그는 경탄하며 관찰했다.

그것은 푸르고 짙은 자색 반점이나 반원으로 유리처럼 투명하고 미세한 선이 그사이에 무늬로 그려져 있었다. 그리하여 소년 안제름은 눈과 귀, 후각과 촉각에 미묘한 관계가 있는 것을 깨달았고 황홀하게 감동했다.

또한 즐겁고도 분주한 시간을 보내는 동안, 음성이나 글자가 빨강, 파랑 빛깔로 변한다는 사실과 자신의 감정을 통해 수시로 변한다는 것을 알았다.

하지만 풀잎이나 초록빛 나무껍질이 벗겨진 것을 냄새 맡을 때, 후각과 미각이 이상하게 가까운 관계에 있다는 것을 그리고, 때때로 하나가 된다는 놀라운 변화를 이상하게 여겼다.

모든 어린아이는 거의 그런 식으로 사물을 느낀다. 아이들 대부분은 처음 글자를 익히기 전에 이미 삶과 자연의 미묘함을 전혀 경험하지 않은 것처럼 되어 있다.

하지만, 유년 시절의 비밀을 오랫동안 자신의 내부에 유치하고 있으며, 그 추억과 여운을 머리에 몸이 쇠약해진 나이가 될 때까지 계속 지니는 예도 있다.

어느 어린이든 그 비밀 속에 갇혀 있는 동안은 끊임없이 자기 자신의 일과 주변 세계와의 이상한 관계를 생각하는 것이다. 탐구자나 현명한 자는 원숙해지는 나이와 함께 자기 성찰로 돌아오지만, 대부분은 경험한 이 내면세계를 잃어버린 채 결코 해결할 수 없는 미로를 찾아 방황한다.

안제름은 학생이 되어 떠났다가 다시 고향으로 돌아왔다. 빨간 모자를 쓰고, 때로는 차양이 넓은 노랑 모자를 쓰고, 어느새 솜털이 자라 여린 수염을 기르고, 그는 낯선 외국어책을 가지고 와서 소리 높여 읽기도 했고, 어떤 때는 종류를 알 수 없는 개를 데리고 왔다.

그의 가죽 지갑엔 신문이나 잡지에서 오려낸 비밀스러운 시를, 혹은 고대의 격언, 아름다운 소녀의 사진이나 편지를 넣어 가지고 있었다.

그는 그 후 몇 번인가 고향으로 돌아왔으나, 멀리 외국으로 여행도 하고 큰 배에서 해상 생활을 하기도 했다는 소문이 그의 뒤를 쫓아왔다.

어느 날 그가 훌륭한 젊은이의 모습으로 고향에 돌아왔을 때, 이미 그는 소장(少壯) 학자가 되어 있었다.

검은 모자를 쓰고 새까만 장갑을 끼고 있는 그에게 옛날부터 친하게 지내던 이웃 사람들은 모자를 벗고 '교수'라고 불렀다. 그때 그는 아직 정식 교수는 아니었지만, 언젠가 한 번은 그가 예고도 없이 다시 돌아왔다.

검은 상복을 입고 천천히 걸어가는 그의 걸음걸이는 엄숙했고 마차엔 그의 노모가 잘 꾸며진 관에 모셔져 있었다. 그런 일이 있고 난 후 그는 좀처럼 고향에 모습을 나타내지 않았다.

지금 안제름은 대도시에서 학생들을 가르치는 유명한 학자로 이름이 알려져 있었으나 외출이며 산책을 즐기는 일상의 행위는 세상 다른 사람들과 똑같았다.

고급스러운 옷을 입고 모자를 쓰고 근엄한 표정을 짓거나 황홀한 기분에 사로잡히고 적당히 진지한 모습을 하고, 약간은 피곤한 기색을 띠기도 했다. 그는 자기가 뜻한 대로 신사가 되고 학자가 되었다.

그런데 그는 유년 시절에 경험한 것과 같은 황홀한 고통을 느낄 수가 없었다. 그는 갑자기 지난 세월이 덧없이 흘러가 버린 것처럼 느껴졌다.

그리고 늘 지향해 온 삶의 한복판에 있으면서도 기묘하게 쓸쓸한 자신을 억누를 수가 없었다.

교수라는 직업은 정말 행복하지 못했다. 시민이나 학생들로부터 정중한 인사를 받는 일은 충실한 기쁨이 아니었다. 때로는 하루하루의 생활이 시들고 먼지에 싸여 있는 것 같았다. 결국 행복은 미래만큼이나 멀어지고 말았다. 행복으로 가는 길은 뜨겁고 먼지투성이고 평범하게 보였다.

이 시기에 안제름은 자주 어떤 친구의 집을 방문했다. 그의 친구 여동생이 그의 마음을 사로잡았기 때문이다. 그러나 그는 여인의 아름다운 얼굴을 쉽게 추구하지는 않았다. 하지만, 그것이 변하고 있었다. 행복은 그에게 있어서 특수한 방법으로 찾아오고 있다는 사실과 어느 창 안에 영원히 머물러 있는 것이 아니라는 걸 깨닫고 있었다.

친구 여동생은 상당히 그의 마음에 들었다. 그는 진실로 자기가 그녀를 사랑한다는 것을 느꼈다. 그러나 그녀는 누구와도 비교할 수 없을 만큼 일거일동에도 말 한마디에도 고유의 색채와 특징이 있었다. 그녀와 함께 걸으며 보조를 맞추는 것은 쉽지 않았다.

안제름은 때때로 해 질 무렵 쓸쓸한 거실 안을 왔다 갔다 하며 공허한 자기의 발소리에 귀를 기울이며 깊은 생각에 빠져 있을 때 늘 여자의 모습이 떠올랐고, 그때마다 자신과 끊임없이 다투지 않으면 안 되었다. 그녀는 그가 아내로 선택하기엔 나이가 많았다.

그녀는 너무나 개성이 강해서 함께 살며 학문적인 야심을 추구하는 일은 곤란할 것이라는 사실을 너무나 잘 알고 있었다. 어차

피 그녀는 그런 따분한 이론적인 것에 귀를 기울이려고 하지 않을 테니까. 게다가 그녀는 그다지 건강하지도 못하고, 특히 사교나 연회엔 잘 견디어 낼 수 없는 체질인 듯했다.

그녀가 가장 좋아하는 일이란 아름다운 꽃이나 노래, 책 따위를 자기 주위에 놓고 고요함을 즐기며, 때로는 누가 오지나 않을까 하는 기다림 속에서 세상의 형편 따위는 돌아보지 않았다.

그녀는 몹시 신경질적으로 감정이 민감했기 때문에 주위의 모든 것이 그녀를 슬프게 하여 자주 눈물 흘렸다. 그리고 또 그녀는 고독한 행복 속에서 조용히, 그리고 우아하게 빛나는 존재였다.

그래서 사람들은 그 아름답고 별난 여성에게 독특한 뭔가를 알고 싶어 했고, 그녀가 의미하는 일이 얼마나 매력적인 것인가를 느꼈다.

이따금 안제름은 그녀가 자기를 사랑하고 있다고 믿었으나 사실 그녀는 그 누구도 사랑하지 않았다. 거의 습관적으로 누구에게나 부드럽고 친절하게 대할 따름이며, 세상으로부터 아무것도 요구하지 않는 것이 그녀의 삶의 태도였다.

그러나 안제름은 인생에서 더 절대적인 강렬한 다른 것을 원하고 요구하고 있었다. 아내를 맞이했다고 하면, 가정은 생기와 활기참, 그리고 친밀함이 없으면 안 된다는 것이 그가 믿어 온 생활신조였다.

"이리스!"

하고 그는 그녀에게 말했다.

"사랑스러운 이리스, 이 세상이 다른 구조로 변모되어 있다면 얼마나 좋을까요! 꽃과 사상, 음악의 혜택을 누리는 당신의 아름답고 온화한 세계밖에 존재하지 않는다면, 나는 평생 당신 곁에 머무르며, 당신의 얘기를 듣고, 당신 생각 속에서 살아가는 일 외에는 아무것도 바라지 않겠소. 당신은 이미 나에게는 유쾌한 존재입니다. 이리스란 훌륭한 이름이오. 그 이름이 내게 무엇을 의미하는지 분명히 알 수는 없지만 말이오."

"지금껏 모르고 계셨나요? 푸르고 노란 붓꽃이 이리스라는 것을⋯⋯."

하고 그녀는 놀란 얼굴을 하며 말했다.

"아니요, 그건 나도 잘 알고 있었소. 그것만으로도 상당히 아름다운 것이오. 그러나 당신 이름을 꺼낼 때마다 뭔가를 떠올리게 되오. 아마 그 이름은 내게 너무나 깊고도 중요한 먼 기억과 결부된 것 같소. 그러나 도대체 그것이 뭔지 잘 모르겠소."

아주 난처해하며 한 손으로 이마를 어루만지고 있는 그에게 이리스는 미소를 띠었다.

"저 꽃향기를 맡을 때마다 저는 어떤 생각을 하고 있어요."

하고 그녀는 작은 새처럼 가벼운 음성으로 안제름을 향해서 말했다.

"어떤 생각을 떠올릴 때마다 제 마음은, 옛날 이 향기엔 내 것이 있었지만, 지금은 없어지고 말았어요. 그러나 아름답고 귀중한 추억이 결부되어 있다고 생각하는 거예요. 음악에 관해서도 그래요.

때때로 시에 관해서도 그런 느낌이 들죠. 그럴 때 한순간의 일이지만 잃어버린 고향이 돌연 발밑에 가로놓여 있는 것처럼, 어떤 것이 반짝 빛나다가 곧 다시 사라지는 찬란함을 느끼지요.

안제름, 우리는 이 돌발적인 기억 때문에, 결국 잃어버린 먼 울림에 귀를 기울이기 때문에 지상에 존재한다고 생각해요. 그 울림 속이야말로 우리의 참된 고향이 아닐까요!"

"정말 아름다운 얘기를 해 주셨습니다."
하고 안제름은 칭찬의 말을 했다.

실제로 그녀의 말을 듣고 있노라면 숨어 있던 나침반이 먼 목표를 가리키기라도 하는 듯한 고통스러울 정도의 감동을 주었다.

그러나 그 목표는 그가 일생의 목표로 하려고 생각했었던 것과는 너무나 동떨어진 것으로 그를 슬프게 했다. 꿈속에서 본 아름다운 동화처럼 자기의 일생을 덧없이 보낸다는 것은 과연 어울리는 삶일까?

그런 어느 날, 안제름은 혼자 여행에서 돌아오자마자 삭막한 자기 집이 너무 춥고 답답하게 여겨졌기 때문에 아름다운 그녀가 있는 곳으로 달려가 결혼을 신청할 생각이었다.

"이리스. 나는 이런 식으로 살기를 원치 않소. 당신은 늘 나에게 좋은 친구였지요. 나는 당신에게 무엇이든 말하지 않고는 견딜 수가 없습니다. 나에게는 아내가 필요하오. 그렇지 않으면 내 생활이란 너무 공허하고 무의미합니다. 그리고 사랑스러운 꽃과 같은 당신을 제외하고 누구를 아내로 맞이할 수 있단 말이오? 내 말을 듣고 있소, 이리스? 당신에겐 많은 꽃을, 게다가 더할 나위 없이 아름다운 정원을 드리겠소. 내가 있는 곳으로 와 주지 않겠습니까?"

이리스는 오랫동안 그의 눈을 바라보고 있었으나, 전혀 웃거나 얼굴을 붉히지도 않은 채 단호한 음성으로 말했다.

"안제름, 저는 당신 말에 당황하지 않아요. 당신 아내가 된다는 것에 대해 지금까지 생각해 본 적도 없지만, 당신을 좋아하는 것은 사실입니다.

하지만 안제름, 저는 저 자신을 또 아내가 될 여자들에 대해서 많은 이야기를 한답니다. 당신은 저에게 꽃과 정원을 주겠다고 하셨어요. 정말 그건 고마운 배려입니다.

그러나 저는 꽃이 없어도, 음악이 없어도 혼자 살아갈 수 있답니다. 하지만 단 한 가지만은 잃고 싶지 않아요. 저는 단 하루라도 마음속의 음악을 소중히 여기지 않고는 살아갈 수가 없어요.

만일 제가 어떤 남성과 함께 산다면 그 사람 마음속의 음악이 저의 음악과 충분히 조화를 이룰 수 있는 사람이 아니면 안 돼요. 또한 그 사람의 음악이 순수하여 저의 음악과 공명하는 것이 그 사람의 욕망이 아니면 안 됩니다. 과연 당신에게 그것이 가능한 일일까요?

안제름, 그렇게 되면 당신은 학자로서 더 이상 유명해질 수 없을 것이고, 명예를 누릴 수도 없겠죠. 당신의 집은 적막에 싸일 것이고, 당신의 이마에 생긴 주름은 없어지지 않겠지요.

아, 안제름! 그런 것을 당신은 감당할 수 있겠어요? 이봐요, 당신은 학문적인 연구로 인해 끊임없이 새 주름을 이마에 새기고, 새로운 과제를 만들지 않고는 생활할 수 없는 교수님이 아니신가요. 제 생각과 저의 사람됨을 당신이 사랑해 주시고, 높이 평가해 주시는 것은 고맙지만, 그것은 많은 사람이 느끼고 있는 것처럼 당신에게 있어 아름다운 노리개에 불과해요. 진정으로 잘 들어주세요.

당신에게 있어서 노리개인 저라는 존재는 생명 그 자체이지만, 당신에게는 그렇게 될 수 없을 거예요. 당신이 노력과 심려를 쏟는 모든 것이 저에게는 장난감에 불과하고 그것들을 위해서 살아갈 가치가 없다고 봐요. 저는 다른 사람에게 예속되는 것만큼은 거부하고 싶어요.

안제름, 저는 저의 법칙에 따라 살아가고 있을 뿐이니까요. 그러나 당신은 다른 사람이 되겠죠? 제가 당신의 아내가 되는 방법은 당신이 완전히 다른 사람이 돼야 하는 것이 아닐까요?"

안제름은 지금까지 그녀의 의지가 약하고 유희적이라고 생각하고 있었기에 당황해하며 아무 말도 할 수 없었다. 그는 묵묵히 테이블 위에 놓여 있는 꽃을 집어 들고 손으로 찌그러뜨렸다.

그러자 이리스는 온화한 동작으로 그의 손에 쥔 상처 난 꽃을 받아서 들었다.—그것이 감당할 수 없을 만큼의 비난처럼 안제름의 가슴을 자극했다.—그녀는 갑자기 밝고 상냥하게 미소 지었다. 뜻밖에 암흑 속에서 출구를 발견한 것처럼.

"생각나는 것이 있어요."

그녀는 낮은 음성으로 말하며 얼굴을 붉혔다.

"내 생각을 당신은 기묘하고 변덕스럽다고 생각하겠지만, 결코 변덕은 아니랍니다. 들어주시겠어요? 그리고 받아들여 주시겠습니까? 당신과 제 일을 결정하기 위해서 말이에요."

안제름은 그녀의 말을 이해할 수 없었기 때문에 다소 근심 어린 표정으로 그녀를 바라보았다. 그녀의 당당한 미소에 멈칫거리며, 그는 신념을 갖고 "좋소."하고 대답했다.

"저는 당신에게 하나의 과제를 내주고 싶어요."

그 말에 안제름은 자세를 낮추었다.

"이건 아주 진지한 것입니다. 그리고 저의 최후의 말이기도 합니다. 제 마음에서 나오는 것을 순수하게 받아주시겠어요? 그리고 이해되지 않더라도 끝까지 들어주시겠죠?"

안제름은 그렇게 하기로 약속했다. 그러자, 그녀는 일어나서 그의 손을 잡으며 말했다.

"당신은 제 이름을 부를 때마다 옛날부터 소중하고 잊어버렸던 그 어떤 것을 떠올리는 듯한 기분이 든다고 자주 말씀하셨습니다. 그것은 무엇을 의미하는 걸까요?

안제름, 그 때문에 다시 당신은 지금까지 제 주위에 가까이 계신 것입니다. 그리하여 당신은 자신의 영혼 속에서 소중하고 신성한 것을 잃어버렸기 때문에 행복을 발견하고 사명을 다하기 위해서는 무엇보다도 저에게서 해방되지 않으면 안 된다고 생각합니다.

안제름, 저는 당신 손을 잡고 부탁드리고 싶습니다. 자아, 어서 돌아가셔서 저에 대해 떠오르는 모든 것을 기억 속에서 찾아보세요. 당신이 저를 다시 새롭게 발견하는 날, 저는 당신의 아내로서 어디라도 함께 가겠습니다. 그리고 당신이 원하는 이외의 것은 갖지 않겠습니다."

곤혹스러움을 느낀 안제름은 황급히 그녀 말을 가로막고 그런 요구는 일시적인 거라고 비난하려 했으나, 그녀는 맑고 깊은 시선으로 약속을 상기시켰다. 그는 할 수 없이 입을 다물었다.

그는 그녀의 손을 잡아 입술에 가볍게 댄 다음 밖으로 나왔다.

그는 인생의 반을 살아오는 동안 몇 개의 과제를 떠맡고 그것을 해결하기 위해 열정을 쏟고 노력했지만, 희망적인 과제는 없었다.

다음날도 또 그다음 날도 그는 뛰어다니며 피로에 지쳐 쓰러질 때까지 이 과제를 생각했으나 끝내는 절망하고 분노를 터뜨렸다. 이런 과제는 한 미친 여자의 변덕일 뿐이라고 머릿속에서 털어버렸다.

하지만, 마음속 깊은 곳에서 뭔가가 반대했다. 그것은 미묘하고 은근한 고통이며, 너무 희미해서 확신할 수 없을 정도의 경고였다. 이 미묘한 울림은 이리스의 말이 정당하며 그녀와 똑같은 요구를 강요하고 있었다.

그러나 이 과제를 풀기에는 그에게 너무 벅찼다. 그는 훨씬 전에 잃어버린 일들을 하나하나 기억해 내야 했다. 까맣게 잊어버린 세월의 거미집 속에서 단 한 줄의 황금 실을 발견해야만 했다.

그가 두 손으로 움켜쥐고 연인에게 바쳐야만 하는 것은 바람에 의해 사라져 버린 새의 목소리나 음악을 들을 때의 어렴풋한 달콤함과 같은 것이었다.

그것은 하나의 생각보다도 더 여리고 희미하며 덧없고 실체가 없는 것이며, 밤에 꾼 꿈보다도 허무하고 아침 안개보다 더 쓸쓸했다.

실망한 나머지 모든 걸 내던져 버리고 아주 불쾌해져서 단념해 버린 적이 여러 번 있었으나, 뜻밖에도 정원으로부터 숨결 같은 것이 전해져 와 그는 이리스라는 이름을 혼자 중얼거렸다. 열 번, 아니 그 이상이나 단단히 쥔 현의 음을 교정해 보려는 듯 희미하게 불러보았다.

"이리스!"

하고 그는 속삭였다.

그러자 그때 뭐라 할 수 없는 슬픔과 함께 마음속에서 아주 미미한 것이 꿈틀거리는 고통을 느꼈다. 그것은 사람이 살지 않는 낡은 집에서 원인도 없이 문이 열리거나, 덧문이 삐걱거리는 것 같은 엷은 흥분을 가져다주었다. 마음속에 잘 정리해 둔 기억을 하나씩 떠올려보았다.

그러자 의외의 것이 발견되었다. 그 기억의 보물 창고는 자신이 생각하고 있던 것보다 너무나도 작았다. 되돌아보면 지금까지의 모든 세월이 낭비였고 백지처럼 공허한 것이란 느낌이었다.

어머니의 모습을 분명히 떠올리기에는 큰 노력이 필요했다. 그것은 청년 시절에 1년 가까이 불타는 사랑을 갈망하며 뒤를 쫓던 소녀의 이름을 까맣게 잊고 있었다는 사실이다. 학창 시절 잠시 함께 살았던 개를 기억해 냈지만, 그 개의 이름을 다시 알아내는 데는 며칠이 걸렸다.

불행한 남자는 슬픔과 불안이 점점 격심해지면서 과거의 생활이 모두 용해되어 공허하게 되어 있는 것을, 이미 자기란 존재는 없어졌다는 것을, 또한 옛날부터 암기한 적이 있으나 지금은 보잘것없는 단편을 겨우 묶어 맞추는데 지나지 않는 것처럼 그에게 있어서 그녀가 없는 현실이란 서먹서먹하고 관계없는 것임을 알고 고통으로 가득 찼다.

그는 쓰기 시작했다. 한 해 한 해 거슬러 올라가서 자기가 느끼고 간직하고 있었던 수많은 체험을 훌륭한 글로 써 두고 싶다고 생각한 것이다.

하지만, 그의 가장 중요한 체험은 어디에 있단 말인가? 교수란 말인가? 일찍이 학생 시절에 꿈꾸었던 의사에 대한 동경이란 말인가? 젊은 날 한때 이 여자의 가슴에서 또 다른 여자의 품 안을 찾아 방황하던 무분별이란 말인가?

그는 깜짝 놀라서 눈이 휘둥그레졌다. 이것이 인생이었던가? 이것이 삶의 전부였던가? 그는 자기의 이마를 가볍게 때리면서 공허하게 웃었다.

그런 동안 시간이 흘렀다. 그렇게 빨리 시간이 지나간 적은 없었다. 어느덧 1년이 지났다. 그는 여전히 이리스와 헤어진 때와 똑같은 장소에 서 있는 것처럼 여겨졌다. 그러나 그는 너무나 많은 변화를 스스로 감내하고 있었다.

그의 변화는 주위 사람을 놀라게 했다. 그는 늙지도 젊지도 않은 흐름 속에 정지되어 있었다. 그를 아는 사람들은 그를 진저리 나고 멍청하며 변덕스럽고 또한 이상한 사람이라고 단정하고는 차츰 멀어져 갔다. 별난 인간이라는 평판 속에서 오랫동안 혼자

생활해야 했다.

때로 그는 자기의 책임과 임무를 잊어버리고 학생들을 기다림에 지치게 한 적도 있었다. 그가 너무 생각에 몰두한 나머지 거리를 걸어가면서 더러운 웃옷으로 어느 집 창가의 먼지를 닦으며 간 일도 있었다.

이제는 그가 마시지 않던 술을 입에 대기 시작했다고 말하는 사람도 있었다. 또 한때는 강의 중에 학생들 앞에서 침묵하고 뭔가를 생각해내려고 애쓰며 의미를 알 수 없는 공허한 웃음을 지어 모두를 놀라게 하기도 했다.

그리고는 한여름의 소낙비처럼 열기와 감정을 담은 어조로 강의를 계속했다. 그것이 많은 사람의 마음에 감동을 불러일으키기도 했다.

지난날의 향기와 소멸한 흔적을 따라서 절망적인 방황을 계속하고 있는 동안 그에게 새로운 의미가 생기고 있었으나 그 자신은 아무것도 알지 못했다.

오래된 벽에 그려진 낡은 그림 속에 덧발라져 맨 처음에 그려진 그림이 숨겨져 있는 것처럼 기억하고 있는 것의 뒤편에 또 다른 기억이 가로놓여 있다는 사실에 그는 놀라지 않을 수 없었다.

그가 여행으로 본 적이 있는 거리의 이름이라든지, 친구의 생일이라든지, 뭔가 특별한 것을 떠올리려고 과거의 사소한 추억의 단편들을 깨어진 조각처럼 하나씩 찾아 맞추려 하자, 갑자기 전혀 다른 생각이 떠올랐다.

4월의 아침 바람처럼, 혹은 9월의 안개 낀 흐린 날처럼, 어떤 숨결이 그를 엄습해 왔다.

그는 비밀스러운 향기를 맡고 알 수 없는 황홀함을 느꼈다. 피부인지, 눈인지, 심장인지, 어디인지 모를 어렴풋하고 미묘한 감정을 느꼈다.

아주 느리고 서서히 깨달았으나, 어떤 날은 파랗고 따뜻했으며, 혹은 차갑고 회색빛의 낯선 하루가 그의 마음속에 회상으로 얽혀 있음을 깨달았는데, 그것이 봄날인지, 겨울날인지를 그는 확연히 느끼기는 했으나 쉽사리 발견할 수는 없었다.

그것에는 특별한 이름도 글자도 없었다. 학창 시절이었는지, 아직 요람 속에 있는 아기 때였는지, 전혀 구별할 수가 없었다. 그러나 향기만은 있었다.

자기 자신은 알 수 없고, 이름 붙일 수도, 단정할 수도 없는 그무엇이 마음속에서 되살아나는 것을 느꼈다.

이 기억은 일생의 먼 곳까지 거슬러 올라가서 생과 사(死)에 이르기까지 거울 속에 흐르는 구름을 보는 것 같은 아련한 슬픔을 가져다주었다. 그것은 미소 짓지 않고는 견딜 수 없는 아름다움이었다.

안제름은 기억 속의 심연을 방황하며 많은 것을 발견했다. 마음의 동요와 함께 가슴을 울리는 것을 보았다. 마침내 그는 놀라워하고 불안해하며 무분별한 것에 감동했다. 그러나 이리스라는 이름이 무엇을 의미하는지 전혀 알아낼 수가 없었다.

어느 때는 발견할 수 없는 고통으로 그는 오랫동안 떠나있던 고향을 다시 방문하고 산림이나 작은 도로, 혹은 낮은 울타리를 보았다.

유년 시절의 꿈이 머물러 있을 듯한 정원에 서 있으려니까 추억의 큰 파도가 자기 마음 위로 흐르는 것을 느꼈다. 과거가 청결한 꿈처럼 그를 감쌌다.

마침내는 슬프고 기운 없이 그는 거기에서 황급히 되돌아왔다. 그는 거실의 문을 닫아걸고 병에 걸렸다고 한 뒤 찾아온 사람들을 모두 되돌려 보냈다.

하지만, 한 사람이 끈질기게 그를 만나기를 청했다. 그가 이리스에게 결혼을 청한 이후 한 번도 만나보지 못한 친구였다. 그가 찾아왔을 때 안제름은 돌봐 줄 사람도 없는 적막하고 외딴집에서 혼자 앉아 있었다.

"일어나게."

친구는 그에게 말했다.

"함께 가세. 지금 이리스는 자네를 만나고 싶어 하네."

그 말에 안제름은 벌떡 자리에서 일어났다.

"이리스라고! 이리스가 어쨌단 말인가? 아, 알았네, 알았어!"

"어서 함께 가세! 지금 이리스는 삶과 죽음의 갈림길에 있다네. 오랫동안 병으로 누워있어."

두 사람은 이리스 집으로 갔다. 그녀는 긴 소파에 여윈 모습으로 누워있다시피 앉아 있었다. 그리고 놀란 눈으로 밝게 미소 지었다. 희고 가냘픈 손을 안제름에게 내밀었다.

그 손은 꽃같이 그의 손에 살포시 얹혔다. 순간 그녀 얼굴은 밝은 빛으로 가득한 것처럼 보였다.

"안제름······."

그녀는 말했다.

"지금도 저를 원망하고 계시나요? 저는 당신에게 어려운 과제를 드렸습니다. 당신은 그것을 풀고자 크게 노력하셨습니다. 더욱 탐색하고 목적에 도달할 때까지 계속 정진하세요. 당신은 저를 위해서 그 길을 선택했다고 생각하시겠지만, 실은 당신을 위해서 하는 것입니다. 아시겠어요?"

"어렴풋이 느끼고 있었소."

안제름이 애써 말했다.

"지금에야 비로소 그것을 알았소. 아주 먼 길이오, 이리스. 나는 훨씬 전에 나에게로 돌아오고 싶었지만, 이미 귀로를 찾을 수 없었던 거요. 그건 나 자신의 운명인지 모르겠소."

그녀는 그의 슬픈 눈을 바라보며 밝게 위로하듯 미소 지었다. 그는 그녀의 섬세한 손 위에 얼굴을 대고 오랫동안 흐느껴 울었기 때문에 그녀의 손은 흥건히 젖어 있었다.

"당신의 운명이 어떻게 될지?"

그러자 그녀는 추억의 반영에 지나지 않는 듯한 흐린 음성으로 말했다.

"당신이 어떻게 될지 물으시면 안 됩니다. 당신은 이미 당신의 삶에서 여러 가지 것을 구하셨습니다. 명예, 행복, 지식을 구하셨습니다. 그리고 저를, 당신의 작은 이리스를 선택하셨습니다.

그러나 그것들은 당신에게서 멀어져 갔습니다. 지금 제가 당신에게서 떨어져 가지 않으면 안 되는 것처럼 말입니다. 제게 있어서도 마찬가지였어요. 저는 늘 구했습니다. 항상 그것은 아름답고 사랑스러운 것이었지만, 쇠퇴하고 시들었습니다. 이제 저는 아무것도 구하지 않습니다. 저는 제자리로 돌아왔습니다.

아주 작은 한 걸음을 내디딘 것만으로도 행복해야 하는 저는 고향으로 돌아가는 귀로에 놓였습니다. 당신도 그곳으로 가시겠죠? 안제름, 그렇게 되면 이제 이마의 주름 따윈 없어질 거예요."

그녀는 몹시 창백했기 때문에 안제름은 절망하여 부르짖었다.

"아, 기다려 주시오, 이리스. 아직 가지 말아주오! 당신이 나에게서 떠나는 일이 없도록 하나의 징표를 남겨 주시오!"

그녀는 고개를 끄덕이며 머리맡에 있는 유리 꽃병에 꽂아놓은 갓 핀 푸른빛 붓꽃을 그에게 주었다.

"자아, 제 꽃을…… 이 이리스(붓꽃)를 간직하세요. 그렇게 하면 당신도 제가 있는 곳으로 오실 수 있을 거예요."

안제름은 흐느끼며 꽃을 손에 들고 이별을 고했다.

다음날 친구가 그의 집으로 심부름꾼을 보내자, 그는 다시 와서 그녀의 관을 꽃으로 장식하고 매장을 도와주었다.

그리하여 그가 거쳐 온 생활은 붕괴했다. 이 실을 계속 짜는 듯한 삶이 그에게는 불가능하게 여겨졌다. 그는 모든 것을 단념하고 도시에서의 일을 잊고 세상 속으로 잠입해버렸다.

그는 여기저기 둘러보고 고향에 나타나 오래된 정원 울타리에 기대어 보기도 했으나 마을 사람들이 그를 알아보고 도우려고 하자, 그는 곧 그곳을 떠나서 몸을 감춰 버렸다. 붓꽃은 여전히 그의 메마른 손에 쥐어져 있었다. 그는 붓꽃을 자주 들여다봤다. 가만히 눈길을 꽃 속으로 보내고 있으면, 푸른 빛을 띤 밑바닥에서 과거와 미래의 향기와 예감이 한꺼번에 그에게로 흘러들어오는 것 같았으나, 끝내 현실에는 미치지 못했기 때문에 그는 비통함으로 다시 발걸음을 옮기는 것이었다.

그는 반쯤 열린 꽃잎 속을 들여다보며 귀를 맑게 하자, 그 안에서 애타게 그리는 비밀의 숨결이 들려왔기 때문에 지금이야말로 모든 것이 주어져서 뜻대로 이루어진다고 생각했을 때, 그만 문이 꽝! 하고 닫혀 버리는 덧없는 세상의 차가운 바람이 그의 고독한 모습을 빼앗아 가는 듯한 느낌에 깜짝 놀랐다.

그날 밤 꿈속에서 어머니가 그에게 말했다. 어머니의 얼굴과 모습을 이렇게 확실히 보고 친근하게 느낀 적은 오랜 세월 동안 없었다. 또 이리스도 그에게 말을 걸어왔다.

잠에서 깨어나자 향기로운 여운이 남아 있었으며, 온종일 그것을 생각하며 보냈다. 그는 주소가 일정치 않았고 발길이 닿는 대로 많은 지방을 여행하고, 숲속에서 노숙하기도 했다.

마른 빵을 먹거나 산딸기를 먹고, 또는 낯선 마을을 지나며 농부들이 따라 주는 포도주를 마시거나 무성한 잎의 이슬을 마시기도 했다.

그러나 그는 그런 것을 전혀 자각하지 못했다. 그는 많은 사람에게 정신병자 또는 마법사로 여겨졌다. 사람들 대부분은 그를 두려워하고 조롱하고 때로 위안거리로 삼았다.

그는 아이들 사이에 끼여 그 이상한 놀이에 참여하거나 부러진 나뭇가지나 조약돌과 나눈 대화를 기억했다. 겨울과 여름이 그의 옆을 그대로 지나쳤다. 그는 꽃의 꽃 받침대며 계곡의 시냇물과 호수를 들여다보았다.

"형태야!"

하고 그는 이따금 혼잣말을 중얼거렸다.

"모든 것은 형태에 불과해."

그러나 자기 내부에 형태가 아닌 어떤 것이 자리 잡고 있음을 느끼자, 그는 그것을 따라갔다. 그의 내부에 있는 어떤 것은 이따금 말로 표현할 수 있는 능력이 숨어 있었다.

그 소리는 이리스의 소리이고, 어머니의 소리이며, 위로며 희망이었다.

그는 기적을 만난 일도 있었으나 의아해하지는 않았다. 어느 때인가 눈이 내린 겨울 골짜기를 계속 걸어갔는데, 수염이 얼어붙을 정도였다.

그때 눈 속에 뾰족한 붓꽃이 아름다운 꽃망울을 터뜨리고 있었다. 그는 붓꽃을 향해 따뜻한 미소를 띠었다. 붓꽃이 늘 그의 마음속에 떠올랐던 것을 깨달았기 때문이다.

또한 그는 어린 시절의 꿈을 떠올렸다. 황금빛 기둥 사이에 담청색 길이, 밝은 줄기가 꽃의 비밀과 심장으로 통하는 것이 보였다. 그러자, 거기에 자기가 구하려는 것이 있음을, 이미 형태가 아닌 실체가 있음을 알았다.

다시 그는 알 수 없는 곳으로부터 경고받고 꿈에 이끌려졌다. 오두막집에 있는 그에게 아이들이 우유를 가져다주었다. 그래서 그는 아이들과 함께 놀았다. 아이들은 여러 가지 노래를 들려주며 숲속 숯 굽는 곳에서 기적이 일어났다고 말했다. 거기엔 천 년에 한 번밖에 열리지 않는 정령의 문이 있다는 것이었다.

그는 귀를 기울이며 아이들이 일러준 곳을 찾아 나섰다. 한 마리의 새가 무성한 오리나무 가지에서 노래하고 있었다. 그 새는 죽은 이리스의 목소리처럼 달콤한 소리였다.

그는 새를 따라갔다. 새는 앞으로 가볍게 나르며 시내를 건너 숲속 깊숙이 들어갔다.

새의 지저귐이 조용하고, 들리는 것도 보이는 것도 없자, 안제름은 멈춰서서 주위를 둘러보았다.

어느새 그는 숲속의 깊은 계곡에 와 있었다. 넓은 초록빛 숲 사이로 맑은 시냇물이 흐르고 있었다. 그의 가슴 속에선 새가 사랑스러운 소리로 계속 울며 그의 발걸음을 계속 재촉했다.

마침내 그는 암벽 앞에 섰다. 암벽은 푸른 이끼로 뒤덮여 있었으나, 한가운데에 갈라진 틈이 입을 벌리고 있었으며, 그것이 산의 내부로 연결되어 있었다.

한 노인이 갈라진 틈 사이 바로 앞에 묵상하듯 앉아 있었다. 그는 안제름이 오는 것을 보고 일어서서 큰 소리로 외쳤다.

"돌아가시오, 돌아가시오! 이곳은 정령의 문이오. 이 안으로 들어가서 두 번 다시 나온 사람은 아직 없었소."

안제름은 바위문 안을 들여다봤다. 그러자, 산의 내부 깊숙이 한 줄기 푸른 샛길이 뻗어 있는 것이 보였다. 황금빛 둥근 기둥이 양쪽을 바치고 있었으며, 샛길은 거대한 꽃 받침대 속으로 내려가는 것처럼 아래로 통하고 있었다.

그의 가슴 속에서 새가 밝게 노래했다. 안제름은 갈라진 틈 안으로 들어가서 황금빛 기둥 사이를 지나 더 깊이 푸른 비밀 속으로 나아갔다. 그는 이리스의 심장 속으로 가는 도중이었다. 어머니의 정원에 핀 붓꽃의 푸른 받침대 안으로 들어가는 것이기도 했다.

황금빛 황혼을 향해서 가자, 모든 추억이 별안간 되살아났다. 손으로 만져보니 작고 부드러웠다. 애인의 달콤한 음성이 가깝고 친근감 있게 귀에까지 울려 퍼졌다.

그 음성의 울림도, 황금빛 기둥의 찬란함도, 유년 시절의 봄에 느낀 것과 똑같았다. 어린 시절, 꽃 받침대 속으로 내려가는 꿈을 꾼 기억이 되살아났다.

그러자 그림자처럼 여러 가지 형태의 전체가 함께 미끄러져 내려가며 비밀 속으로 빨려 들어갔다.

안제름은 조용히 노래하기 시작했다. 그가 가는 샛길은 조용히 고향 쪽으로 뻗어 있었다.

소년 시절의 어느 한때

어두운 동굴 속에서
오랫동안 나는 꿈꾸고 있었다.
너의 나무와 파란 하늘을
너의 향기와 새들의 노래를

멀리 바라보이는 갈색의 숲은 며칠 전부터 연초록빛을 띤 채 밝게 빛나고 있었다. 나는 오늘 진흙 길옆에서 처음으로 피기 시작한 앵초를 발견하였다.

푸른 하늘에는 부드러운 4월의 구름이 꿈꾸고 아직 밭갈이하지 않은 넓은 밭은 갈색으로 빛나며 동경하는 듯이 따스한 공기를 향하여 펼쳐져 있었다.

그 밭은 마치 영접하려는 듯 무수한 푸른 싹과 힘차게 뻗은 밑동 속에 숨은 무언의 힘을 시험하고 느끼고 도우려는 동경을 품고 있는 듯했다.

'만물은 기다리며, 준비하며, 꿈꾸며, 그리고 부드럽게 촉진하는 미묘한 성장의 열 속에서 싹트고 있었다.—싹은 태양을 향하여, 구름은 밭을 향하여, 어린 풀은 미풍을 향하여.'

해마다 나는 이때가 되면 초조와 동경에 가득 차서 이상한 순간이 나에게 새로운 탄생의 기적을 보여줄 것이라고, 또한 한 시간에 한 번씩 힘과 미(美)의 계시를 샅샅이 살펴보며, 그리고 생명이 미소하며 대지로 뛰쳐나와 빛을 향하여 어린 큰 눈을 뜨는 걸 보며, 모든 것을 함께 경험할 수 있으리라고 생각하여 참고 기다리는 중이었다.

해마다 이 자연의 기적은 소리를 내며 향기를 뿌리며 내 곁을 지나갔다. 사랑받으며 존경받으며—그러나 그 오묘함을 이해할 수는 없었다. 이제 그런 계절이 되었다.

나는 그것이 찾아오는 때를 정확히 모른다. 꽃봉오리가 껍질을 벗고, 부드러운 샘이 비로소 빛에 떠는 것조차 보지 못하였다.

갑자기 곳곳마다 많은 꽃이 피어나고, 나무들은 밝은 잎과 피어오르는 꽃으로 단장되며, 새는 노래하며, 아름다운 활(弓)을 그리면서 따뜻한 하늘을 날아오르곤 하는 것이었다.

내가 보든 말든 기적은 온 세상에 마술을 부려 숲은 무성하여지고, 산과 들은 푸르름을 부르고 있었다.

그리고 여유로운 시간이 있고 기분이 좋을 때 나는 축축한 풀 위에 오래도록 누워있다가, 혹은 그 곁에 있는 튼튼한 나무 밑동을 붙들고 기어 올라갔다.

나뭇가지 속에서 몸을 흔들기도 하고, 꽃향기가 신선한 송진 냄새를 맡기도 하고, 머리 위의 나뭇가지며 푸른 하늘을 쳐다보기도 하고, 소년 시절부터 보았던 묵객같이 신성한 화원으로 나도 모르게 발을 들여놓기도 했다.

다시 한번 그 옛날로 돌아가서, 처음 청춘의 맑은 아침 공기를 호흡하며, 신이 주셨던 그대로의 힘과 미의 기적이 우리 내부에서 자라던 소년 시절에 보던 그대로의 세계를 일순간이라도 다시 본다는 것은 그리 쉬운 일이 아니며, 또한 그것은 대단히 귀중한 삶의 빛남이다.

이미 나무들은 기뻐하며 힘차게 미풍 속에 서 있었고, 정원에는 수선화와 히아신스가 햇볕을 흠뻑 받고 아름답게 피어 있었다. 그리고 우리가 잘 알지 못하는 사람들도 서로 만나면 다정하고 기분 좋게 대해 주었다.

그것은 그들이 우리들의 퍼진 이마에서 신의 입김을 느끼는 까닭이었을 것이다. 거기에 대하여 우리는 아무것도 모르며, 그리고 원하든 원치 않는 무의식중에서 성장하려는 의욕 속으로 우리를 쓸어 넣는 것이었다.

나는 얼마나 난폭하고 손댈 수 없는 어린이였었는지, 어릴 때부터 나를 위해 아버지는 애쓰셨고, 어머니는 또 얼마나 걱정하고 한숨을 쉬셨던지!—그래도 역시 내 이마에는 신의 은총이 있었고, 내가 보는 것들은 아름답고 생생하였었다. 그리고 내 마음속에 경건한 기분은 없을망정, 내 생각과 꿈속에는 천사와 기적과 아름다운 동화가 친밀하게 내왕하고 있었다.

소년 시절부터 나에게는 갈아놓은 밭의 진한 흙냄새와 숲의 푸른 잎에 연관된 회상이 늘 자리 잡고 있었다. 그 회상은 봄마다 나에게 찾아들어 그 반쯤 잊고 싶은 잘못된 지난날을 다시금 몇 시간 동안 돌이켜 보도록 만들기도 했다.

지금도 나는 그것을 생각하고 있으며, 될 수 있으면 거기에 관해서 이야기해 보련다.

우리들의 침실은 늘 창이 가려져 있었다. 그래서 나는 슬며시 깨어 어두운 방 안에 그대로 누워있곤 했다. 그러면 옆에서 동생이 아주 규칙적으로 숨 쉬며 잠자는 소리가 들렸다. 그때 나는 다시금 이상한 생각에 사로잡히곤 했다.

눈을 감고 있으면 검은 어둠 대신에 보랏빛과 흐린 검붉은 빛의 둥근 모양의 분명한 색깔이 보이는 것이었다. 그것은 점점 크게 넓어지더니 암흑 속으로 사라졌다. 그리하여 계속해서 안으로부터 새로운 원이 나타나면서 모두 엷은 황색 언저리를 가지고 있었다.

또한 나는 미지근한 바람이 산으로부터 내려와 큰 백양나무 가지에 걸려 속삭이며, 때때로 윙윙 소리 나는 지붕에 부딪히고 기대는 소리에 귀를 기울였다.

애들은 밤에 일어나면 안 된다, 밖에 나가거나 창가로 가도 안 된다고 하던 말이 지금도 나에게는 섭섭하다. 어머니가 미처 창문 닫는 것을 잊었던 어느 날 밤의 일을 기억하고 있다.

그때 나는 한밤중에 눈을 떴다. 나는 가만히 일어나서 겁을 집어먹으며 창가로 갔다. 창밖은 유난히 밝았다고 생각했던 것만큼 검거나 어둡지 않았다.

모든 것이 희미하고 회색빛으로 쓸쓸하게 보였다. 큰 구름이 하늘 전체에서 탄식하고 있고, 푸른빛을 띤 검은 산들은 불안에 싸여 닥쳐올 불행으로부터 피하려고 초조하게 구름과 함께 밀려오는 것이 보였다.

이미 백양나무는 잠들어 있고 주위의 빛이 낡아서 죽은 물건이나 광채를 잃은 물건처럼 보였다. 그리고 정원에는 여느 때와 같이 벤치, 물통, 어린 떡갈나무 등이 있었는데, 역시 약간 빛이 남아 희미하게 보였다.

내가 창에 걸터앉아 창백하여진 세계를 바라본 것은 짧은 순간이었는지 혹은 긴 시간이었는지 알 수 없으나, 그때 가까운 곳에서 한 짐승이 불안하고 슬프게 울기 시작하였다. 그것은 개든가 양 아니면, 송아지가 깨어나서 어둠에 불안을 느낀 까닭이었을 것이다.

갑자기 나 역시 무서워졌다. 나는 방으로 다시 도망쳐 들어와서 침대로 들어가 울고 싶다고 할까 울고 싶지 않다고 할까 알 수 없는 미묘한 기분에 휩싸였다. 그러나 어느 쪽이 되기 전에 그만 잠들어버렸다.

이러한 모든 것이 지금도 닫힌 창문 밖에서 수수께끼처럼 기다리고 있었다. 그것을 다시금 내다본다는 것은 대단히 아름답기도 하려니와 또한 위험하게도 생각되었다.

나는 또다시 검은 나무들과 피로한 듯 흔들리는 광선과 고요한 정원과 구름과 같이 도망치는 산과 하늘의 창백한 모습과 잿빛의 먼 곳까지 희미하게 빛나는 하얀 길을 머릿속에 그려보았다.

그랬더니 큰 검은 망토를 입은 도둑이, 아니면 살인자가 몰래 숨어 들어왔다. 또한 누구인가 길을 잃고 밤이 되어 불안 속에서 짐승에게 쫓기어 뛰며 왔다 갔다 하고 있었다.

어쩌면 나와 같은 소년이 집을 뛰쳐나온 것인지, 강도를 만난 것인지, 또는 부모를 잃은 것인지 그중의 하나일 것이다. 그리고 아무리 용기를 가졌다고 할지라도 곧 그 옆에 있는 귀신에게 죽임을 당하지 않으면 이리에게 물려갔을 것이다.

아마 도둑들이 숲속으로 그를 끌고 갔는지도 모른다. 그러면 그도 또한 도둑이 되어 칼이든가, 이연발 피스톨을 가지고 큰 모자를 쓰고 승마용 장화를 신었을 것이다.

여기서 한 걸음만 더 나가면 그곳에는 의지가 없는 자기 상실의 세계가 있어, 나는 이 꿈나라에서 지금 추억하고, 상상하고, 환상하고 있는 모든 것을 눈으로 보고, 두 손으로 붙잡을 수 있었으리라.

나는 끝내 잠들 수가 없었다. 그것은 방문 열쇠 구멍으로 부모님의 침실에서 비쳐 드는 가늘고 붉은빛이 안으로 비춰서 어두운 방을 약하고 떨리는 빛으로 채우면서 갑자기 어렴풋이 비치는 문이 노란색 반점을 그린 까닭이었다.

나는 지금 아버지가 잠자리에 드는 것을 알 수 있었다. 양말을 신은 채로 왔다 갔다 하는 아버지의 발걸음 소리가 고요히 들리고 동시에 낮고 깊이 있는 말소리도 들렸다. 잠시 어머니와 이야기를 나누고 있었다.

"애들은 잠들었소?"

나는 아버지의 말소리를 들었다.

"네, 벌써 잠들었어요."

어머니의 대답이었다.

이 말에 아직 자지 않고 있는 내가 왠지 부끄러웠다. 그러고 나서 잠시 조용하였으나 불은 그대로 켜져 있었다. 내게는 그 시간이 길었고, 이미 졸음이 스르르 눈 속에 스며들었다. 그때 어머니의 음성이 다시 들려왔다.

"브로지에 대해서도 물어보셨는가요?"

"내가 직접 가보았어. 저녁에 가보았는데 불쌍하더군."

"그럼, 대단한가 보죠?"

"아주 좋지 않아. 봄이 되면 죽겠데. 벌써 얼굴에는 죽음의 빛이 역력하던걸."

"어떻게 생각하세요? 한 번 그 애더러 가보라고 하면…… 좋아질지 누가 알겠어요?"

어머니가 말했다.

"좋을 대로 하구려. 그러나 그럴 필요가 없을 거야. 어린애가 무엇을 알겠나?"

아버지의 어두운 대답이었다.

"그럼 주무세요."

"응, 잘 자오."

불이 꺼지자 공기의 진동도 그치고, 마루와 문은 다시금 어두워졌다. 검붉은 빛의 원이 생기며 자꾸 퍼져나가는 것이 보였다.

부모님이 잠들고 모든 것이 고요해졌을 때 갑자기 흥분된 나의 영혼은 밤 속에서 힘차게 움직이기 시작하였다. 잘 알 수 없는 회화(會話)는 연못으로 과일이 떨어지듯이 내 작은 영혼 속으로 떨어졌다.

그리고 이제는 급속히 나타나는 원이 조급하고 불안스럽게 내 영혼 저쪽으로 달아나 무서운 호기심을 보이며 몸서리를 치는 것이었다.

부모님이 말하고 있는 브로지는 나의 시야에서 이미 사라졌다. 기껏해야 퇴색한, 거의 잊혀가는 기억에 불과했다. 이제껏 그 이름을 전혀 기억하고 있지 못했는데, 지금 그것은 천천히 항거하며 떠올라 다시금 생생한 모습이 되었다.

처음에, 나는 그 이름을 이전에는 종종 들었고, 나 또한 불러본 적이 있었다는 기억뿐이었다. 그리고 누구로부터인가, 어느 가을날 사과를 보내준 생각도 났다.

그때 그것이 브로지의 아버지였다는 것을 생각하자, 갑자기 모든 것이 되살아나기 시작했다.

내 눈앞에는 나보다 한 살 위인, 그러나 나보다 크지 않은 브로지라고 부르는 귀여운 소년의 모습이 떠올랐다. 아마 일 년 전까지, 그 애 아버지는 우리 집 바로 앞에서 살았고, 그래서 그 애는 나의 개구쟁이 친구였다.

나는 생각해냈다. 그는 두 개의 기묘한 뿔이 달린 손으로 뜬 푸른 털모자를 쓰고 언제나 주머니에 사과라든가 작게 썬 빵 따위를 가지고 다녔다. 그리고 지루해질 때는 꼭 무슨 기발한 생각을 하거나 유희 같은 놀이를 제안하곤 하였다.

그는 항상 조끼를 입고 다녔는데, 나는 그것을 매우 부러워하곤 했다. 이전에 나는 그가 힘이 세다는 것을 조금도 믿지 않고 있었는데, 어느 날 그 뿔 모자(그것은 그의 어머니가 짠 것이었다)를 보고 마을 대장간 집 애가 웃자 거침없이 달려들어 때리는 것을 지켜보고는 한동안 나는 그를 무서워하기도 했다.

그는 길들인 새 한 마리를 기르고 있었는데, 가을에 아직 이른 감자를 너무 많이 먹여 그만 죽고 말아서 같이 파묻어 주었다. 관은 상자였었는데, 너무 작아서 뚜껑을 맞게 할 수가 없었다.

내가 목사님 흉내를 내어 설교하였다. 그때 브로지가 울기 시작하자 내 동생이 저도 모르게 웃어버렸는데, 그런다고 내 동생을 때려주었다. 그러자 동생은 엉엉 울었고, 우리는 뿔뿔이 흩어져 달아났다.

그런 후에 브로지의 어머니가 와서 내일 오후에 집으로 오라고 하면서 우유와 과자를 주겠노라고 말했다.

이미 브로지는 마음이 풀어졌다고 말하였다. 우리가 가서 우유를 마실 때 브로지가 이야기를 하나 들려주었는데, 그 이야기라는 것이 도중에 자꾸 반복되었다. 지금 나는 그 이야기를 기억할 수 없으나 생각날 때마다 웃음이 터져 나왔다.

그러나 그것은 시작에 불과하였다. 그와 동시에 여러 가지 경험, 브로지가 나와 친구였던 시절의 여름과 가을에 일어난 갖가지 일들이 떠올랐다.

그러던 그가 몇 달 동안 찾아오지 않자, 그 모든 일을 아주 깜빡 잊고 말았다. 그런데 겨울에 곡식을 주면 새들이 동시에 욱 몰려들 듯이 지금, 그 모든 일이 한꺼번에 떠오르는 것이었다.

나는 기와 공장 집의 매가 마차 창고에서 도망쳐 날아간 저 날씨 좋던 가을날 한때의 일이 되살아났다.

끝을 잘렸던 날갯죽지가 돋아나자, 그 매는 주석으로 만든 작은 고리를 끊고 좁고 습기 찬 어두운 차고로부터 도망쳐 집과 마주 향하고 있는 사과나무 위에 앉아 있었다.

열 두세 명쯤 되는 사람들이 집 앞길에 서서 나무 위를 쳐다보며 다시 잡을 계획을 의논하고 있었다.

그때 브로지는 물론 나와 같은 어린애는 낭패한 기분이 되어 있었다. 다른 사람들과 함께 나도 거기에 서서 조용히 나무 위에 앉아 매서우면서도 대담하게 아래를 내려다보고 있는 매를 바라다보고 있었다.

"다시는 돌아오지 않을 거다."

그때 누군가가 외쳤다.

그러자 우리 집 머슴인 고틀롭이 말했다.

"저놈이 날 수 있다면, 벌써 지금쯤은 산과 골짜기 저쪽으로 갔을 것이다."

매는 가지에 앉아서 날아가지도 않고 몇 번이나 큰 날개를 폈다 접었다 하자, 우리는 덩달아 흥분에 빠졌다. 그때 나는 저 매가 잡히지 않고 도망가면 얼마만큼 기쁠 것이라는 기분을 모르고 있었다.

결국 고틀롭이 사다리를 갖다 놓았다. 그는 지붕으로 올라가서 매에게로 손을 내밀었다. 그러자 매는 가지를 떠나 날개를 세차게 치기 시작하였다. 그때 어린 나의 가슴은 숨이 가쁘게 몹시 뛰었다. 우리는 멍하니 서서 날개를 치고 있는 아름다운 매를 바라보았다.

그러는 사이에 멋있는 순간이 왔다. 매는 두세 번 크게 활개를 치더니 날 수 있다는 것을 안다는 듯이 천천히 자랑스럽게 큰 원을 그리며 점점 공중으로 높이 날아올라 나중에는 종달새같이 작아지면서 빛나는 하늘로 고요히 사라지는 것이었다.

사람들은 이미 가 버렸으나, 우리는 그냥 거기에 서서 하늘을 올려다보며 매의 방향을 쫓고 있었다.

그때 갑자기 브로지가 공중을 향해 소리쳤다.

"날아라, 날아, 지금 너는 다시 자유로워졌다."

돌연 이웃집의 마차 창고가 떠올랐다. 비가 몹시 내리는 날이면, 우리는 그 창고 어스름한 곳에 모여 쪼그리고 앉아서 넓은 빈터에 쏟아지는 빗소리에 귀를 기울이기도 하고, 작은 강, 큰 흐름, 호수 등이 되어 흐르고 교차하며 모양을 변경시키는 정원 땅위를 바라보기도 하였다.

그리고 우리가 그렇게 쪼그리고 앉아 귀를 기울이고 있던 어느날 브로지가 또 이런 말을 했다.

"이봐, 이제 홍수가 밀려올 거다. 어떡하면 좋으니? 벌써 마을 사람들은 전부 빠져버렸을 거야. 물이 숲까지 밀려왔어."

그래서 우리는 여러 가지를 생각하고, 정원을 살펴보고, 퍼붓는 빗소리를 듣고, 거기에 섞이어 들려오는 먼 곳의 물결과 포효하는 물소리를 들었다.

우리는 네댓 장의 판자로 뗏목을 만들어야 한다, 그 뗏목을 타고 우리 둘이 가면 된다고 이렇게 내가 말하자, 브로지는 화를 내며 소리를 질렀다.

"그래? 그럼 너의 아버지와 어머니, 그리고 우리 아버지와 어머니, 또 고양이와 네 동생은 어떻게 하지? 같이 데리고 가지 않아도 된다는 말이냐."

물론 나는 흥분해 있었고 위험하다는 불안감에 꽉 차서 그것을 미처 생각하지 못한 것이다. 그의 말에 곧 나는 거짓말을 하며 변명하였다.

"응, 나는 그들이 벌써 다 죽어버린 줄 알았다고……."

그러자 그는 내 마음을 잘 알고 있었으므로 생각에 잠긴 듯 슬픈 표정을 지으며 말했다.

"이젠 무슨 다른 장난을 하자."

그리고 그의 불쌍한 새가 아직 살아있어 여기저기서 쫑쫑거리며 뛰어다니는 어느 날, 우리는 그 새를 우리 집 정자로 데리고 와서 대들보 위에 풀어놓았더니 거기서 내려올 수가 없어서 왔다 갔다 하고 있었다.

나는 집게손가락을 매 앞에 내밀고 농담으로 말하였다.

"자, 야곱 물어봐."

그러자 그놈은 내 손가락을 주둥이로 쪼았다. 별로 아프지는 않았으나, 나는 그만 화가 나서 때리며 골려주려고 하자 옆에 서 있던 브로지는 내 몸을 붙들면서 나를 꽉 안아버리는 것이었다. 놀란 새는 대들보에서 날아내려 결국 난을 면했다.

"놓아, 이 자식아!"

나는 소리를 질렀다.

"저것이 나를 물었어."

나는 힘껏 그와 맞붙었다.

"네가 새 보고, 야곱, 물어봐!' 이렇게 말했잖니."

브로지는 이렇게 말하며 새가 한 일이 아주 당연하다고 말했다. 나는 그의 설교에 화가 치밀어서

"맘대로 해."

하고 말하며, 어느 날 그 새에게 적당히 복수를 해주리라고 결심했다. 그러고 나서 곧바로 브로지는 정원을 가로질러 집으로 가는 도중에 다시 나를 부르며 되돌아왔다.

나는 그를 기다리기 위해 그 자리에 서 있었다.

그가 가까이 다가오며 말했다.

"야, 너 다시는 야곱을 안 때리겠다고 정말 약속하겠니?"

그러나 나는 대답하지 않은 채 흥분해 있었다. 그랬더니 그는 나에게 큰 사과를 두 개 주겠다고 말하였다. 그래서 내가 약속하겠다고 하자, 그제야 그는 집으로 돌아갔다.

얼마 안 돼서 그의 집 뜰에 있는 사과나무의 사과가 익게 되었다. 그는 약속한 사과 두 개를 나에게 주었는데, 그것은 아주 훌륭하고 매우 큰 것이었다. 그런 그의 태도에 그만 나는 부끄러워져서 받으려고 하지 않았더니 그가 말했다.

"받아라. 사실은 야곱 때문에 주는 것이 아니야. 네 동생도 하나 주렴."

그래서 나는 부끄러워하며 그것을 받았다.

그런 어느 날 오후 내내 우리는 초원을 뛰어다니고 나서 수풀 밑에 부드러운 이끼가 돋아 있는 깊은 숲속으로 들어갔다. 피곤한 나머지 우리는 땅바닥에 주저앉았다. 파리가 몇 마리 버섯 위에서 붕붕거리며 맴돌았고, 이름 모를 여러 종류의 새가 날아다녔다.

그중에서 몇 마리의 새는 알고 있었으나, 대개는 모르는 새들이었다. 또한 딱따구리가 열심히 나무를 쪼는 소리가 전설처럼 들려왔다. 그것을 듣고 있으니, 우리는 아주 기분이 상쾌해지고 기뻐서 서로 아무 말도 안 했다.

누구 하나가 무슨 이상한 것을 발견하였을 때만 그곳을 손으로 가리키며 보았다. 숲은 깊고 불안에 찬 갈색의 어둠 속에 그 모양을 감추고 있으면서도 천장과 같이 나뭇잎으로 덮여 있는 이곳에 푸르고 부드러운 빛이 새어들고 있었다.

그 뒤를 이어 잎이 흔들리는 소리인지, 새가 날개를 치는 소리인지 무슨 소리가 들리면, 마치 마술에 걸린 동화의 세계에서 들려오는 것 같아 비밀에 찬 낯선 소리로 들리며 여러 가지 암시를 주는 것 같았다.

뛰어다닌 탓으로 브로지는 너무 더워 재킷과 조끼까지 벗고 이끼 위에 누워버렸다. 몸을 뒤로 젖혔을 때 셔츠가 그의 목 위에까지 올라갔다.

그때 나는 그의 어깨에 붉은 상처가 있는 것을 보고 깜짝 놀랐다. 그와 동시에 나는 도대체 그 상처가 왜 생겼느냐고 물으려 하였으나, 어쩌면 불행한 이야기를 듣게 될 것이라고 여기고는 알수 없는 흥분에 혼자 기뻐하였다.

그러나 그것이 앞으로 어떻게 될는지는 알 바 아니라고 애써 나를 위안시켰다. 갑자기 나는 묻기 싫어져서 못 본 척했다. 어쨌든 상처를 지닌 브로지가 무척 불쌍하게 생각되었다.

분명 피가 많이 나와 아팠을 것이다. 그 순간 전보다 더 강한 애정을 느꼈으나, 나는 아무 말도 할 수 없었다.

우리는 늦게서야 숲속에서 함께 나와 집으로 돌아왔다. 그러고 나서 나는 방에서 굵은 접골목 밑동으로 만든 가장 잘 만든 딱총을 꺼냈다. 그것은 머슴이 내게 만들어 준 선물이었다.

나는 다시금 밖으로 나가서 그 딱총을 브로지에게 주었다. 그는 처음엔 장난으로 알았는지 받지 않고 손을 뒤로 돌렸다. 그래서 나는 딱총을 그의 호주머니에 넣어 주어야 했다.

그 밖에 여러 가지 일이 다시 머릿속에 떠올랐다. 전나무 숲도 생각났는데, 그것은 강 건너 쪽에 있었다.

어느 날 나는 사슴이 보고 싶어서 친구와 같이 그곳으로 갔다. 우리는 하늘 높이 솟아 있는 전나무 밑동 사이로 평탄하게 갈색을 띠고 있는 넓은 장소로 들어갔다.

그러나 아무리 멀리까지 돌아다녀도 한 마리의 사슴도 볼 수 없었다. 그 대신에 노출된 전나무 뿌리 사이에 큰 돌이 많이 있는 것을 발견하였다.

그리고 그곳에 밝은 빛의 이끼가 작은 뭉치가 되어 길게 돋아나 있었는데, 이 모든 돌에는 푸른 경계선이 있었다. 나는 그러한 돌에서 이끼 낀 흙을 떼어내곤 하였다. 그것은 내 손바닥만큼도 크지 못했다.

그때 브로지가 갑자기 말하였다.

"안 돼, 그대로 둬!"

"왜?"

하고 내가 물었더니 그가 다시 말했다.

"이것은 천사가 숲을 거닐 때 난 발자국이야. 천사가 걸어 다니는 곳마다 돌에 이렇게 이끼가 생긴단다."

그러고 나서 우리는 사슴 생각은 까맣게 잊어버리고 천사가 나타나지 않을까 하고 기다리고 있었다. 그래서 우리는 발걸음을 멈추고 숨어 기다렸다.

숲 전체가 쥐 죽은 듯 고요하고 갈색 땅 위엔 밝은 햇빛만이 비치고 있었다. 먼 곳에는 곧은 아름드리나무 밑동이 붉고 높은 기둥같이 꽉 들어서 있었고, 쳐다보니 무성한 나뭇가지들 사이로 멀리 푸른 하늘이 보였다. 아주 약한 서늘한 바람이 들을 수 없을 정도로 불어왔다가 사라져갔다.

그때 우리는 불안하고 엄숙한 기분에 사로잡혔다. 주위가 너무도 조용하고, 금방 천사가 내려올 것 같아서였다.

잠시 후에 우리는 가만히 빨리 그곳을 떠나 많은 돌과 나무 밑동 옆을 지나 숲을 빠져나왔다. 다시금 초원을 지나 강을 건너 잠시 온 쪽을 멀리 바라다보고는 숨 가쁘게 집으로 뛰어왔다.

그 후에 다시 한번 브로지와 싸우고 곧 화해하였다. 이미 겨울이 되었을 때 브로지가 않는다는 소식을 듣고도 그에게 가려고 하지 않았다. 그러나 두세 번은 갔었다. 그는 누워서 아무 말도 하지 않았다.

그의 어머니가 귤 반 개를 나에게 주었으나 나의 마음은 진정되지 않은 채 지루하기만 했다. 그리고 그 후엔 별다른 일이 없었다. 나는 동생, 머슴의 아들, 그리고 동네 계집애들과 어울려 놀았다.

그리하여 오랜 시일이 흘러갔다. 눈이 내렸다가 녹고 다시 내렸다. 시냇물도 얼음이 얼었다가 녹았다. 시냇물은 갈색이 되고 흰빛을 띠었다.

홍수가 나서 위쪽 골짜기로 물에 빠진 돼지와 많은 나무가 떠내려왔다. 병아리를 깠는데 그중에서 세 마리가 죽었다. 동생이 앓다가 일어났다. 마당에서는 비질을 하고 방에서는 베를 짰다. 밭을 다시 갈았다.

이러한 모든 일에 브로지는 참가하지 못하였다. 이리하여 그는 우리와 점점 멀어지고 나중에는 머릿속에서 사라져 잊어버리고 말았다.—오늘 밤에 붉은빛이 열쇠 구멍으로 새어 들어오고, 아버지가 어머니에게,

"봄이 되면 그 애는 죽을 거요."
하고 말하는 것을 들었을 때까지.

여러 가지 헝클어진 추억과 감정에 휩싸여 나는 잠이 들었다. 아마 내일이 되면 없어진 친구 생각은 살려는 충동에서 또다시 잊어버리고, 옛날 같은 생생한 아름다움과 강렬함을 가지고 더 이상 머리에 떠오르지 않을 것이다.

아침 식사 때 어머니께서 나에게 물었다.

"너와 늘 함께 놀던 브로지 생각나니?"

그때 나는 "네."하고 짧게 대답하였다.

어머니가 부드러운 소리로 말을 계속하였다.

"지난봄까지도 너희들은 같은 학교에 다니고 있었잖니. 그런데 그 애가 몹시 앓고 있단다. 어쩌면 죽을지도 모른다는구나. 너 한 번 가보지 않으련?"

어머니의 말씀은 매우 신중했다. 나는 간밤의 아버지의 말을 생각하고 공포를 느꼈으나 동시에 불안한 호기심을 가졌다. 아버지의 말에 의하면 브로지의 얼굴에는 죽음의 빛이 나타났다고 했다. 그것이 말할 수 없이 무서웠고 또한 이상하였다.

나는 또 한 번

"네."

하고 짧게 대답했다.

그러나 어머니는 엄하게 말씀하셨다.

"그 애가 앓고 있다는 것을 잊어서는 안 된다! 가도 그 애와 장난하거나 떠들어서는 못 쓴다."

나는 모든 것을 약속하였고, 주의받고 이번에는 정말 조용히 있으리라 생각하고, 그날 아침에 브로지의 집으로 갔다.

잎이 떨어진 두 개의 떡갈나무가 상쾌한 오전의 햇빛을 받으며 조용히 서 있는 집 앞에서 나는 발걸음을 멈추고 잠시 현관 주위를 살폈다.

그러자 갑자기 집으로 되돌아가고 싶은 생각이 났다. 그래서 나는 잠시 마음을 진정시킨 다음 붉은 돌층계 셋을 급하게 올라가 반쯤 열려 있는 문으로 들어섰다. 걸으면서 사방을 둘러보고 가장 가까운 방문을 노크했다.

그때 밖으로 나온 사람은 브로지의 어머니였는데 민첩하고 조용한 부인이었다. 그 부인은 나에게 가벼운 키스를 하고 나서 물었다.

"브로지를 보러 왔니?"

시간이 얼마 걸리지 않아서 그 부인은 나의 손을 잡고 위층의 흰빛 문 앞으로 데리고 갔다.

기분 나쁘게 무섭고 이상한 곳으로 나를 데리고 가는 그 부인의 손이 천사의 손, 또는 마술사의 손같이 생각되었다.

나의 심장은 경고자와 같이 불안스럽게 격렬히 뛰었고 잠시 내가 멈칫거리자 부인은 나를 억지로 방 안으로 끌고 들어갔다.

의외로 방은 크고 밝아 대단히 기분이 좋았다. 바로 문 옆에서 당황해하고 무서워하며 서 있는 나를 부인이 끌어들이기까지 밝은 침대를 바라보고 있었다. 그때 브로지가 우리 쪽을 돌아다보았다.

그래서 나는 유심히 그의 얼굴을 바라보았다. 얼굴은 여위고 뾰족하였으나, 거기에서 죽음의 그림자는 볼 수 없었고, 다만 희미한 빛이 있을 뿐이었다.

어린 환자의 눈에는 보통이 아닌 것, 진실함과 인내성이 깃들어 있었다. 그것을 보고 있으려니 불안한 호기심에 숨이 막히고 옆으로 천사가 지나가는 듯한 느낌이 생기며, 조용한 전나무 숲

속에 서서 귀를 기울이고 있었던 때와 같은 기분이 들었다.

브로지는 머리를 한 번 끄덕하고는 나에게 손을 내밀었다. 손은 덥고 여위어 있었다. 그의 어머니는 그 손을 쓰다듬으며 나에게 고개를 끄덕이고는 방을 나갔다.

나는 작고 높은 침대 옆에 서서 그를 바라보고 있었다. 잠깐 우리는 아무 말도 하지 않았다.

"너, 그대로 서 있어도 좋으냐?"

브로지가 기운 없는 음성으로 말했다.

"응, 너는 상관없니?"

내가 이렇게 물었다.

"너의 어머니가 보내셨니?"

나는 대답 대신에 고개를 끄덕였다.

그는 피로했던지 베개 위에 다시 머리를 떨어뜨렸다.

나는 무슨 말을 해야 할지 몰랐다. 모자를 깨문 채 다만, 그를 그대로 바라볼 뿐이었다. 그는 나를 보고 조용히 웃더니 너무 괴로워서인지 눈을 감았다.

그러면서 그는 몸을 약간 옆으로 움직였다. 그럴 때 나는 갑자기 벌어진 틈을 통해 셔츠의 단추 밑에 무슨 붉은 것이 빛나고 있는 것을 보았다. 그것은 그의 어깨에 있는 큰 상처였다. 그것을 보자, 나는 소리 내어 울 수밖에 없었다.

"야, 왜 그러니?"

그가 물었다.

나는 아무 대답도 못 하고 그냥 울며 털모자로 아프도록 뺨을

닦았다.

"말해 봐, 왜 우니?"

"그저, 네가 너무 아파 보여서 그래."

나는 이렇게 말하였으나 그것이 진정한 이유는 아니었다. 그것은 내가 이전에 한 번 느꼈던 것과 같은 매우 동정적인 애정의 눈물에 불과하였다. 그것이 갑자기 치밀어 올라와 어찌할 수가 없었다.

"대단치 않아."

브로지가 말했다.

"곧 낫게 되니?"

"응, 글쎄!"

"대체 언제 낫니?"

"건 나도 알 수 없어. 어쩌면 오래 걸릴 거야."

잠시 후에 나는 그가 잠들어 버린 것을 알게 됐다. 나는 잠시 더 있다가 밖으로 나왔다. 빠르게 층계를 내려와 곧장 집으로 돌아왔다.

나는 매우 기분이 좋았고, 어머니는 아무것도 묻지 않으셨다. 내 표정이 달라져 있어서 내게 무슨 일이 있었다는 것을 어머니는 잘 알고 있었다. 말없이 내 머리를 쓰다듬으며 고개를 끄덕일 뿐 끝내 아무 말도 하지 않으셨다.

그런데도 난 여전히 떠들고 난폭하고 행동이 나빴던 모양이었다. 그날 난 동생과 싸웠던가, 가마 옆에서 일하는 계집애를 골려 주었는가 하면 진흙밭을 뛰어다니다가 집에 돌아온 것같이 생각되었기 때문이다.

어쨌든 그런 일이 있은 것은 사실이었다. 그것은 그날 저녁에 어머니가 유달리 친절하고 진실하게 나를 쳐다본 것을 지금까지 기억할 수 있었기 때문이었다. —그때 어머니는 아무 말도 하지 않고, 오늘 아침의 일을 나에게 상기시키고 싶었을 것이다.

나는 어머니의 심중을 이해하고 곧 후회하였다. 어머니는 그것을 눈치채자, 좀 색다른 일을 시켰다.

어머니는 창가에 놓여 있는 화분대에서 흙이 가득 차 있는 작은 화분 하나를 내게 주셨다. 그 속에는 검은 구근(球根)이 있었는데, 벌써 두 개의 뾰족한 연녹색의 부드러운 작은 잎이 돋아나 있었다. 그것은 풍신자(風信者)란 꽃이었다.

어머니는 그것을 주며 이렇게 말씀하셨다.

"조심해라. 이것을 너에게 주마. 나중에 크고 붉은 꽃이 필 게다. 저기 놓아둘 터이니 잘 가꿔야 한다. 다치거나 가지고 왔다 갔다 하면 못쓴다. 매일 두 번씩 물을 주어야 하는 것을 잊지 마라. 네가 잊으면 내가 주곤 하마. 그러나 아름다운 꽃이 피면 브로지에게 가져다주렴. 그럼 그 애도 기뻐할 거다. 넌 그렇게 생각하지 않니?"

어머니는 나더러 그만 자라고 하셨다. 나는 신이 나서 그 꽃 생각을 하며 꽃이 필 때까지 기다리는 것이 명예스러운 중대한 직분같이 생각되었다.

그러나 그 이튿날 아침에는 벌써 물 주는 것을 까맣게 잊어버려서 어머니로부터 꾸중을 들어야만 했다.

"그렇게 해서 어떻게 브로지에게 꽃을 주겠니?"

그리고 그런 후에도 어머니는 이러한 주의를 여러 번 해야 했다. 그러나 당시에 이 꽃만큼 나를 바쁘게 하고 행복하게 한 것은 없었다.

이전부터 방 안과 정원에는 다른 더 크고 아름다운 꽃이 많이 있어서, 아버지와 어머니는 종종 그것을 나에게 보여주시곤 했다. 그러나 이러한 작은 식물을 함께 바라보고 가꾸면서 걱정하게 된 것은 이번이 처음이었다.

며칠 후에 이 작은 꽃에서 좋지 않은 징조가 보였다. 어디인가 허약하여 발육할 힘이 없는 것 같았다. 그래서 나는 우울해지고 견딜 수 없게 되었을 때, 어머니는 이렇게 말씀하셨다.

"애, 알겠니? 저 꽃은 지금 꼭 브로지와 같이 병이 들었단다. 한 번 더 이전과 같이 사랑하고 손질해 주어라."

이 비유를 나는 이해할 수 있었다. 곧 나는 전혀 새로운 생각을 하게 되었고, 그것이 나를 지배하였다.

비로소 나는 애를 쓰는 이 작은 식물과 저 앓는 브로지와 사이에 어떤 신비한 관계를 생각한 것이다.

결국 나는 풍신자 꽃이 피면, 나의 벗도 다시금 좋아지리라는 굳은 신념을 가지게 되었다.

그러나 꽃이 피지 않으면 그도 죽을는지 모른다. 그리고 이 식물을 소홀히 하면 그 책임을 내가 져야 한다는 생각이 들기까지도 했다.

이러한 생각이 마음속에 굳어지자, 이상하게도 나만 알고 있는 마력의 보물과 같이 그 화분을 불안과 시기하는 마음으로 보호하게 되었다.

처음 방문한 지 삼사일 지나서ㅣ-ㅣ식물은 아직 상당히 힘들어하는 모양이었다.ㅣ-ㅣ나는 다시금 그의 집으로 갔다.

브로지는 아주 조용히 누워있었다. 나는 아무 말도 할 수 없었으므로 침대 곁에 서서 홑이불에 파묻혀 부드럽고 온화하게 쳐다보는 병자의 얼굴을 내려다보고 있었다.

그는 종종 눈을 떴다 감았다 할 뿐, 그 이외에는 몸을 움직이지 않았다. 이전보다 영리하여지고, 또한 철이 들어 보이는 방관자로서의 나에게 있어 어린 브로지의 영혼은 이미 안정을 잃고 천국에 가고 싶어 하는 빛을 보이고 있다는 것을 느꼈다.

작은 방의 정적에 대한 공포가 나에게 밀려오려고 할 때, 브로지의 어머니가 들어와서 친절하게 발소리도 내지 않으시고 나를 밖으로 끌고 나와 배웅해 주셨다.

그 다음번에 나는 매우 기쁜 마음으로 찾아갔다. 그것은 내가 가꾼 꽃이 새로운 기쁨과 힘으로써 뾰족한 잎을 피운 까닭이었다. 이번에는 병자도 기운이 있어 보였다.

"너 아직 야곱이 살고 있었던 때를 기억하니?"

그가 나에게 물었다.

그래서 우리는 새에 관한 일을 생각하고 그것에 대해 말을 주고받았다. 또 이곳으로 잘못 날아온 잿빛 붉은 앵무새의 일을 열심히 신기하게 이야기하고 그 앵무새가 말할 수 있었던 짤막한 세 가지 말을 흉내 냈다.

어느새 나는 말이 많아져 있었다. 브로지는 곧 피로해졌으나 나는 그가 환자라는 것조차 그만 깜빡 잊고 있었다.

나는 우리 집의 전설이 되어버린 도망간 앵무새 이야기를 하였다. 이야기의 절정은 늙은 머슴이 창고 지붕에 그 아름다운 새가 앉아 있는 것을 당장 사다리를 놓고 그것을 잡으려고 한 대목이었다.

그가 지붕으로 올라가서 조심조심 앵무새 쪽으로 가까이 갔더니, 앵무새가 이런 말을 했다.

"안녕하세요!"

그래서 머슴은 모자를 벗고 말했다.

"용서하시오. 지금까지 나는 당신이 날짐승이라고 생각하고 있었는데……."

이 말을 하였을 때, 나는 브로지가 꼭 소리 내어 웃으리라고 생각하였다. 그런데 그렇지 않아 나는 아주 이상하게 생각하며 그를 바라보았다.

나는 그가 부드럽게 마음으로 웃고 있는 것을 알았다. 그의 볼은 이전보다 좀 붉었다. 그러나 그는 아무 말도 하지 않았고 소리를 높여 웃지도 않았다.

그때 나는 갑자기 그가 나보다 네 살쯤 위로 보였다. 나의 기쁨도 그 순간에 사라지고, 그 대신 당황함과 불안이 휩쓸려왔다.

그와 같은 분위기를 지금에 와서 생각해 보면 우리 사이에 무슨 새로운 것이 여느 때와 달리 마음을 흩어지게 한다는 것을 알게 된 까닭이었다.

그때 커다란 겨울 파리 한 마리가 붕붕 날아왔다. 나는 그 파리를 잡을까 하고 그에게 물었다.

"안 돼, 그냥 두어라. 애!"

브로지가 숨 가쁘게 말하였다.

이 말 또한 어른이 하는 말 같았다. 나는 불안한 마음으로 그의 방을 나왔다. 돌아오는 길에 나는 평생 처음으로 어떤 이른 봄과 같은 예감에 들떠서 아련한 아름다움을 느꼈다.

몇 해 후에 소년 시절이 지나갈 무렵, 나는 다시 한번 그것을 느낀 적이 있었다.

그것이 어떤 것이며, 어떻게 느꼈는지 자세히 알 수 없다. 그러나 따뜻한 바람이 불고, 검게 젖은 흙이 밭모퉁이에서 부풀어 올라 무늬같이 반짝이며 빛나고, 공기는 이전과 다른 남풍의 향기가 풍기고 있었던 것을 기억할 수 있었다.

나는 가벼운 흥분에 들떠 노래 한 곡을 부르려고 하였으나, 어떤 그 무엇이 내 마음을 억눌러 잠잠하게 해서 곧 그만두었던 것이 생각났다.

이웃집으로부터 돌아오는 이 짧은 길은 매우 깊은 인상으로 남아 있었다. 그것에 대한 개개의 일은 알 수 없으나, 그러나 때때로 눈을 감은 채 집에 돌아오던 것을 생각하면, 다시 한번 그 땅을 어린 눈으로 보는 기분에 젖어 들었다.

이것은 우리 연장자가 예술가와 시인의 작품에서만 알 수 있는 것 같은 가벼운 열정으로써 가질 수 없는 아름다움을 꿈꿀 때 하느님에 의해 주어지고 만들어지는 선물이다.

아마 이 길의 길이는 모두 이백 보밖에 안 될 것이다. 그러나 그 후 내가 경험한, 여행의 모든 것을 합친 것보다도 한없이 많은 것처럼 실제로 이 자리와 이 길의 저편과 또 이 길옆에 있었다고 생각되었다.

쌀쌀한 나무들이 얽혀 구부러진 가지들을 뻗치고 작은 가지 끝에는 송진이 묻은 붉은 갈색의 봉오리들이 뾰족이 나와 있었다. 그 위를 바람과 구름이 흘러가고, 또한 그 밑에는 벌거숭이 땅이 봄의 활기를 띠었다.

갑자기 내린 비로 개울의 물이 넘쳐서 길에는 가늘고 긴 흐린 시내를 만들고, 그곳에 오래된 버들잎과 갈색의 작은 나무 조각들이 떠 있었다.

그것은 모두 배가 되어 달아나고, 강변에 닿아 기쁨과 슬픔으로 변천되는 운명을 경험하고 있다는 생각을 가지고 나 역시도 불분명한 그것을 체험하고 있었다.

그때 바로 눈앞에 공중을 나는 검은 새 한 마리가 보였다. 그 새는 재주를 부리며 비틀거리듯 날아갔다. 그러자 멀리 들리는 듯한 떨리는 소리를 내며 반짝반짝 하늘 높이 사라졌다. 나의 마음도 놀라서 함께 날아갔다.

다만, 한 마리의 말을 단 빈 마차가 달려와서 소리를 내며 지나갔다. 다음 모퉁이를 돌 때까지 나는 그냥 바라보고 서 있었다. 그 마차는 튼튼한 말과 함께 미지의 세계로부터 나타나서 잠시 아름다운 예감을 일으키다가 그것을 빼앗은 후 다시 미지의 세계로 곧 사라져버렸다.

이것은 짧은 두세 개의 회상이었다. 어릴 때 시시각각으로 발견되는 돌, 식물, 새, 바람, 빛깔, 그림자는 곧 모두 잊어버린다. 그리고 세월의 운명과 변화 속에 함께 가져온 체험, 흥분, 환희를 누가 셀 수 있을 것인가?

지평선 쪽의 이상한 빛깔, 집이나, 뜰이나 숲속의 미미한 소리, 한 마리 나비의 모양, 약하게 풍겨오는 어떤 향기, 이러한 것이 종종 잠시 저 먼 시절의 추억을 실은 모든 구름을 내 마음속에서 피어나게 한다. 그것들은 분명하지 않고 하나하나 분별할 수조차 없다.

그러나 그것은 모두 나와, 돌, 새, 시냇물 사이에 끊임없이 그 잔재를 지속하려는 마음으로부터 생활과 연결된 당시와 같이 귀중한 향기를 가지고 있었다.

그동안 나의 꽃은 자라 많은 잎을 높이 벌리고 보기에도 건강하였다. 거기에 비례하여 나의 기쁨과 친구의 병이 나으리라는 신념도 자랐다.

그런 어느 날 살찐 잎 사이에 둥근 붉은빛을 띤 꽃봉오리가 곧게 뻗기 시작하더니, 그 봉오리가 시들면서 언저리를 가진 새빨간 꽃잎이 꼬불꼬불 나타났다.

그러나 나는 너무 자랑스럽고 기뻐서 그 화분을 이웃집으로 가지고 가 브로지에게 준 날을 까맣게 잊어버렸다.

그러고 나서 어떤 날씨 좋은 일요일이었다. 검붉은 밭에서는 벌써 작은 푸른 싹이 돋아났다. 구름은 금빛의 가장자리를 가지고 젖은 길, 정원, 집 앞의 광장에 부드럽고 맑은 하늘이 비쳤다.

브로지의 작은 침대는 창가 가까이에 옮겨지고, 창가에 놓은 붉은 풍신자는 햇빛에 빛나고 있었다. 병자는 조금 몸을 일으켜서 베개에 의지하고 있었다.

그는 다소 여느 때보다 많이 나와 말을 나누었다. 그의 깎은 금발 머리 위에 따스한 빛이 즐겁게 흐르고 귀를 빨갛게 비치고 있었다. 나는 대단히 유쾌한 기분을 가졌고 그도 곧 완쾌되리라는 생각을 했다.

그의 어머니는 옆으로 앉아서 우리들의 말을 거들었고 기분이 좋은 때에는 누런 배를 나에게 주며 집으로 돌려보냈다. 그러면 나는 그것을 계단을 내려오며 먹었다.

그것은 부드럽고 꿀같이 달았으며, 또한 단물이 턱에서 손등으로 질질 흘러 떨어졌다. 돌아오는 도중에 나는 먹고 남은 배 속을 밭 위로 힘껏 높이 차 던져버렸다.

다음 날은 비가 내렸다. 밖에 나가고 싶었으나 나는 할 수 없이 집에 남아서 손을 깨끗이 씻고 그림 성서를 열심히 뒤졌다.

그 속에는 내가 좋아하는 그림이 많이 있었으나, 그중에서 가장 좋은 것은 천국의 사자, 엘리제르의 낙타, 갈대 속의 어린 모세 등이었다.

그러나 이틀 동안 계속해서 비가 내려 화가 났다. 오전 중 반은 창을 통해 빗소리가 나는 정원과 떡갈나무를 바라보며 지냈고, 그러고 나서는 내가 아는 장난이란 장난을 모두 하나씩 해보았다. 그것이 끝나고, 저녁때엔 끝내 동생과 싸움까지 했다.

우리는 서로 장난하다가 결국 동생이 화가 나서 나에게 욕을 하자, 그만 나는 동생을 때리고야 말았다. 동생은 울면서 방 밖으로 뛰어나가서 어머니 무릎에 몸을 던졌다. 어머니는 한탄하며 나보고 방에서 나가라고 하셨다.

아버지가 돌아오시자 끝내 모든 것이 일러바쳐져서, 나는 호된 꾸지람과 훈계를 받고 난 다음에야 자리에 누웠다. 나는 나 자신이 말할 수 없이 불행하게 생각되었으나, 그러나 눈물을 흘리면서 곧 잠들어버렸다.

아마 그다음 날 아침이었을 것이다. 내가 다시금 브로지의 병실로 갔더니, 그의 어머니는 시종 손가락을 입에다 대고 주의하라는 듯이 나를 바라다보았다. 그러나 브로지는 눈을 감은 채 가쁘게 숨을 쉬며 자고 있었다. 걱정되어 나는 그의 얼굴을 보았다. 얼굴은 창백하고 고통 때문에 찡그려져 있었다.

그의 어머니가 나를 대하는 모습은 멀리서 보는 듯한 여느 때와 다른 이상한 눈초리를 하고 있어 전혀 나를 의식하지 않는 것 같았다.

나를 보고 놀란 표정이었으며, 동시에 다른 여러 가지 일을 생각하고 있는 것 같아서 나는 발끝으로 걸어서 그의 방을 나왔다.

나중에야 안 일이지만, 오후에 그는 자기 어머니에게 몇 마디의 대화와 어떤 이야기를 듣다가 잠이 들었다는 것이다. 저녁까지 계속 잠을 잤는데, 그동안 그의 약한 심장의 고동은 점점 느려져 마침내 멎어버리고 말았다는 것이다.

내가 저녁 잠자리에 들었을 때 어머니는 이미 그 사실을 알고 계셨다. 그러나 그 이튿날 아침에 우유를 마시고 난 후에야 비로소 내게 말해 주셨다.

그날 종일토록 나는 몽유병자처럼 이곳저곳을 걸어 다니며, 브로지는 천사의 곁으로 갔다. 나는 혼자되었다. 이런 불안 속에 빠져 있었다.

어깨에 상처가 있는 그의 작은 여윈 몸이 아직 저쪽 집에 누운 채로 있는 것을 나는 몰랐고, 또한 장례식도 못 보았고, 거기에 대해서 더 이상 아무것도 듣지 못하였다.

나는 그것을 이리저리 생각하고 있었다. 그리고 얼마 동안이 지나자, 곧 죽은 자의 생각이 차츰 멀어지면서 희미해져 갔다.

그런 사이에 빨리 그리고 갑자기 봄이 넘친 듯이 찾아왔다.

봄은 산 위를 황색과 녹색으로 날아왔다.

뜰에는 어린 풀 냄새가 풍기고, 떡갈나무는 솟아 나온 싹의 껍질을 뚫고 부드러운 잎사귀를 펴고, 어느 개울가에나 살찐 밑동 위에 황금빛으로 빛나는 민들레꽃이 웃고 있었다.

젊은 날의 초상

그것은 나의 청춘을 노래하고 있다
그것은 나의 사랑을 껴안고 나의 꿈을 지배했다.
사랑이 아직 깊은 곳에서 불타고
꿈이 미래에 넘치는 밤하늘에 있었던 무렵에.

1890년 중반 무렵, 그때 나는 나의 고향 거리에 있는 한 작은 공장에서 견습공으로 일하고 있었으나, 그해에 나는 고향의 거리를 영원히 떠나게 되었다.

열여덟 살의 나이로 매일매일 젊음을 즐기며 마치 새가 미묘한 공기의 흐름을 느끼듯이 내 청춘이 얼마나 아름다운 것인가에 대해서는 아무것도 모르는 철부지였다.

지나간 일에 대해서 정확하게 기억하고 있지 못하는 동네 노인들에게 있어서는 내가 말하려는 그 해에, 우리들의 마을이 폭풍과 태풍에 의해 큰 해를 입었으며, 그것이 우리 마을이 생긴 이래 전무후무한 사건이었다는 사실만 기억하면 될 것이다. 그것은 내가 고향을 떠나려던 해에 일어난 일이었다.

그때 나는 공장에서 낡은 선반기로 강철을 절단하다가 실수로 왼손을 다쳤었다. 너무나 깊은 상처였으므로 붕대를 감고도 공장에 출근할 수가 없었다.

나는 지금도 기억하고 있지만, 여름이 끝날 무렵이었다. 우리가 즐겨 찾던 골짜기는 지금까지 겪어보지 못한 불볕더위가 며칠 계속되다가 끝내는 폭풍우까지 몰고 왔다.

그것은 내가 무의식중에 접촉한 자연에 대한 불안감이었으나, 지금도 나는 그때의 일을 하나하나 분명하게 회상으로 떠올릴 수 있다.

가령, 내가 저녁 낚시를 즐기고 있을 무렵 변덕이 심한 여름 날씨는 끝내 하루의 더위를 이기지 못해 폭풍우를 품은 습기 찬 공기에 물고기들까지 이상하게 흥분하여 이리저리 몰려다니며 때때로 수면 위로 뛰어오르다가는 낚시에 걸리기도 했다.

그러다가는 다소 서늘한 공기에 휩싸여 주위는 다시 조용해지면서 폭풍우가 멎었다. 이른 아침에는 벌써 가을 같은 기분이 들었다.

어느 날 아침, 나는 책 한 권과 빵조각을 주머니에 넣고 집을 나서 마음 내키는 대로 무작정 발걸음을 옮겨놓았다. 그러다가는 아주 어렸을 때의 습관처럼 아직 그림자가 드리워져 있는 집 뒤의 정원으로 뛰어갔다.

그곳엔 아버지가 심은, 나 역시 그때엔 너무 여린 묘목이라 밑동이 가늘었던 전나무가 이제는 자라서 높고 튼튼하게 서 있고,

그 밑에는 밝은 빛깔의 갈색 잎사귀가 떨어진 채 쌓여 있었다. 몇 해 동안 그곳에는 '에버그린' 밖에 아무것도 자라지 못했던 것으로 기억되기도 했다.

그러나 그 옆에 있는 좁고 긴 화단에는 어머니가 심고 가꾼 꽃나무들이 활기 넘치게 꽃망울을 터뜨리고 있어 일요일이면 여기서 색색의 꽃을 꺾어 화병에 꽂거나 꽃다발을 만들곤 했다.

이곳엔 불붙는 '사랑'이란 꽃말을 가진 주홍빛 꽃나무가 한 그루 있었고, 바로 그 옆자리에는 가는 대에 심장 같은 모습의 많은 붉고 꽃을 늘이고 있는 연약한 꽃나무를 '여인의 심장'이라고 이름을 지어 놓았다.

한쪽에는 '냄새가 고약한 거만'이라고 이름 불렀던 꽃나무도 있었다. 조금 떨어져서 대가 긴 국화가 아직 꽃을 피우지 못한 채 있었고, 그 밑에 기름진 석련과 우스꽝스러운 포르트락이 가시를 내밀고 기어가고 있었다.

이 좁고 긴 꽃밭은 우리들의 빛나는 꿈의 요람이었는데, 그것은 정원 한복판에 만들어진 원형의 화단에 있는 장미보다 더욱 귀하고 사랑스러운 여러 종류의 꽃이 뒤섞여 다투어 피어나기 때문이었다.

여기에 태양이 담장 위에서 빛나면 모든 꽃은 독특한 자태와 아름다움을 보여주었다. 글라디올러스는 불타는 듯한 빛깔을 자랑했고, 헬리오트로프는 잿빛을 띠고 있어 마치 마법에 걸린 듯한 쓴 냄새 속에 젖어 있고, 폭스츄반츠 꽃은 시든 듯이 고개를 숙였다.

그러나 아켈라이 나무는 힘차게 뻗어서 네 겹으로 된 '여름의 종' 같은 꽃을 미풍 속에 흔들고 있는가 하면, 골드루트 꽃과 푸른색의 플록스 꽃 속에는 꿀벌들이 윙윙거리며 날고 무성한 에버그린 위에는 작은 갈색 거미들이 여기저기 기어 다니고 있었다.

자라난 꽃 위에는 '새모기'라든가 '비둘기 꽁지'라고 부르는 엷은 날개로 불길한 소리를 내는 모기가 둔한 몸집으로 날았다.

휴일 한낮의 한가로움을 이용하여 나는 차례차례 꽃을 구경하며, 여기저기에서 향기를 피우는 산형화의 꽃내음을 맡으면서 꽃받침을 조심스럽게 손가락으로 열어서 들여다보았다.

그 속의 비밀에 찬 빛과 꽃잎 줄기와 암술, 그리고 부드러운 머리털과 같은 섬유며 세관의 정연한 조직을 관찰하였다. 그러는 동안 가는 실처럼 떠 있는 증기며 양털과 같은 작은 구름 덩어리가 엉키어 있는 흐린 아침의 하늘을 바라보았다.

오늘도 틀림없이 폭풍이 일어나리라고 생각하며 오후에는 두세 시간 동안 낚시질하려고 마음먹었다. 그래서 지렁이를 잡으려고 습기 찬 길섶의 돌을 몇 개 들추어 보았으나 회색의 마른 벌레들이 놀라서 사방으로 흩어질 뿐이었다.

이제부터는 무엇을 할 것인가 하고 궁리해 보았다. 그러나 아무런 생각도 떠오르지 않았다. 일 년 전, 내가 마지막 휴가를 얻었을 때, 나는 아직도 미성년자였다.

그때 내가 즐기던 놀이는 개암나무 열매를 활에 꽂아 과녁을 쏘든가, 연을 날리든가, 들에 있는 쥐구멍을 장난감 화약으로 폭발시키든가 하던, 내 영혼의 일부가 너무나 갑자기 피로해진 듯 유년 시절에 느끼던 매력을 더 이상 맛볼 수가 없었다.

그러나 나는 때때로 고즈넉한 벅찬 마음으로 유년 시절의 기쁨의 장소며, 너무나 잘 알고 있는 주위를 감동 어린 시선으로 둘러보았다.

작은 뜰 안과 꽃으로 장식된 발코니와 온종일 햇빛이 비치지 않아 늘 습기 찬 푸른 이끼가 뒤덮여 있는 디딤돌이 놓여 있는 안뜰을 나는 무심이 바라보고 있었다.

그러나 내 눈에 비친 그러한 정경들은 옛날과는 다른 모습으로 보였으며, 꽃나무들까지도 이전과 같은 매력을 주지는 못했다. 저쪽 뜰 한구석에는 홈이 달린 물통이 소박하고 쓸쓸하게 매달려 있어 외로움을 느끼게 해주었다.

소년 시절에 나는 여기서 반나절 동안 물이 흐르는 대로 내버려 두고 그곳에 물방아를 만들어놓고, 도중에 작은 돌과 찰흙을 섞어 제방과 운하를 만들었다가는 큰 홍수가 나게 하여 아버지를 괴롭혀 드리곤 했다.

이제 지난 시간 속에서 비와 바람에 못 쓰게 된 물통을 내가 사랑하던 오락물로 새삼 다시 바라보니 지난날의 즐거웠던 여운이 마음속에 되살아나 이제는 슬픈 빛을 띠어 샘도, 강물도, 나이아가라 폭포가 아닌 아련한 아픔이 되었다.

여러 가지 상념에 이기지 못한 나는 끝내 담장을 넘으려다가 물빛을 띠고 있는 메꽃이 얼굴을 스치는 바람에 그것을 따서 입에 물었다. 그러나 내 머릿속은 저 높은 산정에 올라가서 그림처럼 내려다보이는 거리를 보고 싶은 마음에 들뜨기까지 했다.

산책이란 옛날의 나로서는 상상도 해볼 수 없는 일이었다. 남자아이들이란 산책을 즐겨서는 안 된다. 그래서 남자아이란 도둑이든가, 기사라든가, 또는 인도인과 같은 기분으로서 산을 올라야 하며, 강에 간다면 뗏목을 타던가, 어부가 되든가, 물방앗간의 대장장이와 같은 기분으로 있어야 할 것이며, 들에 나가도 나비를 쫓던가, 도마뱀을 잡던가 해야 할 것이다.

그러므로 나에게 있어 산책이란 무엇을 해야 할지 모르는 어른들의 점잖은 다소, 권태를 느끼게 하는 행동이라고 생각되었다.

메꽃이 시들어서 그만 내던지고 말았다. 이번에는 누런 버들가지를 꺾어 살짝 깨물었더니 쓴물이 입 안에 가득 고였다.

키 큰 긴슈테르 나무가 서 있는 기찻길 둑으로 녹색의 도마뱀이 발밑을 지나 쏜살같이 달아나자, 불현듯 소년 시절의 마음이 되살아나 나도 모르게 살금살금 기어가 겁을 잔뜩 집어먹은 놈을 가만히 붙잡았다.

나는 보석처럼 빛나는 놈의 작은 눈을 들여다보며 어렸을 때 뒤 따라다니던 한때의 즐거운 회상과 함께 매끄럽고 기운찬 몸과 굳어진 발로 내 손가락 사이에서 빠져나가려고 발버둥 치는 것을 보자, 그만 흥미가 없어져서 놈을 놓아주었다.

그러자 도마뱀은 놀라서 잠시 세차게 숨을 몰아쉬더니 이윽고 재빠르게 풀밭 속으로 달아나버렸다.

그때 기차가 반짝반짝 빛나는 철로 위로 달려와서 내 옆을 지나가 버리는 것이었다. 그 순간 나는 이곳에서 참다운 기쁨을 얻을 수 없다는 사실을 깨달았다. 그리고 기차와 같이 멀리 보다 너른 세계로 떠나가고 싶은 생각에 사로잡혔다.

순간 철도원이 없는가 하고 주위를 살펴보았으나 인기척도 그 누구도 보이지 않아 재빨리 나는 철도를 뛰어넘어서 건너편 쪽의 바위산을 향해 치달았다.

마침 그곳엔 철도 공사를 하느라고 다이너마이트를 묻기 위한 구멍이 군데군데 뚫려 있었다. 위로 올라가는 산길을 알고 있는 나였으므로 벌써 꽃이 진 긴슈테르 나무를 꽉 붙잡았다.

붉은 바위 위로 태양의 뜨거운 열기가 내리쬐고 더운 모래가 소매 속으로까지 흘러들었다. 위를 올려다보니 암벽 너머 놀라울 정도로 가까이 훤하게 빛나는 온화한 하늘이 보였다.

어느덧 나는 산정 가까이 올라가 있었으며, 내 몸은 바위에 의지한 채 두 손은 가시가 있는 아카시아의 밑동을 붙잡고 있었다. 그러고 나서 험한 경사진 곳을 빠져나와 풀밭으로 나섰다.

아래쪽으로 급히 돌아 가까운 거리를 두고 기차가 달리는 이 작고 고요한 황무지는 내 기억 속의 놀이터였다. 한 번도 손을 벤 적이 없는 무성한 풀밭, 작은 가시가 있는 장미꽃 나무와 바람에 씨가 날아와서 자라난 듯한 몇 그루의 아카시아가 무성하여, 그 얇고 투명한 잎을 통하여 밝은 태양 빛이 빛나고 있었다.

바로 위에 붉은 암벽으로 에워싼 이 풀밭에서 나는 옛날 '로빈슨'이 되어본 적도 있었다. 이 황량하도록 쓸쓸한 곳은 험악한 바위를 간신히 기어 올라와 정복할 수 있는 용기와 모험심을 가진 자 외에는 아무도 소유할 수 없었다.

열두 살 때 나는 이곳 바위에 쇠꼬챙이로 나의 이름을 새기고,

그 밑에 앉아 『로자폰 탄넨브로그』를 읽었고, 몰락하는 인디언 추장을 내용으로 한 어린애 장난 같은 희곡을 써 보기도 했다.

햇볕에 타는 듯한 풀은 가파른 절벽에 늘어져 있고 열기를 먹음은 긴슈테르 나뭇잎은 바람 한 점 없는 더위 속에서 진한 건초 냄새를 풍기고 있었다.

나는 메마른 황무지에 누워 무성한 아카시아잎이 아름답게 정돈되어 햇볕을 쬐며 푸른 하늘을 향해 쉬고 있는 것을 올려다보며 깊은 생각에 잠겼다.

지금이야말로 나의 생활과 미래를 위한 참다운 시간인 것같이 생각되었다.

그러나 나는 그 어떠한 새로운 것도 발견할 수가 없었다.

다만, 모든 방면으로부터 나를 위협하고 있는 뚜렷한 빈곤과 내 나름대로 경험한 즐거움과 사랑스러운 생각이 이상하게도 쇠락하여 점점 멀어져가는 것을 볼 뿐이었다.

나의 의지와 관계없이 몸을 맡길 수밖에 없었던 일과, 이제는 완전히 잃어버린 어린 날의 행복에 대하여 직업은 나에게 아무런 도움도 주지 못했다.

나는 그 직업을 그리 좋아하지 않았고, 또한 맡은 일에 충실하지도 않았다. 그것은 나에게 새로운 일에 대한 동경과 만족을 갖게 하는 계기가 되었을 뿐이다. 이 만족이란 대체 어떤 종류의 것이었을까?

이곳보다 더 넓은 세계에 대한 동경, 거기서 돈을 벌 수 있고 계획을 실행으로 옮기기 전에 부모의 의견을 물어볼 필요가 없을 때도 있고, 또 일요일에 예배를 본 다음 맥주를 마실 수도 있다.

그러나 이 모든 것은 다만 지엽적인 일에 불과하며 결코, 나를 기다리고 있는 새 생활의 의미를 주지 못한다는 사실을 나는 잘 알고 있었다.

그러나 본래의 진정한 의미는 다른 곳에 있으며 더욱 깊고, 더욱 아름답고, 더욱 비밀스러운 곳에 있어 아름다운 여자나 사랑과 관련이 있다는 것을 나는 느끼고 있었다. 거기에는 깊은 쾌락과 만족이 깃들어 있을 것이다.

나 역시 사랑에 대해서는 어느 정도 이미 알고 있었다. 주위에서 나는 많은 연인을 보기도 하고 이상스러운 감흥을 불러일으키는 연애 시를 읽기도 했다.

그러는 동안 예외 없이 여러 번 사랑에 빠지는 기회가 있었고, 또한 꿈속에서 한 젊은이가 사랑을 얻기 위해 생명을 걸며 사랑이 그의 행위와 죽음의 의미가 되는 어딘지 감미롭고 황홀한 기분을 느끼기도 했다.

지금은 처녀들과 데이트를 즐기는 몇몇 친구도 내 주변에 있으며, 또한 공장에서 일하면서 일요일 저녁 무도장에 관한 이야기며 밤늦게 창문을 넘나드는 친구도 있었다.

그러나 나 자신에게 사랑은 아직도 닫힌 화원이고, 그 문밖에서 나는 수줍음으로 몸 둘 바 모르는 철없는 젊은이에 불과했다.

지난 주일에 끌[연장]로 손가락에 부상하기 직전에 나는 처음으로 분명한 부름의 소리를 들었다. 그런 일이 있고 난 후부터 나는 불안해하며 미지의 세계로 떠나가는 자와 같은 생각에 사로잡혀서 지금까지의 나의 생활은 과거의 것이 되어버렸고 미래에 대한 확신이 서기도 하였다.

어느 날 저녁 퇴근 무렵에 견습공이 나를 끌고 자기 집 쪽으로 가면서 이런 말을 해주었다.

나를 사랑하는 한 처녀가 있는데, 그녀는 지금까지 아무와도 사귀지 않았고, 나 이외엔 다른 애인이 없다는 것이었다. 또한 나에게 주려고 명주실로 손지갑까지 짜고 있다는 것이었다.

그는 처녀의 이름을 묻는 나에게 끝내 이름을 알려주지 않고서 상상으로 맞춰보라는 것이었다. 그래서 내가 마침내 좀 언짢은 표정을 지으며 발걸음을 멈추자, 그도 따라 서며—그때 우리는 바로 물레방앗간 위에 와 있었다—낮은 목소리로 속삭이듯 말했다.

"지금 바로 그녀가 우리 뒤에서 오고 있어."

나는 놀란 나머지 잠시 그 친구를 바라보다가 한편 기대에 차고, 한편으로는 장난삼아 놀리는 것일지도 모른다는 생각에 애써 당황함을 감추며 뒤를 돌아다보았다.

그때 우리 뒤에는 방직공장에서 나온 한 젊은 처녀가 다리의 돌계단을 올라오고 있는 모습이 보였다. 그 처녀는 견신례 성사 때부터 알고 있었던 베르타 포에클린 양이었다.

그러자, 그녀가 그 자리에 서서 나를 보고 웃더니 얼굴을 붉히면서 고개를 숙이는 것이었다. 나는 당황한 나머지 뛰어서 집으로 돌아오고 말았다.

그런 일이 있고 난 후, 나는 두 번 그녀를 만났다. 한 번은 우리가 함께 일하고 있는 방직공장 작업실에서였고, 또 한 번은 집으로 돌아가는 퇴근길에서였는데, 그녀는 인사를 하고 나서 "벌써 끝났어요?" 하고 말했다.

그 말에는 뭔가 이야기를 더 계속하려는 여운이 담겨 있었으나 나는 "네!" 하는 짧은 대답과 함께 고개를 너무 숙였을 뿐 당황한 나머지 그녀의 곁을 황급히 떠나고 말았다.

지금 나는 그때의 일에 골몰하여 어떻게 하면 좋을지 알 수가 없었다. 나는 아름다운 젊은 여자를 사랑하는 것에 대하여 지금까지 종종 깊은 꿈을 꿈꾸면서 많은 시간을 보내왔지 않은가.

그런데, 지금 나보다 약간 큰 키를 가진 아름다운 금발의 처녀가 나타나 나의 입술을 원하며 나의 팔에 편히 쉬기를 갈망하고 있지 않은가.

그녀는 크고 건강하게 자랐으며 살결은 희고 얼굴은 장밋빛이 감도는 붉은빛과 두 눈에는 기대와 사랑에 가득 차 있었다.

그러나 나는 한 번도 그녀를 생각해 보거나 사랑하고 싶은 감정이 없었다. 또한 나는 황홀한 꿈속에서 그녀의 뒤를 쫓아가 보거나 그녀의 이름을 떨리는 목소리로 불러본 적도 없었다.

하지만 내가 원하기만 한다면, 나는 그녀를 사랑하여 내 사람으로 만들 수 있을 것이나 나에게는 그녀에 대한 존경이 없었고, 그녀 앞에 무릎을 꿇고 연모할 수 있는 마음의 준비가 없었다.

그렇다면, 어떻게 해야 한다는 말인가?

어쩌란 말이냐?

기분이 좋지 않아 끝내 나는 풀밭에서 일어나고 말았다. 정말 불쾌한 한낮의 한때였다. 이제 계약 기간이 내일이면 끝나므로 이곳을 떠나지 않으면 안 된다.

다시 새로 출발하여 모든 것을 잊었으면 하는 것이 나의 진정한 바람이었다.

어떠한 어려움이 있다 하더라도 내가 살아있다는 것을 확인하기 위해서 산 정상에 오르려고 결심했다. 저 산꼭대기에 오르기만 하면 멀리까지 바라볼 수 있으리라.

나는 정신없이 바위가 있는 데까지 경사진 곳을 뛰어 올라가 바위와 바위 사이를 기어서 마른 나무와 푸석푸석한 바위로 덮인 인적이 없는 산이 연이어 뻗어간 산등성이로 달려갔다.

나의 온몸은 땀으로 얼룩졌고 거친 숨결은 더욱 더위를 느끼게 했다. 숨을 헐떡거리며 그곳에 이르러 태양이 내리쪼이는 높은 지대의 희박한 공기를 마음껏 들이마셨다.

이미 꽃이 져버린 장미는 덩굴만 남아 있었고, 그 곁을 스치며 지나갔더니 마른 잎이 떨어졌다. 녹색의 작은 산딸기가 사방에 흩어지듯 널려 있어 햇빛이 닿는 쪽은 금속성 갈색의 약한 빛을 띠었다.

나비 한 마리가 천천히 조용한 날갯짓으로 그 속을 나르며 황홀한 빛을 태우고 푸른빛을 띤 가루를 미풍에 날리고 있는 가새풀꽃에는 붉고 검은 반점을 한 무수한 풀벌레들이 서로 뭉쳐서 어울려 그 긴 여윈 다리를 바쁘게 움직이고 있었다.

이미 오래전에 하늘의 구름은 모두 사라지고 그 너머엔 맑은 하늘이 푸르게 빛났다.

나는 초등학교 학생 때에 낙엽을 긁어모아 가을의 모닥불을 피우던 높은 바위 위에 올라서서 뒤를 돌아다보았다. 아래쪽으로 긴 그림자를 반쯤 드리운 강이 빛나고 희게 반짝이는 물방아의 좁다란 둑이 멀리 보였다.

거기서 좀 더 깊숙이 들어간 외딴곳에 갈색 지붕이 잇닿아 있는 우리들의 옛 거리가 뻗어 있고, 그 위를 한낮의 굴뚝에서 보랏빛 연기가 고요하게 일직선으로 공중을 향해 피어올랐다.

또한 그곳에는 오래된 집과 낡은 다리가 보이며, 작고 붉은 대장간의 불빛이 한 송이 꽃처럼 보이는 우리들의 공장이 자리 잡고 있었다.

거기서 강을 따라 다시 아래쪽으로 내려오면 편편한 넓은 지붕에 잡초가 자라고, 희게 빛나는 유리창 뒤에서 다른 많은 사람과 함께 베르타 포에클린이 일하는 방직공장이 내려다보였다.

아아! 그 여자, 나는 그녀에 대해 정녕 아무것도 알고 있지 못했다.

고향의 거리는 물론 모든 집의 정원, 놀이터, 구석구석까지 너무나 눈에 익은 친밀감으로 나를 올려다보고 있었다.

교회 시계탑의 금빛 침이 햇볕에 반짝거리고, 저쪽 그늘진 물레방아가 있는 운하에서 집과 나무들이 어울려 서늘한 그림자로 검게 물 위에 드리워져 있었다.

다만, 나 자신만이 변하였을 뿐이고, 나와 이 그림 사이에 소외감이라는 무서운 베일이 가로놓인 것은 모두 다 내 책임이었다. 산과 강과 숲의 이 작은 영역 속에 나는 더 이상 만족하며 갇혀 있을 수가 없었다.

나는 아직도 강한 끈으로 이곳에 결박당해 있으면서도, 결코 거기에 뿌리를 내리지 못하고 담으로 둘러싸인 좁은 이곳을 뛰쳐 나가려는 동경에 차 있었다.

슬픔을 깊이 간직하고 아래쪽을 바라보고 있노라니, 모든 나의 숨은 인생의 희망이 아버지의 말과 존경하는 시인의 말이 내 마음속 깊이 맹세와 함께 격렬한 감정 속에 엄숙하게 용솟음치며 어른이 되어 자기 자신의 운명을 의식적으로 느낀다는 것이, 이 제는 진지하고 존엄한 일로 생각되었다.

그리고 이 생각은 곧 베르타 포에클린의 사건과 연관되어 그동 안 나를 억누르고 있던 의혹 속에 한 줄기 빛으로 흘러들었다. 그 녀는 아름답고 나를 좋아할지는 모르나 아무 노력도 없이 여자로 부터 사랑을 받는다는 것은 내가 관여할 바가 아니라는 생각이 들었다.

정오까지는 시간이 얼마 남지 않았다. 산의 정상에 오르려는 흥미는 이미 어디론가 달아나버리고 그 대신 깊은 생각이 나를 사로잡아 결국, 나는 마을로 내려가는 작은 길로 들어섰다.

어릴 때 여름이 되면 무성한 범삼풀 속에서 공작나비 빛깔의 검은 딱정벌레를 잡던 철교 밑을 지나 공동묘지의 담 옆을 끼고 돌자, 그 문 앞에는 이끼가 붙은 호두나무가 어두운 그림자를 떨 어뜨리고 있었다.

문은 열려 있는 대로였고 그 안으로부터 샘물이 흐르는 소리가 아련히 들려왔다.

바로 옆에는 오월제와 세단제 때 음식을 놓고 술을 마시며 연설하고 무도회가 열리던 유원지의 식장이 있어, 지금 그곳은 커다란 늙은 밤나무의 그늘에 묻혀 있으며, 붉은 모래 위에 눈 부신 햇살 반점이 떨어져 있어 마치 이제는 잊어버린 곳처럼 적막감이 감돌았다.

이 골짜기의 바로 밑에 강까지 뻗어간 햇볕이 유난히 반짝이는 길 위에는 사정없이 정오의 뜨거운 열기가 끓고 있었다.

저쪽 햇볕이 내리쪼이는 집들이 있는 맞은편 강 언덕엔 여기저기 흩어져 있는 물푸레나무와 단풍잎이 늦은 여름같이 누렇게 물들어 피곤해 보이기까지 했다.

옛날에도 그랬던 것처럼 습관대로 나는 물가로 가서 물고기들을 들여다보았다.

유리와 같이 투명한 물속에는 무성하게 수염이 달린 해초가 길게 꼬리를 흔들고 있고, 그 사이사이로 내가 잘 알고 있는 약간 어두운 이곳저곳에는 한 마리씩 살이 찐 물고기가 주둥이를 상류 쪽으로 향한 채 좀처럼 움직일 줄을 모르고 있는가 하면, 때때로 수면에는 석반어의 무리가 검은빛을 띠고 물살을 가르고 있었다.

오늘 아침에 낚시질을 가지 않은 것은 잘했다고 혼자 속으로 생각했다.

그러나 공기, 물, 그리고 둥근 모양의 두 큰 바위 사이의 맑은 물속에 검은빛을 띤 잉어가 쉬고 있는 것은, 오늘 오후에는 꼭 고기가 낚일 거라고 말해 주었다.

그리고 눈부신 가로로부터 대문 안으로 들어서고 지하실같이 찬 그늘이 있는 집 현관으로 발을 들여놓자, "후우!" 하는 한숨이 나도 모르게 흘러나왔다.

"틀림없이 오늘도 폭풍이 불겠구나!"

날씨에 민감한 아버지가 식사 시간에 말했다.

"하늘에 구름 한 점 없고 서풍도 불지 않는데요."

하고 반대하였으나, 아버지는 웃으며 다시 말했다.

"저렇게 공기가 팽창된 것을 보면 모르겠니? 이제 곧 내 말을 믿게 될 거다."

정말 찌는 듯이 무덥고 하수도는 열풍이 시작될 때처럼 아주 역한 냄새를 풍겼다. 등산하는 동안 열기를 마신 나는 쉽게 피로를 느끼고는 정원을 향하고 있는 베란다로 가서 쉬었다.

산만한 기분에 때때로 졸음을 느끼며 중단되곤 하는 카르롬의 영웅 『고르돈 장군의 이야기』를 읽었다. 그러는 동안 나 역시 곧 폭풍이 불어오리라는 생각을 가지게 되었다.

하늘은 변함없이 푸르렀으나 팽창한 공기가 점점 무거워지며 마치 하늘에 우뚝 걸린 태양 앞에 뜨거운 구름이 층층 쌓여 있는 것 같았다.

어느새 나는 낚시도구를 준비하기 시작했다. 낚싯줄과 낚시를 검사하고 있는 동안에, 벌써 고기를 낚아 올리는 열띤 흥분을 느끼며 아직도 이 유일하고 깊은 위안이 나에게 남아 있다는 사실에 대해 감사하게 생각하였다.

그렇게 무덥고 차츰 조여오는 듯한 그날 오후의 정숙하였던 기분을 나는 지금도 잊을 수가 없다.

나는 어망을 들고 강 아래쪽 이미 반쯤 높은 집의 그림자로 덮여 있는 작은 다리 밑까지 갔다. 부근에 있는 방직공장으로부터 졸음을 재촉하는 벌의 날갯짓 같은 단조로운 기계의 움직임 소리가 들리고, 위쪽 물레방앗간에서는 방아 도는 소리가 기분 나쁘게 이 빠진 톱날 소리같이 들려왔다.

그 외에는 너무나 조용했다. 직공들은 모두 공장 안에서 작업을 하고 있었기 때문에 길에는 사람의 그림자도 보이지 않았다.

물레방아가 있는 곳에는 한 작은 사내가 옷을 벗은 채 젖은 바위 사이를 어슬렁거리고 있었다. 마차 수리 공장 앞에 생나무 판자를 벽에 세워두어서 그것이 햇볕에 마르는 냄새가 내가 있는 곳까지 풍겨왔으나 팽창한 듯한 약간 비린내 나는 물 냄새와 구별해서 맡을 수 있었다.

물고기들도 약간은 이상한 기후를 느낀 모양인지 행동이 산만했다. 처음 십오 분 동안 석반어가 몇 마리 물리고, 아름다운 붉은 지느러미를 가진 무겁고 큰 놈은 내가 손으로 거의 잡으려는 순간에 그만 줄을 끊고 도망가 버렸다.

그와 동시에 물고기들은 뭔가 이상한 불안을 느꼈는지 민감하게 진흙 속으로 깊이 숨어버린 다음에는 다시는 미끼를 보려고도 하지 않았다. 그러나 수면에는 새끼 고기떼가 몰려다녔다.

그것은 자꾸 새로운 고기떼를 만나 더 큰 무리를 이루어 강 아래쪽으로 내려갔다. 모든 것은 천기의 변화가 일어나고 있다는 것을 예감하고 있었다. 그러나 공기는 유리같이 고요하며 하늘은 구름 한 점 없었다.

어떤 나쁜 하수가 그만 물고기를 쫓아버린 것으로 여겨졌으나 단념할 수가 없어서 새로운 장소를 물색하기로 하고 방직공장의 하수구가 있는 곳까지 갔다.

그곳의 창고 옆에 적당한 자리를 발견하고는 낚시도구를 내려 놓으려고 할 때 베르타가 공장의 계단 쪽 창문으로 모습을 나타 내며 나에게 손짓을 하는 것이었다. 그러나 나는 그것을 못 본 척 하고 낚시도구를 챙겼다.

물은 돌이 깔린 개울에 검푸른 빛으로 흘렀다. 나는 수면에 발 바닥 사이로 머리를 숙이고 앉아 있는 내 모습이 비치어 물결치 는 대로 흔들리고 있는 것을 보았다.

아직도 창가에 서 있는 그녀가 나의 이름을 불렀으나 나는 그 냥 물속을 들여다보며 아예 머리도 돌리지 않았다.

이제 낚시질은 틀린 모양이었다. 여기서도 물고기들은 급한 일 을 만난 듯이 우왕좌왕하고 있었고, 나는 짓누르는 듯한 더위에 더욱 피로감을 느낀 나머지 아무것도 기대할 수가 없었다.

이제 난 작은 벽에 기대어 앉은 채 빨리 밤이 되었으면 하는 엉뚱한 생각에 잠겼다.

내 등 뒤에서는 끊임없이 기계 소리가 들려오고 개울물은 이끼 낀 둑에 부딪히며 낮은 소리를 내며 흘렀다. 나는 엷은 졸음에 쫓 기는 듯 순간적으로 모든 일이 귀찮아졌다. 낚싯줄을 감는 것조 차 싫어서 그냥 앉은 채 내버려 두었다.

이러한 텅 빈 상태로 한 삼십 분가량을 보냈을까. 갑자기 나는 불안에 휩싸이며 심한 불쾌감을 느끼며 조는 상태에서 깨어났다. 불안한 바람이 빙글빙글 돌고 있었다. 공기는 억눌린 듯 무겁고

김이 빠진 것 같았다. 몇 마리 제비가 놀란 듯이 수면 위를 스치며 날아갔다.

약간의 현기증에 혹시 일사병에 걸리지 않았나 하는 불길한 생각이 들었다. 이마에 땀이 흘렀다. 물에서는 더욱 강한 냄새가 풍겨왔다!

나는 낚싯줄을 감고 줄에서 떨어지는 물방울에 손을 적시며 낚시도구를 치우기 시작했다.

이윽고 내가 자리에서 일어서자 방직공장 앞 광장에서 먼지를 품은 작은 구름 덩이 같은 것이 여기저기에서 빙글빙글 돌더니 높이 올라가 쫓겨가는 새 떼처럼 날아갔다. 그와 동시에 골짜기로부터 흰빛을 띤 눈보라와 같은 것이 이쪽으로 몰려오고 있는 것이 보였다.

그러자 대기는 이상하게 차가워지면서 마치 싸움터의 적병들처럼 내 쪽을 향해 불어와 순식간에 모자를 날려버리면서 얼굴을 강타하는 것이었다.

마치 눈으로 만들어진 것 같은 대기의 벽이 갑자기 해일처럼 내 주위로 몰려들었다. 그것은 차고 숨을 막히게 했다.

내 주위에는 울부짖는 듯한 광풍이 일어나서 닥치는 대로 파괴하며 날뛰면서 나의 머리와 손을 때리고 있었다. 모래와 나뭇조각이 공중으로 날아올랐다.

나는 무엇이 어떻게 되는지 알 수 없었다. 다만 무서운 일이 일어날 것이라는 예감만은 틀림없는 것 같았다. 단숨에 창고 옆으로 달려가서 놀라움과 무서움에 정신없이 안으로 뛰어들었다.

나는 쇠기둥을 힘껏 붙잡고 현기증과 동물적인 불안으로 숨도 쉬지 못하고 멍하니 몇 분 동안을 서 있다가 겨우 정신을 차렸다. 이전에는 볼 수 없었던 그리고 전혀 예상하지도 못했던 폭풍이 악마처럼 다가온 것이다.

　하늘 높이 사나운 광풍이 날뛰는 소리가 들려왔다. 바로 머리 위 지붕과 입구, 땅 위에 우박이 떨어지고 있었고 얼음덩이가 안으로까지 굴러들어왔다. 우박과 바람이 무서운 소리를 지르고, 개울물은 매 맞은 듯이 날뛰며 둑 위로 물결이 넘치고 있었다.

　일순간에 나는 모든 것을 보았다. 나뭇조각, 지붕의 판자, 찢긴 나뭇가지가 광풍에 휩쓸려 공중으로 날아다니고 석회 조각이 떨어지는가 하면 우박이 그 위로 쏟아져 내리는 것이었다.

　때로는 망치로 때리는 것 같은 굉음과 함께 기와가 날아가 떨어지는 소리며, 무엇인가에 의해 유리창이 깨지는 소리, 빗물 홈통이 날아가 부서지는 소리를 들었다.

　바로 이때, 공장으로부터 한 사람이 빠져나와 우박으로 덮인 개울둑을 가로질러 내 쪽으로 뛰어오는 것이 보였다. 폭풍을 받으며 긴 머리카락을 날리는 것으로 보아 여자임이 틀림없었다. 그 모습은 처참하게 헝클어진 폭풍 속을 비틀거리며 다가오고 있었다.

　이윽고 안으로 들어오자 곧장 내게로 달려와 내 앞에 섰다. 큰 사랑스러운 눈을 가진 슬픈 얼굴에 미소를 띤 여자였다.

　잠시 후 말 없는 뜨거운 입술이 내 입술을 찾아 숨 쉴 사이도 없이 만족을 느끼지 못하는 지 오랜 입맞춤을 했다. 그녀의 양손은 내 목을 끌어안았고 젖은 금빛 머리털을 내 뺨에 대고 비볐다.

그리고 우박을 쏟는 폭풍우가 온 세상을 진동시키고 있는 동안 숨 가쁜 애욕의 폭풍이 깊고 무섭게 나를 습격하고 있었다.

우리는 말없이 서로 꼭 부둥켜안은 채로 낡은 판자 위에 앉아 있었다. 나는 겁을 먹은 표정으로 베르타의 머리카락을 쓰다듬으며, 내 입술은 그녀의 도톰하고 팽창한 입술을 덮고 있었다. 그녀의 끈끈한 정열이 달콤하고 괴롭게 나를 감싸주었다.

이윽고 나는 눈을 감았다. 베르타는 나의 머리를 자기의 뛰는 가슴에, 무릎에 갖다 대고 부드러운 떨리는 손으로 나의 얼굴과 머리를 쓰다듬어 주었다.

내가 현기증을 느끼며 어둠 속의 폭풍우로부터 얼마쯤 깨어나 눈을 떴을 때 베르타의 진실에 찬 원기 있는 얼굴이 찬란한 슬픔의 아름다움을 띄우며 바로 내 위에 있었고 깊고 젖은 눈이 내 눈을 하염없이 내려다보고 있었다. 젖어 흐트러진 머리카락 사이로 보이는 이마로부터 가는 한 줄기의 빨간 피가 흘러 목에까지 내려와 있었다.

"어찌 된 일입니까? 대체 어떻게 된 일이지요."

내가 걱정스러운 어조로 물었다.

그녀는 나의 눈을 더욱 깊이 바라보며 웃었다.

"이 세상이 온통 날아가 없어지는 것 같아요."

베르타의 나직한 음성이 들려왔을 때 그 뒤를 이어 위협하는 듯한 폭풍의 거센소리가 동시에 그녀의 말을 삼켜버렸다.

"피가 흐르고 있군요."

내가 말했다.

"우박 때문이에요. 뭐 상관없어요. 하지만 난 너무 무서워요."

"아닙니다. 하지만, 당신은?"

"아! 난 조금도 무섭지 않아요. 아아! 이 세상 거리 모두가 무너지는 것 같아요. 당신은 정말로 나를 사랑할 수 없는 건가요?"

나는 말없이 슬픈 사랑에 차 있는 그녀의 맑고 깊은 큰 눈을 올려다보았다. 그 눈이 내 눈 가까이 오고 그녀의 젖은 입술이 무겁게 파고들 듯 나의 입술에 닿아 있는 동안 나는 곁눈질 한 번 할 수 없었고 다만, 그녀의 눈을 응시하고 있을 뿐이었다.

바로 눈 옆얼굴 위로 빨간 피가 흘러 있었다. 나의 온 감각과 근육이 무엇인가에 의해 마비되어있는 동안, 나의 마음은 이러한 폭풍 속에서 자신의 의지에 반하여 속박되는 것에서부터 피하려고 안간힘을 썼고, 잘못되지 않으려고 필사적으로 저항하는 것이었다.

이윽고 내가 일어서자, 베르타는 내가 그녀를 동정하고 있다는 것을 나의 눈빛을 보고 알았다.

베르타 역시 몸을 일으키며 격정에 불타는 분노한 듯한 눈길로 나를 쏘아보았다. 그리고 내가 연민의 정으로 한 손을 그녀 앞으로 내밀었을 때, 베르타는 두 손으로 그것을 붙들고 얼굴을 그 속에 파묻고 흐느끼기 시작했다.

그녀의 뜨거운 눈물이 떨고 있는 내 손등 위로 흘러내렸다. 나는 당황해하며 그녀를 내려다보았다. 그녀는 나의 두 손을 얼굴에 댄 채 흐느끼며 두 어깨를 들먹거렸다.

만일 이것이 다른 사람이 아니라, 진심으로 사랑하여 내 영혼을 기꺼이 바칠 수 있는 그러한 사람이라면, 나는 이 사랑스러운 여인의 목덜미를 매만지며 키스하고 싶었으리라고 생각하였다. 그러나 내 몸 안의 피는 서서히 식어가고 있었다.

나의 청춘과 젊음의 긍지를 바치려고 생각되지 않은 여자가 지금 발밑에 꿇어앉아 있다는 사실이 왠지 수치스럽고 괴로움을 주었기 때문이다.

내가 어떤 마술에 걸린 듯한 일 년 동안의 모든 체험, 지금까지 아주 세밀한 마음의 움직임에 불과 몇 분간의 일처럼 기억되는 기적 같은 사실이 일어났다.

뜻밖에 밝은 햇볕이 다시 비춰들며 푸른 하늘이 한 조각 한 조각 부드럽고 맑게 나타나면서 칼로 벤 듯 폭풍의 굉음이 멎으면서 믿을 수 없을 정도로 고요가 또다시 우리를 엄습해 왔다.

나는 환상적인 꿈의 동굴에서 나오듯 창고 안에서 다시 평온을 찾은 햇볕이 쏟아지는 밖으로 나와 아직 내가 살아 있다는 데 환희를 느꼈다.

하지만 공터는 말이 아니었다. 젖은 땅이 말굽에 짓밟혀 패인 것처럼 군데군데 작은 구덩이가 볼썽사나웠다. 우박은 쌓인 채 그대로 있었고 나의 낚시도구는 물론 고기를 담으려던 망태마저 어디로인가 날아가 버렸다.

공장 마당에는 많은 사람이 모여 웅성대고 있었는데 부서진 창문 사이로 공장 안이 들여다보였다. 그 문을 통해 사람들이 밀려 나오고 있었다. 추녀 밑에는 유리조각과 바람에 날려 깨어진 기와 조각이 쌓여 있고, 함석으로 만든 긴 물홈통이 구부러진 채로 아슬하게 매달려 있었다.

그런데 나는 지금 금방 일어났던 모든 일을 잊어버리고 폭풍이 지나간 다음 얼마만큼의 피해를 남겼는지 단순한 불안스러운 호기심 이외에는 아무것도 생각할 수가 없었다.

공장의 부서진 창과 깨어져 널려 있는 기왓장을 처음 보는 순간에는 매우 황폐하고 암담하게 보였으나, 그러나 결국 그 모든 것은 그렇게 무서운 것은 아니어서 폭풍이 내게 준 절망적인 인상에 비할 바 아니었다.

나는 안심하며 약간은 실망하는 마음으로 꿈속에서 깨어난 듯 크게 숨을 내쉬었다. 집들은 예전과 다름없이 서 있었고, 산과 골짜기는 여전히 양쪽에 있었다. 아니 세상은 조금도 변모되지 않았다.

그러나 내가 다리를 건너 처음으로 작은 길로 접어들면서 공장 안을 들여다보니 피해는 의외로 심했다. 길가에는 파편과 부서진 창문의 조각들로 널려 있고 굴뚝은 무너져 있었다. 더구나 지붕이 내려앉아 있는 것을 보고는 놀라지 않을 수 없었다.

파헤쳐진 길가엔 돌과 나뭇가지로 어수선했다. 잃어버린 아이의 이름을 외치듯 부르는 소리가 들려오기도 했다. 들에서 우박에 맞아 정신을 잃은 사람도 있다고 한다. 주위에는 동전만 한 우박이 얼음덩어리로 변하여 햇볕에 녹고 있었다.

나는 아직도 놀란 가슴이 식지 않는 흥분 상태여서 집으로 돌아가 피해를 살펴볼 엄두를 내지 못하고 길거리를 방황하면서 집

안 식구들이 나를 찾고 있을 것이라는 생각조차도 까맣게 잊고 있었다. 그러나 그러한 사실은 나에게 아무런 도움을 주지 못하는 것들이었다.

나는 어수선한 길을 조심스럽게 가느니보다 차라리 산길을 택해 돌아가는 편이 나을 것 같아 묘지 옆에 있는 제 터[祭祀場], 소년 시절에 축제가 있을 때마다 가서 뛰놀던 그 제 터로 가고 싶은 생각이 머리에 떠올랐다. 내가 몇 시간 전에 바위산에서 돌아오는 길에 그곳을 지나왔다고 생각하고는 놀랐다. 그때부터 많은 시간이 흐른 것같이 생각되었기 때문이다.

그래서 나는 그 길을 버리고 조금 전의 길로 다시 나와 아래쪽 다리를 건넜는데, 도중에서 붉은 벽돌로 담장을 두른 틈바구니를 통해 들여다본 우리들의 교회 탑이 그대로 서 있었고 체육장도 그리 피해가 없다는 것을 알게 되었다.

멀리 지붕이 낡은 음식점이 빈집처럼 서 있었다. 그것은 옛날과 같은 모습 그대로였으나 웬일인지 다르게 보였다. 그 이유를 알 수 없었다. 자세히 관찰하여 보니 그 집 앞엔 언제나 큰 포플러가 두 그루 서 있었는데, 지금은 그 자리에 없는 걸 알았다. 옛날부터 낯익은 곳은 파괴되고 아름다운 풍경은 살벌해져 있었다.

그러자 더 많은 것과 귀중한 것이 파괴되어 있지 않을까 하는 우려와 불길한 예감이 일어났다. 갑자기 내가 얼마나 고향을 사랑하며, 내 마음과 행복이 얼마나 깊이 고향의 지붕, 탑, 다리, 길, 나무, 정원, 그리고 숲의 혜택을 받는 것인가를 새삼스럽게 분명히 느꼈다. 이제 나는 흥분과 불안에서 벗어나면서 제 터의 넓은 장소를 향해 급히 달려갔다.

그곳으로 달려간 나는 그 자리에 우뚝 멈췄다. 나의 가장 사랑하는 회상의 장소가 파괴되어 버림받은 듯이 놓여 있었다.

우리가 그 그늘에서 축제를 즐기고 몇 명이 손을 잡고 둘러싸도 안을 수 없었던 늙은 떡갈나무가 뿌리까지 뽑힌 채 넘어져 있고, 그 옆의 보리수나무, 단풍나무까지 겹치어 쓰러져 있어 이 넓은 장소가 삽시간에 아수라장으로 변해 꺾인 나무며 찢어진 나뭇가지들이 길을 막고 있었다.

처음 유년 시절부터 지금까지 유서 깊은 신성한 그림자와 높은 나무와 전당밖에 모르던 이곳을 텅 비어버린 듯한 하늘이 내려다보고 있었다.

나는 나 자신의 모든 뿌리가 순식간에 뽑혀 반짝반짝 빛나는 용서받지 못할 한낮에 내동댕이쳐진 착잡한 기분이 들었다. 온종일 나는 마을 주변을 헤매듯 돌아다녔으나 이미 숲도, 그리운 호두나무의 그림자도, 어릴 적 기어오르던 참나무도 모두 없어지고 가는 곳마다 잔해와 웅덩이와 풀을 깎은 것처럼 무너진 숲의 언덕과 뿌리 뽑힌 나무들의 시체뿐이었다.

이제는 분명, 나와 내 소년 시절 사이에는 절망과 같은 간격이 생겼고 고향은 이미 고향이 아니었다. 지난날의 즐거웠던 추억과 어리석었던 기억들이 모두 나로부터 떠나갔다.

그 후 나는 곧 어른이 되기 위하여 그리고, 이 최초의 그림자가 침범한 이 시절의 나의 삶을 계속 지탱하기 위하여 마침내 이 거리를 떠날 것을 결심했다.

나는 고독한 별이었다

나의 젊음은 온통 꽃밭의 나라였습니다
풀밭에는 은빛의 샘물이 솟아오르고
고목들의 옛이야기 같은 푸른 그늘이
거친 내 젊은 날의 꿈의 열정을 식혀 주었습니다

우리가 일상적으로 행동하는 것, 집안을 들락거린다던가, 매일 같은 길을 오고 가는 이런저런 행위들은 모두 가볍고 부담이 없으며 무심하게 넘길 수 있는 일상생활들이다.

이 모든 것은 표면상으로 서로 달라 보일 수도 있다. 그런데 시간이 바뀌고 생활의 흐름이 달라질 때, 아무것도 다른 일은 있을 수 없고, 무엇 하나 단순하거나 쉬운 것이 아니며, 우리가 숨 쉬는 호흡마저도 힘들어지면서, 다시 운명을 생각하게 한다.

우리가 선한 행동이라고 부르며, 그것에 대해 무심이 이야기하는 삶의 파편과 같은 행위들은 가벼운 종류로 취급되어 쉽게 일상 속으로 침몰해 버린다.

하지만 그것에 대해 말하기가 매우 어려운 행위들은 우리가 절대로 잊지 못하며, 생애에 걸쳐 오랫동안 그림자를 드리운다.

작은 도시에 비교적 밝은 거리에 자리 잡고 있던 내 양친이 사는 집은 넓고 정다워 보였지만, 높은 현관문을 열고 안으로 들어서면 누구든지 서늘함과 어둠, 그리고 돌에서 풍기는 축축한 냉기에 휩싸인다.

짙은 그늘이 깃들어 있는 응접실은 묵묵히 사람을 맞이하고, 붉은빛을 띤 타일이 깔린 약간 경사진 바닥을 지나면 어슴푸레한 어둠 속으로 뚫린 계단 입구에 다다른다.

나는 이 집에서 태어나고 자라면서 수천 번도 더 많이 현관문을 들락거렸지만, 문과 거실, 바닥과 계단을 자세히 눈여겨보지는 않았다.

하지만, 이곳은 언제나 다른 세계 곧 우리만의 세계로 들어서는 길목인 것은 틀림없었다.

항상 습기 찬 냉기와 함께 돌 냄새가 풍기는 응접실은 어둡고 신비스럽기까지 했다. 뒤쪽 계단만이 어두운 냉기에서 벗어나 밝은 빛과 안락감을 느끼게 해주었다.

그곳은 늘 아버지의 위엄과 권위, 무서운 벌, 양심에 대한 가책이 떠돌고 있는 장소였다.

그러나 나는 늘 애써 상냥한 미소를 지으면서 그곳을 지나치곤 했다.

그러나 때로는 그곳에 일단 들어서면 심한 양심의 가책을 받으면서 이내 겁먹은 표정을 짓고 불안한 나머지 재빨리 해방해 줄 계단을 찾아 황급히 발길을 옮기는 것이다.

내가 열한 살 되던 어느 날, 보통 때와 다름없이 학교에서 집으로 돌아온 후의 일이었다. 예기치 않은 운명이 호시탐탐 노리며 무슨 일이건 쉽게 일어나던 불안정한 시절이었다.

그 당시에는 한 인간의 영혼이 모든 무질서와 혼돈 속에서 불투명하게 비추고 그 세계를 왜곡되게 만드는 것처럼 보였다.

그리하여 불안과 공포가 우리의 마음을 어둡게 해주는, 어린 시절 특유의 불안감에 대한 막연한 원인을 외부에서 찾으려 했으며 곳곳에 도사리고 있는 반대에 부딪히지 않을 수 없었다. 그때 전 세계는 부조리(不條理)라는 병을 앓고 있었다.

그날에 일어났던 사건도 예외는 아니었다. 지금 생각해 보아도 아침부터 왜 그랬는지 알 수 없었다. 어쩌면 전날 밤 꿈 때문에 그랬는지도 모른다.

사실 별다른 잘못을 저지른 일도 없었는데 유난히 양심의 가책 같은 엷은 고통이 나를 답답하게 만들었다.

아버지의 얼굴빛은 웬일인지 아침부터 언짢아 보였고 당장이라도 불호령이 떨어질 듯한 격한 표정을 짓고 있었다.

아침 식탁에 놓여 있는 우유마저 미지근하고 별맛이 없었다. 학교 수업 시간에 별다른 고통을 받지 않았으나 모든 일이 귀찮고 덧없었으며 슬프게 느껴지기만 했다.

이런 불안정한 감정은 이미 친숙해져 있는 무기력과 절망적인 회의와 연결되어 하루하루가 끝없이 지루하며, 영원히 무력한 존재로 냄새나는 교실에서 몇 년씩이나 헛된 시간을 보내야 한다는 절망감에 사로잡힌 나머지, 삶이란 너무나 무의미하고 역겨운 것임을 말해 주고 있었다.

그날 나는 한 친구 때문에 화를 내고 있었다. 얼마 전부터 무엇이 그토록 나의 마음을 끌리게 했는지 분명하게 파악하지도 못한 채, 기차 기관사의 아들 오스카 베버와 어울리고 있었다.

그는 요즈음 자기 아버지가 하루에 7마르크를 번다고 자랑스럽게 말하기 시작했다.

이에 나는 지기 싫어서 우리 아버지는 14마르크를 번다고 대답한 적도 있었다.

그런데 그의 말을 부정하지 않고 그를 부추겨 세우는 바람에 사건이 일어난 것이다.

그로부터 며칠 후 나는 베버와 장난감 권총을 살 수 있는 돈을 모으기 위해 공동으로 예금을 하기로 약속했다. 그 권총은 잡화점의 진열장에 진열되어 있었는데, 두 개의 푸른 빛 총열을 가진 강철 무기였다.

베버는 얼마 동안만 저축하면 그것을 살 수 있으리라고 계획을 말하기도 했다. 또 돈은 언제든지 예금할 수 있노라고 장담까지 하는 것이었다.

가끔 용돈으로 10페니히 정도를 받기도 하고 또 운수 좋은 날이라면 길거리에서 돈을 주울 수도 있을 뿐 아니라, 고철을 주우면 쉽게 돈으로 바꿀 수 있다는 것이었다.

그가 당장 10페니히를 우리들의 통장에 예금 시킴으로써 나를 안심시켰고, 그 계획이 가능한 것이라는 희망을 안겨 주었다.

그날 정오, 나는 언제나 그랬던 것처럼 우리 집 현관문을 열고 들어서자, 지하실에서부터 올라오는 냉기 속에 수많은 불쾌하고 저주스러운 사물과 세계 질서에 대한 어두운 경고의 맞바람과 마주쳤을 때, 내 생각은 오스칼 베버로 가득 차 있었다.

나는 그를 보면 부지런한 세탁부가 연상되었고, 그의 선량한 얼굴에 얼마쯤 호의를 갖고 있기는 했으나 엄밀히 살펴볼 때, 그를 그다지 좋아하고 있지 않다는 느낌이 들기도 했다.

그가 나를 끌리게 한 것은 그의 인간성이라기보다는 그의 신분이 주는 어떤 다른 것이었다.

그것은 그와 같은 부류의 대부분 가정의 아이들이 가진 특이한 것, 뻔뻔스러울 정도로 적극적인 생존의 지혜라든가 위험과 굴욕에 대해 둔감한 것이나 돈, 가게, 공장, 의복까지 생활의 사소하고 실용적인 문제들에 대한 친숙한 태도 따위와 같은 것들이 나에게 호기심을 주었다.

그런 가정의 아이들일수록 학교에서 매를 맞는 정도는 고통스러워하지도 않는 듯하였고, 마부나 운전사, 공장 아가씨들을 친척이나 친구로 두고 있는 베버와 같은 아이들은 분명 어딘가 달라 보였고, 나보다는 세상을 보는 눈도 위치도 확고해 보였다.

그들은 훨씬 어른스러웠고 자기네 아버지의 하루 수입이 얼마인지도 알고 있었을 뿐만 아니라, 내가 미처 겪어보지도 않은 다른 것들을 이미 알고 있었다.

내가 그들의 대화나 농담을 이해하지 못하면 조소하듯 웃어 어리둥절하게 만들었다.

또한 그들은 무엇보다도 나에게는 허용되지 않는 그런 불분명한 태도, 불결할 정도로 야비하며 누가 뭐라 해도 어른스럽게 남자다운 태도로 웃을 줄 알았다.

그들의 세계에서는 머리가 우수하다거나 학교에서 더 많은 것을 안다는 것은 아무런 소용이 없었다. 그들보다 더 좋은 옷을 입고, 머리를 단정히 빗고, 몸을 더 깨끗이 씻는다는 것조차도 아무 의미가 없는 일이었다. 오히려 이러한 구별이 그들에게는 더 유리하게 작용하는 경우가 많았다.

그 당시 베버와 같은 아이들은 어두움과 그늘, 모험의 미로를 헤매는 세계에 전혀 힘들이지 않고 출입하는 듯 보이지만, 나에게는 그 세계가 너무나 멀리 떨어져 있고 견고하게 차단되어 있어서 그곳으로 가는 통로는 영원한 수수께끼로 여겨졌고, 교실에서의 배움, 시험, 설교 등을 통하여 극복해야만 했다.

그러한 아이들은 거리낌 없이 길거리를 가다가 돈, 편차, 납덩이를 줍기도 하고, 품삯을 받기도 하며 가게에서 잔심부름을 해주며 선물을 얻기도 하는 등 온갖 방법을 동원하며 자기의 생활을 해나가는 듯했다.

베버와의 이상한 우정, 그리고 그와의 예금 통장에 대한 호의적인 감정은 그러한 세계에 대한 나의 야성적인 동경 이외에 아무것도 아니라는 생각이 마음을 어둡게 해주었다.

무엇보다도 나를 베버에게 끌리게 한 점은 나보다는 어른들에게 더 가깝고, 밝은 가정에서 꿈과 희망 속에서 사는 나보다는 거추장스러운 장막도 없고 더욱 적나라하고 꾸밈없는 세계에서 살 수 있도록 하는 그의 어떤 커다란 비밀, 바로 그것이었다.

하지만, 결국 그는 나를 실망하게 할 것이며, 나 또한 그에게서 그 비밀과 삶에 대한 불가사의한 열쇠를 빼앗는 일은 불가능하리라는 것을 예감하고 있었다.

조금 전에 나는 그와 헤어졌다. 나는 그가 뽐내듯 한 걸음걸이로 휘파람을 불면서 조금도 걱정거리나 막연한 불안감 같은 것으로 우울해하지도 않으면서 만족스러운 표정을 지으면서 집에 갔으리라는 것을 짐작할 수 있었다.

어쩌면 그는 도중에서 심부름 나온 하녀나 퇴근길의 여공들과 마주치기라도 하면 서로 눈짓을 보내며 그들끼리만 통하는 수수께끼 같은 놀랍고도 타락한 생활의 단면들을 시도해 볼 것이다.

그렇다고 하더라도 그것은 그에게 있어 아무런 수수께끼나 희한한 비밀이 아니며, 위험하거나 야비한 가슴 조이는 일도 아니고, 물에 오리가 헤엄치는 것처럼 당연하고 친숙한 고향의 일처럼 생각되었을 것이다.

매사가 그런 식이었다.

하지만 나는 그와는 전혀 달랐다. 나는 언제나 일정한 거리를 두고 학교와 현실 사이에 서 있었고, 늘 알 수 없는 불안한 예감에 사로잡힌 채 그렇다고 뚜렷한 확신도 없이 홀로 망설이고 서성거릴 뿐이었다.

그와 같은 불분명한 감정에 놓여 있는 그날, 내 삶은 다시 한번 절망적으로 무미건조했으며, 토요일이었는데도 월요일 같은 지루함이 느껴졌다.

실제로도 월요일 같은 기분이 들었고 평일보다 세 배나 지루했고 더 황량했다.

사실 이런 삶은 저주스럽고 불쾌했으며 기만적이고 역겹기까지 했다.

하지만 어른들은 마치 이 세계가 완전하고 그들 자신이 신(神)의 사자나 된 것처럼 행동하고 떠들어 댔다. 그러나 우리 어린이들은 버려진 인간의 폐물, 쓸모없는 인간의 전유물로 취급당하는 느낌이었다.

이 무분별한 우리의 스승들! 인간은 자기의 내면으로부터 명예욕을 추구한다. 그러면서 선(善)을 향해서 열정적으로 질주한다.

그것은 전통적으로 그리스 정신문명인 휴머니즘을 배우는 것, 의복은 항상 깨끗하고 단정하게 입어야 하며 부모에게 순종하고 모든 고통과 굴욕을 의지와 침묵으로써, 그리고 영웅적으로 감내할 수 있다는 능력을 배워야 한다는 것이 인간의 본분이라고 강조한다.

그렇다. 사람은 언제나 희열과 경건한 마음으로 자신을 신에게 바치며, 이상적이고 순수한 헌신의 길을 좇아서 보다 높은 곳을 향하여 덕을 행하고, 악을 인내로써 견디어내며 남을 돕기 위해 일해야 한다는 것이다. 그리하여 언제나 반복되는 하나의 출발과 새로운 시도, 비상이 필요했다.

그러나 며칠이 지나기도 전에, 몇 시간이 지나기도 전에 갖고 싶지 않은 어떤 것, 내 어린 날 기억조차도 하기 싫은 비참한 일, 수치스러운 일들이 일어났다.

사람들이란 오만하고 고상한 결의와 약속 속에서 생활하다가는 돌연 죄악, 빈곤 등등 평범한 일상 속으로 되돌아오곤 했다.

사람이란, 언제나 전체적으로 물론 어른들까지도 포함하여 끊임없이 타성의 냄새를 풍기며 곳곳에서 하찮은 것과 일상적인 것이 뒤섞여 승리의 개가를 올리도록 예정되어 있는데, 왜 인간만이 유독 선의의 아름다움과 정당함을 그토록 깊이 인식하고 마음속에 절실하게 느끼는 것일까?

또 사람은 아침 잠자리에서 일어나자마자 무릎을 꿇고, 또는 밤에 촛불 앞에 앉아서 전처럼 광명에 따르겠노라고 수백 번씩이나 신에게 맹세하고, 신의 이름을 부르며 모든 악덕에 영구히 대적하겠노라고 선언하고서는 미처 몇 시간도 지나기 전에, 바로 그 맹세와 선의를 그토록 배반할 수 있다는 말인가?

그것이 비록 매력적인 웃음을 동반하고 천진스러운 학생들의 어리석은 장난과 같은 것이라 할지라도 왜, 그것을 습관처럼 되풀이하는 것일까?

그렇다면, 그렇지 않은 사람들도 있다는 말인가? 영웅이나 로마인, 그리스인, 초기 그리스도인들도 모두 나와는 다른 사람들이었을까?

나보다 더 훌륭하며, 완전하고 불순한 감정도 갖지 않으며 천상에서 지상으로, 때로는 고귀함으로부터 궁핍과 타락하는 걸 막아주는, 내가 갖고 있지 않은 특별한 기관을 가진 사람들이었을까?

　과연 그들 영웅과 성자(聖者)들은 원죄를 몰랐던 것일까? 그렇다면 성스러움과 고귀함을 소수의 선택된 사람들에게만 부여된 명예와 같은 것일까?

　결코 선택받은 인간이 아닌 나는 어찌하여 아름다움과 고귀함에 대한 이와 같은 충동, 순수한 선과 미덕을 향해 이토록 목메게 강렬한 향수를 갖고 태어난 것일까? 그것은 나를 시험하고 조롱하는 것이 아닐까?

　신의 세계에서는 어른과 어린아이가 똑같이 고귀하고, 때로는 비열한 충동을 내부에 간직하고 고통받으며 의심해야만 하는 존재일까? 정녕 그런 것이 있을 수 있다는 말인가?

　그렇다면 우리 인간들이 현존해 있는 세계는 온통 악마의 조종 대상이고, 또한 그렇게 조종받아야 한단 말인가? 신의 존재란 요귀, 미치광이, 어리석고 반항적인 어릿광대인가?

　이처럼 모반자의 은밀한 환희를 느끼며 이런 생각을 하는 동안, 나의 불안한 마음은 벌써 신에 대한 불경한 생각으로 떨며 도피할 수 없는 고통에 차 있었다.

　30년의 세월이 흐른 지금에 이르러서야 나는 비로소 옆집 담장 너머로 희미한 불빛을 던지던 그 높다란 창문이며, 너무 딱딱한 나머지 하얗게 빛바랜 전나무로 만든 계단, 수천 번도 넘게 쿵쾅거리며 오르면서 반들반들 닳아빠진 매끄럽고 단단한 나무 손잡이가 있는 그 층계가 지금도 내 앞에 선명하게 떠오른다.

　유년 시절은 이미 멀리 사라져갔으며, 모든 것이 동화처럼 기억 속에 아스라이 맴돌 뿐이지만, 그때 나만이 간직할 수 있는 행복 속에서도 고통과 갈등을 가져다주었던 단편들이 아직도 나의 뇌리에 분명하게 살아 있다.

이 모든 기억은 언제나 사라지지 않는 삶의 파편들로 내 어린 가슴 속에 뿌리를 내리고 자라왔다.

사실 그것은 의혹이었고, 자기평가, 냉소적인 이상주의와 습관적인 감각 사이의 방황이기도 했다.

그 후에도 수백 번이나 이와 같은 내 존재의 행위 속에서 한편으로는 경멸할 정도의 정신적 질병, 다른 한편으로는 허영심으로 들뜬 명예를 보았으며, 신이 이와 같은 고통스러운 길을 통하여 아무도 감당할 수 없는 고독과 깊은 내면의 절망 속으로 인도하려는 것이 아닌가 하고 반문하며 따랐던 적도 있었다.

그러나 다시 시간이 흐른 뒤에는 그것이 수많은 사람이 평생 버리지 못한 채 지니고 다니는 노이로제, 가엾은 성격 결함의 징후 외에 다른 것이 아니었음을 깨달았다.

이와 같은 정리되지 않은 감정과 그것에 대한 고통스러운 추억들을 하나의 운명으로 파악되자, 그것들에 하나의 이름을 붙여준다면 불안이란 말 외에 다른 적당한 단어를 찾을 수 없는 고뇌를 맛보기도 했다. 불안감, 바로 그것이 그토록 나를 괴롭힌 것이다.

그때 행복을 빼앗긴 나의 유년 시절에 내가 느끼며 감당했던 것은 불안과 불확실성이었다.

학교 선생님이나 아버지로부터 받아야 했던 직업에 대한 불안, 자신의 양심에 대한 불안, 그리고 금지된 행동을 저지르고 난 뒤

죄악에 빠졌다는 죄책감에 대한 불안으로, 나는 늘 고통을 받아야 했다.

지금 이야기하고 싶은 바로 그날, 어둠에 익숙해지자 조금씩 밝아지고 있는 계단에서 유리문 쪽으로 다가가고 있을 때도 이러한 불안감이 나를 엄습하고 있었다.

그 불안감은 먼저 하반신을 떨리게 하더니 목으로 차오르면서 질식할 것 같은 구역질을 가져왔다.

그 순간, 나는 언제나 그러했듯이 매우 고통스러운 압박감, 혼자 있고 싶고 영원히 숨어버리고 싶은 강렬한 욕구를 느꼈다.

그런 저주스러운 감정, 범죄자와 같은 불안감을 지니며 어두운 복도를 지나 응접실로 들어섰다.

오늘은 무엇인가 예기치 않는 일이 벌어지리라는 예감으로 차 있어 가벼운 흥분마저 느꼈다. 나는 그것을 마치 기압계가 기압의 변화를 알아내듯이 가망 없는 피동의 물체로 느꼈다.

이제 악마가 다시 집 안으로 들어왔으며 원죄가 심장을 잡아 뜯고 있었다. 사방 벽 뒤에서는 모습을 보이지 않는 하나의 영혼이, 언제나 나를 감시하는 아버지가, 그리고 심판자가 기다리고 있는 듯한 불안감이 에워쌌다.

나는 아무것도 분별할 수 없었다. 모든 것은 단지 느낌이고 예감이었으며, 심장을 잡아 뜯는 듯한 불쾌감이었다.

이런 때에 가장 좋은 방법으로는 병이 나거나 토한 다음 침대에 누워버리는 일이었다. 이럴 때 별다른 피해 없이 사건은 끝나게 되고, 걱정한 나머지 어머니 아니면 누이가 뜨거운 홍차를 가져다주었다.

그러면 사랑하는 사람들로부터 염려를 받는다는 안도와 위안으로 울음을 멈추고 잠이 들게 되며, 나중에는 매사가 완전히 달라지고 고통받던 모든 문제가 깨끗하게 해결된 밝은 세계에서 건강하고 즐거운 마음으로 깨어나게 된다.

어머니의 모습은 집안 어디에서나 볼 수 없었고 부엌에서 가정부 혼자 일하고 있었다. 나는 위층에 계신 아버지에게 올라가기로 마음먹었다.

아버지가 계신 서재는 좁은 계단을 통해서 올라가게 되어 있었다. 아버지에 대해서는 왠지 늘 두려운 마음을 가지고 있었으나 때로는 많은 것을 용서받아야 하는 그에게 가끔은 가까이해 보는 것 또한 나쁘지 않으리라는 생각이 들었다.

어머니로부터는 간단하고 손쉽게 위안을 얻을 수 있었지만, 아버지에게서 받는 위안은 훨씬 더 가치가 있었다.

그것은 심판하는 양심과의 화해를 의미했으며 선한 권력과 새로운 동맹을 의미했다. 한마디로 그것은 깨끗한 용서였다.

그럴 때 나는 불쾌한 논쟁, 심문, 고백 그리고 그에 알맞은 벌을 받은 다음, 나는 새로운 각오를 다지고 아버지의 방을 나설 수 있었다.

벌을 받고 경고받긴 했지만, 뭔가 성숙한 마음으로 권력자와의 동맹으로 어떠한 유혹이나 적에 대항할 힘을 얻은 것이다. 지금 아버지를 만나게 되면 기분이 몹시 언짢다고 말씀드리기로 마음먹었다.

나는 서재로 가는 작은 계단을 올랐다. 어쩌면 나만이 알고 있는 것인지 모르는 독특한 카펫의 냄새와 낡은 널빤지가 건조한 소리를 내는 이 작은 계단은 단순히 집안의 복도 이상의 의미를 가진 통로였으며 운명이 기다리고 있는 길이기도 했다.

이 계단을 밟으며 오르내린 숱한 발걸음마다 중요한 의미가 있었고, 그때마다 수백 번도 더 넘게 불안, 양심의 가책, 이유 없는 반항, 그리고 분노를 동반했었다. 그리고는 해결과 새로운 확신을 지니고 다시 돌아왔다.

아래층 거실에서는 어머니와 우리가 살았으며 늘 따뜻한 기류가 흘렀지만, 권력과 누구도 침범할 수 없는 영혼이 머무는 이곳 위층은 재판정이었고 교회였으며, 아버지의 왕국이었다.

언제나 그렇듯이 다소간 주눅이 든 채 손때가 묻어 있는 고풍스러운 문손잡이를 잡고 문을 반쯤 열었다.

그러자 낯익은 아버지의 체취와 서재의 특유한 냄새가 아련히 코끝을 간지럽혔다.

조금 열린 창틈으로 들어온 하늘빛 공기에 약간 빛바랜 책이며, 잉크 냄새, 새하얀 커튼, 오랜만에 맡아보는 콜로뉴 향수, 그리고 책상 위에 사과 한 개가 놓여 있을 뿐 서재는 비어 있었다.

실망과 안도가 뒤섞인 묘한 감정을 느끼며 나는 방안에 들어섰다. 아버지가 낮잠을 주무시거나 두통을 앓고 계실 때면 언제나 그러했던 것처럼 나는 발소리를 죽여 까치걸음했다.

그러나 여느 때보다도 더 크게 들리는 듯한 나 자신의 발걸음 소리를 의식하자 갑자기 심장이 고동치기 시작했으며, 또다시 하반신과 목에서 불안에 찬 압박감을 강렬하게 느끼지 않을 수 없었다. 불안에 흔들리는 걸음을 한 발짝 한 발짝씩 조심스럽게 옮겨 놓았다.

이제 나의 모습은 청을 하러 온 죄 없는 방문객이 아니라 침입자의 모습이었다.

그 이전에도 나는 몇 차례인가 아버지가 안 계실 때 다른 방에까지 숨어 들어가 그 비밀스러운 왕국을 몰래 엿보고 뒤져보고 했으며, 무엇인가를 훔쳐 내오기도 했었다.

그런 지난날의 추억이 되살아나자, 나의 전신은 알 수 없는 전율로 몸서리쳤고 불행의 그림자가 도사리고 있음을 예감하지 않을 수 없었다. 결국 나는 해서는 안 되는 나쁜 짓을 저질렀다. 물론 도망쳐서는 안 되는 일이었다.

하지만 또 다른 유혹이 손짓했다. 이곳을 빠져나가서는 계단을 통해 내 작은 방으로 아니면, 정원으로 도망쳐 버릴까 하는 생각에 끊임없이 매달렸다. 그러나 막상 행동으로 취하지는 않았다. 그렇게 할 수도 없었다.

마음 한구석에는 갑자기 아버지가 옆방에서 몸을 일으켜 이 방으로 건너오셔서 나를 단숨에 구속하고 속박하는 이 모든 고통스러운 금기로부터 풀어주시기를 갈망했다.

'아! 어서 빨리 달려 와 주셨으면! 나를 꾸짖어 주시고 두 번 다시 잘못을 저지르지 못하게 해주셨으면 얼마나 좋을까?'

나는 일부러 기침 소리를 내며 발걸음을 힘껏 디뎌 보았다. 그래도 아무 대답이 없자 약간 목소리를 높였다.

"저, 아버지⋯⋯."

여전히 조용했다.

서가에는 많은 책이 침묵하며 꽂혀 있었고, 낡은 창틀이 바람에 흔들리며 방바닥 위로 어른거리는 그림자를 던질 뿐이었다.

결국 나를 해방해 주는 사람은 아무도 없었으며, 나의 내면에서 악마가 조종하는 대로 따를 수밖에 없는 무방비 상태인 나 자신이 서글퍼졌다. 죄의식으로 온몸이 오므라드는 듯했으며, 손끝까지 시려 왔다. 심장의 격렬한 고동 소리가 나를 더욱 불안하게 만들었다.

다음에는 어떻게 행동해야 할지 아무 생각도 나지 않았다. 다만 그것이 분명 나쁜 짓일 것이라는 막연한 느낌만이 나의 판단을 어지럽혔다.

나는 아버지의 큰 책상에 앉아서 책 한 권을 뽑아 들고는 내용을 알 수 없는 영어로 된 제목을 읽었다.

그 당시만 해도 난 영어에 대해서는 조금도 알지 못하는 문외한이었다.

아버지와 어머니는 우리가 들어서는 안 될 이야기나 혹은 말다툼할 때는 영어를 사용하곤 했다.

은빛 접시에는 이쑤시개와 펜촉, 옷핀 등 자질구레한 것들이 있었는데, 나는 무심코 펜촉 두 개를 집어 호주머니에 넣었다.

특별히 쓸 곳이 있는 것도 아니었고 필요하지도 않았으며 펜촉이 모자란 것도 아니었다. 나를 질식시킬 것 같은 강박 관념에 사로잡혀 무의식중에 저지른 일이다.

그것은 나쁜 일을 저지른 행위를 통해서 나 자신을 학대하여 죄를 스스로 뒤집어쓰려는 강박감이었다.

서류 따위를 넘기다가 문득 아버지가 쓰다만 편지 한 통을 발견하고는 집어 들었다.

'다행스럽게도 우리 부부와 아이들은 아무 일 없이 지내고 있습니다.'

라틴어로 또박또박 쓴 아버지의 친필이 마치 눈으로 지켜보듯 나를 응시했다.

나는 고양이처럼 조심스럽게 침실로 갔다. 거기에는 철제로 된 야전 침대가 놓여 있었으며, 그 밑에는 밤색 실내화가 단정하게 놓여 있었다. 작은 탁자 위에는 깨끗한 손수건이 하나 접힌 채 놓여 있었다.

나는 싸늘한 공기가 감돌고 있는 밝은 방에서 아버지의 체취를 마셨다. 아버지의 초상화가 바로 내 눈앞에 걸려 있었는데 경외심과 반항심이 내 답답한 가슴 속에서 동시에 일어났다.

순간적으로 아버지가 미워지면서 가끔 두통이 있는 날이면 젖은 물수건을 이마에 댄 채 야전 침대에 몸을 눕힌 채 신음하면서 앓고 계시던 모습을 남의 불행을 즐기는 마음으로 기억에 떠올려 보았다.

나 자신은 물론 절대 권력자인 아버지의 삶도 결코 순조로운 것은 아니며, 많은 사람으로부터 존경받는 것만큼이나 의혹의 눈길을 받을 때가 있으며, 공포와 불안을 겪지 않으면 안 될 경우도 있을 것이라는 생각에 나의 기이한 미움의 감정은 사라지고 아버지에 대한 연민의 정에 휩싸이기도 했다.

나는 작은 장롱 서랍 하나를 열었다.

깨끗한 옷가지들이 가지런히 정돈되어 있었으며 아버지가 아끼는 콜로뉴 향수 한 병이 들어 있었다.

날아갈 듯한 촉촉한 냄새를 맡으려 했으나 한 번도 사용하지 않았는지 단단히 밀폐되어 있었다. 나는 향수병을 그대로 내려놓았다.

바로 그 옆에 약품 냄새를 풍기는 알약이 들어 있는 작고 둥근 깡통 하나가 눈에 띄었다. 나는 장난삼아 몇 알을 입에 넣었다. 나는 얼마간 약의 효과를 기다렸다. 놀랄 만큼 또렷한 각성과 밝은 의식이 불안감을 몰아내고 지금까지 이상하게 들키지 않고 붙잡히지 않는 것에 남다른 쾌감을 맛볼 수 있었다.

그만 나가려다 나는 약간 가벼운 장난이 섞인 마음에 또 다른 서랍을 열었다.

한편으로는 조금 전에 훔친 펜촉 두 개를 다시 제자리에 놓고 가야 한다는 생각도 하고 있었으나, 이때는 하나님의 손길이 나의 모든 호기심을 보다 강하게 작용했을지도 모른다.

나는 재빨리, 아직 확연히 열리지 않은 서랍의 틈새를 조급한 시선으로 들여다보았다.

아, 거기에는 양말, 내의, 낡은 신문들만이 가득 차 있지 않은가? 그런데도 나는 집요하게 뭔가를 찾았다. 그리고 쉽사리 풀리지 않는 경련과 불안감이 순식간에 밀려왔다.

그러자 갑자기 손이 떨리고 심장은 세차게 뛰기 시작했다. 나는 모피로 짠 인도산(産), 아니면 다른 어떤 외국산 그릇 위에 무엇인가 놓여 있음을 본 것이다. 호기심 많은 나의 마음을 사로잡기에 충분했다. 그것은 설탕을 뿌려 말린 무화과 송이였다.

나는 무화과 송이를 집어 들었다. 그것은 꽤 묵직했다. 나는 생각할 겨를도 없이 두세 개 무화과를 따자마자 하나는 입에 넣고 나머지는 주머니에 넣었다.

이제 모든 불안과 모험은 어쩔 수 없이 변질되고 말았다.

어떠한 참회도, 어떠한 위안도 이제는 용서받을 수 없게 된 이상, 나는 최소한 맨손으로 나가고 싶지는 않았다. 나는 나머지 무화과 송이 서너 개를 더 따냈다. 그래도 송이는 별로 가벼워지지 않은 무게를 주었다.

몇 개를 더 따서는 주머니에 가득 채우고 절반 이상이 줄어든 뒤에야 끈적끈적한 송이에 붙어있는 나머지 무화과 송이들을 적당히 헤쳐 그 자리에 놓았다. 그런 다음 나는 너무나 당황하고 스스로 놀라며 서랍을 세차게 닫고는 그곳을 도망쳐서 황급히 작은 계단을 내려왔다.

내 방으로 돌아온 나는 책상에 몸을 의지한 채 무릎을 흔들며 한동안 선 채로 가쁜 숨을 몰아쉬었다.

그런 일이 있고 난 다음 곧, 식사 시간을 알리는 명랑한 종소리가 집안에 울렸다.

머리는 텅 비고 온통 흥분과 역겨움으로 뒤엉킨 나는 무화과들을 책꽂이 빈 곳에 쑤셔 넣고서는 책으로 대충 가려놓은 다음 주방으로 갔다. 주방 문 앞에 이르러서야 손이 끈적끈적한 것을 알고서 서둘러 부엌에서 손을 씻었다.

식탁에 둘러앉은 식구들이 나를 기다리고 있었다.

나는 재빨리 아침 인사를 했다.

이윽고 아버지가 기도를 끝내자, 나는 수프 위로 몸을 숙여버렸다. 식욕을 전혀 느낄 수가 없었다. 한 모금 겨우 넘길 때마다 힘을 들여야만 했다.

바로 맞은 편에 아버지가 앉고 내 옆에는 누이들이 자리 잡고 있었다. 그러나 식구들 모두는 밝고 발랄하고 경건한 모습으로 아침 식사를 즐기고 있었다.

오직 죄인인 나 혼자만이 그들의 친절한 시선을 두려워하며, 아직도 무화과의 맛을 입안에 간직한 채 외로이 어울리지 않게 그들 사이에 앉아 있었다.

한편으로 불안감은 계속되었다.

'위층 침실문은 닫았던가? 서랍은 어떻게 했지?'

뭔가 잘못된 것 같은 생각에 견딜 수가 없었다.

무화과를 위층 서랍장에 다시 두고 온 것이 손이라도 끊어버리고 싶을 만큼 후회스러웠다. 어떻게 해서라도 나는 그것을 버리기로 결심했다.

서랍장에 넣어둔 나머지 무화과 송이를 학교에 가져가서 아이들에게 나누어 주기로 작정했다. 그것을 없애버리고 다시는 아버지 눈에 뜨이지 않게 해야겠다는 생각뿐이었다.

"오늘 아침 너의 모습은 매우 불편해 보이는구나."

아버지가 식탁 너머로 말씀하셨다.

나는 접시만을 내려다보고 있었으나 아버지의 시선을 얼굴에서 느낄 수 있었다.

어쩌면 아버지는 이미 눈치채고 계시는지도 모른다. 항상 모든 것을 알고 계셨으니까.

그렇다면 아버지는 왜 나를 미리부터 고통받게 하는 것일까? 아버지는 차라리 내가 당장 없어지거나 죽게 되기를 바라고 계신 것은 아닐까?

"뭐가 잘못됐니?"

다시 아버지의 약간 높은 음성이 들렸다. 나는 머리가 아프다고 거짓말을 했다.

"식사가 끝난 뒤에 잠시 누워있거라"

아버지가 말씀하셨다.

"오늘 수업은 몇 시간 들었니?"

"체육뿐이에요."

"그래, 체육이라면 너에게 해롭지는 않을 것이다. 하지만 든든히 먹어두렴. 억지로라도 조금 먹어! 금방 나아질 테니까."

나는 흘끔 아버지 쪽을 훔쳐보듯 건너보았다. 어머니는 잠자코 계셨으나 나를 지켜보는 것이 분명했다.

할 수 없이 나는 수프를 비우고 고기와 채소를 먹었다. 그런 다음 물을 두 차례 마셨다.

어쨌든 아무 일도 일어나지 않았다. 식구 중 누구도 나를 간섭하지 않았다.

식사가 끝난 다음,

"하나님 감사합니다. 당신은 항상 친절하시고 주시는 자비는 영원하나이다."

라는 아버지의 감사 기도가 끝나자, 다시 깊은 단절이 예외 없이 나를 밝고 신뢰로 가득 찬 대화와 식탁에 앉은 모든 사람과 갈라 놓았다.

두 손을 모아 앉아 있었던 것은 거짓이었고, 나의 경건한 태도 역시 불경함에 지나지 않았다.

내가 일어서자 어머니도 따라 일어서며 내 머리를 쓰다듬어 주시며 열이 있는지 알아보기 위해 손을 내 이마 위에 올려놓았다.

이 모든 것이 나에게는 얼마나 고통스러운 일인가!

서둘러 방으로 돌아온 나는 책장 앞에 그대로 서 있었다.

아침은 인간을 속이거나 기만하지 않았다. 모든 징후가 그걸 말해 주었다. 어쨌든 그날은 불행한 날이 되고 말았다. 내 삶을 통해 가장 좋지 않은 날이었다.

이보다도 더 나쁜 일이 닥쳐온다면, 이를 겪게 되는 사람은 스스로 목숨을 끊을 만큼 고통스러울 것이리라. 차라리 죽어버리는 것이 훨씬 더 나을 것이라는 극단의 선택을 할지도 모른다. 오직 지금은 모든 것이 증오스러울 뿐이다.

나는 선 채로 깊은 생각에 잠겼으며, 돌연 숨겨놓은 무화과를 움켜쥐고는 뭐가 뭔지 알지도 못한 채 몇 개인가를 재빨리 먹어 버렸다.

그때 우리의 저금통이 눈에 띄었다.

그것은 서가의 책들 사이에 놓여 있었다. 여송연 상자로 만든 것이었다. 돈을 넣을 수 있도록 뚜껑에 칼로 구멍을 뚫어 놓았는데, 그 구멍은 조잡했다. 그것은 거칠고 불량하게 뚫려서 구멍과 나뭇결이 볼품 사납게 밖으로 나와 있었다.

나는 이런 일에도 솜씨가 없었다.

내 또래의 친구들 가운데는 이런 것을 정성들여서 참을성 있게 잘 만드는 아이들도 있었다. 구멍도 마치 숙련된 목공들처럼 흠잡을 데 없이 뚫었다.

그런데 나는 항상 하는 짓이 서투르고 허둥대기만 하며, 어느 것 하나 제대로 끝내는 법이 있었다. 목공 일을 하는 솜씨도 그렇고 글씨를 쓰는 것, 그림 그리는 것, 나비 수집 등등, 어느 것 하나 제대로 하는 일이 없었다.

그런데 나는 또다시 도둑질까지 한 것이다.

정말 구제받을 수 없는 나였다.

펜촉은 아직도 주머니에 들어 있었다. 어디에 사용하려고 그랬을까? 무엇 때문에 그것을 집어넣었단 말인가. 아니 집어넣지 않으면 안 되었던 것일까?

때때로 왜 우리는 마음먹지도 않은 짓을 하게 되는 것일까?

여송연 저금 상자에는 동전 한 닢만이 딸랑거렸다. 오스카 베버가 넣은 10페니히짜리 동전이었다. 그 후에는 더 넣은 것이 없었다.

이 저금통이 내가 하는 짓이 어떤 것인가를 잘 설명해 주고 있었다.

매사가 쓸모없고 잘못되었으며, 시작만 있을 뿐 끝을 맺지 못했다. 이 꼴 사나운 저금통 따위는 왜 악마가 집어 가 버리지 않는지 더 이상 신경 쓰고 싶은 생각이 없었다.

오늘과 같은 저주스러운 날이라면 점심 식사가 끝나고 학교 수업이 시작될 때까지의 이 시간은 너무나 불편하고 매우 짜증스러웠다.

좋은 날, 평화로운 이상적인 사랑이 가득 찬 날이었다면, 이 시간은 매우 아름답고 활기찬 시간이었을 것이다.

그럴 때는 내 방안에서 인도인이 쓴 책을 읽거나, 식사를 끝내자마자 곧장 학교 운동장으로 달려가곤 했다. 그곳에서는 언제나 장난을 좋아하는 친구들을 만날 수 있었기 때문이다.

그러면 우리는 그곳에서 마지막 시간을 알리는 종소리가 우리가 얼마 동안 까마득히 잊고 있던 '현실'의 세계로 돌아가게 해줄 때까지 소리 지르고, 달리고, 뛰어노는 일이다.

그렇지만 오늘과 같은 날의—누구와 함께 놀이를 즐길 것이며, 악마처럼 나를 속일 수 있다는 말인가? 하지만 나는 그와 같은 날이 다가오고 있음을 예감하고 있었다.—물론 오늘은 아니고, 며칠 후에 아니면 머지않은 미래일 것이라는 불분명한 확신이었다.

그때에는 내 운명이 완전히 잘못되어 있을 것이다. 아직은 사소한 것들이 남아 있기는 하다. 그것은 불안, 번민, 방황 따위에서 표출된 극히 사소한 것들이다. 그런 뒤에 예감한 위험한 날은 덮쳐오고, 경악과 함께 종말이 나를 삼켜버릴 것이다.

어느 날, 바로 오늘과 같은 그 어떤 날, 나는 악의 늪에 완전히 빠져들고 반항과 분노에서 그리고 견딜 수 없는 인생의 무의미함으로 인하여 두 번 다시 용서받을 수 없는 소름 돋는 결정적인 짓을 할지도 모른다.

그것은 불안과 고뇌에 대항하기 위해 영원한 결말을 가져다줄 어떤 잔혹하고 자유로운 결단된 행동, 그것이 무엇인지는 확실치 않았다.

그러나 그것들에 관한 환상과 순간적인 강박 관념들이 몇 차례인가 혼란스럽게 내 뇌리를 스쳐 간 것은 사실이다. 내가 이 세상에 대하여 복수하고자 하고, 그와 동시에 나 자신마저 자포자기한 나머지 자신을 파멸시키려 했던 그런 죄의식들, 때때로 그것은 우리 집에 불을 지르는 장면으로 떠오르기도 했다.

무시무시한 불꽃이 날개를 펄럭이며 순식간에 방을 가로질러 퍼져갔다. 집과 거리가 불길에 휩싸이고 온 시가지가 검은 하늘 높이만큼이나 무시무시하게 타올랐다.

어떤 때는 내 꿈속의 범죄가 아버지에 대한 복수심으로 바뀌기도 했다.

그것은 살인이었고 처절한 살육이었다.

그때 우연히 나는 언제인가 등굣길에 끌려가는 모습을 본 적이 있는 그 죄인, 내가 본 최초의 단 한 명의 그 죄인과 같이 당당하게 행동하리라고 다짐하기도 했다.

그는 절도범이었는데 수갑에 차인 채 남루한 푸른 죄수복을 걸치고 앞뒤로 경찰의 호위를 받으며 재판정으로 끌려가고 있었다.

드넓은 대로를 호기심에 찬 인파 속을 뚫고 수 없는 저주와 야유, 소리소리 질러대는 욕설, 대개는 구걸하던 가난한 어린 공장 직공들이 경찰관들에게 호송되어 가면서 부끄러워 얼굴을 들지 못하던 가련한 모습과는 전혀 달랐다.

그렇다. 그는 어린 공장 직공이 아니었으며, 허풍을 떨거나 부끄러워하면서 눈물을 흘리는 나약한 모습이 아니었으며, 그 작자는 진짜 악인이었다.

오만하게 빳빳이 쳐든 머리 위에 약간 찌부러진 가죽 모자를 뻔뻔스럽게 올려놓은 그는 창백한 얼굴에 말없이 경멸에 찬 미소를 띠고 있었다. 그런 그에게 욕설을 퍼부으며 침을 뱉고 있는 군중들이 오히려 그의 눈에는 한갓 무뢰한이나 오합지졸로 보였다.

그때 나도 그들과 함께 소리 질렀다.

"악당! 그자의 목을 매달아라!"

그러나 그다음 순간, 나는 그가 굵은 밧줄로 묶인 손을 앞으로 한 채 강인하고 독기 어린 표정으로 꼿꼿하고 거만한 걸음걸이로 걸어가고 있는 것을 보았다.

그리고 그의 비웃는 듯한 야릇한 웃음, 나는 그만 입을 다물고 말았다.

만일 내가 재판정이나 단두대로 끌려갈 때 주위 사람들이 조롱하며 야유하게 되면, 나도 이 악인처럼 미소 지으며 머리를 곧추세우고 걸어가리라.

그리고 교수대에 올라 죽음을 눈앞에 두고 재판장 앞에 서게 되었을 때도, 나는 절대 고개 숙이거나 무릎 꿇지 않으리라.

만일 재판장이 나에게,

"네가 이런저런 짓을 했단 말인가?"

하고 묻게 되면, 나는 이렇게 소리칠 것이다.

"그렇습니다. 제가 했습니다. 그 외에 다른 짓도 저질렀습니다. 그리고 제가 한 일은 정당합니다. 만일 또다시 할 수가 있다면, 나는 그 일을 되풀이하겠습니다.

나는 사람을 죽였으며, 또 집에 불까지 질렀습니다. 그 짓은 유쾌했으며 당신을 조롱하고 약 올리고 싶었기 때문입니다.

그렇습니다. 왜냐하면 나는 당신을 미워하기 때문입니다.

신이여! 나는 당신 발에 침을 뱉겠습니다.

당신은 저를 괴롭혔으며 모욕했습니다. 그리고 당신은 누구도 지킬 수 없는 수많은 율법을 만들어 젊은이의 삶을 구속하도록 어른들을 교사했습니다."

만일 내가 이와 같은 생각들을 완벽하게 계획하고서 실천하는 일이 가능했더라면 결국, 나는 불행했을 것이다. 그러나 다시 의혹이 되살아나 내가 약해진 것은 아닐까, 겁을 먹고 있는 것은 아닌가, 굴복한 것은 아닌가?

아니면 내 고집스러운 의지가 시키는 대로 모든 것을 저질러버린 다음, 신이 어떤 탈출구를 만들어 주는 것은 아닐까?

어른들이나 권세 있는 사람들이 늘 그러하듯이 마지막에는 꼼짝할 수 없게 해 놓고는 모멸감을 주고 제구실도 못 하는 바보로 취급하다가 호의라는 가면을 쓴 채 용서하는 속임수를 부리는 것은 아닐까.

내 환상은 목적 없이 방황했다. 그것은 나에게 승리를 안겨주기도 하고, 때로는 신이 승리하기도 했다. 환상은 다시 완강한 범죄자로 끌어올렸는가 하면, 다시 어린아이와 같은 약자로 끌어내리는 것이었다.

나는 창가에 서서 이웃집의 작은 정원을 내려다보았다.

그곳에는 비계목이 벽에 세워져 있고, 정말 손바닥만 한 보잘것없는 텃밭에는 채소 몇 포기가 파랗게 자라고 있었다.

그때 돌연히 오후의 정적을 깨뜨리며 종소리가 메아리쳐 왔다. 그것은 아주 견고하면서도 수줍게 내 환상 속을 후비며 들려왔다. 맑고 경건한 시간을 알리는 종소리였다. 그것은 다시 한번 더 크고 길게 파장을 일으켰다.

두 시였다.

나는 소스라치게 놀라며 꿈속의 불안으로부터 현실의 불안으로 돌아왔다.

벌써 체육 시간을 알리는 학교 종소리였다. 지금 당장 마법의 날개를 타고서 체육실로 달려간다 해도 이미 늦은 시간이었다.

또다시 재수 없는 일이 생기고 말았다. 결국 월요일에 등교하게 되면 선생님으로부터 틀림없이 꾸지람을 듣게 될 것이고, 마침내는 벌까지 받게 될 것이다.

그렇다면, 무슨 짓을 해서라도 학교에 가서는 안 된다. 이제는 돌이킬 수 없게 되어버렸지 않은가.

혹 멋지고 교묘한 변명이라도 있다면 모면할지도 모른다.─그러나 그런 훌륭한 변명은 이 순간에는 전혀 머리에 떠오르지 않았다.

왜 선생님은 그런 거짓말을 할 수 있도록 공부를 시켜주지 않은 것일까?

지금 거짓말을 생각하거나 꾸며내어 둘러댈 만한 시간적 여유마저 없다면, 차라리 수업을 완전히 빼먹는 것이 더 나을 것 같다는 생각이 들었다. 커다란 불행 위에 또 다른 작은 불행이 겹친들 내 인생에 어떤 변화가 있다는 말인가.

그러나 시계 소리는 내 환상의 게임을 중단시켜 버렸다.

나는 갑자기 마음이 약해진 채 방 안을 둘러보았다. 책상, 벽에 걸려 있는 그림, 침대, 책, 옷가지 등등 위험한 현실로 채워진 온갖 것들, 나에게 그토록 적대적이며 위험하게 맞아주던 세계로부터의 온갖 부르짖음은 대체 어떻게 된 것일까?

결국 나는 체육 시간을 빼먹었고 도둑질까지 하지 않았는가?

그 저주스러운 무화과를 먹어 치우지 않았다면, 아직도 서가에 놓여 있었을 것이다.

이제 범죄자와 사랑하는 신과의 최후 심판은 나를 어떻게 할 것인가? 그것은 숙명적으로 찾아오고 나는 피할 수 없을 것이다.

그때가 되면, 그러나 이 순간만은 아직도 먼일이다. 어리석은 짓에 지나지 않는다고 용서해 줄지도 모른다.

나는 도둑질을 했다. 하지만 범행은 언제든지 들통날 수 있는 약점이 있다. 어쩌면 그것은 이미 닥쳐왔는지도 모른다.

아버지는 벌써 위층에서 그 서랍을 열어보시고 나의 수치스러운 행위에 불쾌감과 분노에 못 이겨 나를 어떤 방법으로 벌주어야 할까를 생각하고 계시는지도 모를 일이다. 어쩌면 아버지는 지금쯤 나를 향하여 내려오고 계실지도 모른다.

그렇다면, 지금 당장 도망치지 않으면 일 분 후에는 안경 쓴 아버지의 엄숙한 얼굴과 마주치게 될지도 모른다.

아버지는 내가 범인이라는 사실을 알아채셨을 테니까.

집안에서 나를 제외하고는 죄를 지을 만한 사람이 없다. 나의 누이들은 절대로 그런 짓을 하지 않는다.

도대체 왜 아버지는 무화과 송이를 그 옷장 서랍에 감추어 놓으셨을까?

나는 재빨리 내 방을 빠져나와 뒷문을 통해 정원으로 나왔다. 정원 밖으로 이어진 초원은 밝은 태양 아래 푸르게 펼쳐져 있고, 노랑나비들이 그 위를 팔랑거리고 있었다.

모든 것은 악의에 차서 나를 위협하는 듯했다. 오늘 아침보다 모든 것은 더욱더 잘못되어 있는 것 같았다. 평소에는 기쁜 마음으로 바라보았을 시내며, 교회, 탑과 초원, 도로, 풀꽃, 나비들, 그리고 다른 모든 아름답고 기쁜 것들이 지금은 낯설고 기묘하게만 보였다.

나는 알고 있었다. 양심의 가책을 느끼고서 낯익은 거리를 달릴 때면, 어떤 냄새가 나는지를 나는 알고 있다.

처음 보는 나비 한 마리가 초원 위를 날다가는 내 발 위에 사뿐 내려앉았을 때, 그것은 나를 기쁘게도, 유혹도, 위안도 주지 못했다. 잘 자란 버찌가 나에게 긴 가지를 내리뻗어준다 해도, 그것은 아무런 가치도 행복도 가져다주지 못할 것이다.

이제 내가 마지막으로 선택할 수 있는 유일한 것은 이곳으로부터 도망치는 것 외에 다른 방법이 없다. 숙명적으로 맞이해야 할 모든 것이 무정하고 가차 없이 닥쳐올 때까지는 아버지로부터 무서운 벌로부터, 나 자신과 나의 양심으로부터 도피하고 방황하는 것 외에는……

달렸다. 그리고 정처 없이 방황했다. 산을 올라 숲까지 달려갔다가는 떡갈나무 숲을 지나 농장의 물레방아가 있는 곳까지 달려오기도 했으며, 작은 오솔길을 지나 다시 높은 산봉우리를 올라키 작은 숲속을 헤쳐나오기도 했다. 끝내는 인디언 천막을 쳤던 곳까지 왔다.

작년에 아버지가 여행을 떠난 다음, 어머니와 함께 부활절을 보내며 숲과 이끼 속에 파랑 빨강의 달걀들을 숨겨놓기도 했던 곳이었다. 또 언젠가 방학 때에 나는 사촌들과 함께 여기에다 작은 돌성을 쌓기도 했었다. 그것은 아직도 반쯤 남아 있었다.

곳곳에 한때의 추억의 흔적들이 남아 있었으며, 오늘의 내가 아닌 다른 얼굴이 마주 보며 다가오는 거울을 보는 듯한 환각에 빠지기도 했다.

그때의 내가 지금과 같았단 말인가.

그토록 즐겁고 만족스럽고 감사하고 우정이 깊었으며, 아무런 근심 걱정이 없었으며, 상상할 수 없을 정도로 행복했던 것일까? 그것이 바로 지금의 나였단 말인가? 그렇다면, 어떻게 내가 이토록 변할 수 있었단 말인가?

그러나 모든 것은 변하지 않았다. 숲, 시냇물, 양치식물, 들꽃들, 쌓다 만 돌성, 개미 도둑 등등 모든 것이 파괴되고 황폐한 채 그대로였다.

그렇다면 행복과 천진난만함이 깃들어 있는 그곳으로 돌아갈 길은 없다는 말인가? 진정 옛날과 똑같은 상태로 돌아갈 수는 없는 것일까? 변함없이 나에게 웃음의 꽃을 보내며 누이들과 놀이하며 부활절에 숨겨놓은 달걀을 다시 찾을 날들이 돌아올 수 없다는 말인가?

나는 어딘가를 향해 달리고 또 달렸다.

이마에는 구슬땀이 맺혔고 등 뒤에서는 빚쟁이가 뒤쫓아오는 듯했고, 아버지의 그림자가 거대하고 무시무시한 모습으로 추적해 왔다.

그러나 낯익은 거리가 내 곁을 스쳐 지나가고, 숲의 가장자리가 낮은 곳으로 가라앉았다.

어느 고갯마루에 이르자, 나는 달리기를 멈추고 건너편 풀밭에 몸을 던졌다.

오르막을 단숨에 달려 온 탓에 심장은 터질 듯이 가빴고 거친 숨결이 현기증을 느끼게 해주었다.

바로 학교 뒷산에서 내려다본 시가지와 시장터의 낯익음 속에 이미 체육 시간을 끝낸 아이들이 체육관과 주변에서 뛰어놀고 있었고, 우리 집의 기다란 지붕도 보였다.

그 집안 위층에는 아버지의 침실이 있고 무화과가 없어진 서랍이 지금도 있을 것이다. 바로 계단을 내려가면 내 방이 있고, 바로 그곳이 내가 돌아가면 심판이 내려질 형벌의 장소이다.

내가 돌아가지 않는다면, 어떻게 될 것인가?

그러나 나는 돌아가게 될 것이다. 우리는 모두 누구든 돌아가게 되어 있다. 언젠가 그렇게 끝나게 마련이니까.

지금의 나는 아프리카나 베를린으로 도망쳐 버릴 수는 없다. 아직 나는 너무 어리고 가진 돈도 없다. 아무도 나를 도와주지 않을 것이다.

이 세상에 어린이들은 많다. 어른들보다도 그 수가 더 많다. 그렇지만, 모든 어린이가 나처럼 도둑질한 범죄자는 아니다. 나 같은 어린이는 극히 적을 것이다. 어쩌면 내가 유일한 죄인인지도 모른다.

아니다. 그렇지만도 않다. 나의 경우와 같은 일이 종종 주위에서 일어나고 있음을 알고 있다.

나의 작은 아버지 한 분도 아주 어렸을 때 도둑질했고, 여러 가지 나쁜 일들을 저질렀다.

이것은 언젠가 부모님의 대화를 엿듣고서 알아낸 사실이다. 비밀이라고 하지만, 언젠가는 알려지게 될 이야기에 불과했다.

그렇다고 그것이 지금의 나에게 무슨 도움이 된다는 말인가. 설령 그 아저씨가 나타난다고 한들 나에게 아무런 도움도 베풀어 줄 수는 없을 것이다. 지금 삼촌은 장성하여 어른이 되었고, 목사가 되었다.

그런 삼촌도 이제는 어른인 체하고 있으며, 나의 곤경을 조금도 모르고 있다. 사실 어른들은 모두 똑같다. 어른들은 우리 어린이들에게 거짓말을 하며 속이고 있다.

또한 어른들은 연극을 하려 들며, 자신들의 본래 모습이 아닌 행동을 취한다. 하지만 어머니만은 그러지 않을 것이다. 아니면 다른 어른들보다 적어도 덜 하실 것이다.

만약 내가 집에 돌아가지 않는다면, 분명 무슨 일인가가 일어나게 될 것이다. 나는 목을 맬 수도 있고, 물에 빠지거나 아니면 기차 바퀴 밑에 깔릴 수도 있다.

그렇게 된다면 사태는 완전히 달라질 것이다.

어른들은 죽은 나를 집으로 데려갈 것이고, 집안 식구들은 놀라 입을 다문 채 눈물만 흘릴 것이다. 그리하여 슬픔에 잠긴 나머지 무화과 따위의 말은 꺼내지도 않을 것이다.

그리하여 우리 인간은 자신의 생명을 스스로 빼앗을 수 있다는 사실을 권리처럼 행사할 수 있는 것은 모순일까.

훗날 언젠가 모든 일이 완전히 뒤틀렸을 때, 나도 한 번 그것을 시도해 볼 생각이다.

그렇지 않으면 한 번쯤 심하게 아파 보는 것도 좋을 것이다. 물론 감기 정도로 아픈 것이 아니라 예전에 성홍열로 앓았을 때처럼 진짜로 죽을 듯 아파 보는 것이다.

체육 시간은 이미 끝난 지 오래되었으며, 이제는 집에서 내가 우유 마시러 올 때를 기다리는 시간도 지났다.

지금쯤 가족들은 어쩌면 내 방으로, 정원으로, 텃밭으로, 지붕 밑 다락방으로 나를 찾아다닐 것이다.

그런데 만약 아버지께서 내가 도둑질을 한 것을 아셨다면 끝내 나를 찾지 않을 것이며, 돌아오지 않는 이유를 짐작하고 계실 것이다.

더 이상 앉아 있는 것은 무리였다. 운명은 나를 잊지 않고 바로 내 등 뒤에 와 있는 것 같았다.

나는 다시 달리기 시작했다.

어느 농경지의 둑을 지나자 지난날의 추억이 아련히 되살아났다. 한때의 아름답고 자랑스럽던 추억, 그러나 불같이 타오르고 있는 추억이었다.

그때 아버지는 나에게 주머니칼을 선물로 주셨을 정도로 우리는 즐겁고 아름다운 평화 속에서 산책을 즐기고 있었다.

아버지는 지금 내가 달리고 있는 둑에 자리 잡고 앉으셨고, 나는 덤불 속의 잘 자란 개암나무 가지를 자르려 했었다.

그런데 나는 너무 열중한 나머지 선물 받은 칼을 그만 부러뜨리고 말았다. 날이 칼자루에 깊숙이 박혔다.

낭패한 마음이 되어 아버지 곁으로 돌아온 나는 처음에는 그 일을 숨기려 했다.

그런데 아버지는 어떻게 된 일인지 물으셨다.

칼 때문에 야단맞을 것 같아 두려움이 앞섰다.

그러나 아버지는 미소를 지으시며 부드럽게 내 어깨를 어루만지며 말씀하셨다.

"얼마나 속이 상하겠느냐? 불쌍한 녀석!"

나는 그때 아버지를 얼마나 사랑했던가! 그리고 마음속으로 아버지에게 얼마나 사죄를 드렸던가!

그때 아버지의 인자한 모습, 다정한 목소리, 헤아릴 수 없는 동정심을 생각한다면—그런 아버지를 슬프게 하고 속이는 오늘처럼 도둑질까지 한 나는 도대체 무슨 괴물이란 말인가!

다시 시가지로 내려와 작은 돌다리가 있는, 아직도 집에서 멀리 떨어진 곳에 이르렀을 때는, 이미 어둠이 짙게 깔려 어둑어둑했다. 큰 유리문 안에 불빛이 켜져 있는 한 가게에서 누군가가 뛰쳐나오다가는 갑자기 멈춰서서 내 이름을 불렀다.

오스카 베버였다. 정말 불가사의하도록 귀찮은 존재였다.

그래도 그는 선생님이 내가 체조 시간에 빠진 걸 알아채지 못했다고 귀띔해 주면서 내가 도대체 어디에 있었느냐고 따지는 것이었다.

"응! 아무 데도 아니야."

하고 나는 건성으로 대답했다.

"기분이 별로 좋지 않아서……"

나는 입을 다물고서 거북한 표정을 지었다.

그리고 잠시 후, 내 생각에는 무척이나 긴 시간이 걸린 것 같았는데, 베버는 내가 꺼리는 걸 눈치챘는지 그가 화를 내며 말했다.

"혼자 있게 내버려 둬. 집에 갈 수 있으니까."

나는 차갑게 말했다.

"그래?"

그는 큰 소리로 다시 말했다.

"네가 혼자 가던, 내가 혼자 가던 무슨 상관이야. 멍청한 녀석 같으니라고. 뭐 내가 너희 집 강아지냐? 하지만 우리들의 저금통을 처분하는 문제만큼은 절대로 네 마음대로 해서는 안 돼. 나는 10페니히짜리를 넣었는데, 너는 한 푼도 안 넣었어. 그건 너도 알지?"

"그렇게 걱정이 되면, 네 10페니히는 오늘이라도 당장 꺼내 가려무나. 네 꼴을 다시는 보고 싶지 않으니까. 내가 너에게 무슨 덕이라도 입은 것 같구나!"

"요즘 너는 그걸 자주 갖고 다니지 않았니?"

그는 조롱하듯 말했다.

그렇지만 적당히 화해하려는 약간의 희망이 없어 보이지는 않았다.

그러나 나는 환자처럼 열이 오르고 화가 치밀었다. 가슴속에 쌓이고 쌓였던 온갖 불안과 절망감이 분노로 폭발했다.

사실 베버는 나에게 아무 말도 할 자격이 없었다. 그에 대해서 나는 당당하며 추호도 양심에 꺼릴 것이 없지 않은가.

지금 나는 누구에게나 대항할 수 있고 인내할 수 있으며 권리를 주장할 수 있는 그런 힘이 필요했다. 마음속에 깊이 숨어 있던 무질서와 불안감이 세차게 소용돌이치며 몰려나왔다. 보통 때 같았으면 조심스러워 피하던 행동을 주저 없이 표출했다.

나는 용기를 내어 골목 조무래기들의 우정 따위는 없어도 아무렇지 않다고 잘라 말했다. 나는 베버에게 이제부터는 우리 집 정원에서 딸기를 따 먹는 일, 내 장난감을 갖고 노는 일들은 끝장이라고 경고했다. 열이 점점 더 오르며 기운이 솟는 것을 느꼈다.

나는 이제 적을 바로 내 앞에 두고 있으며 그를 몰아붙일 수 있는 용기를 가졌다. 생명의 모든 충동이 나의 불만을 해소하는 분노, 그리하여 이상한 힘을 입어 용기를 갖게 되는 분별력은 어디서부터 솟아나는 것일까?

우리는 서로 얼굴을 바짝 들이대고 심한 욕설을 주고받으면서 어두운 골목길을 내려왔다.

갑작스러운 떠들썩한 소리에 창밖으로 사람들이 우리를 내려다보았다.

처음에는 나 스스로에 대한 분노와 멸시로 느껴졌던 모든 것이 가련한 베버를 향해서 되돌아갔다. 그가 체조 선생님에게 일러바치겠다고 위협하기 시작했을 때, 그것은 도리어 나에게는 기쁜 일로 작용했다.

결국 그는 당당하지 못한 위치에 서게 되었으며, 야비한 인간이 된 것이고, 나에게 용기를 돋우어 준 결과가 되었다.

메츠거 거리 근처에서 마침내 싸움을 시작하자, 금방 사람들이 모여들었다.

많은 주위 사람들의 시선을 의식한 우리는 상대방의 배와 얼굴을 서로 때리고 발길질했다.

이때 나는 모든 것을 잊고 있었다. 이제 나는 모든 것에 정당했고 죄인이 아니었으며, 투쟁의 희열감은 나를 기쁘게 해주었다. 베버는 나보다 힘은 세었지만, 나는 그보다도 재치 있고 영리하고 빨랐으며 위협적이었다.

우리는 뜨거운 김을 내뿜으며 격렬하게 싸웠다.

그가 필사적으로 나의 소매 깃을 잡아 야비하게 찢는 순간, 나는 벌겋게 달아오른 얼굴에 분노의 차가운 기류가 한꺼번에 확 몰려드는 것을 느꼈다.

때리고 잡아 찢고 차고 뒹굴고 목을 조이는 동안에도 우리는 계속해서 입으로 적개심에 찬 욕설을 내뱉고 서로를 모욕하며 저주하기를 멈추지 않았다. 시간이 흐를수록 주고받은 말은 더욱더 격렬해지고 어리석고 험악해졌다.

그 와중에서도 나는 그보다도 더 악질적이었으며 시적이고 환상적이기까지 했다.

그가 개라고 나를 욕하면 나는 그를 개돼지라고 외쳐댔고, 그가 깡패라고 소리치면 나는 악마라고 응수했다.

두 사람 모두 피를 흘렸으나 그것을 우리는 느끼지 못했다.

마침내 우리는 서로의 가문 이름과 조상과 아버지까지 저주하고 욕했다.

그토록 투철한 투쟁심에 휩싸여 있는 힘을 다하여 주먹질하고 온갖 잔인함과 저주로 철저하게 싸워 본 것은 이번이 처음이자 내 생애를 통하여 볼 때 마지막이었다.

때때로 우리와 같은 싸움을 구경하며 비속한 원시적인 저주와 욕설을 들어보긴 했으나, 내 입에서 마치 어렸을 때부터 그런 욕설에 젖어오고 습관적으로 사용해 온 사람처럼 자연스럽게 흘러나왔다.

눈에서는 눈물이 흐르고 입에서는 피가 흘렀다.

그렇지만, 한편으로 세상이 멋있게 느껴졌고 그것은 의미가 있으며, 산다는 것은 아름다운 일이었으며, 때리고 피를 흘리고 또 흘리게 한다는 것은 보람이었다.

이 싸움의 종말이 어떠했는지, 내 기억 속에서 다시 불러일으키는 것은 불가능했다.

어느 사이엔가 싸움은 끝이 나 있었고 나는 고요한 어둠 속에 홀로 서 있었다. 골목의 모퉁이와 집들이 낯익었다.

어느새 나는 우리 집 근처에 와 있었다. 흥분은 서서히 가라앉고 창문이 흔들리는 소리와 함께 어디선가 뇌성이 점점 가까워지고 있었다.

현실은 한 발 한 발 나의 의식 앞에 다가오더니 갑자기 눈앞에 멈춰 섰다.

옷은 찢어진 채이며, 양말은 흘러내려져 있었고, 무릎에 통증이 심하게 전해졌다. 눈에서도 고통을 느꼈으며, 모자는 어디론가 달아나서 없었다.

모든 것이 하나하나 되살아나며 현실이 되어서 나에게 낱낱이 고해 주었다.

갑자기 나는 극심한 피로감을 느끼며 무릎과 팔이 떨렸다. 나는 낯익은 담벼락을 더듬듯 찾았다. 우리 집이었다.

'아! 하나님' 그곳에는 평화와 광명과 구원이 있다는 사실밖에, 이 세상에 어떤 것도 알 수 없다는 격렬한 외로움을 느꼈다. 한숨을 돌이킨 다음 나는 높은 철문을 밀었다.

그러자 돌 냄새와 축축한 서늘함이 뒤섞여 갑자기 수많은 기억이 한꺼번에 나를 덮쳤다.

'오, 하나님!' 그것은 엄격함, 규격, 책임, 아버지, 하나님의 강렬한 냄새였다.

나는 도둑질을 한 것이다. 나는 전쟁터에서 돌아온 상처 받은 영웅이 아니다. 이미 나는 식구들이 사는 집으로 돌아와 어머니의 정성스러운 보살핌과 사랑을 받으며 기도를 드릴 착한 소년이 아니다.

나는 도둑이고 죄인이다. 이제 집은 나를 위한 피난처도, 침대도, 수면도, 음식도, 보살핌도, 위안도 그리고 망각도 주지 않을 것이다.

오직 나를 기다리는 것은 형벌과 무서운 재판이 기다리고 있을 뿐이다.

그때 나는 불안의 어두운 복도와 절망의 계단을 하나하나 힘들여 밟았던 순간들을 아마도 내 평생에 처음으로 차디찬 정기와 고독과 운명을 맛본 것이다. 나는 어디에서도 탈출구를 찾을 수 없었다.

"될 대로 되라지."

난간을 잡고 나는 몇 개의 계단을 올랐다. 유리문 앞에 이르자 잠시 계단에 앉아 한숨을 돌리고서 평정을 찾아야겠다는 생각이 들었다.

그러나 나는 그렇게 할 수가 없었다. 사실 지금의 나에게는 아무런 도움도 줄 수 없을 것이다.

어쨌든 나는 집 안으로 들어가는 것이 어떤 것보다 시급한 일이었다.

문을 연 순간, 불현듯 몇 시나 되었을까 하는 생각이 들었다.

나는 식당으로 들어섰다. 모두 식탁에 둘러앉아 거의 식사를 마쳐 가고 있었다. 사과 접시는 그대로 있었다. 시간은 여덟 시였다. 허락도 없이 이렇게 늦은 시각에 집에 돌아온 일은 이전에 한 번도 없었고 저녁 식사에 내가 빠진 적도 없었다.

"에구머니, 너 왔구나!"

어머니의 생기 찬 목소리가 바로 눈앞에서 들려왔다.

나는 어머니가 나 때문에 걱정하고 계셨음을 보았다.

어머니는 내 쪽으로 달려오시다가 내 더러워진 얼굴과 찢어진 옷자락을 발견하고는 놀라 그 자리에 우뚝 멈춰 버렸다.

나는 할 말을 잃었고 누구도 제대로 쳐다볼 수가 없었다.

그렇지만 아버지와 어머니는 이미 모든 것을 알아채셨다는 것을 나는 뚜렷이 느낄 수 있었다.

아버지는 아무 말씀도 하시지 않고 계셨으나 분명히 화를 내고 계시고 있음을 짐작할 수 있었다.

그러자 어머니는 아버지의 시선에서 벗어나게 하려는 듯 나를 잡아끌어 얼굴과 손을 씻게 한 다음 부어오른 얼굴에 연고를 발라 주셨다. 그리고는 먹을 것을 다시 식탁 위에 차려 주셨다. 동정과 염려로 말없이 나를 감싸주셨다.

나는 조용히 그리고 깊은 수치심에 빠진 채 식탁에 앉아서 가정의 따스함을 느꼈고 양심의 가책 속에서 용서받을 수 있음을 즐겼다. 그런 뒤에 나는 잠자리로 가기 위해 식당을 떠나기에 앞서 어머니의 얼굴을 제대로 쳐다보지도 못한 채 아버지에게 손을 내밀었다.

슬픔과 안도하는 마음으로 잠자리에 들어있을 때 어머니가 올라오셨다.

어머니는 의자에 흐트러지듯 벗어놓은 흙먼지의 옷들을 치우고는 새 옷을 놓았다. 내일이 일요일이기 때문이었다. 그러고 나서 어머니는 조심스럽게 묻기 시작하였다.

나는 싸운 이야기를 하지 않을 수 없었다.

어머니는 그것이 나쁜 짓이라고 생각하시면서도 꾸중은 하지 않았다. 그리고 내가 그 때문에 주눅이 들어 있고 의기소침해 있는 것이 무척 이상하다는 표정이었다.

마침내 어머니는 방을 나가셨다.

어머니는 이제 모든 것이 이것으로 끝났다고 굳게 믿고 계실 것이다. 내가 싸움질하고 피가 터지도록 맞았지만, 내일이면 다 잊게 될 것이라고 극히 어머니다운 생각을 하고 계실 것이다. 다른 이유에 대해서 더 근본적인 문제에 대해서 이미니는 알 리가 없다. 어머니의 인자한 마음은 한때 철없는 아들의 성장 과정으로 여기고 계실 것이다.

그러자 지극히 실망스러운 감정이 나를 사로잡았다. 집에 들어선 순간부터 나는 간절히 기원하는 마음으로 뭔가를 기다리고 있었다.

그것은 폭풍우가 몰아치는 듯한 고통을 주는 형벌이 가해지기를, 두려운 일이 현실로 바뀌게 되기를, 거기에 대한 가공할 불만이 끝장나기를 바라는 마음의 준비가 되어 있었다.

또한 벌을 받고 감당할 수 없을 만큼의 매를 맞고 감금되어 굶는 한이 있더라도 인내할 것이다.

아버지가 나를 저주한 나머지 집 밖으로 내쫓아도 좋았다. 다만 이 불안과 긴장이 끝날 수만 있다면 말이다.

그런데 지금 나는 아무런 제재도 받지 않고 편안히 누워있으며, 아직도 사랑과 친절한 보살핌을 받고 있고, 나쁜 짓에 대해 어떠한 처벌도 받지 않은 채 나는 새로운 것을 기대하고 불안한 그것을 염려할 수 있을 정도로 마음의 여유도 갖고 있었다.

부모님이 찢어진 옷과 오랜 시간 집을 비운 것, 그리고 저녁 식사에 늦은 것 등을 용서하신 것은 내가 피로에 지치고 피를 흘린 모습을 보고 마음이 아팠기 때문이다. 그리고 무엇보다도 양친은 내가 싸운 것만을 생각하셨을 것이다.

즉 나의 범죄행위에 대해서는 전혀 모른 체 만일 그 일이 밝혀지게 된다면, 나에게는 두 배로 더 나쁜 일이 일어나게 될지도 모른다.

언제인가 한 번 그런 위협을 받은 적이 있었지만, 소년원에 보내질지도 모른다는 또 다른 불안이 엄습해 왔다. 오래된 거친 빵만을 먹으며 쉬는 시간에도 나무를 자르고 구두를 닦아야 하며, 취침 장소에까지 감시원이 있어서 조금이라도 실수가 있으면 매를 맞는다고 했다. 또 새벽인 네 시에 찬물을 끼얹어 잠을 깨운다는 그런 곳이 소년원이다.

아무튼 어떤 불길한 일이 닥쳐오더라도 나에게는 아직 변명할 수 있는 시간이 있었다. 그러므로 해서 나는 여전히 불안을 인내해야 하고 지금까지의 비밀을 더 지켜야 하며, 모든 식구의 시선과 발걸음에 더 불안에 떨어야 함으로써 누구의 얼굴과도 쉽게 마주 대할 수 없게 되었다.

혹은 내가 저지른 도둑질이 끝내 밝혀지지 않고 그대로 지낼 수도 있지 않을까? 모든 일이 옛날 그대로 변함없이 평온하게 머물지 않을까? 지금 나는 필요 이상으로 고통과 불안감을 느끼고 있는 것은 아닐까?

아! 만일 그런 일이 일어날 수만 있다면 상상 못 할 그런 기적 같은 일이 가능하기만 하다면, 나는 이제부터라도 참회하고 새로운 삶을 시작할 것이다.

그리하여 하나님께 늘 감사하는 마음으로 순간순간마다 순수한 삶을 영위함으로써 용서받을 수 있을 것이다. 이렇게만 될 수 있다면, 그토록 추구했으나 이루지 못했던 것들을 그때에는 내 것으로 누릴 수 있을 것이다.

이와 같은 고난과 번민으로 가득 찬 지옥의 시간이 지나간 다음에야 비로소 나의 기도와 의지는 꽃 피우고 열매를 맺게 될 것이다. 나의 존재와 삶의 목적은 간절한 소원에 매달린 채 미친 듯이 온 정성을 쏟고 싶다.

그리하여 하늘로부터 위안의 비가 내리고 미래는 푸르고 태양처럼 밝게 빛날 수 있을 것이다.

이러한 환상 속에서 나는 마침내 깊은 잠 속으로 빠져들고, 아무런 고통 없이 보낼 수 있었다.

다음 날 아침은 일요일이었다. 잠자리에 누운 채 학교에 다니기 시작하면서부터 느끼게 된 특이하고도 복합적인, 그러면서도 전체적으로는 매우 기분 좋은 일요일의 느낌을 마치 공포의 불안감을 즐기듯이 향유하고 있었다.

일요일 아침이란 정말 좋은 한 때였다. 시간에 얽매이지 않고 늦게까지 잘 수 있으며, 학교에 가지 않아도 되고, 맛있는 점심 식사를 기대할 수 있으며, 선생님과 잉크 냄새도 없고, 얼마든지 자유로운 시간을 즐길 수 있기 때문이다.

하지만 그밖에 어딘가 생소하고 무미건조한 음조가 더 연약하게 끼어드는 것도 사실이다. 어김없이 교회에 가야 하고, 가족들과의 산책, 예쁜 나들이옷을 입어야 하는 번거로움 등등 그로 인하여 순수하게 아름답고 즐거운 맛과 향기는 다소간 탈색되고 빛깔을 잃게 된다.

그것은 마치 푸딩과 고기 수프처럼 서로 어울리지 않는 음식을 한꺼번에 먹었을 때라든가, 아니면 가끔 작은 가게에서 선물 받은 알사탕이나 빵에 끼운 치즈에서 섬뜩한 석유 냄새가 풍겼을 때처럼 먹기는 했지만, 뒷맛이 꺼림직한 불안감을 남겼을 때와 같은 예이다.

다행히도 언제나 그러한 것은 아니지만, 교회나 주일학교에 가야 하는 대부분의 일요일과 매우 흡사했다. 자유로운 날이니만치, 그에 부가되는 의무와 권태로움의 뒷맛을 맛보아야 했다.

그리고 온 가족과의 산책에서도 자주 마찰이 일어났다.

누이들과 말다툼하거나 너무 빨리 걷거나 너무 천천히 걷는 경우, 옷에다 송진을 묻히는 경우와 같은 잘못들이 예고 없이 일어났다.

이제 그 시간이 다가오고 있었다.

지금 나는 어떠한 동요도 느끼지 않고 있었다. 그것은 어제 이

후 너무나 많은 시간이 흘렀기 때문이다.

사실은 아직도 그 부끄러운 일을 잊지 않고 있어 아침부터 엷은 감정의 그늘에서 벗어나지 못하고 있었지만 놀라움은 이미 멀리 희미하게 사라졌다.

비록 양심의 가책만이 그대로 지배하고 있어 어제의 모든 죄를 회개했으며, 온종일 그것과 고통스럽게 싸우면서 보내지 않으면 안 되었다.

그러나 나의 마음은 다시 믿음 쪽으로, 악이 없는 쪽으로 기울고 평온을 되찾고 있었다. 물론 그 일을 완전히 잊은 것은 아니어서, 마치 아름다운 일요일에 저 사소한 의무와 슬픔의 일들이 끼어들 듯이, 아직도 위협과 번민의 작은 메아리가 그대로 남아 있었다.

아침 식탁에서는 모두 즐거웠다. 나는 어른 예배에 참석해야 하느냐 아니면, 주일학교에 가느냐 하는 선택만이 남아 있었다. 언제나 그랬던 것처럼 어른 예배에 참석하기로 마음을 작정했다. 사실 어른 예배에서는 편안하게 앉아 생각의 나래를 펼 수가 있어 좋았다.

더욱이 울긋불긋 장식된 창문과 높고 장엄한 교회 안은 아름답고 신선했으며, 어른들 틈에 끼어 앉아 가느다랗게 실눈을 하고서 어둠침침한 회종석 위로 파이프 오르간 쪽을 바라보면 흔히 기막힌 장면이 연출되기도 했다.

어둠 속에 솟아오른 오르간의 파이프들은 마치 수많은 탑을 가진 찬란한 도시를 연상케 했다.

때로는 신자들이 교회 안이 가득 차지 않아 한구석에서 예배 시간 내내 누구의 간섭도 받지 않은 채 역사책을 읽을 수 있는 운 좋은 날도 있었다.

하지만 오늘은 아무 짓도 하지 않았다. 그리고 이전에 하던 것처럼 억지로 교회에 가려는 생각도 하지 않았다.

엊저녁 일이 아직도 마음속에 강하게 메아리치고 있어서, 나는 착하고 올바른 계획을 세워 나 자신이 하나님과 부모님과 그리고 세상과 평화롭고도 온순한 관계를 맺어야 한다고 생각했다.

오스카 베버에 대한 분노도 이제는 남김없이 사라지고 남아 있지 않았다.

만약 그가 지금 여기에 온다면 나는 그를 크게 환영할 것이란 마음의 준비까지 되어 있었다.

예배가 시작되었다. 나는 찬송가를 함께 따라 불렀다. 그것은 학교에서도 암송하도록 배운 적이 있는 '당신은 양의 목자'였다.

그때 나는 노래의 가사라는 것이 노래를 부를 때, 특히 교회에서 천천히 길게 늘어뜨리며 노래 부를 때, 그 가사를 읽거나 말로 할 때, 전혀 다른 감정과 뜻을 갖는구나 싶은 생각이 불현듯 머리에 떠올랐다.

읽을 때는 노래의 가사가 전부가 되고 의미를 갖고 문장으로 구성되는 데 반하여, 노래로 부르게 되면 가사는 단어의 나열일 뿐 문장은 이루어지지 않으며 별 의미조차 느끼지 못했다.

그 대신에 한마디 한마디 노래로 불리면서 길게 연장된 낱말로서의 단어는 특이하게 강하고 독립된 생명을 갖게 된다는 사실을 깨달았다.

그렇다. 그것은 그 자체로서는 아무런 의미가 없는 낱낱의 말마디에 지나지 않지만, 노래 속에서 그것은 흔히 독창적인 것으로 되어 하나의 모습을 보여주었다.

예를 들면 '잠도 이루지 못하는 당신은 양의 목자'라는 가사가 오늘 교회에서 부르는 분위기를 보면 특별히 하나님과 어떤 상관관계나 의미가 있는 것도 아니다.

사람들은 노래를 부르는 동안에 목자를 생각하는 것도 아니며, 양을 생각하는 것도 아니다. 사람들은 아무런 생각도 하지 않는다. 그러나 그것은 전혀 지루하지 않았다.

말 한마디 한마디는, 특히 '양—떼(Schla—a—fe)'와 같은 말은 기이하게도 충만하고 아름다워지며, 그 안에 완전히 몰입되고 만다는 것이다.

'⋯⋯하겠지(mag)'하는 말도 비밀스럽고 묵직하게 들리면서, 우리들의 육체 깊은 곳에 있는 어둡고 위험에 찬 비밀스러운 어느 정도 알려져 있을 뿐인, 어떤 것을 생각나게 한다. 거기에 반주 되는 파이프 오르간의 소리 역시 그렇다.

이윽고 목사가 등단하여 뜻도 모를 긴 설교가 계속되었다.

언제나 그러하듯 말하는 소리의 음향만이 종소리처럼 허공에서 맴도는 것을 들었으며, 간혹 한마디 한마디가 날카롭고 분명하게 그 의미와 함께 전달되면, 그것이 이해되는 동안만은 그 말의 의미를 따라잡기 위해서 애를 쓰는 기묘한 듣기 놀이가 이어졌다.

교회 이층 남자 어른들 사이에 앉아 있는 것보다 합창단 자리에 앉을 수 있으면 얼마나 좋을까 하는 생각을 교회에 올 때마다 가져 보는 기대감이다.

언제인가 교회 연주회 때에 앉아본 적이 있는 합창단 좌석은 묵직한 의자들이 따로따로 떨어져 있어서, 그 안에 깊숙이 들어앉으면 그 하나하나가 작고 견고한 건물이 되고, 그 위로는 매우 매혹적인 화려한 새장 모양의 둥근 천장이 올려다보였다.

높은 벽에는 산상수훈의 그림이 부드러운 색채로 그려져 있고, 맑고 푸른 하늘 위에 계신 구세주의 푸르게 붉은 옷자락은 매우 인자하고 행복스러워 보였다.

매우 깊은 애착심을 갖게 하는 교회 안 의자들은 곧잘 쩍쩍하는 소리를 냈다.

그것은 의자에 노란색 니스칠을 지저분하게 해 놓아서, 거기에 앉는 사람의 옷에 붙었다가 떨어지는 소리였다.

어떤 때는 울긋불긋한 꽃과 녹색의 별이 그려진 상단이 뾰족한 모양으로 된 창문을 파리가 윙! 하면서 아래위로 날아다니기도 했다.

그러는 동안 어느 사이에 설교가 끝났다.

목사가 좁고 어두운 그의 전용 계단 출입구로 사라지는 모습을 지켜보기 위하여 목을 길게 뻗었다.

사람들은 길게 한숨을 내쉬고는 큰 소리로 다시 찬송가를 불렀다. 그리고는 일어서서 썰물처럼 몰려 나갔다.

나는 갖고 온 5페니히 동전을 헌금통에 넣었다. 쩽그랑하는 금속음이 신성한 분위기에 불협화음처럼 울렸다.

나는 인파에 끼어서 강단을 지나 밖으로 나왔다.

이제부터 일요일의 가장 좋은 시간이 시작된다. 교회 예배가 끝난 다음부터 점심 식사 때까지의 두 시간이다.

사람들은 의무를 마친 다음, 느슨한 자세로 몸을 움직이거나 놀이하거나 산책을 하거나 자기 마음먹은 대로 하고 싶은 일을 하고 책을 읽기도 하는데, 사람들 대부분은 맛있는 음식이 나오는 점심때까지 편안한 휴식을 취한다.

나는 달콤한 생각과 상상으로 마음이 뿌듯한 채 흐뭇한 기분으로 천천히 집을 향해서 걸었다. 만사는 잘 진전되고 있으며 세상은 살만했다. 한없이 만족한 마음으로 나는 복도를 지나 계단을 총총걸음으로 올랐다.

크지 않은 내 방에는 밝은 햇볕이 비치고 있었다.

나는 어제 돌보지 않았던 유충 상자를 살펴보며 새로운 번데기 몇 마리를 발견했다. 작은 화분에도 물을 부어 주었다.

그때 문이 열렸다.

나는 미처 그것을 깨닫지 못했다. 잠시 후 정적이 이상하게 느껴져 뒤를 돌아보았다.

거기에 아버지가 서 계셨다. 아버지의 얼굴은 창백하고 고통에 차 있었다.

인사말이 목에 걸린 채 나오지 않았다.

순간 나는 확연히 깨달았다. 모든 것을 알고 계신다는 사실을! 이제 곧 재판이 시작되리라. 어느 한 가지 잘된 것은 없다. 어느

한 가지 회개 받고 용서받을 수 있는 것은 없으며, 어느 한 가지 잊히지 않는 범죄를 알고 계신 아버지가 아닌가?

햇볕은 창백해졌으며, 일요일 아침은 침몰해 갔다.

온통 하늘이 무너져내리는 듯한 시선으로 아버지를 멍청히 마주 보았다. 아버지가 미웠다. 어째서 어제 모든 것을 끝장내지 않으셨단 말인가?

지금 나에게는 아무것도 준비되어 있지 않았다. 무방비 상태일 뿐이다. 후회도 죄의식도!

어째서 아버지는 서랍장에 무화과를 갖다 놓았단 말인가?

아버지는 내 책장으로 다가가서는 꽂아놓은 책 뒤에 손을 넣어 서너 개의 무화과를 꺼냈다. 아직 네댓 개는 더 남아 있었다.

아버지는 나를 쳐다보셨다. 말은 없으나 찌르는 듯한 물음을 담고 있는 시선이었다.

나는 아무 말도 할 수 없었다. 고통과 고집 사이에서 나는 질식할 것 같았다.

"웬일이세요?"

나는 간단히 물었다.

"너 이 무화과 어디서 났지?"

아버지는 가라앉은 낮은 목소리로 물었다.

나에게는 쓰디쓴 증오의 목소리였다.

나는 거침없이 대답하기 시작했다. 거짓말이었다. 나는 이 무화과를 과자점에서 송이째 샀노라고 꾸며댔다.

"돈은 어디서 났지?"

돈은 친구와 함께 모으는 저금통에서 꺼냈다고 말씀드렸다.

우리는 종종 생기는 용돈을 모두 저금통에 넣기로 했으며, 그 저금통은 바로 여기에 있다고 말씀드리고서, 나는 구멍이 뚫려 있는 깡통을 보여드렸다. 지금은 겨우 10페니히밖에 들어 있지 않은데, 그것은 어제 무화과를 샀기 때문이라고 말씀드렸다.

아버지는 조용히, 그리고 애써 자제하는 얼굴로 듣고 계셨다. 그 얼굴에는 나에 대한 어느 한 가지도 믿고 있지 않다는 표정이었다.

"그렇다면 무화과 값이 얼마였지?"

"1마르크 60페니히 줬습니다."

"어디에서 샀지?"

"과자점에서입니다."

"어느 과자점?"

"하거 과자점입니다."

잠시 침묵이 흘렀다.

얼어붙은 내 손가락에는 아직도 저금통이 쥐어있었다. 나의 모든 것은 차갑게 얼어붙어 있었다.

아버지는 위협 조로 물으셨다.

"그게 정말이냐?"

난 재빨리 대답했다.

"그렇습니다, 물론 정말입니다. 제 친구인 베버도 가게에 함께 갔었습니다. 저는 그 애를 따라가기만 했을 뿐입니다. 돈은 거의 베버 그 애의 것입니다. 저는 조금밖에 내지 않았습니다."

"좋아! 모자를 써라!"

아버님이 명령하듯 말씀하셨다.

"그렇다면 함께 하거 과자점에 가자. 주인한테 물어보면 네 말이 사실인지 거짓인지 알 수 있겠지."

나는 애써 미소를 지으려고 했다. 이제는 차가운 냉기가 심장과 위장에까지 얼어붙을 것처럼 전해져 왔다. 나는 먼저 복도에 가서 푸른 모자를 집어 들었다.

아버님은 유리문을 열었다. 아버님도 모자를 집어 들었다.

"잠깐만 기다려 주세요!"

나는 겨우 말했다.

"잠깐 화장실에 다녀오겠습니다."

아버님은 고개를 끄덕이셨다. 나는 화장실에 들어가서는 문을 잠갔다. 혼자였다. 이 순간이 안전하다.

'아, 차라리 죽어버렸으면!'

나는 일 분을, 그리고 이 분 동안 숨을 멈추고 기다렸다. 그래도 아무 소용이 없었다. 죽지 않았다. 목숨은 끈질겼다. 나는 문을 열고 다시 밖으로 나왔다.

우리는 계단을 내려갔다.

대문을 지날 때 좋은 생각이 떠올라 나는 얼른 말했다.

"그런데, 오늘은 일요일이어서 하거 과자점은 문을 닫았을지도 모릅니다."

그것은 내 희망 사항일 뿐이었다. 하지만 아버지는 태연히 대답하셨다.

"그러면, 하거 집으로 가면 되지. 어서 가자!"

우리는 걸었다. 나는 모자를 똑바로 쓰고서 한 손은 호주머니에 넣은 채, 마치 아무 일도 아닌 듯이 가장하면서 아버지 옆을 따라 걸었다.

모든 사람이 나를 끌려가는 죄인인 것처럼 바라보고 있음을 나는 알고 있으면서도 짐짓 그렇게 보이지 않으려고 온갖 기교를 부렸다. 나는 편안하게 그리고 아무 죄도 없는 사람처럼 호흡하려고 노력했다.

순진한 표정을 짓고서 분명함과 확신을 가장해 보이려고 노력했다. 나는 괜히 바지춤을 끌어 올리며 웃음을 지어 보였다. 그 웃음은 말할 수 없이 어리석고 억지처럼 보이리라는 것을 나는 잘 알았다.

몸 안에는 목구멍과 내면의 깊은 곳에 악마가 도사리고 앉아서 나의 숨통을 조이고 있었다.

우리는 음식점을 지났으며, 철공소, 마차집, 그리고 철교를 지났다.

엊저녁에 나는 다리 저편에서 베버와 싸웠다. 찢어진 눈언저리의 아픔이 아직도 남아 있었다.

나는 의지력을 상실한 채, 그러면서도 경련 속에서 나의 자세를 잃지 않으려고 기를 쓰며 걸었다. 건초 창고 곁을 지났으며 역전 거리도 벗어났다. 어제만 해도 이 거리는 즐겁고 죄 없는 거리였는데!

아무것도 생각하지 말고 가자.

우리는 하거 제과점 가까이에 이르렀다.

얼마 동안 수백 번도 더 그곳에서 나를 기다리고 있을 장면을 상상했다. 그런데 그곳에 이른 것이다.

나로서는 견딜 수 없는 고통을 겪게 되리라. 나는 그 자리에 멈춰 섰다.

"아니? 왜 그러느냐?"

아버님이 물으셨다.

"저는 들어가지 않겠어요."

나는 겨우 모기만 한 목소리로 말했다.

아버진 묵묵히 나를 내려다보았다. 처음부터 모든 것을 알고 계셨다.

어째서 나는 아버님께 이런 어처구니없는 연기를 부리고, 또 그토록 헛수고하게 하는 것일까? 아무런 의미도 없는 짓을.

"그럼, 너는 하거 씨 가게에서 무화과를 사지 않았단 말이지?"

아버님이 물으셨다.

나는 힘없이 고개를 저었다.

"아, 그랬구나."

아버님은 안심하셨다는 듯이 말씀하였다.

"그렇다면, 다시 집으로 돌아가면 되겠구나."

아버지는 점잖게 행동하셨다. 거리에서 만난 사람들 앞에서는 나를 감싸주셨다.

돌아오는 동안 많은 사람으로부터 아버지는 인사를 받았다.

이 무슨 연극이란 말인가! 얼마나 바보스럽고 어처구니없는 고통이었던가!

아버지의 관용에 대해서 나는 감사조차 드릴 수가 없었다.

사실 아버지는 모든 것을 이미 알고 계셨다. 그러면서도 아버지는 나에게 모른 척하셨고, 아무 쓸모 없는 헛걸음을 치게 한 것이다.

심하게 말해서 지금, 아버지가 취하고 계신 형벌은 마치 철망 덫에 잡힌 생쥐를 물속에 집어넣고서 죽기 전에 고통을 주는 것과 같다는 생각이 들었다.

차라리 처음부터 이것저것 묻거나 심문하시기 전에 다짜고짜 지팡이로 내 머리통을 힘껏 때린다면, 도리어 그것이 나를 이같이 어리석은 거짓말 속에 옭아넣은 다음, 서서히 질식시키는 이런 침묵이나 아픔보다는 훨씬 나았을 것이다.

한마디로 이처럼 섬세하시고 정의로운 아버지를 갖는 것보다는 차라리 난폭한 아버지를 가졌더라면 더 좋았을 것이다. 이야기책에서나 성서에 등장하는 아버지들처럼 화를 내거나 술에 취한 채 자식들을 사정없이 마구 때리는 부모는 정당하지 못하지만, 그 매가 비록 무섭긴 해도 아이들은 적어도 마음속으로는 어깨를 으쓱하거나 자기 아버지를 경멸할 수는 있다.

그러나 우리 아버지에게는 그것이 불가능하다.

아버지는 너무나 치밀하시고 완벽하며 절대로 부당한 일을 한 적이 없다.

아버지와 마주 대하면 누구든 자신이 왜소해지고 비참해질 뿐이다.

입술을 깨물며 아버지보다 앞서서 집에 들어선 나는 다시 내 방으로 들어갔다.

아버님은 여전히 냉정하시고 조용하셨다. 아버지는 일부러 더 그렇게 행동하시는 것 같았다.

왜냐하면, 아버지는 내가 분명히 느끼고 있는 바와 같이 매우 화가 나 있었다.

잠시 후 아버지는 평소와 같은 어조로 말씀하시기 시작했다.

"나는 단지 이런 우스꽝스러운 연극이 무슨 소용이 있는지 알고 싶었을 뿐이다. 너는 진심으로 말해 줄 수 없겠니? 너의 그 그럴듯한 이야기가 모두 꾸며낸 것이라는 사실을 나는 금방 알아챘다. 도대체 무엇 때문에 이런 바보짓을 했지? 너는 정말 아버지가 그 말을 믿을 만큼 그렇게 어리석은 사람으로 믿었느냐?"

나는 다시 한번 입술을 깨물며 마른침을 삼켰다. 제발 그만하셨으면 얼마나 좋을까?

어째서 내가 아버지에게 그런 거짓말을 했는지 나 자신도 알지 못하는 것을! 왜 자기의 잘못을 솔직하게 고백하고 용서를 빌지 않았는지, 나 자신도 알고 있지 못하고 있는데, 얼마나 후회하고 참회하면서 긴 시간을 보냈지 않은가. 이것으로 충분히 용서받을 수 있었을 것이다.

아버님은 기다리고 계셨다. 성난 얼굴에는 애써 참는 표정이 역력했다.

일순간 의식하지 못한 사이에 나에게는 모든 사태가 확연해졌다. 그런데 오늘따라 그것은 말로 잘 표현되지 않았다.

정말 나의 마음은 이번 사태와는 전혀 달랐다. 무화과를 훔치게 된 것은 양친으로부터 위로받기 위하여 아버지 방에 들어갔다가 방에 아무도 안 계셨기 때문이다.

나는 처음부터 훔칠 생각은 전혀 없었다. 단지 아버지가 계시지 않는 사이에 깊은 호기심에 끌려 아버지의 물건들을 훔쳐보면서 혹시 비밀이라도 있는지 끊임없는 유혹에 의해서였다. 그것이 전부였다.

그런데 거기에 무화과가 있었다. 나는 그것을 훔쳤다. 그리고는 곧 후회하고, 어제는 온종일 고통과 사죄하는 마음으로 괴로워했으며, 죽기로 작정하고 자신에게 채찍질했으며, 마침내는 착한 결심까지 한 것이다.

그러나 오늘은 그렇다, 전혀 사태가 달라졌다. 후회와 그리고 그밖에 할 수 있는 모든 짓을 나는 다 해보았다. 나는 이제 더욱 의기소침해지고, 아버지가 나에게 기대하고 있는 모든 것에 대해서 알 수 없는 매우 강력한 저항감을 느꼈다.

만일 내가 지금 가진 마음을 솔직하게 이야기하면 틀림없이 이해하실 것이다.

그러나 어른보다도 더 총명한 어린이라 할지라도 운명 앞에서는 고독하고 무기력했다. 반항심과 이를 악무는 고통으로 몸이 굳은 채 나는 여전히 침묵을 지키며 아버지의 그럴듯한 훈계를 들었다.

모든 일이 이토록 삐뚤어지고 점점 더 나빠지며 아버지가 끊임없이 괴로워하고 당황해하며 그러면서도 내가 잘되어 주기를 헛

되이 호소하고 계시는 양친의 모습을 슬픔과 더불어 희한하게도 심술궂은 심정으로 지켜보았다.

"그럼 무화과는 네가 훔친 것이지?"

하고 물으셨을 때, 나는 고개를 끄덕일 수밖에 없었다.

그 때문에 내가 얼마나 괴로워했는지를 알고자 하셨을 때도, 나는 고개만을 끄덕였을 뿐 다른 표현으로 대답할 수 없었다.

저렇게 위대하시고 영리한 분이 그런 무의미한 질문을 하실 수 있단 말인가! 아무리 내가 철없는 아이일지라도 그런 일이 나에게 아무런 고통도 주지 않을 수 있단 말인가!

이 모든 일이 얼마나 나를 괴롭히고 나의 심장을 뒤흔들어 놓았는지를 아버님은 아직도 느끼지 않으셨단 말인가!

그런 나의 행동과 그 불행한 무화과로 인하여 어찌 내가 즐거울 수 있단 말인가!

내 지난날 유년 시절을 통틀어서 아마도 처음으로 두 사람의 가까운, 그리고 선의의 관계에 있는 인간 사이가 얼마나 견고하게 서로를 오해하고 괴롭히고 고통을 줄 수 있는가를, 그런 다음에는 어떤 말이나 현명함 또는 합리화도 자기 자신을 기만하는 행위에 지나지 않으며, 또 새로운 고통과 새로운 아픔과 새로운 오류를 만들어낼 뿐이라는 사실을 인식하고 깨달을 수밖에 없음을 통렬히 느꼈다.

과연 그럴 수 있을까?

그러나 그것은 가능했고, 그런 일이 실제로 일어난 것이다. 그것은 어처구니없고 어리석으며 우스꽝스럽고 믿어지지 않는 일이지만, 그러나 그것은 사실이었다.

이제 이야기는 이것으로 충분하다.

일요일 오후 지붕 밑 다락방에 감금당하는 것으로 사건은 모두 끝이 났다.

물론 비밀이었던 상황으로 인하여 엄한 형벌은 공포심의 일부를 가시게 할 수 있었다.

전혀 사용하지 않은 내 다락방에는 먼지가 가득 쌓인 나무 상자가 하나 있었는데, 그 안에는 책들로 반쯤 채워져 있었다. 그 책 중에는 어린이가 절대로 보아서는 안 되는 내용의 책이 포함되어 있었다.

하지만 나는 지붕의 기와 한 장을 밀쳐내고서 책을 읽을 수 있을 정도의 빛이 새어들도록 했다.

이 슬프고 슬픈 일요일 저녁, 아버님은 잠자리에 드시기 전에 잠시 화해를 나누기 위해 내 다락방을 들르셨다.

잠자리에 들었을 때, 나는 아버님이 나를 완벽하게 — 아니 내가 아버님을 용서한 것보다도 더욱 완벽하게 — 용서하셨다는 확신을 얻었다.

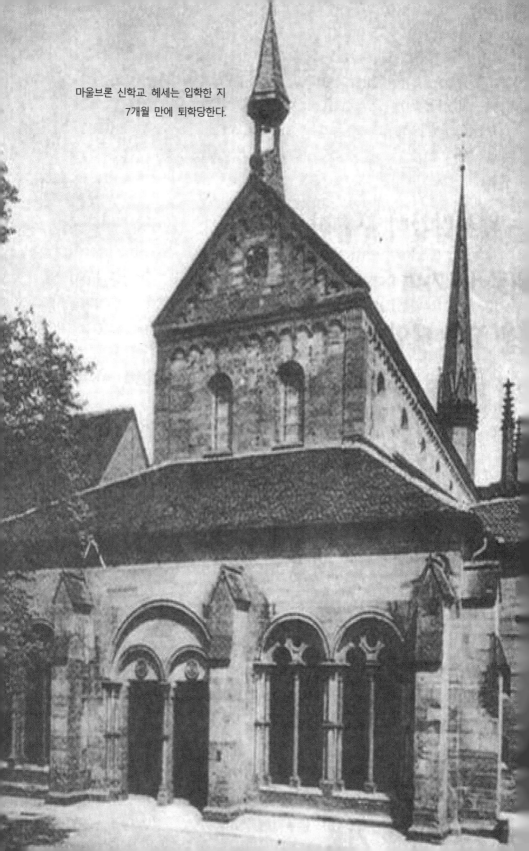
마울브론 신학교. 헤세는 입학한 지
7개월 만에 퇴학당한다.

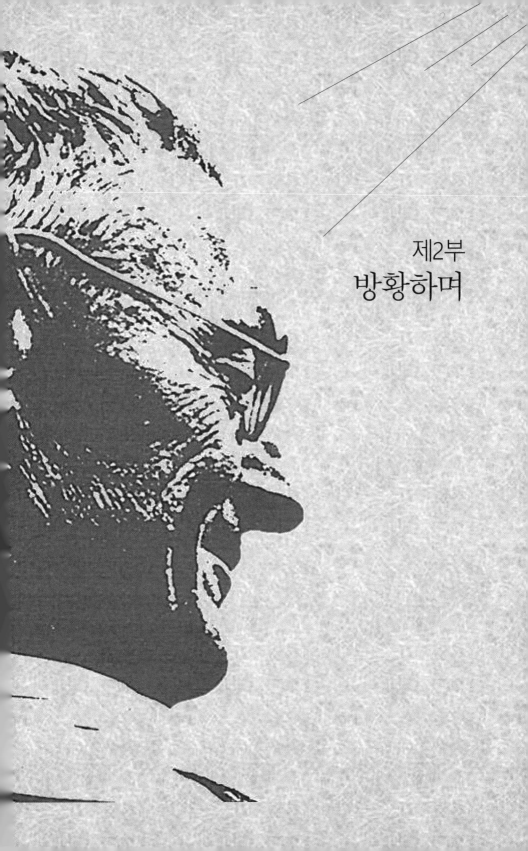

제2부
방황하며

다시 새로운 삶을 찾아서

오, 암흑의 문이여, 어둑한
죽음의 시간이여, 나에게로 오라.
내가 건강하여 이 삶의 공허에서
다시 내 꿈으로 돌아갈 수 있도록.

생의 후반에 이르자, 나는 이따금 침잠하는 마음으로 내 어린 시절의 어딘지 쓸쓸한 모습과 지나온 시간의 빛깔이 여러 가지 영상으로 떠오르는 것을 추억하게 된다.

곱슬곱슬한 머리에 어렴풋한 동화 속의 창백한 아이처럼 늘 자유분방한 표정의 내 모습. 이러한 추억은 언제나 그렇듯이 잠이 오지 않는 밤이면 어김없이 가슴을 파고든다.

처음엔 꽃향기와 함께 먼 푸른 들판의 아련한 노래처럼 시작하지만, 마침내는 슬프고 괴롭고 쓸쓸한 기분에 휩싸여 절망과 고통, 죽음의 냄새를 맡게 해주었다.

때로는 따뜻한 손이 전해주는 체온처럼 아스라이 피어오르는 추억에 대한 그리움에 기도하는 마음 자세로 눈 기슭에는 촉촉한 물기가 젖어 든다.

이렇듯 내 어린 시절의 작은 이야기들이 내 마음에 감동의 불을 지피다가는 금빛 액자에 담긴 그윽한 한 장의 그림으로 기억 속에 걸려 있는 것이다.

너는 영원한 나의 골짜기
삶의 마술에 걸리어 가라앉아 버렸다.
내가 고난 속에서 괴로워할 때, 너는 때때로
나의 그늘에서 손짓하며
동화 같은 너의 눈을 살며시 떴다.
그러면 나는 긴 환상에 황홀해하며
너에게로 돌아가 나를 잃었다.

오, 암흑의 문이여, 어둑한
죽음의 시간이여
나에게로 오라. 내가 건강하여
이 삶의 공허에서 다시 내 꿈으로 돌아갈 수 있도록.

그 그림 속에는 푸른빛이 뚝뚝 떨어질 듯 무성한 상수리나무 숲이 어둠처럼 우거져 있고, 그 위로 형언할 수 없을 만큼 아름다운 아침 햇살이 따사롭게 빛나고 있었다.

그중에서 지금까지도 생생하게 기억되는 것은 파도처럼 몰려와 있는 뒷산의 모습이다.

세상의 잡다한 일까지 모두 잊게 하는 짧은 안식이 있는 동안 신으로부터 허락을 받은 내 삶의 모든 시간, 그것은 고독과 방랑이었으며 바람과 같은 모습이었다. 산속을 헤매는 산책과 같은 것이다.

보잘것없이 작은 행복, 혹은 욕망 없는 사랑이 어제도 오늘도 내게 휴식을 베풀어 주었다. 또한 그것은 내 삶에 있어 하나의 위안이었고 기쁨이었다.

이렇듯 내 어린 날의 푸른 초상을 꿈꾸며 방황하던 열정의 모습을 서로 비교해 보는 것보다 더 아름다운 이야기를 나는 아직도 알지 못하고 있다. 그것은 적당히 휴식을 취하고, 최고의 즐거움으로 내 삶을 오랫동안 사랑해 온 것이라고 말할 수 있으리라.

낯선 마을을 방랑하듯 떠돌아 돌아다니며, 갖가지 풍문을 전설처럼 들으며, 때로는 푸른 그림자 아래 한가롭게 누워서 나무와 구름과 아이들과 함께 밤하늘의 별 이야기를 나누던 고요한 낭만이 있었다.

내가 무엇보다도 확실하게 기억하는 내 인생의 첫 출발은 나이 세 살이 거의 다 지나갈 무렵의 어느 날부터 시작된다.

그 무렵 내 양친은 자주 나를 가까운 산에 데리고 가셨다. 그곳은 아주 높고 전망이 넓게 펼쳐진 곳으로서 인근의 여러 작은 도시가 한눈에 내려다보이는 산정이었다.

한 번은 동행한 삼촌이 나를 높은 성벽의 난간에 세워놓고는 낭떠러지를 내려다보게 해주었다. 순간 나는 정신이 아찔해지는 무서움과 짜릿한 흥분을 느꼈다.

조금은 들뜨고 흥분한 채 집으로 돌아오자마자, 나는 침대에 누워서도 몸을 떨었다. 그때부터 나는 산을 바라보거나 생각기만 해도 가위눌림의 고통스러운 꿈을 꾸었고, 그 깊고 어두운 낭떠러지는 내 영혼의 동굴로 마음속 깊은 곳에 자리 잡기 시작했다.

그때부터 나는 무서운 꿈속에서 울며 지내는 시간이 많아졌다. 기억하려 해도 내 인생의 첫 기억이 바로, 그날 이전의 것을 찾아내지 못하는 것이 안타까울 뿐이다.

그러나 내 어린 시절에 있어 처음으로 느껴본 그날의 분위기를 곰곰이 생각해 보면, 그것은 누구에게 잘하려는 마음가짐과 수치심처럼 일찍 그리고, 강렬히 내 내부의 깊은 곳에서 싹튼 감정이었지 않았나 하는 생각이 든다.

지금도 생각해 보면, 어린 시절의 나는 수줍음을 잘 타는 소심한 성격의 소유자였던 것이 분명하다.

나는 보통 5, 6세 된 철모르는 아이들로부터 부끄럼 없는 말을 들을 때가 종종 있었다. 체험에 대해 보다 정확하게 기억해 낼 수 있는 것은 5살 이후에 겪었던 일들이었을 것이다.

무엇보다도 내가 자란 환경, 양친이 늘 계시던 우리 집, 어린 시절을 보낸 도시와 풍경이 기억의 소중한 재산들이다.

우리가 살던 작은 도시의 한쪽에는 집 몇 채가 늘어서 있는 거리가 늘 밝은 햇빛을 받으며 꿈속처럼 뻗어 있었다. 그밖에 높이 치솟아 있는 도시의 진기한 건물들, 관청, 저쪽 성당 너머로 라인 강 다리가 있지만, 무엇보다도 우리 집 정원에서 시작하여 내 어린 발걸음으로는 아무리 걸어도 끝없이 멀게 느껴졌던 넓은 초원이 기억되었다.

온갖 정신적인 깊은 체험과 사람들, 모든 집, 심지어는 부모님의 모습까지도 꿈과 호기심으로 가득하게 했던 이 초원만큼 그렇게 선명하게 회상되지는 않았다.

초원에 대한 기억은 내 이웃들의 얼굴에 대한 기억보다 훨씬 더 오래된 것 같다. 그것은 어떤 고유한 운명을 지닌 전설과 같은 것으로 낯모르는 의사에 의해서, 시중드는 낯선 사람의 손길이 닿을 때마다 느껴지던 불쾌감은 어린 나를 더욱 소심하게 만들었고, 그로 인해 푸른 숲과 구름이 있는 들판에 혼자 있고 싶어 하던 어린 시절의 내 버릇은 강렬한 의지로 굳어진 모양이다.

그 무렵, 오랜 시간 동안 돌아다니다 보면, 언제나 아무도 발을 들여놓지 않은 푸른 바닷속 같은 깊은 숲이 있는 광활한 초원을 찾아 헤매고 싶은 유혹에 깊은숨을 몰아쉬곤 했다.

이제 많은 시간을 흘려보낸 노년의 고독한 시간에도 그때의 감정은 마찬가지이다. 옛 추억에 빠지면 무엇보다도 나의 가슴을 아련한 행복감으로 촉촉이 적셔준다. 그것은 늘 어린 시절로 돌아가는 뒤안길을 마련해 주는 시간의 길목이었다.

지금도 그 초원의 엷은 안개가 내 머리 위로 피어오르는 것 같다. 다른 시절, 어떤 초원도 이렇듯 아름다움을 지닌 들꽃과 화려한 나비들을 볼 수 없을 것이며, 시냇물 속의 무성한 수초, 계곡의 황금빛 민들레, 가지각색의 진귀한 패랭이꽃이나 앵초, 풍령초, 그리고 여러 꽃으로 구름이 피어나듯 뒤덮인 아름다운 것들을 결코 볼 수 없으리라 확신한다.

나는 지금껏 그렇게 아름답고 가냘픈 질경이꽃과 노란 불이 이는 듯한 꿩버들 꽃을 일찍이 본 일이 없을 뿐만 아니라, 사람을 유혹하듯 쳐다보는 도마뱀, 나비들을 지금까지 한 번도 본 적이 없다. 오직 나의 머리는 너무 많은 것들에 집착한 나머지 현란한 현기증으로 정신 차릴 수가 없었다.

그 이후 아름다운 꽃과 도마뱀에 대한 나의 감정과 시선은 차츰 온갖 사악한 것들에 익숙하게 되었다. 이런 것들을 생각해 보노라면 훨씬 훗날에 내 눈으로 직접 보고, 내 손으로 갖게 된 아주 귀중한 것, 심지어 나의 예술까지도 그 황홀하도록 가득 차 있는 초원에 비하면 너무나 보잘것없다는 기분이 들었다.

어느 맑은 아침, 나는 팔베개하고 풀밭 위에 누워있었다. 태양은 머리 위에서 금빛으로 빛났고, 시냇물은 이야기처럼 흘러가고 있었다. 붉은 양귀비꽃 더미가 흡사 하나의 섬을 이루고 있는 주위로 푸른 풍령초와 등꽃 빛깔의 황새냉이가 돋아나 있었다.

그 위를 노랑나비, 가냘픈 아름다운 빛을 내는 오색 부전나비, 빨간색이 드문드문 섞인 장군나비, 햇볕 사이로 아주 보기 드문 무지갯빛 멋쟁이 이름 모를 나비도 날아다녔고, 풍뎅이의 연한 푸드덕거림이 아련하게 들리는 초원은 온통 꿈의 바다와 같았다.

어느 날인가 경외심을 불러일으킬 만큼 아름다운 자태를 지녔다고 하여 아폴로라고 불리게 됐다는 나비 한 마리가 내 곁으로 날아왔다. 눈빛처럼 하얀 날개를 하늘거리는 신비한 모습이었다.

내 친구와 이야기할 때 조금은 말해 둔 것이 있지만, 날개에는 둥근 모양의 엷은 무늬와 섬세한 다이아몬드형의 선과 양 날개 위로 짙은 붉은색의 눈이 있었다.

아득히 먼 지난 시간 속의 일이었지만, 내 기억에 이렇듯 강렬하고 선명하게 자리 잡은 이 나비의 빛깔은 긴 세월의 흐름과 함께 너무나 인상적이었다.

지금도 그때의 나비를 발견한 순간, 나를 압박해 왔던 숨이 막힐 듯 가슴을 설레게 했던 그 기쁨이 짜릿하게 전해 옴을 느낄 수 있다.

아이들이라면 대개가 그렇듯이 모자를 벗어들고 그 아름다운 나비를 살그머니 덮치려고 할 것이다. 그러면 나비는 순간 사방을 힐끗 살피며 아주 우아한 동작으로 몸을 세워 홀연히 눈 부신 햇살 사이로 사라져 버린다.

한 마리의 작은 파랑 나비가
바람에 불리어 날아간다.
진주 빛깔의 소나기처럼
반짝거리면 사라진다.
나는 보았다. 이처럼 순간적인 반짝임으로
깜박거리며
행복이 반짝반짝 손짓하며
사라지는 것을.

어떤 학문적인 관심에서 나비를 쫓고 채집에 열을 올린 것은 결코 아니다. 또한 나비의 유충이나 이름을 '나비 과'라고 표시해 놓는 일은 나에게 있어 그리 중요한 것이 못 되었다. 나에게는 그 자체의 이름이 더 중요했다.

날개가 붉은 놈이면 겁쟁이라고 부르고, 갈색으로 빛나는 것은 딱따구리라는 이름을 붙여주고, 흔한 나비 떼나 숲 벌레, 그리고 별로 아름답지 않고 희귀하지도 않은 나비는 통틀어 좀 경멸하는 이름으로서 그저 밤새(夜鳥)라고 불렀다. 죽은 놈들에는 별 관심을 두지 않아서 수집하는 데 애쓰지 않았다.

때로 음악의 선율 속에서는 그 무성한 여름의 초원에서와 같은 인상을 전혀 느끼지 못했다. 이미 멀리 사라져간 기차의 기적 소리에 대해 많은 두려움을 느꼈었던 것 같다.

그런데도 그 당시에 있어 음악은 나와 친밀한 관계를 맺고 있었다. 그도 그럴 것이 심각하게 여기지 않았던 사원의 어스름한 새벽안개 속에 갇혀 있는 풍경, 혹은 저녁 무렵의 황혼 뒤에 찾아오는 흐린 형상은 늘 오르간 소리에 뒤섞여 불가사의한 느낌을 가져다주곤 했다.

이렇듯 사원(寺院)과 도시에 대해서는 푸른 자연보다 뒤늦게 서서히 알게 된 것이다. 나의 부모님은 반나절쯤 혼자 들과 계곡이 있는 곳을 산책하는 일은 허락했지만, 혼자 시내로 나가는 일은 엄격하게 금지했다.

꾸지람을 들었으나
나는 아무 말도 하지 않는다

울면서 잠을 자거나
눈을 뜨면 젊음으로 넘친다.

꾸지람을 들어도
어린애라고 해도
나는 이제 울지 않는다
웃으면서 자 버리겠다.

어른들은 죽는다
아저씨도, 할아버지도
그러나 나는
언제까지나 여기에 있다.

　나 역시 당연한 것으로 많은 사람과 달리는 마차로 혼잡한 도
시 풍경은 사실 두려운 마음을 주기도 했다.
　푸른 초원을 유일한 내 휴식처로 몇 개월 동안의 시간은 아주
아름답고, 맑고 또 순수한 꿈으로 내 의식 속에 자리 잡고 있는데
도 불구하고 특히, 어렸을 때의 어떤 날은 희미한 영상으로 부드
럽게 반짝이며 추억 속에 떠오르곤 했다.
　이런 나날의 일상이 더 많이 기억될 수만 있다면, 나는 그 대가
로 무엇이든 보답을 할 수 있을 것이다.
　이따금 나는 지나온 삶의 추억 속으로 되돌아가 보면 그때마다
잊어버린 수많은 날에 대한 한 가닥의 따뜻한 눈물이 눈 기슭을

촉촉이 적셔준다. 이제는 내 어린 시절의 일들을 소상히 이야기해 줄 사람은 아무도 남아 있지 않다.

내 어린 시절 대부분은 그리움의 찬탄과 누구도 비밀을 밝힐 수 없는 불가사의한 행복 속에 굳게 닫힌 채 빛나고 있을 뿐이다.

그것은 인생으로서 불완전하고 궁핍한 것으로 모순투성이인 부분에 속하기 때문에 우리들의 어린 시절을 낯설게 하고 손바닥에서 굴러떨어진 보물처럼 우리를 허전하게 한다.

때때로 먼 회상에 잠기면 소년 시절에 이르는 추억의 실타래를 되감을 수 있으나 그 이전의 일들에 대해선 그것을 연결해 주는 단 며칠만의 희미한 영상 속의 사물이 되어 산산이 부서져 내리면서 기억에 남을 뿐이다.

이런 날들의 추억에서 하나의 탑이 뒤로 물러서듯 끝도 없이 펼쳐진 수수께끼와도 같은 불안전한 삶의 출렁이는 바다만 보일 뿐이었다.

그러나 여기서 내가 항상 볼 수 있는 것은 그 불가사의한 고요한 바다였다. 수면은 거울처럼 빛나고 아무런 형태도 없었으나 그 어떤 신비와 보물을 감싸고 있는 베일과도 같은 성스러운 장막 속에 놓여 있었다.

그 먼 지난날의 시간 속에 흩어져 있는 그 모든 은빛 섬광 같은 것 중에서 특별히 내게 소중했던 것은 산책, 바로 아버지와 함께 거닐었던 산책길이다.

그와 더불어 양친에 대한 아득한 모습이 희미하게 떠오르면서 점점 선명하게 자리를 잡는다. 아버지와 나는 산 중턱에 있는 성

마르가르텐이라는 작은 교회의 성벽에 앉아 따뜻한 햇볕을 즐기곤 했다.

그 높은 곳에서 양친은 처음으로 라인강 강변의 평원을 내게 가르쳐 주었다. 그곳의 맑고 푸른 풍경에 대한 첫인상은 그 후에도 자주 찾아와 너무나 낯익은 뚜렷한 모습과 혼합이 되어 지금까지 내 기억 속에 살아있다.

그 후로도 나는 여러 번 혼자 그곳에 올라가 경치를 보곤 했다. 그러나 아버지에 대한 기억은 점차 분리되어 갔다.

양친의 검은 턱수염이 내 금빛 머리칼이 흘러내린 이마를 스쳤고, 나를 바라보던 다정한 눈길, 그 성벽에서의 휴식을 떠올릴 때마다 동양인처럼 유난히 검은 그의 콧수염과 머리카락, 단단하고 귀족적인 모습을 한 우뚝한 코, 그리고 굳게 다문 붉은 입술, 그때 그의 커다란 눈이 나를 내려다보았다.

그러다가 잠시 후엔 푸른 여름 하늘을 조용히 쳐다보며 깊은 감상에 젖어 있던 아버지 모습을 다시 떠올릴 수 있는 것은 소년 시절의 행복한 추억이다.

그해 여름이 거의 지나갈 무렵 서로 연관성은 없었지만, 나는 아버지의 또 다른 모습을 보게 되었다. 지금도 분명하게 기억나는 일로서 나의 머릿속에 매우 슬픈 그림자로 남아 있는 아버지의 모습이었다.

다른 때보다 더 크게 보이는 수척한 표정의 아버지의 쓸쓸한 얼굴이 석양빛을 받으며 왼손에 가죽 모자를 들고 서 있는 모습이었다. 어머니가 천천히 온화한 걸음걸이로 그에게 다가가 기대듯 섰다. 키는 어머니가 훨씬 작았으나 아버지보다 오히려 씩씩해 보였고 하얀 숄을 어깨 위에 걸치고 있었다.

무엇보다도 인상적인 것은 영원히 갈라놓을 수 없어 보이는 그들의 검은 머리 사이로 붉은 태양이 작열하고 있는 광경이었다.

거의 붙어있다시피 하는 두 분 사이로 마지막 태양이 핏빛으로 사라져 가고 있었고, 두 사람의 외로운 윤곽이 빛 사이로 차츰 길게 그림자를 드리우고 있었다.

들에는 누렇게 익은 곡식이 노을빛을 받아 불타고 있었다. 그때가 언제였는지는 정확히 기억해 낼 수 없지만, 그 광경만은 아주 생생하고 결코 지워질 수 없는 추억으로 간직되어 지금까지도 확연히 내 마음속에 남아 있다.

저편 가득 붉은 태양을 등에 지고 무르익어 가는 곡식 사이로 뻗어간 작은 오솔길 위에 아무 말 없이 서 계시던 두 분의 모습보다 더 값진 것은 이 세상에 또 없을 것이다.

어둠이 겹치는 선과 빛깔이 더 황홀하고 더 귀중한 모습으로 내 기억 속에 남아 있는 한, 실제에 있어서든 한 폭의 그림에 있어서든 아직, 본 일이 없는 성스러운 광경이었다.

두 분의 타는 듯 황홀한 모습은 지는 석양빛을 흡사 들이키고 있는 것 같았다. 무수한 꿈, 그리고 뜬 눈으로 하얗게 밤을 지새울 때면, 나의 두 눈은 이때의 기억이 가져다주는 형언할 수 없이 아름다운 보석을 바라보는 것처럼 황홀했다.

그것은 내 생에 있어 유년 시절의 황금기가 베푼 유산이라고 할 수 있을 것이다. 그렇듯 빛이 넘쳐흐르고 풍요로움으로 일렁이는 밀밭과 그 너머로 펼쳐진 붉고 화려함, 그리고 평화로움과 열기로 가득 차 있던 저녁노을을 결코 잊을 수 없을 것이다.

골짜기에는 꽃향기가 가득 차 있다.
어린 시절과 같은 먼 꽃의 향기가
그곳은 꿈꾸는 자를 위하여
숨어 있었던 꽃받침을 열고
태양과 닮은 그 내부를 어렵게 보여준다.
목적도 없이
산기슭까지 까만 옷을 걷어 올리고
의미를 알 수 없는 미소를 지으며
꿈이라는 선물을 뿌린다.
산 아래에는 하루의 볕에 그을린
잠든 사람들이 누워있다.
그들의 눈은 꿈에 넘쳐 있고
많은 사람은 한숨을 쉬면서
얼굴은 소년 시절의 꽃처럼 편안하다.
꽃향기는 상냥하게 그들을 어둠 속으로 유혹하여
아버지와 같은 엄격한 대낮의 소리로부터
그들을 멀리하여 위로한다.

아버지와 어머니에 대한 추억은 여기서부터 더욱더 또렷해지기 시작한다. 초원에서의 고독한 시절이 있긴 했지만, 나는 비교적 가족적인 분위기 속에서의 온화한 생활은 그대로 계속되었다.

그 후 수많은 사람과의 접촉을 통해 그들이 주는 무분별한 자극 때문에 노년에 이르러서는 다채롭게 변해 갔다.

내 아버지가 표명했던 사려 깊은 생각이나 미술에 대한 끊임없는 동경과 해박한 지식, 시 짓기를 얼마나 좋아하였는지, 그리고 어머니가 일상생활을 통해서 음악적인 영향을 내게 주었는지, 그것에 대해선 확신할 수가 없다.

왜냐하면 이런 종류의 개별적인 인상은 많은 시간이 지난 다음에야 내 기억 속에서 하나씩 자리를 잡아갔으며, 훨씬 이전부터 내게로 파고들어 왔을 것이라는 생각 때문이었다.

내 어린 시절의 놀이에 대해서는 별로 꼬집어 이야기할 것이 없다. 유별난 것, 이상스러운 것도 없거니와 보통의 아이들보다 색다른 것도 없었다.

우리 집은 꽤 부유한 편이어서 늘 인자하고 신앙심 깊은 양친의 각별한 보살핌이 있었기에 많은 장난감을 가질 수 있었다. 장난감 병정이며, 그림책, 집짓기 블록, 흔들 목마, 피리, 마차와 말채찍 같은 것들이 있었고, 성장함에 따라 나중엔 은행 놀이 같은 것이 놀이의 대상이 되었다.

그리고 이따금 연극 놀이를 할 때는 어머니의 바느질 상자를 이용할 수도 있었다. 그러나 나는 이렇게 손쉽게 얻을 수 있는 물건들에는 별 관심이 없었다.

나 역시 다른 아이들처럼 걸상으로 말을 만들거나, 책상으로 집 만들기를 좋아했으며, 쓰다 남은 천 조각으로 새를 만들고, 벽

난로의 붙박이와 침대 시트로 커다란 동굴 만들기를 즐겼다.

무엇보다도 어머니가 옛날이야기를 해주시면, 그것은 내 꿈의 세계에 밝은 동심의 다리를 놓아주고 새로운 모험의 빛이 넘치게 해주는 것이었다.

나는 어머니로부터 위대한 사람들의 이야기를 많이 듣긴 하였지만, 어머니가 내게 들려주신 이야기들은 그것들과 비교해 볼 때 한결같이 부자연스럽고 진부한 느낌을 주었다.

아! 놀랍도록 밝고, 황금이 깔린 듯했던 나사렛 예수의 이야기! 베들레헴의 별, 마구간의 아기 예수! 엄청나게 민감했던 어린 시절이 내 생활 속에서 어머니의 이야기보다 더 달콤하고, 더 성스러운 것은 없었다.

놀라움에 눈을 동그랗게 뜬 금발의 소년이 어머니의 무릎에 꼭 붙어 앉아서 도대체 어머니는 어디서 그토록 재미있는 마술을 가진 것일까?

어쩌면 어머니의 입은 그토록 지칠 줄 모르는 마술의 샘 같을까. 그것은 어디서 비롯된 것일까?

지금도 어머니는 변함없는 모습으로 아름다운 갈색 머리를 들어 나를 바라보시는 그 눈빛엔 저 초원의 저녁 무렵 느꼈던 부드러움과 그리움이 감돌고 있다.

나는 최근에 이르러서야 비로소 깊은 동화의 샘에서 성서의 그 끝없는 울림과 의미를 들이켰다. 정직한 요하네스, 그리고 백설 공주와 함께 일곱 개의 산을 넘어 일곱 명의 난쟁이를 따라 나를 그들의 신나는 세계로 끌어들였다.

호기심에 넘쳐 있는 어린 내 마음은 달빛이 물결치는 궁전에서 비단옷을 입은 여왕과 함께 시종을 거느리고 춤을 추는 파티를 상상해 보기도 했으며, 11명의 요정이 사는 산과 숯 굽는 사람, 도둑들이 들락거리는 깊은 산 속의 동굴을 마음대로 상상해 보기도 했다.

습기 차고 이상한 냄새가 나는 작은 내 침실에 두 개의 침대가 놓여 있고, 그사이 좁은 공간에는 장난감인 눈이 찢어진 악마와 얼굴이 검게 그을린 광부, 목 잘린 남자, 몽롱한 살인자, 푸른 눈빛을 한 사팔눈의 맹수들이 사는 듯 보여 몹시 무서웠다.

나는 한동안 어른들과 함께 그 옆을 지나가야만 했었다.

언젠가 한 번은 아버지가 슬리퍼를 가져오라고 내게 명령하셨다. 나는 겨우 침실로 갔으나 그 무시무시한 곳으로 다가갈 수 없었다. 나는 몹시 침통한 얼굴로 되돌아와서 아버지에게 신발을 찾을 수 없었노라고 핑계를 늘어놓았다.

지금은 벌써 전설이 된 먼 과거로부터
내 젊은 날의 초상이 나를 바라보며 묻는다.
지난날 태양의 밝음으로부터
무엇이 반짝이고 무엇이 타고 있는가를!

그때 내 앞에 비추어진 길은
나에게 많은 번민의 밤과
커다란 변화를 가져왔다.

그 길을 나는 이제 다시는 걷고 싶지 않다.

그러나 나는 나의 길을 성실하게 걸었고
추억은 보배로운 것이었다.
잘못도 실패도 많았다.
하지만, 나는 그것을 후회하지 않았다.

환상적인 놀음에 대해 많은 이해를 해주시던 아버지는 내 말이
거짓말인 줄 알면서도 다시 한번 나를 그곳으로 보냈다. 나는 또
다시 침실로 들어가야 했다.

그러나 더욱 불안한 마음만 지닌 채 똑같은 변명을 하기 위해
되돌아오고 말았다. 문틈으로 내 거동을 끝까지 지켜보던 아버지
는 진지한 목소리로 나에게 말씀하셨다.

"너, 거짓말하고 있구나. 정말 슬리퍼가 그곳에 없단 말이지?"

순간 나는 가슴이 꽉 죄는 듯했다. 알 수 없는 죄책감에 나는
내 장난감 마귀 앞에 서 있는 아버지에게 매달려 큰 울음을 터뜨
렸다. 뜨거운 눈물을 흘리면서 내 환상의 장난감이 자리 잡은 구
석 가까이에 가서는 안 된다고 울면서 매달렸다.

그러나 아버지는 성큼성큼 걸어가서 허리를 굽히고 천천히 살
펴보더니 요란스럽게 꾸며진 동굴을 조금도 건드리지 않고 슬리
퍼를 들고 무사히 되돌아오시는 것이었다.

이때만큼 아버지에 대한 고마운 마음을 가져 본 적은 일찍이
없었다. 신이 계신다면 특별한 은혜로 생각하며 고마워했다.

언젠가는 불안해하는 마음 때문에 병을 얻은 적이 있었다. 이 사건은 내 신경을 몹시 자극해서 날카롭게 만들었고 고통스러운 온갖 형상들을 내 마음속에 깊이 새겨 놓았다.

내 공상 속에는 뱀의 머리를 한 여자 괴물 메두사가 나타나서 나를 괴롭히곤 했는데, 나는 정말 내 환상의 세계에 놀라 밤이면 식은땀을 흘렸고 낮이면 어둡거나 음침한 곳에 가기를 꺼린 것이다. 이렇게 내 어린 시절의 낭만은 공포와 달콤한 아픔의 연속이었다.

언젠가 날이 저물 무렵의 일이었다. 우리는 조금 무서운 기분이 들어 시내에서 곧장 집으로 돌아왔다. 옆집의 열네 살 된 소녀 두 명과 그녀의 남동생, 그리고 나, 이렇게 넷이었다.

높은 건물과 시계탑의 그림자가 거리 위에 마치 사나운 맹수의 이빨처럼 날카로운 형상으로 드리워져 있었고 거리의 등불은 모두 켜져 있었다.

거리를 지나다가 대장간 안을 힐끔 들여다보니, 그곳에는 얼굴이 검게 그을린 사내가 옷을 반쯤 벗고 흡사 고문당하고 있는 노예처럼 커다란 집게를 쳐들고 불을 내뿜는 아궁이 옆에 서 있었다.

또 한 번도 본 적이 없는 젊은이들이 카페 앞에서 술에 취해 소리를 질러대고 있었는데, 그 소리는 마치 성난 짐승들의 울부짖음 같기도 했고, 죄수들의 아우성 같기도 했다. 날은 점점 어두워져 갔다.

이때 소녀들 가운데 누군가 어둠 속에서 아주 낮은 목소리로

'바르바라의 종'에 관한 이야기를 들려주었다. 그것은 바르바라는 교회에 걸려 있던 종의 이름인데 마술과 죄업에 의해 생겨났다는 전설의 종이었다.

그 종이 울릴 때마다 아무도 모르게 죽임당한 바르바라의 이름과 영혼을 피맺힌 음성으로 불러댄다는 것이다. 그러다가 한 살인자에 의해 도적맞아 땅에 묻혔는데, 이 종이 밤에 울릴 때는 땅으로부터 울음이 터져 나오듯 비참한 소리를 낸다는 것이다.

내 이름은 바르바라이지요.
나는 바르바라에 잡혀 있어요.
내 고향은 바르바라입니다.

거리에 깔린 어둠만큼이나 무섭도록 나에게 들려준 소녀의 이야기에 놀란 나는 마음속 깊이 그 얘기를 숨겨두려고 애썼다.

왜냐하면 함께 가고 있는 나이가 어린 아이들은 그저 아무것도 모른 채 걱정 없다는 듯 제각기 뿔뿔이 흩어져 갔고, 이야기를 나에게 들려주던 나이 많은 소녀 역시 자신의 이야기에 스스로 무서워하는 표정이었지만, 나는 그 소녀에게 무서움과 두려움에 떠는 내 모습을 보이는 것이 어쩐지 창피하게 생각되었다.

그러나 사실 그 이야기는 나를 더욱 공포에 질리게 했고, 마침내는 형언할 수 없을 만큼의 공포로 이가 서로 맞부딪쳐 소리가 날 지경이었다.

하지만 폐허가 된 성안의 교회에서 저녁 종이 울리면서 이야기가 끝냈을 때는 너무 공포에 떤 나머지 작은 손이 땀이 나도록 꼭 쥐고 마치 지옥에서 뛰쳐나온 듯 밤길을 내달렸다.

그러면 뒤에서 누군가가 쫓아오는 듯해서 나는 오직 앞만 보고 비틀거리면서 뛰어 숨을 헐떡이며 집으로 돌아왔다.

결국 나는 그 밤을 온통 공포에 싸인 채 꼬박 뜬 눈으로 아침을 맞이하곤 했다.

그 후부터 얼마 동안 나는 바르바라라는 말만 들어도 무언가 얼음장같이 찬 것이 내 온몸 속으로 스며드는 것 같아 그때부터 나는 더욱 요귀, 악령의 존재를 확신하게 되었다. 그것들에 대한 무시무시한 두려움이 나를 괴롭혔다.

그런 시간의 흐름 속에서 눈뜨기 시작한 나의 이성은 더욱 나를 성가시게 만들었다. 이따금 알 수 없는 막연한 불안감에 들떠서 짜증을 내고, 화를 내고 쓸데없이 시간을 낭비하기도 했다.

사람들 대부분이 미처 깨닫지 못하고 있는 그들의 상실된 진실을 추구하고 싶은 행동, 사물의 정체와 근본을 알고 싶어 하는 열망, 조화와 안정에 대한 동경심 같은 것들이 나를 괴롭혔다.

그럴 때마다 해답도 없는 숱한 질문과 더불어 비밀에 대한 고통을 반복할 수밖에 없었다. 이런 문제에 대해 질문을 받게 되는 어른들은 그것이 모두 중요하지 않다거나, 지금은 너에게 조금도 필요하지 않은 일이라는 투로 가볍게 넘겨 버렸다.

이렇듯 변명이나 농담처럼 내뱉는 그들의 대답은 나의 영혼을 다시 혼란하게 했고, 나는 할 수 없이 신화의 세계로 빠져들었다.

많은 사람의 삶이 이러한 탐구와 끊임없는 물음 속에 존재한다면 인생은 훨씬 순수하고 진실할 것이다.

그렇다면 무지개란 무엇인가? 바람은 왜 신음을 낼까? 초원 위에 떠도는 구름은 어디서 흘러오는 것이며, 꽃은 왜 피었다가 지는 것일까?

대체 비와 눈은 어디서 오는 것일까? 우리는 이렇듯 부유한데 이웃집에 사는 양철 직공은 왜 가난할까? 밤이면 태양은 어디로 가버리는 것일까?

이러한 숱한 질문들에 대해서 어머니의 지혜와 인내가 모자랄 때는 곁에 계시던 아버지가 사랑과 섬세함으로 자세히 설명해 주셨다.

"하나님께서 그렇게 하신 것이란다."

는 식으로 말씀하셨지만, 그것으로 내가 만족하지 않을 경우, 아버지는 자신의 예술가적 기질을 발휘하여 눈에 보이는 세상, 동식물이 뛰노는 자연에 대하여, 우주의 신비한 세계와 천체의 운행을 설명해 주셨다.

그리고는 궁금해하는 내 시선을 피하기 어려운 듯 옛이야기에 나오는 훌륭한 인물들에 관해 말씀해 주시기도 했다.

한 번도 꿈꾸어 본 적이 없는 그리스의 도시며, 고대 로마의 여러 나라를 알기 쉽게 들려주셨다.

이럴 때 아이들은 어른들의 머릿속에서 극렬한 싸움을 일으키게 하고, 그 어떤 정확한 귀결을 지울 수 없는 환상의 마력을 통해서 영혼에 사물을 기를 수 있는 상상의 눈이 열리는 것이다.

이렇듯 어린애다운 창조력을 지니고 뛰어놀기에 열중하면서도 의문 나는 점은 수없이 많았다. 그중에서도 가장 의문 나는 것은 '세계 도시'의 진실성에 대한 것이었다.

나는 그 책을 몹시 좋아해서 거의 사춘기 무렵까지 즐겼는데, 이야기 속에는 로빈슨이나 걸리버의 역할을 바꾸어 실제처럼 꾸민 것도 있었다.

그래서 나는 한동안 이런 기이한 인물들이 현실 세계 속에 실제로 존재하고 있는 것인지, 아니면 어느 화가의 황홀한 환상이 아니었는지를 매우 의심하지 않을 수 없었다. 기사나 건축물, 그리고 역사적 대상을 섬세하게 묘사한 그림을 보고 있노라면 어린 시절 친구들을 놀려주던 유쾌한 장난이 떠오른다.

그러면 어느 사이에 신바람이 나서 아킬레스 대사원, 아니면 그와 비슷한 것 등등을 그리거나 만들어서 친구들에게 보여주며 장난을 쳤다.

어떤 때는 아버지가 내 뒤로 오셔서는 스케치북의 맨 마지막 장을 들춰 보이면서 우리 마을에 있는 교회를 그린 것을 활짝 펴들곤 했는데, 그럴 때마다 나는 무척 당황했다.

그 후부터 꽤 오랫동안 아버지의 말씀이라면 무엇이든 조금도 의심할 수 없는 절대적인 것으로 믿게 되었다.

어느 날, 한 번은 이웃에 사는 아이가 찾아와서 중요한 얘기라면서 속삭이듯 말했다. 즉, 우리의 이야기 속에서나 상상의 세계에서만 체험할 수 있는 인물인 '짐승 같은 사람'이 밀밭 한가운데 있는 베드로 묘지에서 조금 떨어진 곳에 살고 있다는 것이었다.

그러면서 그 아이는 자기 아버지가 그런 이야기를 해주었다고

덧붙여 말했다. 그는 아주 자랑스럽게 뽐내며 말했지만, 나에게
는 별로 흥미를 끄는 이야기가 못 되었다.

왜냐하면 그렇게 자세하게 설명해 준 것은 아니었지만, 이미
아버지가 말해 주셔서 나도 알고 있었다.

나는 그 자리에서 의기양양하게 조금은 조롱하는 투로 너의 아
버지는 바보라고 조소 섞인 말을 해주었다. 이 대답 때문에 나는
얼마 후에 그 모욕당한 친구로부터 얻어맞았고, 결국은 아버지한
테서까지 혹독한 벌을 받았다.

내가 신뢰하고 존경하는 아버지로부터 가혹한 처벌을 받을 때
마다 나는 고집과 침묵으로 맞서곤 했으나 내 어린 마음은 말할
수 없이 아프고, 비통함과 함께 커다란 실망감을 느낀 것이다.

이런 감정들은 내가 기억할 수 있는 것 중에서 가장 뚜렷하게
되살아나는 고통이었다.

적어도 학교에 들어가기 이전의 시절을 회상할 때마다 유일하
게 떠올려지는 우울한 감정의 단편들이기도 했다. 그러나 그것은
단순히 내게 고통을 주기 위한 체형이 아니었다.

아버지의 가혹한 벌은 나에게 겸허한 마음가짐과 용서를 구할
줄 아는 태도를 깨우쳐 주기 위함이었다는 것을 오랜 시간이 지
난 후에 다시금 부모님의 다정한 눈빛과 보살핌을 확인하고 나서
야 깨달을 수 있었다.

물론 그렇게 되기까지 나는 많은 고통의 시간을 보내야 했으며
대가를 치러야 했다. 물론 그렇게 화해하고서 매질은 적어졌고,
마침내 지친 나는 모든 것을 이해하게 되어 '용서해 주세요.' 하고

말하게 되었다. 그러나 언제나 그것은 씁쓰레한 감정의 앙금으로 남아 있었다.

그런 일이 있는 바로 그날 저녁 잠자리에 들 때면 어머니는 키스도 해주지 않았고, 돌봐주시지도 않아 아무 말 없이 고개를 떨구고 침대로 가야만 했던 수치심을 지금도 기억하고 있다.

그날 밤처럼 격렬한 슬픔과 심적 갈등을 느껴 본 적이 없었다. 그처럼 알 수 없는 고통과 쓰라린 감정이 슬프게 나를 짓눌렀던 일은 그 후로 별로 없었던 것 같다.

그리하여 그날 밤은 누구에게도 기도할 수가 없었다. 나의 기도 소리는 혀끝에서 맴돌 뿐이었다. 그것은 성경의 엄격함과 그 속에서 영원히 벗어날 수 없다는 무거운 분위기 때문에 질식당하고 있는 사람처럼 답답했다. 이 우울하기 짝이 없는 시간으로 하여 그 후 나는 진실한 기도만 하게 되었다.

그런 동안에 나의 사고는 차츰 성숙해 갔고 최초로 얻은 교훈과 경험으로 더 침착해진 자신의 행위에 고독한 기쁨을 느끼기 시작했다. 내 행동은 어떤 모방을 맹목적으로 따르는 것이 아니라 보다 발전적이고 지적인 형태의 놀이를 즐겼다.

모든 아이가 그렇듯 ABC를 배우게 된 것은 학교생활을 어렵게 한 시초가 되었다. 학교생활이 시작되면서 나는 벌써 추억을 가진 사람이 되었고, 내일과 미래만을 생각하는 습관에 익숙해지고 있었다.

이런 보잘것없는 단편들은 아직도 내 마음속에 간직된 소중한 보물들이다.

물론 이것이 전부는 아니다. 꿈에 젖어 있던 봄날의 감격과 행복하게 즐겼던 놀이, 어린아이들만이 지닐 수 있는 기쁨과 즐거움 뒤에 느낄 수 있는 따뜻한 감정, 나는 이 모든 것들을 결코 말로써 표현할 수가 없었다.

그런 것들은 그다음의 어느 때보다 차츰 성숙해 가면서 느꼈던 숱한 감정들보다 더 절실했고 가슴에 와닿았다.

때때로 숲속을 거닐고, 이웃 아이들과 어울리고, 몰래 숨어 어린 고양이를 기다리던 일, 아이들과 재잘대며 양 떼들을 쓰다듬어 주던 아름다운 추억의 꽃다발을 여기서 일일이 자세하게 쓸 수가 없다.

학교에 들어가기 전 얼마 동안 나는 우스꽝스럽게도 슬픈 감정에 빠진 일이 있었다. 소년의 자부심이 눈을 뜨기 시작했고, 모든 꿈이 현실적인 생각으로 바뀌어 가는 불확실한 상황에 대한 번민, 빛을 잃어가고 있는 영롱한 환상의 세계와 황금빛 찬란했던 어린 시절이 점점 퇴색해가고 있었다.

내 추억은 어느 잊을 수 없는 밤과 함께 분주했던 어린 시절의 마지막 해를 장식해 주었다. 그날은 내가 학교에 들어가기 바로 전날인 누이동생의 생일이었던 11월 27일이었다.

온 집안 식구들의 관심과 애정은 누이동생에게 쏠리고 있었다. 나는 왠지 알 수 없는 우울한 마음에 싸여 어둠이 밀려들고 있는 창가에 혼자 앉아 있었다.

창밖엔 늦가을의 스산함과 정취가 초저녁의 어스름에 잠겨 있고 어느덧 하늘엔 별이 하나씩 돋아나고 있었다.

곧 현실적인 삶에 첫발을 내디딘다는 생각 때문에 기대감보다는 지금까지 마음껏 누렸던 자유와 꿈의 세계로부터 이별해야 한다는 아쉬운 감정이 내 마음을 침통하게 했다. 순간 별들이 움직이고 있는 것을 보았다고 생각한 것은 바로 이때였다.

나는 미동도 하지 않고 유난히 똑바로 눈을 뜨고 하늘을 보았다. 갑자기 별 하나가 유난히 빛을 반짝이기 시작하면서 마침내 자취도 없이 한 줄기 빛으로 변하더니 어둠 속으로 사라져갔다. 그러자 또 다른 두 개의 별이 거의 동시에 사라지는 것이다.

그리고는 마침내 모든 별이 하나가 되어 움직였다. 때마침 아버지가 안으로 들어오셨고, 뒤이어 하인이 따라왔다.

우리는 한동안 그렇게 조용히 어둠 속에서 무수한 별들이 펼치는 신비로운 광경을 말을 잃은 채 지켜보았다.

어린 시절 밤하늘을 올려다보며 광활한 별 무리의 움직임을 한 번쯤이라도 지켜본 사람이라면 누구든 그 광경을 잊지 못할 것이라 확신할 만큼 황홀한 순간이었다.

내 마음을 밝게 해주는
파란 밤의 힘으로
험한 구름 사이 깊숙이
달과 별의 하늘이 나타난다.

영혼이 그 동굴에서
훨훨 타오른다.

파리한 별들의 향기 속에서
밤이 하프를 연주한다.
그 소리가 울리자
불안은 사라지고 괴로움도 줄어든다.
비록 내일은 죽어 없어질지라도
오늘은 내가 이렇게 살아 있다.

학교생활이 시작되면서부터 친구들을 사귀는 나의 사회적 생활이 자리를 잡아갔다. 비로소 생활이란 범위가 작아지면서 사회의 형태를 지니게 된 것이다.

한 인간의 사회적인 존재로서 현실 생활이 지니는 법칙과 규율의 지배를 받게 된 것이다. 여기서 새로운 노력이 시작되고 또 다른 절망이 뒤따랐으며, 인간의 갈등과 의식이 시작되고 있었다. 매일매일의 불만과 불화, 투쟁과 숙고의 끝없는 반복이 계속되는 삶이 있었다.

비로소 나의 삶은 시간이란 평균대에서 평일과 휴일로 분리되는 분수령을 맞게 되었다.

모든 사람은 시간에 맞추어 생활해야 하며 일해야만 한다. 반복되는 하루하루는 제각기 그 나름의 무게와 특수한 가치를 지니고 있으며, 또한 시간이란 흐름은 그때마다 독특한 부분으로 분리되어 있어 측량할 수가 없다.

또한 무한한 시간으로 충만해 있던 생활도 끝나가고 있었다. 즉, 축제 일이니, 일요일, 생일 같은 날은 더 이상 나에게 아무런 감동도 주지 못했다.

이런 날들이 돌아오는 것은 시계의 숫자만큼이나 정확해서 나는 그 시침이 그날에 이르기까지 얼마만큼의 시간을 필요로 하고 있는지 알게 되었다.

나를 직접 교육하고 싶어 하셨던 우리 아버지의 희망 때문에 일상적인 관례와 친구들이나 친척의 충고는 받아들여지지 않았다. 그래서 나는 공립 학교에 입학하게 되었고, 해마다 바뀌는 여러 선생님의 수업을 받았다.

나는 학교생활에서 온갖 고통을 내 방식대로 인내했다.

학교와 집은 엄격히 분리된 두 개의 개별 개체였고, 나는 두 곳에 있는 우두머리에게 무조건 복종해야만 했다. 그중의 한 사람은 사랑스러운 존재였으나 다른 한쪽은 두려움의 대상이었다.

나는 엄격한 선생님으로부터 자주 매를 맞거나 학교가 끝난 뒤에도 남아 있어야 했다.

하지만, 나는 이런 벌에도 차츰 익숙하게 되었고 아버지의 단순한 처벌도 그 효력을 발휘하지 못하게 되었다. 그래서 집에서의 징벌은 그 의미를 잃어갔고 나의 부당한 행실에 대한 아버지의 소극적 해결 방법은 점차 그 힘을 잃어버리고 말았다.

그로 인해 아버지는 끝없는 근심 걱정에 시달렸고, 나의 모든 행실이 개선되고 용서받을 수 있을 때까지 많은 시간과 어려움이 뒤따르는 불행한 상황에 놓이게 되었다. 위험한 시기였다.

이따금 절망에 빠진 나는 심신이 피로했으며 심한 걱정 끝에 병에 걸리기도 했고, 수치심과 분노와 자만심에 길들어져 갔다.

이렇듯 학교생활에 재미를 못 느낀 나는 집에서 잘못을 저지르거나 누군가로부터 꾸지람을 들었을 때, 폭발하는 감정을 애써 억누른 채 넓은 숲으로 뛰쳐나갔다. 그리고는 어떤 알 수 없는 거대함 힘에 대항이라도 하듯이 울먹이며 몸부림쳤다.

이러한 감정은 점심시간에도 찾아들었으며 혼자 있을 때, 공부 시간이 싫어졌을 때도 일어났다. 불안과 억제된 내 정열과 생활의 충족감 그리고, 불안감에 대한 어떤 여유가 요구될 때 나는 어린아이들의 내면 깊숙이 잠재해 있는 난폭성을 폭발시킬 듯한 기세로 새로운 놀이에 몰두하기 시작했다.

나는 곧 친구들 앞에 두드러진 존재로 모습을 바꾸었다. 육상선수같이 빠른 속도로 아이들의 우두머리가 된 것처럼, 그리고 도둑의 두목, 인디언의 추장처럼 열심히 나돌아다녔다.

특히 집안 분위기가 좋지 않다는 생각이 들 때는 더욱 거친 행동을 했다.

나의 부모님, 특히 어머니께서는 밖에서 개구쟁이 친구들이 짓궂게 나를 부르거나 남들로부터 골목대장이라니, 말썽꾸러기라는 소리를 들을 때면 슬픈 시선으로 바라보셨다. 그러면 나는 어머니의 시선을 피해 아무 말 없이 집 밖으로 나오곤 했다.

초등학교 3학년이 되던 어느 날, 나는 이웃에 있는 가난한 직공 집 창문을 깨뜨린 적이 있었다. 그 사람은 우리 아버지에게 달려오더니 내가 고의로 저지른 일이라고 악의에 찬 말을 했다.

그리고 그는 확실하다는 듯 내가 매일 나쁜 일만 동네에서 저지르는 거리의 불량소년이 될 것이란 말까지 덧붙였다.

그날 저녁 아버지는 이 모든 사실을 그대로 다시 한번 내게 설명하면서 나 스스로 실토하도록 했다. 나는 집에까지 와서 고자질한 그가 몹시 미워 유리창을 깨뜨린 명백한 사실조차 완강히 부인했다.

나는 혹독한 처벌을 받았다. 그러나 내 고집을 완전히 꺾을 수는 없었다. 그 후 며칠 동안 나는 기가 죽어 지냈으나 마음은 그 일로 하여 적개심에 불탔다. 아버지 또한 아무 말도 없으셨으며, 그로 인해 온 집안은 침울한 그림자가 드리워졌다.

그 무렵의 나에게는 그 어느 때보다도 불행한 나날이 계속되었다. 그때 마침 아버지는 일주일 동안 여행을 계획하고 계셨다.

그날 오후 내가 학교에서 돌아왔을 때, 아버지는 짤막한 편지 한 장을 남겨놓은 채 벌써 여행을 떠난 뒤였다.

나는 식사를 서둘러 끝낸 다음 맨 위층에 있는 다락방에 처박혀 편지를 뜯어보았다. 그러자 아름다운 그림이 있는 종이에 아버지의 낯익은 글씨가 눈에 들어왔다.

나는 네가 저지른 행위를 인정하지 않는 데 대해 벌하고 싶었다. 그런데 자기의 잘못을 인정하지 않으려 한다면 너와 어떻게 이야기를 나눌 수 있겠느냐? 만일 내가 한 말이 사실과 다르다면 너를 벌한 것이 잘못이겠지. 일주일 후에 내가 다시 돌아올 때 우리 둘 중의 어느 한 사람이 용서할 수 있게 되길 바란다.

—아버지로부터

아버지의 편지로 하여 온종일 나는 가슴이 답답하고 흥분을 가라앉히지 못한 채 집 안과 정원을 이리저리 서성거렸다. 다른 한 사람으로부터 정정당당하게 편지를 받았다는 자부심과 깊은 회한의 감정, 편지 속의 글은 다른 어떤 말보다도 내 가슴을 파고들었다.

다음 날 아침, 나는 그 편지를 들고 어머니의 침실로 가서 울어 버렸다. 말은 한마디도 나오지 않았다. 그리고는 마치 한동안 집을 떠났다가 돌아온 사람처럼 집안을 천천히 둘러보았다. 모든 것이 아득하게 멀어졌다가 새롭게 느껴지고 그 어떤 속박에서 벗어난 것 같은 해방감을 맛보았다.

저녁이 되자, 참으로 오랜만에 나는 어머니의 곁에 앉아서 아주 어렸을 적 그랬던 것처럼 그녀의 이야기를 들었다. 그것은 매우 감미롭고 따뜻하게 어머니의 입을 통해서 흘러나왔지만, 그것은 더 이상 아름다운 동화가 아니었다. 어머니는 내게서 섭섭함을 느꼈던 때의 일들을 말씀하셨다.

그리고 항상 근심과 사랑의 마음으로 날 지켜보고 계셨음을 알려 주셨다. 어머니의 말씀 한마디 한마디는 날 부끄럽게 했고 또한 행복하게 만들기도 했다.

그러고 나서 어머니와 나는 사랑과 존경심으로 아버지에 관한 이야기를 나누었으며, 아버지가 빨리 돌아오시기를 그리운 마음으로 기다렸다.

아버지가 여행을 끝내고 집에 들어온 날은 마침 나의 여름 방학이 시작되기 바로 전날이었다. 그래서 나의 기쁨은 한층 더 컸다. 아버지와 나는 짧은 몇 마디를 주고받은 다음, 서재에서 나왔다. 그는 나를 어머니에게로 보내면서 이렇게 말씀하셨다.

"여보, 여기 우리 아들이 다시 돌아왔구려. 오늘부터 이 아이는 다시 내 아들이 되었단 말이오."

"나는 벌써 일주일 전에 내 아들을 찾았어요."

어머니는 얼굴에 가득 웃음을 띠며 말했다. 우리는 즐겁게 식탁에 둘러앉았다.

이렇게 시작된 여름 방학은 내 학교생활 중에서 가장 울타리가 잘 쳐져 있는 푸른 정원과도 같은 추억을 갖게 해주었다. 낮에는 밝은 햇빛이 가득 찼고, 저녁이면 즐거운 놀이와 이야기로 시간을 보냈으며, 밤이면 행복한 마음으로 잠자리에 들 수 있었다.

매일 저녁 아버지는 내 손을 잡고 시내에서 30분쯤 떨어진 한적한 교외에 있는 채석장으로 산책하곤 했다. 우리는 그곳에서 집을 짓기도 했고, 화석을 찾아 암석을 쪼아내기도 했으며, 어떤 지점을 목표로 삼아 돌을 던지기도 했다.

그리고 집으로 돌아오는 길에 한 농장에 들려 우유를 마시고, 빵을 얻어먹기도 했다. 그런 날이면 우리는 어머니가 준비해 놓은 저녁 식사를 웃으며 사양했다. 두 사람만이 알고 있는 온갖 비밀로 어머니를 놀려대기도 했고, 화석이며 반짝이는 돌 따위를 자랑하기도 했다.

아버지는 산책길의 개척자이고 사냥꾼이요, 사수로서, 그리고 발명가로서의 면모를 보여주었다. 우리 두 사람은 가방 속에 빵 한 덩어리만 넣고 반나절 동안 초원이나 숲속을 거닐기도 하고 모험심 많은 소년처럼 새로운 길을 찾기도 하고 처음 보는 식물을 채집하기도 했다.

그러면 나는 늘 몸이 약해서 심한 두통과 병고에 시달리시는 아버지의 뺨에서 젊음의 솟구치고 있음을 느낄 수 있었다. 우리는 마치 두 명의 소년처럼 함께 거닐면서 날카로운 창을 만들고, 연을 만들어 띄우고, 정원에 웅덩이를 파고, 온갖 장난감 도구며 상자를 함께 만들기도 했다.

꾸지람을 들었으나
나는 아무 말도 하지 않는다.
울면서 잠을 자지만
눈을 뜨면 젊음으로 넘친다.

꾸지람을 들어도
어린애라고 해도
나는 이제 울지 않는다.
웃으면서 자 버리겠다.
어른들을 죽는다.
아저씨도 할아버지도
그러나 나는
언제까지나 여기에 있다.

이 무렵, 내 귀가 틔기 시작하면서 나의 환상은 멜로디와 더불어 상상의 나래를 펴기 시작하였다.

때로는 교회 문을 살며시 열고 들어가 오르간 소리를 들으며, 오랫동안 그 아름다운 음률에 젖는 것은 나에게 커다란 즐거움이 되었다. 나 혼자서 오가는 등굣길에서는 물론 정원에서도, 심지어는 잠자리에서도 흥얼대며 노래를 불렀다.

특히 찬송가와 가요가 더 감동을 주어 인상적이었다.

아홉 살이 되던 생일날 부모님은 내게 바이올린을 선물로 사 주셨다. 이날부터 아름답고 다갈색 바이올린의 맑은 선율이 내가 가는 곳이라면 어디든 쫓아다녔다.

그 후 오랫동안 그것은 내 마음의 고향이요, 피난처가 되었다. 그것은 감동과 기쁨, 그리고 숱한 슬픔의 고통을 함께 맛보게 해 주었다.

선생님 또한 나에게 만족감을 주었다. 나의 청음력과 사고력은 날카로웠으며 정확했다. 상급반이 되어 바이올린 연주자가 되기 위한 수업이 계속되는 동안 나의 팔은 더욱 단단해지고 숙련되어 갔으며 관절이 섬세하고 손가락은 강인하면서도 자유자재로 유연해졌다.

그러나 뜻밖에도 음악은 좋지 못한 폐단을 불러일으켰다. 왜냐 하면 너무 음악에 몰두한 나머지 학교 공부를 등한시하고 있었 다. 무엇보다도 음악은 어린 시절의 난폭성을 사라지게 했고 무 분별한 열정과 성급함을 순화시켜 주었으며, 나를 침착하게 변화 시켜 주었다.

결코 나는 바이올린 연주자가 되기 위한 전문적인 교육을 받은 것은 아니었다. 또한 전문적인 음악가도 아니었다. 그 수업은 나에게 하나의 즐거움을 가져다주었을 뿐이다. 엄격한 연습이나 정확성보다는 얼마만큼 빨리 어떤 곡을 연주할 수 있게 되는지가 그 목표였다.

어머니의 생일을 축하하여 연주한 첫 번째 찬송가는 축제 분위기를 더욱 빛내주었다. 그다음 가보트(17세기 프랑스의 춤) 곡을 연주하고, 또한 하이든의 소나타를 연주하였을 때의 기쁨, 나는 나의 기쁨에 도취하여 자만심에 빠져들기도 했다.

그러나 점차 내 성격의 나쁜 점이 드러나기 시작하여 현을 다루는 경박한 터치와 수법의 결점을 감지하지 않을 수 없었다.

학교생활은 14세가 될 때까지 나 자신에게도 물론 결점이 없진 않았지만, 숨 막히는 억압의 고통을 안겨주었다. 그리고 학교교육은 나에게 많은 고통과 쓰라림, 그리고 온갖 훈육이 부담으로 여겨져 그것을 분별할 수 없게 되었다.

초등학교 8년 동안의 학교생활을 통해 나는 오직 한 분의 선생님만을 존경했다. 지금도 나는 그분을 감사하는 마음으로 기억하고 있다.

어린아이의 영혼을 조금이라도 이해하고 있다면, 그들만이 지닌 온화함을 조금이라도 지닌 사람이라면 교사들의 책임 없는 거친 행위에 상처 입은 아이들의 고통을 더욱 잘 이해할 수 있을 것이다.

물론 나는 어린아이들의 근면성을 일깨워 주기에 필요한 매질을 반박하려는 것은 결코 아니다.

그렇다면 선생님들의 태도는 어떠한가. 아이들의 믿음이나 판단에 대해 보이는 경솔한 태도, 소심한 어린이의 질문에 대한 무성의한 태도, 그들은 별생각 없이 거친 대답을 하기 일쑤이며, 어린아이들의 돌발적인 충동을 단 한마디로 일축하거나 무시하기 예사이고, 어린아이의 단순함을 비웃는 무분별한 태도를 나는 비난하고 싶다.

물론 이것은 나 혼자만이 겪는 괴로움은 아닐 것이다. 선생님들의 가혹한 행위에 대한 나의 끊임없는 분노와 때때로 무참히 파괴되고 위축된 내 어린 영혼에 대한 슬픔은 한 개인의 비통함이라고 단정 지을 수는 없을 것이다.

왜냐하면 나는 실제로 많은 사람으로부터 이런 불평의 소리를 들어왔다. 그들은 항상 불투명한 세계 속에서 신체적인 성숙, 이해할 수 없는 고독감, 그리고 거기에서 벗어나고 싶은 욕망의 갈등에서 비롯되는 미묘한 시기에 처해 있기에 때때로, 폭발하는 그들의 행동은 이해받을 수 없을 만큼 격정과 난폭성으로 표현하는 것이다.

그러나, 나는 이런 슬픔과 불평을 가슴에만 품고 있을 수가 없었다. 어른이 된 후부터는 어린이들에게 각별한 사랑으로써 대해왔으며, 이따금 얼굴을 붉히고 서 있는 그들의 모습에서 어렸을 적의 내 불안했던 마음을 다시 떠올려보곤 했다.

이렇듯 고통스럽던 지난날을 다시 기억 속에서 되살려내어 글로 쓴다는 것은 또 얼마나 슬픈 일인가?

소년 시절부터 조금씩 눈뜨기 시작했던 내 의식의 세계에서 젊은 날에 맛보았던 아련함은 항상 우울함 속에서 추억이란 이름으로 기억되곤 했다.

정원이나 숲속을 거닐면서, 그리고 서재에서 아버지께 받은 가르침은 존경심과 사랑의 의식을 밝고 투명하게 밝혀 주었다.

아버지의 가르치심은 나에게 역사와 문학에 무한한 길을 열어 주었다.

왕관을 쓴 제후들, 핍박당하는 사람들, 행군하는 군대의 대열, 화려한 옛 도시에 대한 역사와 숱한 전설적 이야기를 가진 그리스 신화, 월계관을 쓴 개선장군, 빼앗긴 영토에 대한 복수심, 그리고 전설 같은 승전 장면 등이 나오는 로마 역사도 흥미진진했다.

한편, 그러한 영화의 흥망성쇠 속에서 오랫동안 수렵과 약탈의 방랑 생활을 한 고대 독일의 이야기는 내게 별로 흥미가 없었다.

질문과 대답, 그리고 그냥 이야기를 통해 전달된 아버지의 이러한 말씀은 나에게 좋은 삶의 밑바탕이 되어 주었다.

학교 수업 시간에 선생님의 입을 통해 학습되는 교육 내용은 지루하고 짜증스럽게 느껴졌으나 아버지의 설명을 듣게 되는 순간부터 매력적인 형식을 갖추고 아주 진지하게 느껴졌다.

나는 선생님의 사랑을 받는 학생은 아니었지만, 학급 성적은 상위권에 들었다. 특히 라틴어의 내 성적은 우수하다 할 정도였다. 나는 라틴어를 쉽게 배웠고 또한 열심히 배웠다.

라틴어는 내 학창 시절에 있어서 뿐만 아니라, 내 일생을 통해서 항상 나와 친밀했으며, 또 그것에 능통했다.

그러나 나는 슈바벤 지방의 중학교에 들어갈 준비를 하고 있었고 역시 시험에 합격했음은 물론이다. 이것으로 나의 중학교 생활은 끝났다. 한 달 동안의 여름 방학이 끝나면 수도원 부속학교에 진학하게 될 것이다.

방학 때 아버지는 처음으로 나에게 괴테의 시를 읽어 주셨다. 그것은 아버지가 늘 즐겨 애송하는 「나뭇가지 위에는」이라는 시였다.

초승달이 은빛으로 여울지는 어느 날 저녁, 아버지는 나를 숲이 우거진 산으로 데리고 갔다. 나는 가쁜 숨을 몰아쉬었다. 아름다운 달빛, 조용한 풍경을 말없이 바라보다가 진지하게 이야기를 나누었다.

아버지는 바위 위에 앉으셔서 사방을 휘둘러 보고 나서 나를 살며시 끌어안으면서 나직한 음성으로 그 아름다운 시를 읊어 주셨다.

모든 산봉우리에는
고요한 휴식이 있고
나뭇가지 위에는
너의 숨결이
숲속의 새들조차 침묵하는데
잠시 기다려보게
그대에게도 휴식이 찾아올 걸세.

그 이후로 나는 여러 번 이 시를 들었으며, 또한 읽게 되었다.

상황과 분위기는 달랐으나 그 숲의 울림은 마찬가지였다. 숲속의 새들조차 침묵하는데—그것을 들을 때마다, 나는 부드럽게 가슴을 감싸주는 듯한 아련한 슬픔을 느끼곤 했다.

또한 내가 그 시를 읽을 때마다 형언하기 힘든 슬픈 행복감에 젖어 들곤 했다.

그 시가 내 입에서 쏟아져 나오는 순간 아버지의 팔이 나를 언제나 감싸고 있는 것 같았으며, 그의 커다랗고 시원한 이마를 보는 듯했으며, 아버지의 나지막한 목소리를 듣는 것 같았다.

나를 위한 자화상

꾸지람을 들었으나
나는 아무 말도 하지 않는다.
울면서 잠을 자지만
눈을 뜨면 젊음으로 넘친다.

어느 시점에서 내 일생을 돌이켜보면, 나 역시 다른 사람들과 삶과 마찬가지로 사랑의 시간과 불행한 시간이 공존하면서 기나긴 인생의 여정을 나그네처럼 걸어왔다.

참회하고 용서받으며, 홀로 앉아 있는 공간, 그리고 끝없는 무감각과 공허의 시간 속에서 다시 하늘의 새로운 별들을 향해 내일을 꿈꾸는 것이다.

지금은 내 가슴 속에 폐허가 된 청춘의 뒤안길로 몸을 떨면서 되돌아가 보자.

산산조각이 난 희망과 꺼져버린 열정, 내가 쳐다볼 수 있는 것은 모두 먼지투성이 속에서 뒹굴고 있다. 아는 체하기조차 부끄럽다는 듯 많은 친구는 내 옆을 그대로 지나쳤다.

휠씬 그 이전에 바로 내가 생각해냈던 뚜렷한 하나의 상이 나를 빤히 바라보는가 하면, 마치 수백 년 동안 나와는 아무 관계가 없고 본 적도 없다는 듯이 침묵하고 있을 뿐이다.

내 삶이란, 하수도에 쏟아지는 더러운 오수처럼 쓸모가 없는 시간의 낭비였다. 그것은 구제받을 수 없을 정도로 깨져버린 것이었고, 신앙심마저 팔아먹은 듯한, 달콤한 것들은 모두 부패해 있고, 모든 고상한 것은 빛을 잃은 삶이었다.

내 삶의 순수한 빛은 어두워져 갔고 아름다움에 대한 모든 예감은 가을날의 빛바랜 낙엽처럼 허공을 헤매었으며, 그저 먼 길을 도보로 한 걸음씩 걷기만 할 수밖에 없는 고달픈 삶이었다.

그리워할 아무것도, 기부할 게 나에게는 아무것도 없었다. 심지어는 미워할 대상도 없었다. 성스러운 것, 훼손되지 않은 모든 것들이 아직 남아 있었으나, 그것들은 이미 빛과 소리를 잃고 있었다.

그러므로 내 인생을 지키던 영혼의 파수병들은 모두 깊은 잠에 빠져버린 것이다.

내가 건너야 할 다리는 이미 끊긴 지 오래였고, 나를 기다리고 있는 먼 푸른 지평선은 쳐다보기를 단념할 수밖에 없게 되었다. 이렇듯 황홀한 것과 사랑할 만한 가치 있는 작은 것들까지 사라져 버리자, 나는 난파당한 한 척의 배처럼 항로를 잃고 절망에 놓이게 되었다.

의식도 불분명해져 눈을 감고 무거운 육체를 이끌고서 떠난다는 말도 없이 문도 닫지 않은 채, 밤이면 집을 비우는 몽유병자처럼 방랑했다. 과거의 속박에서 벗어난 것이다.

누가 땅 위를 밟고 서서 고독의 얼굴을 본 일이 있는가? 누가 이 세상이 금단의 땅이라고 말할 수 있는가?

마치 높은 절벽에서 그 아래를 내려다보듯 내 시선은 어지러웠고 끝 간 곳을 알 수 없었다.

금단의 땅을 방황한 끝에 마침내 나는 지쳐 쓰러졌다.

그러나 내가 걸어가야 할 길은 아직도 멀고 무한히 뻗어 있었다. 조용한 밤이 찾아와 나를 위로하고 위안을 주면 서글프게 잠들어 버렸다.

깊은 수면과 꿈은 귀향하는 친구처럼 예고 없이 나를 찾아와서 나그네의 남루한 짐을 어깨에서 벗겨 주었다.

"당신은 어느 날, 망망대해 한복판에서 타고 있던 배가 난파된 경험을 하셨습니까? 그리하여 육지로부터 당신을 구조하려는 사람이 헤엄쳐 오는 장면을 목격한 경험이 있습니까? 몹시 몸이 아플 때 정원에 나가서 신선한 공기를 마음껏 들이마시고 상쾌해진 기분으로 맥박이 고동치는 것을 느껴본 일이 있습니까?"

이제 먼 삶의 여정에서 돌아온 나에게는 치료받고 상처받은 감사의 마음속에 새로운 빛이 나를 감싸고 있다. 알 수 없는 어떤 힘이 나에게 친절히 인사를 하는 밤이면, 나는 모든 것을 깨달을 수 있었다. 이것이 바로 내 삶의 소용돌이였다.

하늘은 그 어느 때보다 다른 모습을 하고, 별들이 윤회하는 순례는 이미 결정된 친구와 같은 유대감을 내 삶의 내부에 심어주었다. 나는 거친 벌판에서 자라 가꾸어진 삶 속에서 하나의 금빛 자리를 발견한 것 같았다.

그것은 하나의 힘이고 법칙이었다. 엄청난 경이로움으로써 내가 받아들인 것과 같이 미래와 과거의 시간은 모두 보석처럼 빛나며 내 마음속에 빛으로 남아 있었다.

그것은 이 세상의 온갖 사물과 놀라움과 구원으로 하여 다시 태어나지 않으면 안 되었다.

이제 나는 새롭게 태어날 것이다. 마치 기적처럼 조용하고도 부지런히, 그리고 아주 유능한 재산의 한 소유자가 될 것이다. 하지만 가장 높은 가치에 대해서는 아직도 나는 알지 못한다.

꽃이 시들 듯이
청춘이 늙듯이
인생의 단계도, 지혜도, 사랑도 모두 그때그때
꽃이 피는 것처럼 영속은 허락되지 않는다.

삶의 외침을 들을 때마다 마음은
용감하게 슬퍼하지 않고
새로운 다른 속박을 받아
작별과 재출발의 각오를 해야만 한다.

일의 시작에는 마력 같은 것이 깃들어 있다.
그것은 우리를 지키고 살아가는 데 도움을 준다.

우리는 공간을 하나씩 명랑하게 뚫고 나가야 한다.
어느 장소에도 고향을 마주한 듯한 집착을 가져서는 안 된다.

우주의 정신은 우리를 속박하려 하지 않고 제한하지도 않으며
우리를 한 단계씩 높이려고 한다.
어느 생활권에다 뿌리를 내려
유쾌하게 살게 되면 탄력을 잃기 쉽다.

출발과 여행의 각오가 되어 있는 사람이
습관의 일상에서 벗어나게 될 것이다.
임종의 순간에도 여전히 우리는 새로운 공간으로 향하여
건강하게 보내게 될지 모른다.

우리가 부르짖는 삶의 외침은
결코 끝나는 일이 없을 것이다.
마음이여!
이별을 생각지 말고 건강하게 되어라.

그림 속을 걸어가면

바로 이곳이었다.
내가 이끼 위에 누워
수줍은 소년의 열정이
가냘픈 금발 소녀의 모습을 꿈꾸었었다.
화환 속에 처음 핀 장미를 꺾어 넣고

정오가 되자, 나는 이미 오늘 저녁에는 그림을 그리게 되리라는 것을 예감할 수가 있었다.

며칠 동안 계속해서 바람이 불어 아침 하늘에도 구름이 끼었으나 오후가 되면서부터는 언제나 수정처럼 맑았다. 더구나 노을이 타오르는 저녁 한때는 이루 말할 수 없이 아름다웠다.

물론 이 밖에도 그림을 그리기에 알맞은 날씨가 있고, 또한 날씨야 어떻든 간에 언제나 그림은 그릴 수 있다. 그 나름의 아름다움은 있기 마련이니까.

비가 올 때도 그렇고, 또 마파람이 부는 오전의 유리알 같은 투명한 창문을 통해서 사물을 관찰할 때도 그렇다.

그러나 오늘 같은 날은 유별나게 다른 느낌을 주었으므로 '그림을 그릴 수 있는 것'이 아니라, '꼭 그려야 한다'는 마음이다.

멀리 푸른 초원에는 빨강, 아니면 황토색 반점들이 점점이 반짝이고 있다. 해묵은 포도나무 가지들은 하나같이 생각에 잠겨 그림자를 드리운 채 멋지게 침잠해 있으며, 또 깊은 그늘 속에서도 빛깔 하나하나가 뚜렷하고 강렬하게 빛나고 있었다.

어린 시절 방학 동안에 즐겼던 그러한 일들을 나는 지금도 생생하게 기억하고 있다. 그때는 중요한 관심거리가 그림이 아니라 낚시였지만, 낚시 또한 필요하면 언제나 할 수 있었다.

그렇지만, 그때도 어떤 일정한 바람과 일정한 냄새와 습기, 그리고 일정한 종류의 그림자가 따르는 날씨가 있었다.

그럴 때면 하루의 일을 예상하고 오늘 오후에는 아래쪽 다리 밑에서는 잉어가 몰릴 것이고, 저녁에는 대리석 공장 옆을 끼고 도는 냇물에서 농어가 잘 물 것이라는 것을 정확히 알아낼 수 있었다.

그 후 세상이 바뀌고 나의 인생 역시 많은 변화를 가져와 소년 시절에 그처럼 즐기던 낚시질과 항상 풍요롭던 기쁨이나 행복감은 이제 전설처럼 추억 속에 남아 있으며, 거의 믿을 수 없는 것으로 되어버렸다.

그러나 사람 그 자체는 그다지 변하지 않기 때문에 어떠한 형태의 것이든 간에 기쁨이나 즐거움을 누리고 싶어 한다. 그래서인지, 요즘 나는 낚시 대신에 즐겨 그림을 그린다. 그것도 수채화를 그린다.

그래서 날씨를 중요시하고 그림 그리기에 좋은 아름다운 날을 예견하게 되면, 나의 노쇠한 가슴 속에는 저 화려한 소년 시절 방학 때 맛보았던 희열과 기대와 모험심의 끝없는 여운을 드리운 그림자를 가볍게 느끼곤 한다.

그런 날이 찾아오면 나는 오후 늦게 화구가 든 배낭을 메고 접는 간이의자를 들고 집을 나서 일찍부터 미리 생각해 두었던 장소로 간다.

그곳은 마을 뒤에 있는 가파른 기슭으로 전에는 너도밤나무들로 빽빽이 들어서 있었으나 지난겨울에 벌채된 곳인데, 내가 그동안 몇 번인가 그림을 그렸던 장소였다.

그러나 아직도 약간의 향기가 나는 나무 그루터기가 남아 있었고, 마을 동쪽이 훤히 내려다보였다.

나무로 된 기와를 얹은 어두운 빛깔의 낡은 지붕들과 밝은 빨강으로 새로 칠한 지붕들이 몇 채 보이고, 오랫동안 단장을 하지 않아 헐벗은 담벼락과 곳곳에 서 있는 나무들과 조그마한 정원이 보였다.

또한 여기저기에 희고 푸른 빛의 빨래가 조금씩 바람에 펄럭거렸고, 맞은편으로는 장밋빛 봉우리에 보랏빛 그림자를 늘어뜨린 크고 높은 푸른 산들이 첩첩이 늘어서 있고, 바로 그 아래 한 조각 호수가 구름처럼 떠 있었으며, 그 건너편에는 환하게 반짝거리는 몇 개의 마을이 아주 작게 보였다.

그러자 해가 서서히 기울어지고 지붕과 담장 위에 내린 빛이 조금씩 따뜻해지고 좀 더 황금빛을 더해 가는 동안 나에게는 두 시간 정도의 시간이 남아 있었다.

스케치를 시작하기 전에 나는 호수까지 뻗어간 풍요로운 골짜기를 한참 동안 내려다보았다.

어느 사이에 일 미터가량 자란 곁순이 돋아나 있는데도 아직은 빛깔이 그대로 연한 나무 그루터기가 남아 있는 먼 마을과 들판의 전경, 그리고 그사이에 햇빛을 받아 유난히 반짝거리는 암석이며, 장마철에 생긴 깊게 파인 자국이 드러나 있는 건조한 붉은 밭과 마을을 바라볼 수 있었다.

담벼락과 합각머리(A자 모양을 이룬 각) 지붕으로 구성된 선이며, 벽면 하나하나를 오래전부터 잘 알고 있었으며, 그 모습을 수십 번이나 눈으로 그려보았고 스케치했었다.

전에는 어두운 갈색이었던 큰 지붕 하나가 칠을 다시 하려고 새로 이어놓은 것이 보였다. 지오반니의 집이었다.

가을이면 속껍질을 벗긴 누런 옥수수자루를 줄줄이 엮어 매달린 지붕 밑에 확 트인 넓은 테라스가 있었는데, 거기를 막아버리고 지붕 전체를 이어 덮었다.

몇 달 전에 이 마을에서 제일 나이가 많든 그의 아버지가 돌아가시자, 그가 상속을 받아 부자가 되었으므로 온통 집 안팎을 고치고 새로 단장을 한 것이다.

그것은 분명한 사실이다. 집을 가지고 있고, 새로 집을 짓는 사람, 결혼하여 아이를 낳는 사람, 저녁이면 문 앞에 나와 앉아 담배를 피우고 일요일이면 보치아 놀이를 하는 사람, 면의원에 선출되는 사람도 있는 것이다.

저 집들 모두가 그 누군가의 소유이고, 누군가의 손으로 지어졌으며, 그 누군가가 그 안에서 생활하며 먹고 잠자고 아이들이 자라는 것을 보고 돈을 벌거나 빚을 지고 있을 것이다.

그리고 작은 꽃밭 하나하나와 나무 한 그루 한 그루, 목초지와 포도원, 월계수 숲과 밤나무숲 한 구역 한 구역이 그 누군가의 소유로 팔리고 상속되며 기쁨을 주고 또 근심을 줄 것이다.

젊은이들은 새로 세워진 큰 학교로 가서 꼭 필요한 것들을 배우고 여름이면 석 달간의 방학을 즐기기 위해 고향으로 돌아오고, 그다음에는 다가오는 삶을 향해 용감하게 달려가 다시 새로운 집을 짓고 결혼하고 낡은 담장을 헐고 나무를 심어 빚을 지면서까지 태어난 아이들을 학교에 보낼 것이다.

그러나 지금, 내가 이곳에 와서 고향의 마을을 바라다보는 것을 그 사람들은 보지 못한다. 저 뒤쪽 군데군데 낡아 떨어지는 퇴색한 회벽이 하늘의 푸른색을 빨아들이며 땅 위로 물결쳐 가게 하는 모습을 아무도 보지 못한다.

저쪽 박공집 벽의 분홍빛이 어려 있는 미모사의 푸른 잎새 사이에서 얼마나 부드럽고 따뜻한 웃음을 머금고 있는지, 아다미네 집의 짙은 황톳빛이 산의 가라앉은 푸른색을 배경으로 얼마나 아담하게 자리 잡고 있는지, 또한 신다코네 집 정원의 관상수들이 얼마나 재미있게 구름 진 나뭇잎을 만들고 있는지 아무도 보지 못한다.

바로 이 시각에 모든 빛깔이 가장 순수하고 가장 감미로운 음조를 띤다는 사실을 아무도 보지 못한다.

그리하여 집을 짓고 또다시 헐고, 숲을 키우고 숲을 베고 창문에 페인트칠하고 꽃밭에 씨를 뿌리는 사람이 있게 마련이다.

아마 이 모든 것을 바라보는 모든 인간의 활동을 관망하는 사람, 이 담장과 지붕들을 자기의 눈과 마음에 담아 그것을 사랑하며 그려보는 사람은 있어야 할 것이다.

나는 훌륭한 화가는 아니다. 단지 애호가에 불과할 따름이다. 그렇지만 이 넓은 계곡에서 변화하는 네 계절과 하루하루와 시간이 지닌 많은 얼굴들이며 산들의 주름과 강둑의 모양, 푸른 벌판에 제멋대로 가물거리며 뻗어난 오솔길을 나처럼 잘 알고 있으며 사랑하고 아끼는 사람은 아무도 없을 것이다.

그것들을 가슴에 품고 그것들과 일상을 같이 하며, 그것들과 더불어 살아가는 사람은 한 사람도 없을 것이다. 그런데 지금 여기에 밀짚모자를 쓰고 배낭을 메고 접는 의자를 가진 화가가 와 앉아 있는 것이다.

그는 언제든지 이 포도원과 들판을 배회하며 모든 소리에 귀를 기울였으며, 나이 어린 초등학교 학생들은 언제나 약간 웃음거리로 그를 바라보았다. 그는 때때로 다른 사람들의 집과 정원, 부인과 아이들, 그리고 기쁨과 슬픔을 부러워하기도 한다.

나는 하얀 화선지 위에 연필로 선을 몇 개 보이지 않을 정도로 긋고 팔레트를 꺼내 물을 따랐다. 그리고는 약간의 황색 물감에 물을 묻힌 붓으로 가장 밝은 반점을 찍어 놓는다.

그것은 저기 바라보이는 맨 뒤쪽 윤기 흐르는 무화과나무 위로 솟은 박공집의 빛을 정면으로 받는 앞면이 되는 것이다.

그러면 이제 나는 지오반니에 대해서도 카바디니에 대해서도 모두 잊어버리게 되어 그들을 부러워하지 않는다.

　그들이 나의 근심을 걱정하지 않듯이 나도 그들의 괴로움에 마음 쓰지 않으며, 잔뜩 긴장을 한 채 녹색과 황색으로 화선지 위에 마을의 한 조각을 채색시킨다.

　때로는 먼 산 위로 젖은 붓을 가볍게 휘두르며, 푸른 잎새들 사이에 빨간색을 가볍게 눌러주고, 그 곁에 파란색도 살짝 넣어 주며, 마리오네 빨간 지붕 밑의 그림자 모습에 신경을 쓰고, 무엇보다도 그늘진 담장 위로 솟은 둥그스름한 뽕나무의 황록색에 거듭 시선을 주면서 표현하려고 애를 쓰는 것이다.

　우리 마을 위의 산기슭에서 보내는 이 저녁 시간의 한때, 이 작열하는 짧은 시간 속에서 나는 다른 사람들이 살아가는 삶을 관망하지 않는다.

　또한 그들의 생활을 부러워하지도 않고 거기에 대해서는 모두 잊어버린 채 나의 일에 몰두하고 나만의 즐거움에 빠진다.

　남들이 그들 나름의 도락에 빠져 있듯이, 나도 그만큼 탐욕적으로 어린애같이 즐기는 것이다.

구름, 그 아름다운 이별

작고 보드라운 하얀 새털구름이
바람에 빌려 파아란 하늘을 간다
너는 눈 감고, 그것을 느끼려무나
기쁨에 찬 저 구름, 하얗게 상쾌하게
너의 파란 꿈속을 지나가는 것을.

내가 쓰고 있는 거실 겸 서재의 동쪽 벽에는 테라스로 통하는 좁은 문이 나 있었는데, 그 문은 늦은 봄 5월부터 가을이 지나가는 9월까지 항상 열려 있다.

그 앞에는 한 걸음밖에 안 되는 아주 작은 석재발코니가 매달려 있어, 이 발코니를 나만이 사용하고 있다. 이 발코니 때문에 나는 몇 전 전부터 이곳에 눌러있기로 작정했고, 또 먼 여행에서 돌아올 때마다 항상 감사한 마음 같은 것을 느끼며, 다시 이곳 테씬의 집으로 돌아오곤 했다.

집을 아름답게 꾸미고 사는 것, 그리고 창문을 통해 멀리 트인 전망을 바라보는 것은 언제나 나의 자랑이요, 예술 바로 그것이었다.

예전에 내가 즐겼던 그 어느 전망도 이곳만큼 아름답지는 못했다. 그 대신 벽에서는 횟가루가 떨어지고 융단이 군데군데 낡고 삭아 너덜거렸으며, 여러 가지의 문명 시설은 없었으나 이 전망 때문에 나는 지금껏 여기서 사는 것이다.

발코니 앞에는 오래된 과수원이 산기슭을 따라 경사진 채로 펼쳐져 있었다. 나무 꼭대기가 두터운 부채 모양을 한 종려나무, 미모사, 동백나무 등등 또 참동 넝쿨로 완전히 덮여 있는 붉은 주목들이 늘어서 있다. 장미 넝쿨을 받침대로 올린 좁다란 몇 개의 테라스도 시야에 들어왔다.

이 꿈꾸는 듯한 해묵은 과수원은 나와 세상 사이를 연결하는 사슬이었다. 또한 여기서 내려다보면 그 꼭대기만 보이는 밤나무숲이 울창한 작은 계곡도 그렇다.

밤나무숲에서는 밤낮을 가리지 않고 나뭇잎이 바람에 흔들리는 소리가 들려왔고, 저녁이면 부엉이 울음소리가 외로웠다. 이 숲은 세상으로부터 집과 사람과 소음과 먼지로부터 나를 보호해 준다.

그러므로 나는 아주 세상을 등진 것도 아니고 그러고 싶은 마음도 없었다. 나는 그런대로 적절한 보호를 받는 셈이었다.

하여튼 내가 사는 동네로 올라오는 길이 있어서 매일 규칙적으로 다니는 우편 차가 배달해 줘도 반갑지 않은 편지나 안 와도 좋을 방문객을 이곳까지 실어다 주었다. 그중에는 이따금 반가운 편지와 정다운 손님도 있긴 했다.

현관문을 잠가두는 시간에는 세상의 어떠한 부름에도 나는 응하지 않는다. 그것은 대개 오후의 몇 시간에 불과했으나 때로는 저녁 시간까지 연장되기도 했다. 그럴 때면 대문에는 굳게 빗장이 걸려 있고 초인종조차 울리지 못하게 장치해 두었다.

그러므로 정원을 발아래 두고 낮은 발코니에 앉아 있을 때면 어떤 사람도 나를 방해할 수가 없었다.

그럴 때, 나는 잠시 눈을 들어 정원과 숲의 계곡 저 너머에 신의 모습이, 그리고 바로 그 뒤에 자비로운 성모상이 서 있는 것을 본다. 풀레짜 강에서부터 길게 뻗쳐 반짝이는 지류와 코머 호수 저편에 이른 봄 늦게까지 눈이 덮여 있는 산들을 바라본다.

이따금 저녁 무렵에 이렇게 앉아서 저 건너 바로 내가 앉아 있는 만큼의 높이에서 떠다니고 있는 장밋빛 저녁 구름을 건너다보고 있노라면, 나는 알 수 없는 충만감을 느끼는 것이다.

나는 저 밑에 잠자는 듯한 세상을 바라보며 깊은 상념에 잠긴다. 누가 내게서 세상을 빼앗아 가도 좋다고 마음속으로 절규해 본다. 나는 지금까지 살아오면서 이 세상에서 별로 성공을 거두지 못했고, 세상과도 잘 어울리지 못했다. 세상 역시 나의 혐오에 충분히 응수하고 복수를 해주었다.

그러나 나의 목숨을 빼앗아 가지는 않았다. 아직도 나는 살아 있고 세상과 싸우면서도 견뎌온 셈이다.

성공을 거둔 사업가나 영화배우, 아니면 챔피언 자리에 오른 권투선수는 못 되었지만, 이미 열두 살 때 머릿속에서 영혼을 바라보는 시인이 되었다.

그리고 나는 무엇보다도 세상이라는 것이 사람들에게 있어 크게 바라지 않고 그저 조용히 주의 깊게 관찰하는 것만으로도 얻어지는 것이 많다는 사실을 깨달았다.

성공을 거둔 사람들, 즉 세상에서 말하는 속물들은 그것을 알지 못한다는 것도 알았다. 관망한다는 것은 탁월한 기교이기도 하다. 세상이란 살면서 얻어지는 것이고 치유력이 있으며, 가끔은 매우 유쾌한 재주를 우리에게 가져다준다.

나는 이러한 재주를 저녁 구름으로부터 배웠다. 저녁 나만의 시간에 이렇게 작은 발코니에 앉아 있으면, 나는 언제나 구름과 함께였다.

제일 높은 곳에 자리 잡은 새 둥지 같은 내 집은 언제나 구름의 한가운데를 들여다보고 있다. 비가 올 때나 이 지방 특유의 거칠고 사나운 바람이 불 때는 구름이 방안으로 흘러들어왔다. 그뿐만 아니라 발코니 난간에 걸리면서 신발 속까지 기어들어 왔다.

한편 창문 밖에서는 구름이 사방으로 흩어지며 번개가 칠 때마다 소스라쳐 놀라면서 환하게 모습을 드러내는 물먹은 푸른 산골짜기로 달려가고 있었다. 또 구름은 차갑고 어두운 호수 속으로 가라앉는 듯하다가 높푸른 하늘로 다시 치솟았다.

그러나 하늘이 조용해지면서 날씨가 좋아지면 호수는 다시 파랗게 반짝이고 보랏빛 저녁 그림자를 짙게 드리울 때면, 그리고 멀리 떨어져 있는 마을의 창문들이 노을빛으로 타오르고 서쪽 산기슭이 투명한 장밋빛으로 빛날 때면, 구름도 아주 다양한 빛깔을 띠며 더욱 부드러워져서 오래오래 둥둥 떠다니면서 아이들처럼 유희를 즐긴다.

지난날 젊었을 땐 구름에 대해 어느 정도는 경건하고 엄숙한 마음을 가지고 있었다. 그러나 차츰 나이를 먹어감에 따라 구름을 전과 같이 그렇게 진지하게 생각하지 않게 되었다.

구름은 어린아이와 같은 면이 있다. 어린아이란 부모만이 진지하게 보살필 따름이지, 다른 사람들은 그렇게 관심을 기울이지는 않는다. 늙으면 어린아이가 된다는 노인들조차도 그토록 진지하게 여기지 않는다. 자기 자신을 생각하는 것보다 더 진지하게 생각할 수 없기 때문이다.

정열이란 정말 멋진 것이다. 그것은 때때로 젊은 사람들에게 너무나 잘 어울리는 말이다. 그러나 나이 든 사람들에게 잘 어울리는 말은 유머요, 웃음이다.

스스로가 덧없는 저녁 구름의 유희 같은 존재인 것처럼 모든 일을 순수하게 받아들이는 일, 세상을 항상 관망하여 비유로 변용하는 일, 사물을 조용히 바라보는 일이 무엇보다도 중요하다.

그렇지만 내가 붓을 든 주제라는 것만은 잊지 않도록 한다. 장마가 막 끝났으나 습기가 남아 있으면서도 유난히 맑고 화창했던 어제저녁의 구름은 놀랄 만한 모습이었다.

조금 전까지도 긴 층을 이루고 하늘 복판에 가로놓여 있던 구름이 흩어졌다가는 부드러운 덩어리가 되어 낮게 드리우는가 하면 거센 바람에 날려 이상한 형상을 이루었다.

그러다가는 금세 온 하늘이 싸늘한 녹청색으로 밝아지면서 비어버려 맑기만 했다. 그리고 구름은 조그맣고 보잘것없는 모습으로 지평선 저쪽으로 몰려가 바윗덩어리처럼 단단하게 떠 있었다.

　바로 이 순간 장밋빛과 노을빛이 산봉우리를 떠나자, 대지는 모두 그 빛을 잃어버렸고 하늘에만 아직 대낮의 빛이 조금 남아 있어 잠시 꿈꾸듯 빛나고 있었다.

　닻을 내린 배처럼 구름은 거센 바람이 부는데도 겉으로 보아서는 꼼짝도 하지 않고 산등성이 바로 위에 정박해 있어서 싸늘하게 식어가는 그들의 빛깔에 아직은 빨강과 갈색이 조금 섞여 있었다.

　시시각각으로 변하는 구름을 바라보며, 어떤 교훈을 얻으려면 마파람이 불고 있다고 할지라도 구름을 놓치지 말고 잘 보고 있어야만 했다. 구름이 굳어져서 그대로 바위처럼 떠 있는 것처럼 보이지만, 실은 그들의 형태가 줄곧 안에서 겉으로 혹은 내부에서 이리저리 흐르는 것이다.

　우리가 구름을 보기에는 성스럽고 부드러운 것 같지만, 금방 꾸지람을 듣고서도 그 자리를 벗어나면, 다시 장난질을 치는 아이들과 같다.

　마치 학교 담벼락에 붙어 서 있다가 선생님께 갑자기 모자를 벗고 달려 나오며 인사를 하는 학생들과도 같다. 그러나 선생님이 눈을 돌리자마자 담장 뒤로 달아나며 깔깔거리는 웃음소리와 같다.

　그러는 동안, 기다란 형상을 하고 있던 구름 중의 하나가 다른 구름 사이로 헤엄쳐 올라가 녹청색 하늘 속에서 노을빛으로 저혼자 떠돈다 – 이 구름도 겉으로 보기에는 꼼짝도 하지 않고 흡사 바윗덩어리같이 보이지만 — 갑자기 밝은 금빛으로 아주 예쁜 고기 모습으로 변했다.

그러다가 밝은 빛으로 활활 타오르면서 거대한 한 마리의 금붕어가 되어 푸른빛 도는 지느러미로 죽음의 물결 속을 헤엄쳐 가고 있었다.

그것은 마지막 빛이 사라져가는 중이었기에 구름인 나의 금붕어는 더 살아있을 시간이 없어져 버린 것이다. 차츰 금붕어의 꼬리 쪽에서부터 어두운 갈색이 짙어져 오고, 배 부분은 더 파래져 그 밝은 금빛은 등 맨 윗부분에서만 빛을 발하고 있었다.

그러자 한순간에 금붕어는 번개같이 꼬리를 오므라뜨리고 머리를 쳐들어 아주 동그랗게 모습을 바꾸어 버렸다. 그러더니 한 점 빛마저 꺼져버리면서 금붕어는 돌돌 말려 공만 해지더니 그 공에서 마치 영혼을 다 뿜어내려는 듯 잿빛 구름으로 흩어지면서 사라져 버렸다.

아직도 나는 이렇게 기지에 가득 찬 황홀한 자살을 본 적이 없다. 그 금붕어 구름은 덩어리로 변모하면서 자신의 영혼을, 자신의 실체를 저 스스로 뿜어내고 실체가 없이 사라져버렸다.

일찍이 나는 저 아래 세상에서 살고 있으면서 많은 것을 체험한 것이다.

이제 금붕어는 어디로인가 떠나갔다. 그리고 오늘의 내 기쁨도 아무 기대감도 주지 않고 사라져버렸다. 방에서는 아름다운 책이 나를 기다리고 있었지만, 나는 얼마 동안만이라도 내 금붕어와 함께 헤엄치고 싶은 생각에 자리를 뜨지 못한다.

늦여름 꽃 중에서

아직 여름은 오랫동안 장미꽃 곁에
머물러서 안식을 갈망하다가
그 커다란 지친 눈을
조용히 감는다.

빠른 속도로 기울어져 가는 여름의 시간 속에는 독특한 광채가 깃들어 있다. '회화적'이라는 화려한 낱말을 화가들이 쉽게 그릴 수 있다는 뜻으로 풀이하지 않는다면, 나는 이런 광채를 회화적이라고 표현하고 싶다.

그러나 이러한 광채를 그리기란 대단히 어렵다. 그러면서도 붓으로 이를 아름다운 색채로 표현하고 예찬하고 싶다는 매력을 무한히 느끼게 되는 감정은 어디서 오는 것일까.

이는 빛깔이 이토록 깊고 마술적인 빛의 주옥과도 같은 색감을 가지지 못하고, 그림자들이 보다 엷어지지 않고는 이렇게 보드라운 색채를 결코 띠지 못하는 것이다.

식물도 이미 가을의 색감이 약간 스며 있으면서도 아직 본격적인 가을의 빛깔이 풍성해지지 않는, 지금보다 더 아름다운 빛깔이란 존재하지 않기 때문이다.

그러나 정원에는 지금 아름다운 빛깔을 자랑하는 한 해의 꽃들이 그리움처럼 서 있으며, 여기저기에 마지막 정열을 불태우듯 빨갛게 석류꽃이 피어 있고 또 달리아와 철쭉, 모란, 백일초, 그리고 매력적인 산호 푹시아가 피어 있다.

그러나 한여름과 초가을을 대표하는 색채, 환희의 정수는 뭐니 뭐니 해도 백일홍이다.

가을이 오면 나는 이 꽃을 언제나 방 안에 꽂아 놓고 있다. 다행스럽게도 백일홍은 인내와 끈기가 강한 꽃이다. 그러한 백일홍이 싱싱할 때부터 시들어버릴 때까지의 변화를 나는 비할 데 없는 행복감과 호기심으로 지켜본다.

꽃의 화려한 세계에서 순수하리만큼 싱싱한 백일홍보다 광채를 발하고 더 소박한 것은 다시 없을 것이다.

그것은 아주 강렬하게 빛의 폭음을 울리고 빛깔의 환호성을 울리는 야한 노랑과 오렌지색, 가장 밝게 웃는 빨강과 너무나 경이로운 빨간 보라, 이는 순진한 시골 처녀들의 리본과 일요일의 야회복 빛깔처럼 보일 수 있다.

우리는 이 격렬한 빛깔들을 한 데 꽂아 놓고 마음대로 섞을 수도 있다. 이들은 언제나 황홀하게 아름답고, 언제나 강렬한 광채를 발할 뿐만 아니라 서로를 아끼듯 이웃으로서 서로를 찬양하며 기도하듯 승화시킨다.

지금 나는 새로운 이야기를 하는 것은 아니다. 내가 백일홍의 아름다움을 발견한 사람이라고 자부하지도 않는다. 다만, 이 꽃들이 오래전부터 나에게 가장 편안하고 안일한 감정을 빛깔로 보여주기 때문에 내가 이 꽃들에 매료되었다는 점만을 이야기하고 싶은 것이다.

무엇보다도 약간 시들었을는지는 모르지만, 연약하지 않은 연모의 정을 지닌 이 꽃이 마지막 생명을 불태우고 있다. 화병에 꽂힌 채 천천히 색이 바래면서 죽어가고 있는 백일홍을 보며 죽음의 무도회를, 즉 반쯤은 슬프고 반쯤은 유쾌한 무상 상태에 대한 것을 느껴본다.

어쩌면 가장 무상한 것이 가장 아름다운 것이며, 죽는다는 것 자체가 너무나도 아름답고 꽃피는 것과 같은 사랑스러움일 수 있기 때문이다.

친구들이여! 8일이나 10일쯤 된 백일홍 꽃다발을, 여러 날 동안 계속해서 퇴색해가며 여전히 아름답게 피어 있는 것을 관찰하고 하루에 몇 번씩 자세하게 관찰해보라!

그러면 싱싱했을 때 생각해 낼 수 있는 가장 화려하고, 유혹하리만큼 화려한 빛깔을 지녔던 이 꽃들이 지금은 너무나 섬세하여 지친 듯한 모습으로 아주 세밀한 부분까지 바랜 빛깔이 되었다는 것을 알게 되리라.

어제의 오렌지색이 오늘은 노랑이 되고, 이틀 후면 엷은 청색이 섞인 회색이 될 것이다. 시골을 느끼게 해주는 즐거운 청회색은 어두운 그림자처럼 서서히 담청색으로 바뀌며, 가장자리부터 시들어가고 있는 꽃잎의 여기저기에서 보드라운 주름을 지우고 있다.

그러다가 퇴색한 흰색과 완전히 색이 바랜 할머니의 명주옷처럼 옛날의 수채화에서 볼 수 있는 형언할 수 없을 정도로 감상적이며 슬픔에 젖어 있는 듯한 적회색을 보여 줄 것이다.

친구여, 이 꽃잎의 아랫부분을 자세히 관찰해보라!

줄기의 빛깔이 변하면서 놀랍게도 꽃봉오리 자체보다도 더욱 짙은 향내를 풍기고 더욱 정신적인 것으로의 승천이, 즉 죽음이 완성되고 있음을 볼 수 있을 것이다.

지금껏 꽃의 세계에서 발견해 내지 못하는 잊힌 빛깔을, 즉 높은 돌산이나 바위, 이끼와 해초의 세계에서 볼 수 있는 이상스럽게도 금속성이고 광물 같은 빛깔인 회색과 흰색이 섞인 엷은 녹색, 청동색의 변조가 꿈꾸고 있는 것을 볼 수 있을 것이다.

이때 당신들은 불현듯 이런 생각을 할 것이다. 고귀한 포도주의 진귀한 향기라든가 복숭아 껍질의 잔잔한 빛깔이나 아름다운 여인의 피부에 돋아난 솜털 등을 높이 평가하듯, 내가 어느 권투 선수보다 더 세련된 감각과 영혼이 깃든 체험의 가능성을 가졌다는 이유로 해서 죽어가는 백일홍의 빛깔에 열광하던 감상적인 낭만주의자라는 비웃음을 당하지 않아도 좋을 것이다.

그러나 친구여!

우리는 불과 얼마 안 되는 사람들로 이 세상에 남아 있으며, 우리와 같은 성격의 소유자들은 조금씩 퇴색해가고 있는 꽃처럼 완전히 사라질 위험에 처해 있다고 할 것이다.

한 번쯤은 가장 현대인이라고 자부하고 있는 미국 사람들에게
시도해 보라. 그들의 음악성이 축음기를 소유하는 데에 필요하고
래커칠이 잘된 자동차를 아름다움의 세계로 착각하고 있는—그런
것에 만족하고 있고 만족하기 쉬운 야만인에게 시험 삼아서 물어
보라.

꽃의 죽음과 장미색이 밝은 회색으로 변하는 모습을 가장 생생
하고 자극적인 것으로, 모든 생명과 모든 아름다움의 비밀로 함
께 체험하도록 그 기교를 강의해 보라! 그러면 당신은 그 엄청난
신비로운 변화에 깜짝 놀라게 될 것이다.

쉴새 없이 바람결에
꽃이 핀 가지가 흔들린다
쉴새 없이 어린아이같이
나의 날씨와 흐린 날의 사이를
욕망과 단념과의 사이를
꽃잎은 바람에 모두 날아가고
가지에 열매가 맺히는 날까지
어린아이다움에 지친 마음이
안정을 얻어
생의 불안에 찼던 윤회도
즐겁고 헛된 것이 아니었다고 말할 때까지.

사라진 날들

늦은 저녁에 구름이 곱게 떠간다
들판은 따뜻이 멀리 숨을 쉬고
잃어버린 청춘이여!
오늘도 나에게 할 일이 남아 있는가?

소년 시절 나는 자주 높은 산정에 올라 홀로 서 있기를 즐겼다.

나의 눈길이 머무는 먼 곳, 알 수 없는 미지의 세계가 깊고 푸른 아름다움 속에 꿈꾸듯 잠겨 있는 계곡 사이의 밝은 안개를 언제까지나 바라보고 있었다.

항상 열정에 사로잡히고 갈망에 메말라 있는 내 젊은 날의 사랑은 아낌없이 하나의 커다란 동경 속으로 녹아들어 한줄기 눈물로 나의 두 눈을 적셔주었다.

그리하여 젖은 시선은 온화하게 먼 푸른 하늘빛과 계곡 너머로 사라지는 여린 숲 그림자까지 빨아들이는 아픔을 맛보기도 했다.

늘 내 가까이에 있는 것은 모두 냉랭하고, 견고해 보이며, 너무나 분명해서 아무런 향기도 신비도 없는 것같이 생각되었다.

그러나 저 멀리 사라질 듯이 아득히 펼쳐져 있는 것들은 제각기 부드러운 색조를 띠고 아름다운 음조와 비밀스러움, 유혹에 가득 차 있는 것 같았다.

그 이후부터 나는 작은 방랑자가 되어 새벽의 여린 별빛이 사라지면서 서서히 안개가 피어오르고 있는 먼 계곡을 찾아 높은 산정을 향해 오른다.

그러면 가파른 암벽은 역시 냉랭하고 견고하며 분명했다. 그러나 저편에는, 훨씬 더 먼 곳에는 행복에 찬 푸른 모습이 빛나면서 기다리듯 누워있었다. 한층 더 숭고하게 꿈꾸듯이 말이다.

그 후로도 많은 시간을 보내면서 자주 그 푸른 먼 곳이 나를 유혹하듯 손짓하는 것을 보았다. 나는 그 신비로운 힘을 거역할 수 없었다.

그 속에서 고향을 느꼈고, 산정에 오르면 언제나 타향 사람이 되는 그리움의 슬픔을 맛보았다. 마침내 나는 그것을 행복이라고 부르게 되었다.

지난날 어린 시절부터
나에게 행복을 약속한
하나의 음향이 나에게로 다가온다.
만일 이것이 없으면 살기가 너무 괴로울 것이다.
이 마력의 음향이 울리지 않는다면
나는 빛없이 서서

주위에 불안과 암흑만 볼 것이다.
그러나 슬픔과 죄에 다치지 않는 소리가
행복에 찬 달콤한 음향이 울린다.
슬픔과 죄악에도 파멸되지 않는 그 음향이
너 사랑스러운 목소리여
내 집의 불빛이여
다시는 꺼지지 말고
그 푸른 눈을 감지 말고
그렇지 않으면 세계는
부드러운 빛을 모두 잃고
크고 작은 별들이 차례로 떨어져
나만 홀로 남게 될 것이다.

저녁 무렵, 저 멀리 아련한 넓고 푸른 들판을 바라보며 냉랭하고 견고한 현실을 잊어버리는 것, 이것이 행복의 느낌이다.

물론 이 충만한 감정은 내가 소년 시절에 생각했던 것과는 다소 다른, 좀 더 조용하고, 좀 더 쓸쓸한 것이어서 비록, 성숙한 아름다움을 당부할 수는 있었지만, 갈증과 같은 기쁨은 맛볼 수 없었다.

이렇듯 나만이 간직할 수 있는 조용한 은둔의 행복에서 다음과 같은 지혜를 배웠다.

그것은 인생이란 여정을 걸어가면서 삶의 간격이라는 거리를 둔다는 것, 그리고 모든 것들에 차갑고 잔혹한 고통의 빛을 비추지 않는 일이다.

이 모든 것들을 일상에서 얇은 금박을 씌운 소중한 물건을 만지듯이 조심스럽게, 그리고 겸허한 마음으로 접촉해야 한다는 사실이다.

아무리 귀중한 보석일지라도 함부로 만지거나 난폭하게 다루면 귀중품은 빛을 잃게 된다. 즉 품위를 떨어뜨리게 된다는 것이다. 그러므로 이 세상에는 완벽하게 아름다운 것이란 없다.

또한 그렇게 고귀한 작업도 없고, 그렇게 위대한 예술가도 없고, 그렇게 혜택받은 사람도 없다. 그러므로 부단히 노력하는 것도 하나의 삶의 방법인 듯하다.

즉, 우리에게서 멀리 떨어진 사물의 아름다움에 대해서 아낌없이 찬사와 경외심을 보낼 때, 또한 가까이서 친숙해진 것들에게까지도 똑같은 사랑을 베풀어야 한다는 것이다.

아침의 밝은 태양이나 어두운 밤하늘의 별들에 변함없는 경외심을 가지는 한편, 사물을 보석처럼 소중히 다루고 부드럽게 대하면서, 모든 존재하는 것들의 그 고유한 아름다움을 손상하지 않는다면, 우리는 일상생활을 통해 늘 만나볼 수 있는 가장 가까운 것과 사소한 것에까지 부드러운 향기와 빛의 의미를 부여할 수 있다.

그러나 난폭한 행위를 일삼는 사람들은 스스로 품위를 떨어지게 한다. 그들 앞에 놓인 사물은 항상 위험하나, 처음으로 초대받은 낯선 손님처럼 다루어진 사물은 언제까지나 그 가치를 상실함 없이, 우리를 한층 고상하게 해준다.

그것을 배우는 가장 좋은 곳은 바로 불편을 참는 학교만이 가능하다. 당신은 이 땅에서 예정된 삶을 살면서 어느 것 한 가지도 만족할 수 없다는 말인가?

그렇다면, 당신은 좀 더 아름답고 풍부하면서 따뜻한 나라를 알고 있다는 말인가? 그렇다면, 당신은 그것을 찾아 서슴없이 길을 떠나야 한다. 그리하여 당신은 아름답고 더욱 빛나는 다른 나라들을 방랑해야 한다.

당신의 마음은 한층 드넓게 열리면서 부드러운 하늘이 당신의 새로운 행복을 뒤덮을 것이다. 바로 그곳이 당신의 낙원이다.

그러나 그곳을 찬양하기 전에 잠시 기다려보아라. 2년이나 3년, 최초의 기쁨이 사라지고 소년 시절이 지나갈 때까지 잠깐만 기다려보는 여유를 가져라. 그러면 진정한 삶의 기회가 찾아올 것이다.

그때 당신은 산으로 올라가서 당신의 옛 고향, 그 아래에 펼쳐져 있는 먼 곳을 다시 바라보게 될 때, 비로소 하늘의 방향을 알게 될 것이다. 그곳의 계곡과 들판이 얼마나 부드럽고 푸르른가를 더욱 깨닫게 될 것이다.

그곳에는 지금도 어린 시절에 뛰어놀던 정원과 집이 있고, 그곳에 소년 시절의 신성한 추억이 깃들어 있고, 그곳에 당신이 사랑하는 어머니가 잠들어 있다는 것을 알게 될 것이다.

당신에게 있어 고향은 언제나 먼 곳이면서도 정다운 길과 같은 것이다. 그러나 새로운 방랑에서 얻는 고행은 낯설면서도 한없이 가까운 곳이 된다.

이것은 우리의 가엾고 불안정한 생의 모든 소유와 관습에 대해서도 변함없는 진실이다.

나의 고향은 어디에 있을까?
나의 고향은 아주 작은 곳이다.
이곳에서 저곳으로 옮겨 다니며
내 마음을 함께 안고 간다.
나에게 슬픔과 기쁨을 주고
나의 고향은 바로 너다.

괴로운 길

이제는 나를 위하여 꽃은 피지 않는다
바람도 새소리도 들리지 않는다
좁아진 나의 길을 걸어간다
함께 갈 친구도 없다

나는 망설이며 협곡 입구 어두운 바위문 옆에 서서 다시 뒤를 돌아다보았다.

그 상쾌한 초록빛 세계에는 태양이 밝게 빛나고, 넓은 초원에는 아름다운 빛깔의 꽃들이 바람에 흔들리며 반짝반짝 빛나고 있었다.

이처럼 아름다운 경치를 바라보고 있는 내 젊음은 넘쳐흐르는 부드러운 향기와 빛 속에서 타는 듯한 강렬한 날갯짓을 하는 호박벌처럼 몹시 만족해하며 부르짖었다. 이런 것들을 버리고 산속으로 올라가는 나는 필시 바보 같은 녀석이라고 말이다.

그때 안내인이 살며시 내 팔을 잡았다. 나는 기분 좋은 욕탕에서 금방 나온 사람처럼 멋진 경치에서 시선을 돌렸다. 그러자 바로 내 눈앞에 또 다른 모습을 한 협곡이 해가 비치지 않는 암흑 속에 엎드려 있는 것이 보였다.

그곳엔 끊어질 듯 이어져 있는 시냇물도 있었다. 그리고 그 옆엔 퇴색한 풀이 작은 다발을 이루며 자라고 있었다.

작은 시냇물 속에는 거무스레한 바위가 동물의 뼈처럼 생기 없이 깔려 있었다.

"좀 쉬었다 가는 게 어떻겠어요?"

나는 안내인에게 말했다.

그는 너그러운 미소를 띠었다. 우리는 그곳에 잠시 머무르기로 하고 적당히 자리를 골라 앉았다. 그곳은 시원했다. 그리고 바위 문으로부터 차고 음침한 기운이 희미하게 흘러나왔다.

정말 싫었다. 이런 길을 꼭 가야만 하는가! 불쾌한 기운이 감도는 바위문을 고통스러워하며 지나고, 찬 시냇물을 건너고, 무엇 때문에 좁고 험악한 골짜기를 끝까지 올라야 하는가!

"길이 너무 험한 것 같군요."

나는 망설이며, 또다시 말했다.

나의 마음속에는 신념이 없고 모순된 희망이 작은 등불처럼 흔들리고 있었다. 되돌아갈 수 있을지도 모른다는, 안내인을 설득할 수 있을지도 모른다는 막연한 패배감이 나를 망설이게 했다.

그렇다, 도대체 왜 할 수 없다는 걸까? 우리가 떠나온 저쪽은 몇 배나 아름답지 않았는가. 그곳에서의 생활은 더 밝고 따뜻하고 정답지 않았는가.

나는 약간의 행복과 밝은 생활, 그리고 푸른 하늘과 꽃에 충족된 가치를 요구할 권리를 가진 인간, 덧없는 목숨의 대가를 가진 존재가 아닌가.

아니, 난 그곳에 안주하고 싶었다. 나는 영웅이나 순교자 역할에는 흥미가 없다. 골짜기에서 벗어나 양지에 있을 수 있다면 평생 만족할 생각이었다.

나는 벌써 한기를 느끼기 시작했다. 여기서 더 이상 있을 수 없었다.

"추운 것 같습니다. 차라리 걷는 게 낫겠소."

안내인은 내 기색을 살피며 이렇게 말하면서 그는 먼저 일어서서 기지개를 켠 후 미소를 띤 채 나를 바라보았다.

그 미소엔 조소도 동정심도 엄격함도 없었다. 거기엔 이해와 통찰만이 있을 뿐이었다. 그는 미소로 말하고 대답하고 있었다.

'나는 당신의 뜻을 알고 있소. 당신이 느끼고 있는 불안을 알고 있단 말이오. 어제와 그저께 당신이 하던 호언장담을 나는 결코 잊고 있지 않소. 그러나 당신의 영혼은 지금 겁 많고 절망적인 한 마리 토끼가 생각하는 마지막 도약을, 저곳의 상큼한 햇빛에 보내고 있는 추파도 모두 나는 속속들이 잘 알고 있단 말이오.'

이러한 의미를 담은 미소를 띠며 안내인은 나를 쳐다보고는 어두운 계곡으로 한 발을 내디뎠다. 나는 그를 미워하지만 사랑했다. 선고받은 사람이 죽음을 저주하며 연민의 정을 느끼듯이 말이다.

그러나 무엇보다 나는 그의 지식과 안내인다운 식견, 그리고 냉담함과 강인함을 미워하고 질투했다. 나 스스로 그를 올바르다고 시인하면서도 그를 따르려 하는 일체를 미워했다.

그는 벌써 몇 발자국이나 나보다 앞서서 바위 모퉁이를 돌아 내 시야로부터 방금 사라지려고 했다.

"기다려요."

나는 외쳤다.

너무 불안한 나머지 이것이 꿈이었으면 하는 생각에 걷잡을 수 없는 마음이 되어 더욱 큰 소리로 외쳤다.

"도저히 따라갈 수가 없어요. 아직 준비가 안 되었어요."

안내인은 멈춰서서 조용히 내 쪽을 보았다. 비난하는 듯한 표정은 아니었으나, 모든 걸 다 알고 있다는 듯한 이해심이 담겨 있는 그런 얼굴이었다.

"그렇다면 돌아가는 게 낫겠소?"

하고 그가 물었다.

그가 불평을 말하기 전에 난 반감에 차서,

"아니요."

라고 대답하지 않으면 안 된다는 이유를 깨달았다.

이와 함께 마음속 한편에서는 이렇게 외치고 있었다.

'그렇다고 말해, 어서!'

나는 돌아가고 싶다고 외치고 싶었다. 그러나 그렇게 할 수 없다는 것을 분명히 알면서도 말이다.

그때 안내인은 손을 들어 뒤쪽의 골짜기를 가리켰다.

나는, 다시 한번 미지의 곳을 돌아다 봤다.

계곡과 평야는 지친 태양 아래서 빛이 바랜 채 기운이 빠진 것처럼 누워있었다. 빛깔 대부분은 병자의 신음처럼 카랑카랑한 소리를 내고 있었다.

그림자는 거무스름했으며 힘을 잃고 있었다. 일체로부터 배반당한 듯 매력도 향기도 없었다. 아아! 난 이 모든 것을 깨달았으며 두려워하고 증오해야 하는 것일까?

내가 사랑하는 것들은 언제나 무가치하고 때로는 영혼과 정신을 유출하여 향기를 메마르게 하고 이 세상의 빛깔을 잃어버린 채 언제나 동반자와 같은 안내인까지 두려워해야 하는 나의 불성실함을 나는 알고 있었다. 어제는 포도주였던 것이 오늘은 식초가 되었다는 것을 그리고, 식초는 결코 다시는 포도주가 되지 않는다는 사실을 말이다.

나는 묵묵히 그리고 슬픈 표정으로 안내인의 뒤를 따라갔다. 그의 태도는 역시 옳았다. 여느 때와 마찬가지로 변함없이 그는 자기가 해야 할 일을 성실하게 수행하고 있었다.

다만 잠깐 사이에 갑자기 모습을 감추고, 그 쌀쌀맞은 음성만을 남기고 나 혼자만 남겨두지 않는다면 만족할 수 있을 것이다.

나는 묵묵히 말을 잃고 있었으나, 한편 내 마음은 열렬히 그를 갈망하고 있었다.

"제발 내게서 떨어지지 마시오. 따라갈 테니까!"

작은 시냇물 속의 돌은 미끈미끈했다. 그 돌 위를 하나하나 짚으며 걸어가는 데 힘에 겨워 현기증이 날 정도였다. 게다가 작은 시냇물은 갑자기 오르막길이 되기도 했다. 암벽은 점점 좁아져서 거의 길을 막고 있었다. 영구히 퇴로를 끊는 듯한 산의 음험한 음모로 보였다. 이미 머리 위엔 하늘이 보이지 않았다.

나는 안내인을 따라서 앞으로 나갔다. 불안과 반감 때문에 종종 눈을 감고 싶었다.

풀숲에 한 그루의 어두운 꽃이 피어 있었는데 비로드처럼 검고 슬픈 눈을 하고 있었다. 꽃은 아름답게 우리에게 허물없이 말을 걸어왔다. 그러나, 안내인은 더욱 걸음을 빨리 걷기 시작했다.

나는 느꼈다. 내가 잠시 멈춰서서 한순간이라도 이 슬픈 비로드의 꽃을 주시하자, 비애와 절망적인 우울감이 너무나 무겁게 그리고 참을 수 없을 정도로 다가오는 것이었다.

마침내 나의 정신은 무의미와 광기 어린 굴욕의 아픔에 격렬히 몸을 떨지 않을 수 없었다.

나는 계속 그의 뒤를 따라갔다.

젖은 암벽이 바로 머리 위로 다가왔을 때, 안내인은 위로의 노래를 부르기 시작했다.

그가 내게 힘을 북돋워 주고 용기를 갖게 하여 이 지옥과 같은 방랑의 고통과 절망을 달래려고 한다는 것도 난 잘 알았다. 그리고, 자기의 노랫소리에 맞춰 내가 따라 불러 주기를 그가 기다리고 있다는 것도 알았다. 하지만 이번에도 묘한 반감에 그가 승리감을 느끼게 해주고 싶지 않았다.

안내인은 조금도 동요하는 빛을 보이지 않고 계속 노래했다.

아, 나는 돌아갈 수 있는 마지막 기회를 놓친 채 안내인의 도움을 받아 벌써 암벽과 벼랑을 기어오르고 또 넘었다. 이제는 되돌아갈 방법이 없었다. 나는 금방이라도 울음이 터질 것 같아 목이 메었다.

하지만 눈물을 보일 수 없었고 무슨 일이 있어도 결코 울어서는 안 된다는 마지막 자존심이 나를 지탱시켜 주었다.

그래서 나는 마음을 굳게 먹고 큰소리로 안내인의 노래를 따라 불렀다. 같은 박자와 같은 음조로, 그러나 그와 똑같은 가사는 아니었다. 이런 식으로 산을 오르며 노래한다는 것은 쉽지 않았다. 마침내 숨이 차서 입을 다물 수밖에 없었다.

하지만 그는 전혀 피곤한 기색도 없이 계속 노래했다. 차츰 그는 나를 압도했기 때문에 그의 가사를 함께 따라 불렀다. 어느새 산정을 향해 오르는 것이 편해졌다.

지금 산을 오르는 것은 어떤 강요에 의해서가 아니라, 내가 실제로 하고 싶다는 새로운 욕망이 솟구쳤다.

그래서 내 마음도 밝아졌다. 마음이 밝아짐에 따라 미끈미끈하여 위태롭던 바위까지도 친근감을 느끼게 해주었고, 머리 위에 파란 하늘이 다시 나타나면서 푸른 호수처럼 크고 넓어졌다.

이제는 기대와 흥분이 나를 더욱 들뜨게 했다. 하늘은 점점 넓어지고 좁은 길은 더욱더 걷기가 쉬웠다.

난 아무런 고통도 없이 안내인과 나란히 서서 거의 달려가다시피 했다. 그러자 뜻밖에도 태양이 내리쬐는 대기 속에 산꼭대기가 우뚝 치솟아 있는 것이 아닌가! 바로 머리 위에 찬란한 빛이 쏟아지는 한가운데 우리는 서 있었다.

우리는 산꼭대기 바로 아래에서 좁은 틈 사이를 통해 기어나갔다. 태양이 나의 눈 속으로 깊이 스며들었다.

잠시 후에 다시 눈을 떴을 때, 숨이 막힐 듯한 생각에 무릎이 떨렸다. 왜냐하면 내가 끝없는 천공과 푸른 심연에 둘러싸인 곳에 서 있었기 때문이다.

좁은 산꼭대기가 사닥다리처럼 좁게 앞으로 치솟아 있었다. 그러자 하늘과 태양이 나타났기 때문에 우리는 최후의 험악한 곳까지 한 걸음 한 걸음 입술을 악물고 이마에 주름을 모으며 올라갔다. 마침내 우리는 좁은 정상에 오르게 되었다.

기묘한 산, 이상한 정상이었다. 이렇게 끝없이 적나라한 암벽이 솟아오른 산꼭대기 암반 위에 거센 비바람에 제대로 자라지 못한 한 그루의 작은 나무가 매달리듯 서 있었다.

나무는 상상도 할 수 없을 정도로 쓸쓸하고 묘한 모습을 하고 바위 속에 단단히 박혀 있었으며, 가지 사이로는 차디찬 푸른 하늘을 올려다보며 서 있었다.

그리고 나무 꼭대기에는 한 마리의 검은 새가 앉아서 메마른 목소리로 노래를 불렀다.

지상을 초월한 높고 짧은 휴식의 조용한 꿈, 태양은 거침없이 붉게 타오르고 이 고독한 나무는 전혀 움직일 줄 모르고, 새는 쉰 목소리로 노래하였다.

그 메마른 목소리로 부르는 노래는 '영원!'이라고 속삭이고 있었다. 검은 새는 노래했다.

그 반짝반짝 빛나는 눈은 우리를 검은 수정처럼 바라보고 있었는데, 그 검은 눈과 노래는 참기가 어려웠다. 무엇보다도 산정의 쓸쓸함과 공허함, 그리고 황량한 천공의 아찔한 공간이 무서웠다.

죽음은 상상할 수 없을 정도의 환희이며, 더 이상 이곳에 머물러 있는다는 것은 말로 표현하기 어려운 고통을 주었다. 무슨 일이 일어나지 않으면, 우리는 물론 온 세상이 공포에 사로잡힌 나머지 견고한 돌로 변하고 말 것이다.

나는 그와 같은 종말이 돌풍처럼 덮쳐 올 것이란 것을 예감하면서 뜨거운 열기가 심신에 감도는 것을 느꼈다.

그때 갑자기 새가 나뭇가지에서 몸을 솟구치며 공간으로 높이 날아올랐다.

그와 함께 나의 안내인도 푸른 하늘로 뛰어들어 경련하는 하늘 속으로 사라졌다. 이미 운명의 파도는 정상을 넘어서 나의 심장을 소리도 없이 갈라놓았다.

그리고 나는 찬 대기의 소용돌이 속에서 행복과 환희에 젖어 무한한 공간을 뚫고 급강하했다. 마지막 어머니의 품을 향해서.

상처받은 내 영혼의 별에게

청춘의 별이여!
너희들은 어디로 떨어져 갔는가
구름을 뚫고 떨어져 가는
너희들 중의 하나도 나는 못 본다

오늘 나의 뮤즈[詩神]는 심한 열병을 앓고 있다. 종일토록 골목길을 쏘다니고 이리저리 배회하는 것이 내 하루의 일상이었는데, 오늘은 조용히 앉아 침묵을 지키고 있을 뿐이다.

우리는 여전히 사랑하는 사이였고, 금발의 소년 소녀였으므로 나의 뮤즈는 예전처럼 끊임없이 나를 유혹하고 있었다.

뮤즈는 깊숙이 몸을 파묻고 앉아 머리를 뒤에 기댄 채, 그 특유의 지적이면서도 조금은 열정에 사로잡힌 듯한 뜨겁고도 흐린 시선으로 나를 바라보고 있었다.

젊은 날, 우리는 열광에 가득 찬 노래를 부르면서 신을 야유하고 조롱하기도 했었다. 그 때문에 우리는 끝내 사랑을 잃어버렸고 영원히 황야에서 방황해야만 하는 형벌의 고통을 치러야 했다. 그리하여 우리는 수많은 번민의 낮과 밤을 지새워야만 하는 슬픔을 잉태하게 된 것이다.

나의 생애는 온통 죄로 가득 차 있었다
그러나 많은 죄가 용서될 것이다
하지만, 인간들은 용서해 주지 않는다
그들은 이해하지도 용서하지도 않고
나의 무덤 위에 돌을 던질 것이다
그러나 별들이 나를 데리러 오고
달이 나에게 웃음을 준다
그러면 나는 달의 조그마한 배를 타고
별의 궤도를 조용히 따라
빛이 나를 괴롭게 하고 어지럽히고
모든 것이 빙글빙글 돌아가고, 가볍게 뜨고
어머님이 다시 나를 끌어안을 때까지
당신을 사랑할 것이다.

뮤즈의 시선은 은밀하게 숨어서 막 싹트기 시작하는 모든 것을 지켜보고 있다. 그의 시선은 꽃망울을 터뜨려주고 비밀스러운 것을 겉으로 드러나게 해주기도 한다.

신을 빼앗긴 성전과 잃어버린 사랑의 정원 저편에서 뮤즈의 얼굴은 질문과 응답, 그리고 그에 대한 반문의 유희를 계속하는 것이다.

누구에게도 발견되지 않은 비밀을 갈망하면서 자기 영혼에 상처받는 것이다.

우리는 한정된 시간 속에서 서로 영혼의 깊이를 하나씩 가늠해 본다. 그러면 뮤즈는 무한한 곳에서 빛이 부서지고 소리가 흩어지는 곳이라면 날카로운 시선을 번득이며 우연의 어떤 법칙이라도 발견하려고 주위를 살펴본다.

끝없이 부서지는 파도의 무의미한 음향, 허공에 떠 있는 빛바랜 창백한 무지개를 우리는 사랑했었다. 심연과 같은 공포와 그 끝을 알지 못하는 죽음의 고통에서 느껴야 하는 극한 상황을 사랑할 수밖에 없었다.

막막한 곳에서 몸부림치듯 떨고 있는 소리와 스러져가는 무지개처럼 명멸하는 빛깔의 열병으로 우리는 우리만의 세계를 쌓아올렸다. 그것은 신비하고 불가사의한 시간의 흐름이었다.

그러나 나의 뮤즈는 창백하고 야위어갔지만, 꿈을 꿀 때마다 더욱 아름다운 모습으로 변모해 갔다.

생명의 나무에서
잎이 하나하나 떨어진다
오오, 눈부신 화려한 세상이여
어쩌면 너는 이토록 만족하게 하는가.
흐뭇하게, 이토록 괴롭게
어쩌면 너는 취하도록 만드는가.

오늘 아직 불타고 있는 것도
머지않아 사라져 갈 것이다.
나의 갈색 무덤 위로 소리를 내며
바람이 불어갈 것이다.
어린아이 위로 어머니가 몸을 구부리신다.
그 눈을 다시 한번 보고 싶다.
그 눈은 나의 별이다.
다른 모든 것은 사라지고 변모된다.
모든 것은 죽는다. 즐겁게 죽는다.
다만, 우리를 낳은
영원한 어머니만은 여기에 남아서
그 부지런한 손가락으로
덧없는 허공에 우리들의 이름을 쓴다,

이제는 나의 끝없는 상념 속에 그림자처럼 찾아오는 뮤즈, 가날픈 몸매와 길게 늘어뜨린 머리카락이 때로는 바람에 흩날리며 붉은 입술이 유난히 돋보이는 창백한 얼굴……

그 아름다움에 넋을 잃은 화가는 이 지상의 모든 것을 초월해서 바로 이러한 형상을 꿈꾸었으며, 마치 마술에 걸린 듯한 화필로 캔버스 위에 물감을 풀어놓은 것이다.

알 수 없는 불안과 기대감으로 그 그림을 바라보고 있으면 예의 산드로 보티첼리의 은빛 꿈이 연상된다.

무엇보다도 그 그림 속에 놀라운 재능이 깃들어 있고 섬세한 손끝의 마력이 펼쳐져 있었다.

뮤즈는 깊은 상념에 젖은 듯 엷은 미소를 짓고 있었다. 그는 그림 뒤에 서서 그것의 타오르는 불꽃 같은 갈망을, 결코 이루어질 수 없는 목마른 영혼의 갈증을 젖은 시선으로 설명해 주었다.

그리하여 마침내는 단테의 초상화가 걸려 있는 곳으로 나를 데리고 갔다. 언제나 그는 끊임없이 나에게 유혹의 손길을 뻗었다.

어떤 때 나의 뮤즈는 병든 피아니스트의 남루한 모습에 기대어 자신의 파리한 손가락을 부드럽게 매만졌다. 마치 어둠과 고통 속에서 울려오는 듯한 격렬한 박자로 듣는 이로 하여금 격정의 숨을 몰아쉬도록 강요하는 슬픔의 음율을 가르쳐 주었다.

이 연약하고 병든 것 같은 쇼팽의 선율은 여러 번 반복되면서 열띤 감정을 불러일으키게 한 다음 내면의 세계로 침잠하도록 나를 이끌었다. 가냘프게 떨고 있는 박자 속에서 뮤즈의 심장이 뛰고 있음을 깨우쳐 주었다.

그리하여 마침내 피곤과 그리움에 지쳐 쓰러질 때까지 뮤즈는 내 곁에 앉아 낮은 목소리로 나를 유혹하고 있었다.

뮤즈로부터 불행한 음악가 이야기를 들었을 때, 나의 가슴은 그의 고통과 슬픔이 스며 있는 리듬 속에서 마구 고동치는 것을 느낄 수 있었고, 나의 모습을 돌아볼 기회가 되기도 했다.

지금 뮤즈의 창백하면서도 마음을 꿰뚫어 보는 듯한 날카로운 시선이 나를 감싸고 있다. 그는 온갖 비밀을 파헤치는 놀이를 장난삼아 하고픈 욕망에서 내 심장의 고동 소리에 귀를 기울이면서 공허한 시선을 던지며 큰 소리로 웃었다.

뮤즈가 처음으로 내게 왔을 때, 그는 검은 옷을 입고 있었다. 늦은 여름날에나 입을 수 있는 옷이었다. 그는 여름이 지나갈 무렵, 풍성하도록 짙은 푸르름이 뚝뚝 떨어질 것 같은 숲 사이로 유난히 흰빛이 반짝이는 호수에 떠 있는 작은 배를 좋아했다.

이때 나의 여린 가슴은 순수한 사랑이 무수한 파편으로 흩어지는 아픔에 전율하고 있었다. 내 그리움은 사랑하는 사람의 산산이 부서진 이름이 되어 메아리로 되돌아왔다.

이처럼 내 사랑은 감미로움과 슬픔의 여울 속에서 작은 열매 하나도 맺지 못하는 공허, 바로 그것이었다.

초점을 잃은 흐릿한 시선으로 은빛 물결이 반사되고 있는 시냇물을 바라보고 있을 때 상처받은 뮤즈가 나에게로 왔다. 그는 나를 위로하듯 라우테를 연주해 주었고, 그 후 누구도 들어올 수 없는 나만을 위한 성 한 채를 세우도록 허락해 주었다.

우리는 그 붉은 사랑의 성, 높은 창 밑에 서서 추위에 몸을 떨었다. 그런 동안 결혼식과 축하 잔치가 비단 휘장 뒤편에서 요란스럽게 열리고 투명한 유리잔이 맞부딪치는 소리며 잔잔히 적시는 듯한 선율이 실내를 가득 물결치고 있었다.

뮤즈는 면사포와 내 영혼의 비밀을 덮어줄 순결을 상징하는 순백의 베일을 가져왔다. 그리하여 그는 내 가슴 깊은 곳에 화려한 성을 쌓고 열정을 불사르기 위한 탐닉과 욕망의 불꽃을 지피고 있었다.

마침내 우리는 사랑의 불꽃을 만들어냈고 아름다운 정원과 끝없는 초원을 모두 우리의 것으로 만들기로 했다. 그리고 먼 방랑의 길에서 돌아오는 용감한 나그네들을 맞이하기 위한 남국의 풍경도 만들었다.

나의 슬픔은 무기력한 시의 느린 박자 가운데에서 체념하는 삶의 방법에 익숙해져 갔고 노래를 통해 마음을 투영시키는 것에 익숙해졌다. 이와 같은 고통과 절망의 시간 속에서 우리는 지옥을 들여다볼 수 있는 거울을 통해 하나의 동화를 창작해 냈다.

그것은 인간 생명의 본질을 완전히 뒤바꾸어 늙은 백발로 태어나서 점점 나이를 먹어갈수록 삶을 영위하며 결국에는 어린아이로 죽음을 맞이한다는 내용이었다.

끝내는 어느 불안한 밤에 나는 몰래 뮤즈 곁을 떠나 태양의 여린 빛이 있는 들판을 향해 걸었다. 그 후에도 그는 틈틈이 나를 찾아와 백납 같은 어둠 속으로 유혹의 손짓을 해 보였다. 그러면서 사랑에 가득 찬 아름다운 눈길로 애원하듯 지난날의 꿈들과 회상하고 싶은 열정을 내 마음속에 쏟아주었다.

하지만, 우리는 이별을 나눈 연인처럼 서로를 이해하면서 아무 말 없이 바라보기만 했다. 우리 중에 과연 누가 훔친 자이며, 누가 피해자란 말인가!

뮤즈는 붉은 입술을 살며시 열어 보였다. 그리고 손을 움직여 창문이 있는 빨간 사랑의 성이 그려져 있는 그림과 난폭한 바이올린 소리를 들으라고 소리쳤다.

지금 뮤즈는 내가 쓰고 있는 이 글을 보고 마치 백납 같은 죽음을 보듯 길게 탄식하고 있다.

아! 기약도 없는 이별을 한다.

실패한, 쓰라린 운명에 가슴을 넘친다.

이제는 어쩔 수 없는 장미가 향기롭게 손안에서 시든다.

애달픈 마음은 졸음과 어둠을 찾는다.

그러나 밤하늘엔 변함없는 자리에 별이 떠 있다.

좋든 싫든 간에 우리는 언제나 저 별을 쫓는다.

빛과 어둠을 지나서 우리의 운명은 저 별을 향하여 굴러간다.

우리는 기꺼이 저 별을 쫓는다.

이름을 부르는 소리가 들려온다.

부모와 형제, 자매, 벗들과

유년 시절, 그리고 내가 존경하는 영웅들과 여성과 시인들이

그러나 그 많은 얼굴 중에서 누구도

잠시라도 나를 보아주지 않는다.

그것은 촛불처럼 허무 속으로 꺼져가고

슬픔에 넘치는 마음속에 잊힌 시의 울림처럼

어둠과 슬픔만을 남긴다.

지난날 즐거웠던 빛이 이제는 흐려지고

꿈과 추억이 된 나날을 아쉬워하는 탄식만을 남긴다.

방황의 지평선

인생의 아침으로부터
추억의 바람이 불어온다
바다 위로 은빛 소나기가
떨면서 멀어져가듯이

무거운 문이 천천히 열리며, 문틈으로 심부름하는 젊은 여자의 얼굴이 나타났다. 내가 주인이 계시느냐고 묻자 말없이 어두운 계단 쪽으로 나를 안내하였다. 위층 복도에는 석유등이 켜져 있었다. 흐린 안경을 벗고 있노라니 헤르셀이 나오며 인사하였다.

"오실 줄 알았습니다."

그는 낮은 목소리로 말했다.

"어떻게 아셨습니까?"

"아내를 통해서요. 당신이 누구이신지 잘 알고 있습니다. 자, 벗으시지요. 이쪽으로 오십시오. 이렇게 오셔서 반갑습니다."

그는 진정으로 기뻐하는 것 같지 않았고, 나도 그러하였다. 우리는 작은 방으로 들어갔다. 보를 덮은 식탁에는 램프가 켜져 있고, 미리 저녁 식사가 준비되어 있었다.

"이리 오십시오. 율리에, 오늘 아침에 안 분이야. 소개하지."

"알고 있어요."

율리에는 말하며 나의 인사를 머리를 끄덕이며 받았으나 손을 내밀어 악수를 청하지는 않았다.

"앉으세요."

나는 등의자에 앉고 그녀는 소파에 앉았다. 나는 좀 더 가까이 그녀를 바라보았다. 그전보다 건강해 보였으나 좀 작아진 것 같이 보였다. 그녀의 손은 여전히 매끈하고 예뻤다. 얼굴은 혈색이 좋았으나 그전보다 살이 찌고 딱딱해 보였다.

그리고 여전히 거만한 표정이었으나 거칠고 광채가 없어졌다. 옛날의 그 아름답던 모습은 남아 있었다. 관자놀이 근처와 팔을 움직일 때 약간 옛날 모습의 흔적이 엿보였다

"무엇을 타고 오셨지요?"

"그냥 걸어왔습니다."

"여기에 무슨 일이라도 있었나요?"

"아니요. 그저 이 거리를 한번 보고 싶어서요."

"그전에는 언제 오셨었지요?"

"벌써 십 년 전입니다. 거리는 그리 변하지 않았군요."

"그래요? 저는 처음엔 몰라뵀어요."

"저는 금방 알아보았습니다."

헤르셀 씨는 기침했다.

"저녁 식사를 같이하시지요?"

"상관이 없으시다면―"

"같이 하십시다. 빵 밖에 없습니다만……."

그러나 젤리와 같이 놓은 구운 고기, 강낭콩으로 만든 샐러드, 밥, 구운 배 등이 있었다. 차와 우유도 나왔다.

주인은 나의 시중을 들며 잠시 말을 건네었다.

율리에는 아무 말도 없었다. 그러나 도대체 내가 왜 이곳에 왔는지 알아보려는 듯이 거만하고 의아한 태도로 나를 흘끗흘끗 바라보았다.

"어린애는 있습니까?"

하고 물었더니, 그때에야 그녀는 다소 기운을 얻은 듯 장황한 말을 했다.

학교, 걱정, 병, 교육에 대해서 모든 것은 유복하다고 속된 말투로 떠들었다.

"뭐니 뭐니 해도, 학교는 좋은 곳이야."

헤르셀 씨는 말을 가로채며 이렇게 말했다.

"그렇습니까? 저는 항상 애들은 될 수 있는 대로 부모 밑에서 교육되어야 한다고 생각하고 있습니다."

"당신 자신이 아이를 가져 본 적이 없으니까 그렇겠죠."

"저는 그렇게 행복스럽지 못합니다."

"그러나 결혼은 하셨지요?"

"아닙니다. 독신입니다."

강낭콩이 목에 걸렸다. 그것은 잘 요리되어 있지 않았다.

식사가 끝나고 치워지자, 주인은 포도주를 한 병 하면 어떻겠느냐고 묻기에 나는 사양하지 않았다. 내가 바라고 있었던 대로 헤르셀 씨가 지하실로 갔기 때문에 나는 짧은 시간 동안 부인과 단둘이 있게 되었다.

"율리에……."

하고 내가 속삭이듯 말했다.

"왜 그러세요?"

"나와 악수도 하지 않으셨지요."

"그러는 것이 좋을 것 같아서……."

"그것은 그렇고, 당신이 행복스러운 것을 보니 기쁩니다. 정말 행복스러우시지요?"

"네, 아주 만족하고 있어요."

"저, 율리에, 그때가 생각나지 않습니까?"

"왜 그러세요? 옛날 일은 그대로 내버려 두세요! 될 대로 되었으니까요. 그때 당신은 정말 이곳이 마음에 맞지 않았어요. 이상도 희망도 그렇고, 그러나 그것은 옳지 않았다고 봐요."

"그렇습니다. 율리에, 저는 그렇게 된 일을 가지고 지금은 후회하는 마음도 있습니다. 하지만, 저에 관해서는 생각하지 않으셔도 좋습니다. 이것만큼은 진심입니다. 그러나 그때 아름다웠던 것, 사랑스러웠던 것만을 생각해 주십시오. 그것은 우리들의 일입니다. 다시 한번 그것을 찾아서 보여드리고 싶었습니다."

"제발 다른 말씀을 해주세요. 당신에게는 관계가 없지만, 제게는 그동안 여러 가지 일이 있었어요."

나는 그녀를 바라보았다. 옛날의 모든 아름다움을 잃은 그녀는 헤르셀 부인에 지나지 않았다.

"물론 그럴 것입니다."

나는 거칠게 말했다.

그때 바로 주인이 포도주 두 병을 가지고 들어왔기 때문에 다른 아무 말도 할 수 없었다. 무르군트 산의 독한 포도주였다. 그다지 술을 잘할 것 같지 않은 헤르셀은 두 잔째에 벌써 취했다.

그는 자기 아내와 나에게 주정하기 시작했다.

그의 부인은 술을 마시지 않았고, 그는 웃으며 자기 잔을 내 잔에다 부딪쳤다.

"처음에 제 아내는 당신이 우리 집에 오는 것을 좋아하지 않았습니다."

그는 털어놓고 내게 말했다.

"미안하지만, 애들을 좀 돌보아 주어야겠어요. 딸애가 아직 완쾌되지 못했어요."

이렇게 말하고 부인은 나가 버렸다.

나는 부인이 다시 돌아오지 않으리라 예상했다.

남편은 눈짓하며 다음 병의 마개를 땄다.

"그런 말씀은 하시지 말았어야 했는데."

나는 그를 비난하듯 말했다.

그는 막연하게 웃을 뿐이었다.

"천만에요. 그것을 그렇게 나쁘게 생각해서 성낼 여자가 아닙니다. 자, 한 잔 드시오! 이 포도주가 구미에 맞지 않으십니까?"

"좋은 포도주입니다."

"그래요? 그런데 당신과 내 아내와의 관계는 어땠는가요? 애들 장난 같았겠지요?"

"애들 장난 같았냐고요? 어쨌든 말하지 않는 게 낫겠습니다."

"그렇습니다. 물론 저도 철없이는 굴지 않겠습니다. 십 년이나 지난 일이니까요. 안 그래요?"

"용서하십시오. 전 지금 가 봐야겠습니다."

"왜 그렇게 빨리 가십니까?"

"그편이 좋겠지요. 내일 아침에 또 찾아올지도 모르겠습니다."

"아니 꼭 가셔야 한다면 잠깐 기다리십시오. 등불을 가져올 터이니, 그럼 내일 아침에 오시겠습니까?"

"오후가 될 것입니다."

"좋습니다. 커피를 마시러 오십시오. 그럼 잠시 기다리십시오. 여관으로 안내해 드리지요. 아니, 꼭 안내해 드리겠습니다. 거기서 같이 무엇을 좀 드시도록 하지요."

"고맙습니다만, 피로해서 일찍 자야겠습니다. 부인께 잘 말씀 드려 주십시오. 그럼, 내일 또 만나지요."

문 앞에서 그를 떠밀고 나는 혼자 떠나왔다.

큰 광장을 지나서 고요한 어두운 길을 걸었다.

나는 다시 이 작은 거리를 오랫동안 여기저기 헤매면서 어느 낡은 지붕에서 기왓장이 떨어져 나를 죽여 주었으면 좋겠다는 엉뚱한 생각을 했다.

다음 날 아침에 나는 일찍 잠에서 깨었다.

곧 길을 떠나리라고 결심했다. 날씨는 차고 안개가 짙어서 길이 잘 보이지 않았다.

떨면서 커피를 마시고 식비와 숙박료를 지불하고 천천히 컴컴한 아침의 조용한 거리로 나섰다.

그런 사이에 몸이 다소 더워졌다. 나는 거리와 정원을 뒤로 남기고 몽롱한 안개 속을 걸어갔다.

짙은 안개가 가까이 있는 모든 것, 그리고 서로 함께 있는 것같이 보이는 모든 것을 분리해 그 모든 형태를 싸고 가두어 피할 수 없도록 고립시키는 모습을 바라보는 것은, 언제나 이상한 갈등을 불러일으키곤 한다.

가령 누구인가 내 옆을 지나간다, 소나 산양을 몰고 간다, 또는 손수레를 밀고 가거나 짐을 운반하여 가고, 그 뒤에는 개가 꼬리를 치며 따라간다. 그가 오는 것을 보고 인사를 하면, 그도 같이 인사를 한다.

그러나 그가 지나가자마자, 뒤를 돌아다보면 그는 벌써 몽롱하게 흔적도 없이 잿빛 안개 속으로 사라지는 것을 보게 된다. 집이나 정원, 생나무 울타리나, 포도원 울타리 모두가 그렇다. 주위의 모양을 모두 잘 알고 있는 것같이 우리는 착각하기도 한다.

그러나 사실은 저 돌담은 큰길에서 얼마나 떨어져 있고, 이 나무는 얼마나 크고, 저 집이 너무 낮다는 것을 나중에 알고 놀라게 된다. 붙어있다고 보이던 집들이 서로 멀리 떨어져 있어, 다른 집의 문이 보이지 않을 경우도 있다.

그리고 볼 수도 없었던 사람들과 짐승이 바로 근처에서 걸어가고, 일하고 있는 사람들의 떠들고 있는 소리를 듣게 되면, 모두가 동화의 세계 같고, 이국적이며 매혹적인 것을 지니고 있다.

순간 나는 그 속에서 어떤 상징적인 것을 무섭도록 분명히 느끼게 된다. 근본에 있어서 한 사물은 다른 사물과 또 한 사람은 다른 사람과 완전히 다르다.

사실 우리들의 길은 언제나 몇 걸음 동안, 순간 동안만 교차하는 데 불과한 것이고, 또한 공동성이라든가 근접성이라든가 우정 같은 것의 일시적인 외관을 지니고 있는데 불과하다.

문득 나는 시 한 편을 읊으며 안개 속을 걸어갔다.

안개 속을 혼자 거닐면 정말 이상하다.
숲도 돌도 모두 쓸쓸해 보이고
나무들도 서로를 보지 못한다
모두가 다 혼자이다.

나의 인생이 빛날 때는
세상에 친구도 많았건만
그러나 지금 안개에 휩싸이니
그 누구 한 사람도 보이지 않는다.

이 어둠을 모르는 자는
지혜로운 사람일 수가 없다.
피할 수 없게 조용히

모든 것에서 떠나게 하는 이 어둠을

안개 속을 혼자 거닐면 정말 이상하다.
살아 있다는 것은 고독하다는 것
사람들은 서로를 알지 못한다.
모두가 혼자이다.

매일매일 이별을 하며

가지가지의 목표에 배반당하여
지금 저는 먼 타향에서 잠시 쉬고 있습니다.
추억의 향기에 싸여
지난 옛날의 손님이 되어.

어느 아침의 출발

난롯불이 꺼지자 다리가 시려와서, 나는 몸을 떨며 추위 속에서 눈을 떴다. 벌써 아침이 되어 바로 옆에 붙어있는 부엌에서 누군가가 불을 때는지 나무 타는 소리가 아련히 들려왔다.

이번 가을에 처음으로 목장에 서리가 내린 모양이었다. 나무침대였기 때문에 무척 잠자리가 불편하여 잠에서 깨어나도 몸이 어딘가 거북한 것 같았다.

그러나 잠은 잘 잔 편이었다. 부엌에서 일하는 할머니로부터 먼저 아침 인사를 받으며 세수하고, 어제 너무 바람이 거센 탓으로 먼지가 많이 묻어 있는 옷을 솔질까지 했다.

방에서 뜨거운 커피를 마시려고 할 때 밖에서 손님이 들어오며 점잖게 인사를 하고는 식사 준비가 되어 있는 나의 테이블로 와서 앉았다.

그는 여행용 가방에서 흔히 볼 수 있는 브랜디를 먼저 자기 잔에 따른 다음 나에게 권하는 것이었다.

"고맙습니다마는……"

하고 나는 망설이면서 말했다.

"술은 조금도 못 합니다."

"그렇습니까? 저는 이것이 없으면 우유도 못 마시거든요. 이건 예사로운 일이 아니지요. 물론 사람마다 각각 결함이 있긴 하지만요."

"천만에요. 그 정도라면 비관할 필요는 없습니다."

"뭐, 저도 비관까지는 하지 않아요. 제 탓이 아니니까요."

그는 혼자 말하고 변명하는 그러한 타입의 사람이었다. 어쨌든 그의 첫인상은 부드러웠고 좀 지나칠 정도로 점잖았으나, 이해심이 깊고 마음이 활달한 것 같았다.

보통 사람들처럼 검소해 보였고, 매우 침착하고 깨끗한 용모를 가진 편이었으나, 어딘지 모르게 고집스러워 보였다.

그는 나를 주의 깊게 바라보더니 내가 짧은 바지를 입고 있는 것을 보고는 자전거로 왔느냐고 물었다.

"아닙니다. 걸어왔습니다."

"아, 네! 도보로 여행하시는군요. 시간만 있다면 그런 스포츠는 매우 유익한 것이지요."

"쓸만한 목재는 사셨습니까?"

"네, 조금…… 집에 쓰려고요."

"저는 목재상을 경영하시는 분이 아닌가 생각했습니다."

"잘못 보셨습니다. 저는 옷감 장수입니다. 작은 포목점을 갖고 있습니다."

나는 커피와 함께 버터를 바른 빵을 아침으로 먹었다.

그가 버터 덩어리를 가져갈 때, 나는 그의 잘생긴 길고 섬세한 손에 눈길을 주었다.

그는 일겐베르그까지의 여정을 여섯 시간으로 잡고 있었다. 그러면서 마차를 가지고 왔다고 하며 동행하자고 친절히 권하는 것이었으나, 나는 그의 친절을 거절하지 않으면 안 되었다.

나는 그에게 도보여행의 목적을 말하고 변명까지 늘어놓았다.

그러고 나서 여인숙 여주인을 불러 숙박료를 계산하고는 먹다 남은 빵을 가방에 챙겨 넣은 다음 상인에게 작별 인사를 했다. 그리고는 층계를 내려와 돌을 깐 현관을 지나 찬 서리에 젖어 있는 아침 속으로 선뜻 나섰다.

여인숙 앞에는 포목점 주인이 타고 온 경쾌한 2인용 마차가 있었다.

그때 그의 하인이 마구간에서 말을 끌어내고 있었는데, 말은 작고 통통하게 살이 올라 있었고, 젖소처럼 희고 붉은 점이 있어 장난스러워 보였다.

길은 얼마간 강변을 따라 이어져 있었으나 숲이 나타나자 언덕을 향해 오르고 있었다.

혼자 길을 외롭게 걸어가면서 나는 결국, 모든 길은 이렇게 쓸쓸하게 이어져 있고 여행과 산책의 길뿐만 아니라, 내 생애의 모든 삶의 길도 이처럼 고독하게 뻗어 있을 거라는 생각이 문득 머리에 떠올랐다.

많은 사람, 친구와 친척, 아름다운 인연을 맺은 사람과 사랑하는 사람, 사실 이러한 사람들이 언제나 내 주변에 있어 주면서도 그들은 나를 자기들 품 안으로 끌어들이지 못하고, 나의 빈 마음을 결코 채워주지 못했다.

그리하여 나는 나 자신이 발을 들여놓고 닦아놓은 길 이외에는 걸어갈 수 없었다.

모든 사람은 그가 무엇을 원하든지 간에 숙명적으로 던져진 공같이 이미 걸어갈 길이 정해져 있어서 그것이 운명이요, 조롱이라고 생각하면서도 그 길을 변함없이 걸어가는 것이다.

그러나 어쨌든 '운명'은 우리 내부에 있는 것이지, 결코 밖에 있는 것은 아니라는 사실이다. 그러므로 생의 표면과 눈에 보이는 사건이 불확실성을 띠게 된다.

보통 괴롭다고 생각하고 비극적이라고 불리는 것조차도 종종 쓸데없는 것이 되어버린다.

그리고 비극적인 것을 보고 무릎을 꿇는 사람들은 미처 생각지도 못한 일에 번민까지 하며, 그로 하여 파멸의 나락으로 떨어지는 것이다.

나는 생각해 보았다.

나와 같은 자유분방한 성격의 소유자를, 그곳의 집이나 사람들과는 아무 관계가 없고 불필요하며 환멸이나 고통 밖에 가져와 주지 못하는 일겐베르그라는 작은 거리로 유인해 가는 이유는 도대체 무엇일까?

그리하여 걷고 또 걸으며 불안 속에서 방황하는 내 모습을 이상하게 바라보는 또 다른 내가 존재하고 있었다.

아름다운 아침이었다. 가을의 풍요로운 대지와 투명한 공기에는 벌써 초겨울 분위기가 감돌고 있었고, 그 새하얀 맑은 빛도 해가 뜨자 사라지고 찌르레기 떼가 무리를 지어 은빛 날개를 소리 높이 치며 밭 위로 날고 있었다.

또한 골짜기에는 양 떼가 구름처럼 천천히 움직이고, 가볍게 일으키는 먼지 속에 양치기들의 파이프에서 피어오르는 보랏빛 연기가 떠올랐다.

한없이 뻗어간 산줄기, 아직도 빛깔이 선명한 숲, 갈색 버들이 늘어진 시냇가 등등, 이 모든 것이 마치 한 폭의 그림처럼 투명한 공중에 우뚝 펼쳐져 있는 대지의 아름다움을 누가 찬미하든 말든 우리는 동경의 말로 속삭이고 있다.

하늘로 산이 솟아오르고, 바람이 잔잔히 골짜기에 머물러 있고, 떡갈나무잎이 짙은 갈색으로 물들고, 새가 떼를 지어 하늘을 날고 있는 현상은 언제나 나에게 있어 일상생활에서 겪게 되는 모든 문제와 끊임없이 의문을 가지게 하는 우리 인간들의 존재 이유와 비교해 볼 때 신비하여 마음을 매혹하였다.

그리하여 그 영원한 수수께끼가 마음속에 깃들어 달콤하게 사색의 나래를 펴서 풀 수 없는 것에 관하여 말하고, 그것으로부터 언어지는 순수함으로 교만함을 버리고, 모든 것을 감사한 마음으로 받아들임으로써 자신이 우주의 손님으로서 엄숙하고 자랑스럽게 느끼곤 했다.

숲속에서 산새 한 마리가 푸드덕 날갯짓하며 바로 내 눈앞으로 날아갔다. 또한 산딸기의 갈색 잎이 덩굴째 길 위에 늘어져 있고 잎마다 투명한 엷은 서리가 비단같이 내려 마치 비로드의 고운 털같이 은빛으로 빛났다.

산기슭을 얼마간 올라가며 사방이 확 트인 전망 좋은 자유로운 산허리에 이르자, 곧 눈앞에 전개된 풍경이 낯익다는 것을 알게 되었다. 그러나 나는 겨우 이제 하룻밤을 묵은 이 작은 마을의 이름을 모른다. 또한 물어보려고 하지도 않았다.

나는 북쪽 숲을 따라 걷고 있었으므로 우람한 나무의 밑동, 쭉 뻗은 가지, 드러난 뿌리 등의 대담하고 괴상한 형태를 바라보며 그것을 즐기고 있었다.

그런 것들을 보면서 상상력을 넓히고 활동시키는 것은 다시 없는 사람의 가치를 주었다.

처음에 그것들은 우스운 인상을 주는 데 불과했다. 즉 얽힌 나무뿌리, 흙의 드러난 곳, 가지의 형상, 제각기 모양을 달리 한 잎사귀들의 이지러진 모양, 기형, 아는 사람의 얼굴 등으로 우습게 보여졌다.

그러고 있노라면 나의 두 눈은 더욱 빛나서 주의 깊게 보지도 않는데, 그것들은 저마다 이상한 모양으로 내 시선을 끌었다.

이러한 형태가 늠름하고 대담하게 부동의 자세로 그곳에 서 있고, 마침내는 이러한 묵묵한 군상들이 합법성과 준엄한 필연성을 내포하는 것으로 보이게 되기 때문에 우스꽝스럽던 첫인상은 없어지고, 무시무시하게 호소하는 듯이 나를 매료시켰다.

그것은 변하기 쉬운 가면을 쓴 인간이 자연을 진실한 내면의 세계를 통해 바라보자, 무한한 대자연의 신비에 인간의 능력이 얼마나 미미한가를 깨닫게 되는 것이다.

가을비가 회색의 숲을 파헤치고
골짜기는 아침 바람 속에서 추위에 떨고 있다.
상수리나무에서 후드득 소리 내며 열매가 떨어진다.
갈색의 열매는 벌어져 축축이 웃고 있다.
가을이 내 생활을 파헤쳤다.
바람은 찢긴 이파리를 앗아가고
차례로 가지와 가지를 흔든다.
열매는 어디에 있을까?

나는 사랑의 꽃이 피게 했으나
그 열매는 슬픔이었다.
나는 믿음의 꽃이 피게 했으나
그 열매는 미움이었다.

나에게 있어 열매란 무엇이며 목적이란 무엇일까?
나는 꽃처럼 피어났다.

그리고 꽃피는 것이 목적이었다.

지금은 시들고 있다.

하지만 목적은 순간적인 것,

마음은 그 속에 숨어 있다.

신은 나의 속에서 살고 죽고 괴로워한다.

이것으로 나의 목적은 충분하다.

길이나, 미로, 꽃이나 열매

모든 것은 다 같은 것,

모두가 다 이름에 지나지 않는다.

아침 바람 속에서 골짜기가 떨고 있다.

상수리나무에서 후드득 열매가 떨어진다.

떨어진 열매는 딱딱하게 밝게 웃는다.

나도 함께 웃는다.

호수 위에 배를 띄우고

매우 쌀쌀한 황혼 무렵이었다. 습기가 있어 기분이 언짢고 어
둠이 사방에서 몰려들기 시작했다.

약간 비탈진 산길을 내려온 나는 떨며 호숫가에서 발걸음을 멈
췄다. 호수 건너편 언덕에는 물안개가 껴있고 비는 어느새 그쳤
다. 이따금 물방울이 떨어져 바람에 뿌리고 있었다.

호숫가에는 작은 보트가 한 척 모래 위에 반쯤 올려 놓여 있었

는데 잘 손질이 돼 예쁜 칠까지 하였고, 배 밑창에는 조금도 물이 고여 있지 않았다. 노는 며칠 전에 맞춰놓은 것인지 새것이었다.

조금 떨어진 곳에 전나무로 깎아 지은 선착장이 세워져 있었는데 문이 열려 있는 채로 안은 텅 비어 있었다.

문기둥에는 주석으로 만든 낡은 나팔이 가는 노끈에 묶여 매달려 있는 것이 보였다.

그것을 쥐고 장난삼아 불어보았다. 끈기 있는 기분 나쁜 소리가 흘러나와 느리게 멀리 사라졌다. 다시 한번 나는 길고 강하게 불었다.

그리고는 보트에 앉아 누가 오기를 기다리고 있었다.

호수는 어둠과 함께 잔잔히 물결치고 아주 잔 물결이 약간 소리를 내며 뱃머리를 때리고 있었다.

약간 추위를 느끼게 되자 비에 젖은 넓은 망토로 온몸을 감싸고 두 손을 옆에 끼고는 어둠이 내리는 호수 위를 바라보았다.

호수 한가운데에는 큰 바위같이 보이는 작은 섬이 납빛의 수면 위에 검은빛을 띠고 솟아 있었다.

정말 저것이 섬이라면 몇 개의 방을 가진 견고한 탑을 세우고 싶다는 생각이 떠올랐다. 침실과 거실, 식당 그리고, 아담한 서재가 있는······

그리고 모든 것을 잘 정돈해 놓고, 매일 밤 맨 위층 방에 불을 켜는 일꾼을 한 명 고용해 두면 더 좋을 것이다.

만약 내가 여행을 가게 되면, 언제나 따뜻한 내 삶의 안식처가 나를 기다리고 있다는 것을 머리에 그리게 될 것이다. 그리하여 방황을 계속하는 어느 낯선 먼 도시에서 나는 젊은 여자들에게 호수 속에 있는 나의 탑 이야기를 해줄 것이다.

"거기에는 정원도 있나요?"

누군가가 이렇게 물을 것이다.

그러면 나는 이런 대답을 하리라.

"너무 오랫동안 떠나있어서 잘 모르겠습니다. 우리 함께 가볼까요?"

그 여자는 조용히 미소 지을 것이며, 그 밝은 눈빛이 갑자기 변할지도 모른다.

그 여자의 눈빛이 푸르다던가 검게 되더라도 내가 탓할 일이 아니다.

또한 여자의 얼굴과 목은 옅은 갈색을 띠고 있고, 입고 있는 옷이 털로 가장자리를 두른 엷은 붉은 빛일지도 모른다.

이렇게 춥지 않아도 좋을 텐데! 화가 치밀어 올랐다.

도대체 저 검은 바위섬이 나와 무슨 상관이 있단 말인가? 그것은 우스울 정도로 작고, 새똥보다 더 나을 것이 없는 바위에 불과하지 않은가? 대체 그 위에 무슨 탑을 세울 수 있다는 말인가. 왜 탑을 세워야만 하는가?

한편 내가 마음속에 그리는 젊고 아름다운 여자가 정말 이 세상 어딘가에 있고, 그런 탑이 있어 그 여자에게 보여준들 그것이 무슨 소용이 있다는 것인가.

그 젊은 여자의 머리카락이 금발이든, 갈색이든, 그 여자의 옷의 가장자리에 털이 둘려 있든 작은 끈이 달려 있든 무슨 상관이란 말인가?

불필요한 생각과 평화를 바라는 혼돈된 마음에서 나는 털로 가장자리를 두른 옷이며, 탑이며, 섬을 다 버리고 말았다.

마침내 불쾌한 마음은 나의 환상을 부수어 침묵하게 했고, 진정되기는커녕 더욱더 희망을 잃게 되었다.

"저녁 무렵이라 공기가 찹니다. 떨고 계시군요."

그때 모래 밟는 소리가 들리며 낮은 목소리로 나를 부르는 사람이 있었다.

뱃사공이었다.

"오래 기다리셨습니까?"

그가 물었다. 나는 그를 도와 보트를 물속으로 밀어 넣었다.

"오래 기다리신 것 같군요. 자, 떠나실까요!"

우리는 한 쌍의 노를 고리에 끼우고 배를 저어 강기슭을 떠나 방향을 잡고 침묵한 채 힘껏 노를 저어 앞으로 나갔다. 그러자 온몸이 더워지면서 새로운 힘이 솟아올랐다. 박자를 맞추어 경쾌하게 노를 저어 나가자 마음속에서는 또 다른 영혼이 나타나 떨리며 기분 나쁜 감정을 재빨리 내몰았다.

뱃사공은 턱수염을 기르고 있었으며 키가 크고 여윈 편이었다.

나는 그를 이미 알고 있었다. 몇 년 전에도 몇 번인가 나를 건네준 적이 있었다.

그러나 그는 나를 몰라보았다.

우리는 반 시간가량을 저어갔다.

수면 위에 푸른빛으로 깔려 있던 어둠은 이제 캄캄한 밤의 장막을 드리우고 있었다.

배가 노를 저을 때마다 녹슨 무딘 소리가 삐걱거렸고, 배꼬리에서는 약한 물결이 불규칙하게 배 밑을 두드리며 찰싹찰싹 소리를 냈다.

얼마 후에 나는 망토를 벗었고, 다음에는 웃옷까지 벗어 옆에 놓았다. 건너편 기슭에 가까워졌을 때는 땀으로 젖어 있었다. 마음 또한 진정되어 있었다.

언덕의 불빛이 어두운 수면 위에서 흔들리고 있었다. 동강 잘린 줄과 같은 무늬를 던지면서 반짝반짝 떨고 있는 것이 빛났다기보다 눈이 부실 정도였다.

이윽고 배가 육지에 닿았다.

뱃사공이 닻줄을 던져 말뚝에 끌어매자 검은 아치형의 문으로부터 세관원이 등불을 들고나왔다.

나는 뱃사공에게 뱃삯을 건네주고는 세관원에게 망토를 보이고 재킷 속에 입은 셔츠의 소매를 바로 잡았다.

그리하여 그곳을 떠나려는 순간 잊어버렸던 뱃사공의 이름을 기억해 냈다.

"안녕히 계시오. 한스 로이트빈."

하고 말하며, 그곳을 떠났다.

그러자 그는 손을 눈에 대고 놀라워하며 뭐라고 말하면서 나의 뒷모습을 바라보고 있었다.

금사자(金獅子) 여인숙에서

나는 높은 아치형의 석조로 조형된 문을 지나, 오래된 작은 거리로 발걸음을 옮겨놓았다.

이제야 비로소 나의 즐거운 여행이 시작되었다.

지난날 잠시 이 지방에 머무른 일이 있어서 그때의 즐겁고 괴로운 경험을 지니고 있었는데, 이제 다시금 그러한 경험을 맛보고 싶었다.

밝은 창문을 통해서 희미하게 비치고 있는 밤의 거리를 걸어 낡은 집과 계단과 대문을 지나쳤다. 좁은 골목 안에 자리 잡은 마이엔 가에 있는 고풍의 저택 앞에서 경외심을 일으켜 주는 한 그루 협죽도 나무에 마음이 매료되었다.

또한 다른 집 앞에 놓여 있는 낡은 벤치와 낯익은 음식점의 작은 간판, 가로등이 빛나고 있는 전주 하나에도 그와 같은 친절한 느낌이 들었다.

그리고 이미 잊어버린 줄 알았던 많은 것이 그대로 마음속에 잊히지 않고 남아 있는데 새삼 놀랐다.

십 년 동안 나는 이 옛 거리의 모습을 한 번도 보지 못하였다. 그러자 갑자기 저 뚜렷한 젊은 날들의 모든 사람의 모습이 떠올랐다.

나는 좀 더 걸어가서 오래된 성 옆을 지나갔다. 검은 탑과 사각의 붉은 창이 희미하게 보이는 성곽이 용감한 모습으로 묵묵히 비가 올 듯한 가을밤에 우뚝 솟아 있었다.

내가 청년이었던 그 옛날, 매일 밤 이곳을 지날 때마다 탑 맨 꼭대기 방에서 홀로 쓸쓸히 울고 있을 백작의 따님을 생각하고, 망토와 줄사다리를 가지고 위험한 성벽을 넘어 그녀가 있는 창까지 올라갔던 나를 떠올려보지 않을 수 없었다.

"나의 구세주."

하고 백작의 딸은 기뻐 놀라며 말을 더듬기까지 했다.

"그보다 제가 당신의 종입니다."

나는 절을 하며 말했다.

그러고 나서 나는 무섭게 흔들리는 사다리로 조심스럽게 백작의 딸을 끌어내렸다.

앗! 줄이 끊어졌다.

나는 다리가 부러지고 도랑 속으로 떨어졌다.

옆에는 아름다운 백작의 딸이 화사한 손을 비비며 서 있었다.

"오! 하느님, 어쩌면 좋아요? 무엇을 도와드릴 수 있을까요."

"멀리 도망가십시오. 고마운 아가씨. 충실한 종이 뒷문 밖에서 기다리고 있습니다."

"그러나 당신은?"

"아무 일 없을 겁니다. 염려 마십시오! 오늘은 더 이상 도와드리지 못하는 저 자신이 딱하게 생각될 뿐입니다."

나중에 신문을 통해서 안 일이지만, 그 후에 이 성에는 불이 났었다. 그러나 지금은 밤이 되어서 그런지 불탄 흔적은 찾아볼 수 없었고, 모두가 옛날 그대로의 모습을 지니고 있었다.

아주 잠깐 이 그리운 건물의 윤곽을 바라본 후 가장 가까운 사잇길로 접어들었다.

그곳의 고상한 여인숙 간판에는 옛날과 다름없는 그로테스크한 주석으로 만든 사자상이 걸려 있었다.

나는 여기서 하룻밤을 묵기로 작정했다.

넓은 현관 안으로 들어서자, 자욱한 담배 연기 속에 시끄러운 음악, 떠드는 소리, 여기저기 심부름하는 아이들의 발소리, 술 마시는 소리가 들려왔다. 안마당에는 말을 푼 마차들이 나란히 서 있고, 어느 마차에는 전나무 가지와 조화로 꾸며진 관과 꽃다발이 놓여 있었다.

복도로 들어서자 넓은 방이며, 객실, 그리고 결혼식 손님들로 가득 찬 옆방들을 바라보았다.

조용하게 저녁을 먹고 홀로 앉아 포도주 한 잔을 마시며 명상과 추억에 잠기는 황혼의 한때를 즐기기에는, 그리고 일찍 잔다는 것은 여기에서 처음부터 포기해야 좋을 성싶었다.

넓은 객실 방의 문을 열자, 밖에 있던 조그만 개가 내 다리 사이를 지나 안으로 뛰어들었다. 그것은 귀가 뾰족한 검은 개로 아주 즐거운 소리를 내며 테이블 밑으로 들어갔다.

그때 주인은 홀의 테이블에 서서 연설하던 중이었다.

"그런데 친애하는 여러분."

하고 주인은 얼굴을 붉히며 소리를 높여 부르짖었다.

그러자 테이블 밑에 있던 개가 바람같이 그에게로 뛰어오르며 기쁜 듯이 짖어대는 바람에 그만 주인은 연설을 중단할 수밖에 없었다.

당황한 연설자는 웃으며 개를 끌고 밖으로 나갔다.

그러자 연설을 듣고 있던 친애하는 모든 사람은 심술궂게 폭소를 터뜨리며 서로 축배를 들고 있었다.

나는 옆으로 비켜서서 개 주인이 제자리로 돌아와 다시 연설을 시작하자, 옆방으로 들어가 모자와 망토를 벗고 테이블 끝자리에 가 앉았다.

오늘은 훌륭한 식사를 대접받았다. 구운 양고기를 먹고 있으면서, 옆방 사람으로부터 오늘 낮에 있었던 결혼식에 관해 주고받는 말을 들었다. 신랑 신부는 전혀 모르는 사람이었으나 손님들은 대부분 낯이 익은 얼굴들이었다.

몇 년 전에는 친하게 지내던 얼굴이었고, 지금은 대부분 술에 취해 등불 빛을 받고 둘러앉아 있었는데, 다소 옛날보다 변하고 늙어 보였다.

바로 그 속에서 진실한 눈초리를 하고, 약간 여위고, 온순하게 생긴 귀여운 옛 소년을 다시 만나게 되었다.

지금은 성인이 되어 턱수염을 기르고 웃으며 여송연을 피워 물고 있었다.

키스하기 위하여 인생을 버리고 어리석은 일을 하기 위해 세계를 돌보지 않은 옛날의 젊은이들이 지금에는 부인을 동반하고 와서 토지의 가격이며, 기차 시간표가 달라진 것 등에 관한 자질구레한 세상 이야기에 꽃을 피우고 있었다.

모든 것이 변했으나 그래도 그것들을 알아볼 수가 있었다. 그래도 즐거움을 가져다주는 일은 이 객실과 질 좋은 이곳의 백포도주만은 조금도 변함이 없었다.

백포도주는 옛날과 같은 강한 향기를 뿜내며 경쾌하게 흘러 유리잔 속에서 누르스름한 빛을 발하고 있었다.

그러자 수많은 술집의 밤과 그곳에서 일어난 지난날의 일들이 머리에 떠올랐다. 그러나 아무도 나를 알아보는 사람은 없었다.

나는 이 혼란한 내밀한 곳에 앉아 우연히 들어오게 된 낯선 사람으로서 그들의 이야기 속에 끼어들게 되었다.

한밤중이 되자, 갈증에 물을 한두 잔 마신 후에 사소한 일로 언쟁이 시작되었다.

그러다 차츰 언성이 높아지고 거나하게 취한 몇 사람이 한 무리가 되어 소리를 지르며 나에게 욕설을 퍼부었다.

그래서 나는 그만 자리에서 일어났다.

"그만두시지요, 여러분. 싸우지 않으렵니다. 아무 일도 아닌 것을 가지고 그렇게 화를 내실 필요는 없지 않습니까? 아마 간장병이라도 앓으신 모양이죠."

"당신은 어떻게 그걸 다 알아?"

그는 거칠게 소리를 질렀으나 당황하고 있었다.

"나는 당신을 잘 압니다. 의사이니까요. 올해 마흔다섯 살 되셨지요. 안 그렇습니까?"

"맞소."

"그리고 한 십 년 동안 폐결핵에 걸렸던 일이 있지요?"

"옳소. 대체 어떻게 그리 잘 아시우?"

"직업에 오래 종사하게 되면 그런 것쯤은 다 알게 되어 있습니다. 그럼 안녕히 주무시오, 여러분."

그러자 그들은 모두 정중하게 인사를 하고, 폐환자는 절까지 하였다.

나는 그의 성명도 그의 아내의 이름까지도 말하라고 하면 밝힐 수 있었다. 그만큼 그를 잘 알고 있었으며, 어느 날인가는 일을 마치고 그와 이야기를 나눈 적도 많았다.

침실에서 달아오른 얼굴을 씻고, 창문 너머로 어둡게 흔들리는 호수를 바라보다가 자리에 누웠다. 얼마 동안은 그대로 연회의 소음이 들려왔으나 갑자기 피로가 몰려오자 깊은 잠 속으로 빠져 들었다.

나는 이미 온갖 죽음을 체험했다.
앞으로도 또 갖가지의 죽음을 맞이하리라.
수목 속의 나무 같은 죽음을
산속의 돌 같은 죽음을
모래 속의 흙 같은 죽음을
살랑이는 여름 풀 속에서 풀잎의 죽음을
그리고 불쌍한 피에 젖은 인간의 죽음을 맞이하리라.
꽃이 되어 다시 태어나리라.
수목이 되어, 풀이되어
물고기, 사슴, 새, 나비가 되어 태어나리라.
그리고 갖가지 모습으로부터도
그리움이
최후의 고뇌로, 인간의 고뇌로

나를 이끌어갈 것이다.

오, 떨리면서 당겨진 활이여
그리움의 광폭한 추억이
삶의 양극을
서로 맞서게 굽히려 한다면
앞으로도 끊임없이 당신은
고뇌에 찬 형성의 길을
성스러운 형성의 길인 탄생으로
당신은 죽음에서 나를 내몰 것이다.

황풍(荒風)

다음 날 아침, 나는 이른 시간이 아닌 때에 다시금 여행을 떠났다. 밤사이에 변한 하늘에는 조각구름이 여기저기 흩어져서 잿빛과 보랏빛을 띠며 날아가고 세찬 바람이 나를 맞아주었다.

이윽고 언덕 위에 올라서니 조용한 거리며 성곽, 고풍스러운 엄숙한 교회, 작은 나루터 등이 자그마하게 그리고 장난감같이 호숫가를 따라 놓여 있는 것이 내려다보였다.

그러자 지난날 이곳에서 잠시 머물고 있었을 때의 우스운 일이 생각나서 그만 웃고 말았다.

목적지에 차츰 다가갈수록 마음속에 품고 있던 것을 더욱 묻어 두고 싶었으나 가슴이 점점 괴로워지고 불안해져서 더 이상 견딜 수가 없었다.

찬 바람이 휙휙 부는 속을 걸어가는 것은 때로 기분을 밝게 해 주었다.

사나운 바람에 귀를 기울이고 자극이 심한 환희에 차서 산등성 이를 타고 앞으로 더 걸어가자 시야가 트이면서 드넓은 풍경이 나타났다.

어느새 동북쪽으로 하늘이 밝아오고 있었고 한눈에 푸른 산들 이 곡선을 그리며 정연하게 뻗어 있었다.

높이 올라갈수록 바람이 세차게 불었다. 바람은 신음하며, 웃 으며, 가을답게 미쳐 날뛰어 이 세상에 마지막으로 쏟는 듯한 열 정을 보이고 있었다.

거기에 비하면 우리 인간의 열정이란 어린애들이 장난감 같은 것을 가지고 싶어 하는 작은 소망처럼 보잘것없는 것으로 생각되 었다.

바람은 옛 신들의 이름을 귀에 대고 외치는 것 같았다. 그리고 흩어진 구름 조각을 하늘에 가득 모아 긴 구름 모양으로 변형시 켰다.

그 긴 구름 가장자리 둘레에는 무엇인지 억지로 누른 듯한 자 국이 나 있었고, 산들도 그 밑에서는 허리를 굽히고 있는 것처럼 보였다.

바람이 포효하는 소리를 들으며 넓은 산과 들판을 보았을 때, 나의 가벼운 낭패와 불안감은 곧 사라져 버렸다.

내가 지나간 청춘 시절을 다시 만날 수 있다 하더라도 어떤 흥분을 가지게 될 기대감도 지금 걸어가고 있는 이 길과 날씨가 생명을 지니고 찾아오는 것에 비하면, 그리 중대하거나 압도적인 것도 못 되었다.

정오가 가까워질 무렵, 나는 산 맨 꼭대기에서 걸음을 멈추고 잠시 쉬었다.

나의 눈은 무엇을 찾으려는 듯이 사방을 두리번거리며 밀리까지 펼쳐져 있는 평지 끝 쪽을 아득히 바라보았다.

거기에는 푸른 산들이 있고, 더 멀리에는 푸른 숲과 암갈색의 돌산이 솟아 있고 겹겹이 쌓인 언덕이 이어지고, 그 뒤로 험준한 산이 울쑥불쑥 바위와 눈에 빛나는 봉우리가 전설처럼 잇대어 있었다.

발아래에는 바다와 같이 푸른 큰 호수 전체에 물결이 머리를 들고 그 위를 두 척의 빠른 범선이 미끄러지듯이 달리고 있었다.

이제는 누런빛을 띤 언덕과 수확이 끝난 포도밭과 어두운 숲과 그 사이로 하얗게 뻗어간 길 속에 파묻혀 있는 농가들, 밝고 혹은 어두운 탑이 서 있는 작은 거리가 선명하게 바라보였다.

이 모든 것 위에 떠 있는 갈색 구름 사이로 청록색과 담백색의 깊고 맑은 하늘이 보이며, 햇빛은 겹겹이 쌓인 구름층을 뚫고 부챗살 모양으로 비치고 있어 모든 것이 살아 움직였다. 그러자 산맥까지도 흐르는 물결처럼 보였다.

거센 바람과 달리는 구름처럼 나의 감정과 욕망도 맹렬히 솟구쳐 열에 들뜬 듯이 멀리 날아가 눈 덮인 봉우리들을 끌어안기도 하고, 푸른 호숫가에서 쉬기도 했다.

그립고 현혹된 방랑하는 감정이 구름의 그림자같이 나의 마음이 시간과 공간을 완전히 떠나서 흐르는 것 같은 감정이 뒤섞여 마음을 스쳤다.

그러자 세찬 바람도, 거세기만 했던 물결도 차츰 조용해지면서 평온해지자, 나의 마음도 진정되어 창공에 높이 뜬 새같이 고요히 쉬고 있었다.

그때 나는 미소를 머금고 다시 소생한 듯 따뜻한 마음으로 낯익고 가까이 있는 굽은 도로와 둥근 숲과 거리의 모습과 교회의 탑을 다시 평안한 시선으로 바라보았다.

또한 나의 아름다운 청춘 시절의 꿈이 그리운 눈빛으로 옛날과 다름없이 나를 바라보고 있었다.

마치 군인이 지도 위에서 이전의 행군한 길을 찾아 따라가며, 감격과 지금의 안도감에서 마음이 달아오름을 느끼듯이 나는 가을의 물든 풍경 속에 여러 가지 놀랄만한 어리석은 일과 벌써 옛날이야기가 되어버린 연애 사건을 떠올리게 되었다.

세상이 너에게서 멀어져 간다.
지난날, 네가 사랑하던
황홀한 기쁨은 모두 타버리고
그 재 속에서 절망이 위협한다.
더 큰 힘에 밀려
어쩔 수 없이 너는
안으로, 안으로 가라앉아

추위에 떨며 죽음 앞에 선다.

바로, 네 뒤에서 잃어버린 고향의 모습이
아이들의 노래와 사랑의 노래가
흐느끼듯 들려온다.
고독에 이르는 길은 너무 멀다.
네가 알고 있는 것보다 더
꿈도 샘도 말라 있다.
그러나 너는 믿게 될 것이다.
네 길의 끝엔 분명 고향이 있고
죽음과 재생이, 그리고 무덤과

회상(回想)

　넓은 바위가 바람을 막아주고 있는 한적한 모퉁이에서 나는 점심을 먹었다. 검은 빵, 소시지, 치즈―찬바람을 헤치고 몇 시간이나 산길을 걸어온 뒤라 샌드위치를 한입 가득 베어 문 순간―그것은 나의 즐거움이었다.

　어린이와 같은 순진한 기쁨 속에서 마음껏 포식하고 휴식을 취하고, 그리고 미련 없이 떠남은 나그네의 가장 아름다운 즐거움이다.

　아마 내일도 너도밤나무 숲속의 그 장소를 지나가게 될 것이다. 지난날 그곳에서 나는 율리에로부터 최초의 키스를 받았었다. 그것은 그녀가 입회하고 있는 콘크리디아 시민 클럽에서 야유회를 갔었을 때였다. 그 야유회가 있던 다음날, 나는 클럽에서 탈퇴하고 말았다.

그리고 예정대로 간다면 아마 모레쯤엔 그녀를 만나게 되는지도 모른다. 그녀는 헤르셀이라는 부유한 상인과 결혼하여 아이가 셋이 아이라는 말을 들었다.

그중 한 아이는 그녀와 닮았고, 이름까지 율리에라고 부른다는 것이었다. 그 이상 아무것도 알 수 없으나 그것만으로 충분했다.

그러나 내가 여행을 떠난 지 일 년이 지난 후에 그녀에게 어떤 편지를 써 보낸 것일까?

나는 앞으로 지위를 얻거나 돈을 벌 희망이 없으니 더 이상 기다리지 말아 달라고 썼던 것을 지금도 분명히 기억하고 있다.

그때 그녀의 편지에는 나와 그녀의 마음을 쓸데없이 슬프게 하지 말라는 것, 내가 돌아온다면 언제까지나 기다리고 있겠다는 내용이 쓰여 있었다.

그러나 반년 후에 그녀가 다시금 편지로 헤르셀을 위하여 자유롭게 하여 달라는 것이었다.

나는 번민과 분노에서 처음에는 글도 보내지 않았으나 결국에는 남은 돈을 털어서 네다섯 통의 사무적인 내용의 전보를 쳤다. 전보는 바다를 건너갔고 그것은 다시 돌이킬 수 없는 결과를 가져다주었다.

인생은 이렇게도 어리석게 지나가는 것인가! 그것은 우연인지, 운명인 조롱인지, 혹은 절망에서 솟아나는 용기에서였던 것인지

―사랑과 행복이 부서지는 순간부터 마치 마술에 걸린 듯이 성공과 복권과 돈이 마구 굴러들어왔다. 기대도 하지 않았던 것이, 장난으로 한 것이 성공을 가져다주었다.

그러나 그것은 아무 가치도 없었다. 운명이란 기분이며 감동이라고 생각하고, 밤낮 가리지 않고 이틀 동안에 친구와 같이 주머니에 가득 들었던 지폐를 다 술로 낭비해 버리고 말았다. 그러나 나는 이런 일로 번민하거나 후회로 오랫동안 고민하지 않았다.

이윽고 식사가 끝나자 점심을 쌌던 빈 종이를 바람에 날려버리고 망토를 뒤집어쓰고 편한 자세로 쉬었다.

나는 지나가 버린 연애를 생각하고 율리에의 모습과 얼굴, 고상한 눈썹과 검은 큰 눈을 가진 갸름한 얼굴을 회상하였다.

야유회가 있던 한적한 숲속에서 그녀는 잠시 주저하는 듯하다가 나에게 몸을 맡겼고, 나의 키스에 몸을 부르르 떨었었다. 나는 다시 한번 깊고 힘찬 키스를 해주었다. 그러자 그녀의 눈 기슭에는 눈물이 반짝이었으나 꿈속에서 깨어난 듯이 아주 조용한 미소를 띠고 있었다.

지나간 일들이여! 그중에서 가장 아름다운 것은 그녀와의 키스도, 저녁의 산책도, 그리고 사람의 눈을 속인 사랑도 아니었다. 그것은 그 사랑으로부터 내 마음에 흘러들어 온 힘이었다.

사랑을 위하여 살고 싸우며 어떤 고통이라고도 인내하는 초월한 힘이었다.

그 한순간을 위하여 자기 몸을 내던질 수 있고, 그녀의 미소를 위해 몇 년이라도 희생할 수 있다는 것, 그것이 행복이었다. 나는 그 행복을 아직도 잃지 않고 마음속 깊이 간직하고 있었다.

나는 휘파람을 불며 일어나서 다시 걸어갔다.

길은 산등성이로부터 저쪽 아래로 내리받이가 계속되어 할 수 없이 호수의 조망을 떠나게 되었을 때, 해는 바로 머리 위에서 지고 있었다. 흐리멍덩한 황색의 구름 떼와 싸우며 천천히 사라지고 있었다.

나는 잠시 걸음을 멈추고 하늘의 이상한 모양을 바라보았다.

황색 광선 뭉치가 군데군데 널려 있는 무거운 구름의 가장자리로부터 터져 나오고 있었다. 그러더니 한순간에 하늘 전체가 붉은 불빛을 발하더니 번쩍번쩍 빛나는 진홍빛 광선이 공간을 달리고, 동시에 모든 산이 검푸른 빛으로 변하면서 호수 기슭에서 마른 갈대가 등불같이 타고 있었다.

잠시 후에 모든 누런빛이 사라지고, 또한 붉은빛은 따뜻하고 부드럽게 되어 꿈같이 떠 있는 구름의 가장자리를 엷게 물들이고 있어 낙원처럼 보였다.

그러자 무수한 가느다란 혈관 같은 빛이 생기 잃은 잿빛의 구름 속을 화려하게 달리고 있었다. 그 구름의 잿빛이 장밋빛과 섞이어 말할 수 없이 아름다운 연보랏빛으로 변하기 시작했다.

그리하여 호수는 진한 푸른색이 되어 거의 검게 출렁거렸고 기슭 가까이에 있는 물은 예리한 경계선을 그으며 밝고 푸른빛을 띠고 있었다.

광대한 지평선 주위에는 아직도 스러지지 않은 노을이 애조와 덧없음이 사람의 마음을 끌었고, 가슴 답답하도록 아름다운 빛깔의 경련이 사라졌을 때 나는 산기슭의 평지를 따라 걸으며, 이미 저녁이 된 산뜻한 산골짜기 풍경을 놀라워하며 바라보았다.

큰 호두나무 밑에 떨어져 나뒹굴고 있는 호두 한 알을 밟게 되어 그것을 주워 껍질을 벗겨 깨뜨려서는 신선한 밝은 갈색의 축축한 알맹이를 꺼냈다. 그것을 깨물어 먹으며 예민한 향기와 풍미를 느끼자, 갑자기 생각나는 것이 있었다.

그것은 거울 조각으로 햇빛을 반사하여 어떤 어두운 장소를 비추듯이 이미 과거가 되어 잊어버렸던 인생의 한 조각이 보잘것없는 일로 하여 현재의 시간 속에서 사람의 마음을 놀라게 하려는 듯 불쑥 나타나는 일이 종종 있었다.

어쩌면 그 순간은 아마도 십이 년 혹은, 그 이상 지난 일일 것이다. 내가 다시금 생각하여 낸 과거는 나에게 있어 마음이 아프면서도 소중한 것이었다.

그것은 내가 열다섯 살 되던 해의 일이었다. 타향의 고등학교에 다니고 있었는데, 어느 가을날 어머니가 갑자기 찾아왔다. 그때 나는 고등학교 학생이라는 철부지 자존심에서 대단히 냉정하고 거만한 태도를 보이고 여러 가지 쓸데없는 일로 어머니를 괴롭혔었다.

그 이튿날 어머니는 집으로 돌아가게 되었는데, 그 전에 학교로 와서 오전 수업이 끝나기를 기다리고 계셨다.

우리가 떠들면서 교실에서 나오니까 어머니는 정숙한 태도로 미소를 띠며 그 아름다운 온화한 눈은 벌써 멀리서 나를 발견하고는 웃음을 머금고 계셨다. 그러나 나는 친구들을 꺼리며 천천히 어머니에게로 가서 간단히 머리를 끄덕이었다.

그리하여 나에게 이별의 키스와 축복을 하려던 어머니의 생각을 단념하게 했다. 매우 섭섭한 모양이었으나, 어머니는 조금도 내색하지 않고 여전히 웃으면서 재빨리 길을 건너가 과일가게로 뛰어가서는 호도를 한 봉지 사서 그것을 나에게 주었다. 그러고 나서 어머니는 기차를 타려고 떠나갔다.

나는 유행에 뒤떨어진 작은 가죽가방을 들고 거리 모퉁이로 사라지는 어머니의 뒷모습을 어두운 기분으로 바라보았다. 어머니의 모습이 눈에서 채 사라지기 전에 나의 어리석은 행동을 눈물겹도록 뉘우침과 후회하는 마음으로 넘치게 해주었다.

그때 반 친구가 지나갔는데, 그는 모양을 잘 내기로 나의 가장 강력한 경쟁자였다.

"어머니가 주신 사탕이냐?"

그는 웃으며 조롱하듯이 말했다.

나는 다시 거만한 태도를 보이며 그에게 호두 봉지를 내밀었다. 그러나 그는 경멸하듯 나를 바라보면서 지나쳤다. 나는 인자한 어머니가 사준 호도를 한 개도 먹지 않고 그대로 모두 하급생들에게 나누어 주었다.

이런 회상을 하자, 그만 얼굴이 붉어지면서 분노가 치밀어 올라와 나는 호도를 깨물어 땅을 덮고 있는 검은 잎들 속으로 뱉어 버렸다. 그리고 녹색과 금빛으로 저물어가는 저녁 하늘을 바라보며 기분 좋은 길을 따라 골짜기 쪽을 향하여 걸어갔다.

얼마 안 되어 단풍이든 떡갈나무와 그밖에 풍성한 나무숲을 지나 어린 전나무가 나란히 서 있는 푸른빛을 띤 박명 속을 걸었다.
잠시 후에는 정정한 너도밤나무 숲의 깊은 그림자 속으로 걸어
들어갔다.

　검은 수목들이 쌓인 그림자의 꿈을 식히는
　어둠 속을 그는 즐겨 걸었다.

　그러나 그의 가슴 속에는 빛에서 빛으로
　타오르는 욕망에 갇혀 괴로움을 당하고 있었다.

　은빛으로 밝은 별이 가득 찬 머리 위에
　갠 하늘이 있음을 그는 몰랐다.

　고요한 마을
　오랫동안 조심조심 걸어가고 있었는데, 두 시간 후에는 저녁
무렵이 되었다. 총총한 나무 숲속의 좁고 어둠침침한 곳에서 길
을 잃었다.
　점점 주위가 어두워지고 추워짐에 따라 성급하게 길을 찾아 헤
매기 시작했다. 바다 같은 활엽수 숲을 헤치고 곧장 빠져나갈 수
가 없었다.
　숲은 너무 우거져 길이 보이지 않았고 땅은 여기저기 낙엽이
쌓여 썩어서 발이 빠졌고, 그뿐만 아니라 주위는 점점 어두워지

고 있었다.

어둠 속 산중에서 길을 잃고 이상한 흥분에 싸인 채, 나는 오랫동안 걷고 피로한 가운데 숲을 헤쳐 나갔다. 이따금 멈춰 서서 소리를 지르고 귀를 기울였다.

그러나 모든 것은 고요하고 적막한 숲속의 냉랭한 공기와 짙은 어둠이 마치 두꺼운 비로드의 휘장같이 사방에서 둘러싸였다.

참으로 어리석고 쓸데없는 일이지만 타향이 되어버린 곳에서 사는, 이제는 거의 잊어버린 애인을 다시 만나려고 밤 숲의 추위 속을 걸어간다는 생각이 이상하게 내 마음을 즐겁게 해주었다.

나는 내가 지은 지난날 사랑의 노래를 낮은 목소리고 불렀다.

이제 나의 눈동자는 놀라 내리떠야만 했다.

나의 마음은 알 수 없는 기적을 바라며
모든 문을 닫았다
그렇게도 그대는 아름다워라.

이 어리석은 시를 읊으며 오랫동안 빛깔이 바랜 소년 시절의 한때의 어리석은 그림자를 찾아 나는 여러 지방을 방황하며 오랜 투쟁 속에서 심신에 깊은 상처를 입은 것이다.

그러나 때로는 그것이 나를 기쁘게 하고 피로를 무릅쓰고 한없이 뻗어간 길을 따라가는 동안, 다시금 나는 노래 부르며 시를 지으며 몽상하다가 결국 피곤해져서 묵묵히 숲을 걸어갔다.

손을 저으며 너도밤나무 밑동을 어루만지면서 걸었다. 칡넝쿨이 그 나무에 엉켜있었으나 가지와 나무 끝은 어둠에 싸여 분별할 수 없이 떠 있었다.

이렇게 반 시간을 더 걷고 나자 결국 기진맥진해지기 시작하였다. 그때 나는 잊을 수 없는 귀중한 일을 체험하게 되었다.

예상도 하지 않았는데 어느새 숲을 벗어나 있었다. 그런데 나는 험한 절벽 위 마지막 나무 밑동 사이에 서 있는 것이었다.

아래를 내려다보니 드넓은 숲의 골짜기가 밤의 푸른빛 속에 잠들어 있고, 그 한복판 바로 내 발밑에 작은 창문을 빨갛게 비치고 있는 여섯 채인가 일곱 채의 집이 있는 마을이 고요히 저물고 있었다.

넓고 희미하게 비치는 얇은 판자 지붕 이외에 분간할 수 없는 낮은 집들은 서로 이웃하여 붙어있었다. 그 집들 사이로 그림자진 길이 좁고 어둡게 뻗어 있고, 그 끝에 큰 분수가 있었다. 조금 위쪽으로 나와 마주 선 산허리에 있는 많은 묘표 한가운데 교회가 홀로 서 있었다.

바로 그 주변 산 쪽에서 급경사진 언덕길을 한 남자가 등불을 들고 급히 걸어 내려오고 있었고, 마을 아래쪽 어떤 집에서는 몇 명의 소녀가 함께 어울려 명랑한 소리로 노래를 부르고 있었다.

지금 내가 어디에 있으며, 이 마을을 뭐라고 부르는지 알 수가 없었다. 또한 그 이름을 물어보고 싶은 마음도 없었다.

지금까지 내가 걸어온 길은 숲 언저리를 지나 산 쪽으로 이어져 있었다. 그래서 나는 길도 없는 급경사진 목장을 지나 조심조심 마을을 향해 아래로 걸어 내려갔다.

어느 집인가 정원 안으로 들어서자 좁은 돌층계에 걸리어 그만 넘어졌다. 결국 생나무 울타리를 기어오르고 얕은 개울을 건너뛰어야만 했다. 그러고 나서 곧 마을로 들어가 첫 농가 옆을 지나 조용한 길로 들어섰다.

나는 곧 '황소집'이라는 간판이 걸려 있는 여인숙을 발견하였는데, 아직 문이 열린 채로 손님을 기다리고 있었다.

아래층은 조용하고 어두웠다. 현관으로부터 배가 부푼 난간이 있는 오래되고 사치한 층계가 등불을 받으며 위층의 복도와 객실로 통하고 있었다.

객실은 대단히 크고, 매달린 등불에 비친 난로 옆에 놓인 테이블이 마치 빛 속에 떠 있는 섬같이 약간 어둡고 큰 방 안에 놓여 있었는데, 농부 세 사람이 포도주잔을 앞에 놓고 앉아 있었다.

난로는 뜨겁게 달아 있었다. 그것은 암록(暗綠)의 벽으로 된 정방형으로 등불 빛과 따뜻하게 어울렸고, 그 밑에는 검은 개가 누워 졸고 있었다.

여인숙 여주인은 내가 들어서자

"어서 오세요."

하고 말하였고, 한 농부는 나의 동정을 살피는 듯이 주의 깊게 바라보고 있었다.

"그 사람 누구요?"

농부가 의아한 태도로 물었다.

"나도 모르겠어요."

하고 여주인이 말했다.

나는 테이블 앞에 앉아 인사를 하고, 포도주를 주문했다. 포도주는 올해 짠 것밖에 없었고, 강하게 발효된 밝고 붉은빛의 새 술이었다.

나는 그것을 한 잔 단숨에 마시고 몸을 녹였다. 그러고 나서 방이 있느냐고 물었다.

"어쩌나! 사정이 있어요."

하고 여주인이 어깨를 들썩였다.

"물론 방은 있습니다마는 그 방에 손님이 한 분 먼저 들었어요. 빈 침대가 하나 더 있는데, 벌써 손님이 자고 있군요. 손님이 가셔서 그 사람과 의논하여 주신다면?"

"그건 싫습니다. 다른 방은 없습니까?"

"방은 있는데 침대가 없어요."

"그럼, 난로 옆에서 자면 어떻겠습니까?"

"네, 그야 손님만 좋으시다면…… 그럼 덮을 것을 갖다 드리지요. 난로에 장작을 몇 개 더 지피시면 춥지 않을 거예요."

나는 달걀을 삶아 달라고 하고 곁들여 소시지를 주문했다. 식사하면서, 나의 여행 목적지까지 얼마나 더 가야 하는지 물어보았다.

"이것 보세요. 여기서 일겐베르그까지는 얼마나 걸리지요?"

"다섯 시간가량 걸립니다. 위층에 있는 손님도 내일 그곳으로 돌아갈 예정입니다. 거기서 오신 분이니까요."

"아! 그렇습니까? 여기서 어떤 일을 했나요?"

"목재를 샀어요. 매년 오시는 손님이에요."

세 농부는 우리의 말에 끼어들지 않았다. 그들은 일겐베르그의 상인과 목재 매매를 알선한 사람과 소유자 그리고, 운반을 맡은 사람들로 생각되었다.

그들은 분명히 나를 상인이나 관리를 생각하고 꺼리는 눈치였다. 나는 그들이 생각하는 대로 내버려 두었다.

식사를 끝내고 의자에 바로 앉자마자, 다시금 산기슭에서 들었던 처녀들의 노랫소리가 아주 가까이서 들려왔다. 그녀들은 '정원사의 아름다운 아내'란 노래를 부르고 있었다. 삼절까지 부를 때 나는 일어나서 소리가 나는 쪽을 향해 부엌문으로 가서 가만히 열어보았다.

두 젊은 여자와 할머니가 흰색의 전나무 테이블 위의 촛불 밑에 앉아서 콩을 까며 노래를 부르고 있었다. 그때의 할머니가 어떤 모양을 하고 있었는지, 나는 지금 기억할 수가 없다.

하지만 젊은 여자 중의 한 여자는 붉은빛을 한 금발에 몸맵시가 좋고 혈색도 빛나 보였다. 다른 여자는 착실한 얼굴에 아름다운 갈색 머리를 하고 있었는데 머리를 틀어 올려 더욱 앳되어 보였다. 명랑한 목소리로 정신없이 노래를 부르는 그녀의 눈에 촛불이 비치고 있었다.

그녀들은 내가 문에 서 있는 것을 보자 할머니는 웃음을 가득 띠었고, 붉은빛을 한 금발 여인은 얼굴을 찌푸리고, 갈색 머리를 틀어 올린 여자는 잠시 내 얼굴을 바라보고 나서 머리를 숙이고 약간 얼굴을 붉히며, 더 큰 소리로 노래를 불렀다.

그래서 나도 될 수 있는 대로 가다듬은 목청으로 그들을 따라 함께 불렀다.

다음에 나는 포도주를 그리로 가지고 가서 작은 삼각의자를 끌어다 놓고 노래하면서 테이블 옆에 앉았다. 붉은빛을 띤 금발 여인은 아직 까지 않은 콩을 한 줌 내게 밀어주기에 나는 껍질을 벗기는 일을 도왔다.

여럿이 함께 노래를 부르고 나자, 우리는 서로 바라보고 웃지 않을 수 없었다. 갈색 머리의 여자에게는 틀어 올린 머리형이 아주 잘 어울렸다. 나는 그녀에게 포도주를 한 잔 주었는데, 그녀는 받지 않았다.

"당신은 냉정하시군요."

나는 얼굴을 흐리며 말했다.

"슈튜트가르트에서 오셨지요?"

"아닙니다. 왜 슈튜트가르트에서 왔다고 생각하십니까?"

슈튜트가르트는 아름다운 거리

슈튜가르트는 골짜기에 있고

그곳의 여자는 아주 미인이지만

그만큼 인정이 없다네.

"저 사람은 슈바벤에서 온 사람이야."

할머니는 금발 여인을 보며 말했다.

"맞습니다. 슈바벤이 고향입니다."

나는 그렇다고 대답했다.

"그리고 당신은 양벚나무가 많이 있는 산촌 사람이지요."

"그럴는지도 모르죠."

그녀는 이렇게 말하며 살며시 웃었다.

그러나 나는 자꾸 갈색 머리의 여자를 바라보며 콩으로 'M'자를 만들어 보이면서, 그녀의 이름이 그렇지 않으냐고 눈빛으로 물었다.

그러자 그녀는 머리를 저었다. 이번에는 'A'자를 만들었다. 그러자 그녀는 그렇다고 고개를 끄덕였으므로, 나는 그 이름을 맞추기 시작했다.

"아그네스?"

"아네요."

"안나?"

"아뇨."

"아델하이트?"

"그것도 아닙니다."

그리하여 내가 맞추어 본 이름은 모두 틀렸다. 그러나 그로 인하여 그녀는 아주 기쁜 나머지 소리쳤다.

"오, 당신은 바보예요!"

그럼 뭐라고 하는지 이름을 알려 달라고 자꾸 졸랐더니 약간 부끄러워하다가 재빨리 낮은 목소리로 이렇게 말했다.

"아가테예요."

비밀이라도 밝힌 듯 그녀는 얼굴을 붉혔다.

"당신도 목재상을 하시나요?"

금발 여인이 물었다.

"아닙니다. 그렇지 않습니다. 그렇게 보입니까?"

"그럼 측량 기사가 아니신가요?"

"아닙니다. 하필이면 왜 측량 기사로 보십니까?"

"왜라고요? 그 이유는 뭘까요?"

"당신 애인의 직업이 그런가 보죠. 안 그런가요?"

"뭐, 그렇다고 해도 좋아요."

"우리 끝으로 한 곡만 더 불러요."

아름다운 갈색 머리의 여인이 말하였다. 그리하여 우리는 마지막 콩 껍질을 벗기며 '나는 어두운 밤중에 홀로 서서'라는 노래를 불렀다. 노래를 다 끝내자 처녀들은 자리에서 일어났다.

"안녕히 주무세요, 아가테."

객실에서는 방금 무례한 세 사람이 막 나가려고 하는 참이었다. 그들은 나를 거들떠보지도 않고, 남은 술을 천천히 다 마신 후에 한 푼도 내지 않는 것을 보니, 그들이 오늘 밤은 일겐베르그 상인의 손님인 것이 분명했다.

"안녕히 주무십시오."

그들이 일어서기에 내가 말했더니, 그들은 아무 대답도 없이 문을 꽝! 하고 소리가 나게 여닫고는 밖으로 나갔다. 그때 여주인이 담요와 베개를 가져왔다.

우리는 난로 옆에 놓인 벤치와 삼각의자로써 조그마한 간이침대를 만들었다. 여주인은 친절하게도 숙박비는 필요 없다고 위로하는 듯 말하였다. 그것은 나에게 좋은 인상을 주었다.

옷을 일부만 벗고 망토를 뒤집어쓰고 기분 좋게 더운 난로 곁에 누워서 갈색 머리의 아가테를 떠올려보았다. 내가 어릴 적 어머니와 함께 부르던 옛날의 경건한 노래 한 구절이 생각났다.

꽃은 아름다워라
그러나 더 아름다운 것은
젊음을 가진 인간이니라.

아가테는 그와 같은 여자로 꽃과 비슷하면서도 그보다 더욱 아름다웠다. 어느 나라에도 가는 곳마다 이러한 미인이 있으나 많지는 않을 것이다.

나는 이러한 여자를 볼 때마다 즐거웠다. 그녀들은 큰 어린이와 같았고 수줍어하면서도 친밀감을 가지게 하고, 맑은 눈에는 아름다운 동물이나 숲속의 샘 같은 빛이 어려 있었다.

그녀들을 바라보면 욕망은 일어나지 않고 다만, 즐거울 뿐이고, 그런 중에 이 젊음과 인생의 꽃인 아름다운 모습도 언제인가는 늙어 없어질 것이라는 생각에 슬픔을 느꼈다.

곧 나는 잠 속에 빠졌다. 벽난로가 더운 탓이었던지, 남국의 어느 바닷가 섬의 바위에 누워 뜨거운 태양에 등을 태우며, 갈색 머리 소녀가 혼자서 배를 저어 멀리 바다 한가운데로 점점 사라져 작아지는 모양을 보고 있는 꿈을 꾸었다.

언제나 같은 꿈이다.

빨간 꽃이 피어 있는 마로니에
여름꽃이 만발한 뜰
그 앞에 외로이 서 있는 옛집

저 고요한 뜰에서
어머니가 어린 나를 잠재워 주셨다.
아마도—이제는 오랜 옛날에
집도 뜰도 나무도 없어졌을 것이다.

지금은, 그 위로 초원의 길이 지나고
쟁기와 가래가 지나갈 것이다.
고향의 뜰과 집과 나무들
이제는 꿈에서만 남을 것이다.

다시 이별하며
　아침에 나는 일찍 잠에서 깨어났다. 곧 다시 여행을 떠나리라
고 결심했다.
　날씨는 차고 안개가 깊어서 길이 잘 보이지 않았다. 떨면서 커
피를 마시고, 식비와 숙박료를 지불하고 천천히 컴컴한 아침의
조용한 거리로 나섰다.
　얼마쯤 걷자 좀 몸이 더워졌다. 안개가 가까이 있는 모든 것과
그것과 함께 있는 것같이 보이는 것을 떼어서 그 형태를 싸고 가

두어 고립시키는 모습을 바라보는 것은 이상하게도 마음을 사로
잡는 그 무엇이 있었다.

가령 누가 내 옆을 지나간다, 소나 양을 몰고 간다, 또는 수레
를 밀고 가거나 짐을 운반하기도 하고 그 뒤를 개가 꼬리를 저으
며 따라간다.

또한 그가 오는 것을 보고 인사를 하면 그도 따라 인사를 한다.
그러나 그가 지나가자마자 뒤를 돌아보면 그는 벌써 몽롱하게 흔
적도 없이 잿빛 안개 속으로 사라지는 것을 보게 된다.

집이나 정원의 생나무 울타리, 과수나무나 포도원 울타리 모두
가 그렇다. 주위의 모습을 모두 잘 알고 있는 것같이 우리는 생각
한다.

그러나 사실은 저 담이 큰길에서 얼마나 떨어져 있고, 이 나무
가 얼마나 크고, 저 집이 얼마나 낮다는 것을 나중에서야 알고 놀
라게 된다. 붙어있다고 보이던 집들이 서로 멀리 떨어져 있어 어
느 집 문 앞에서 다른 집의 문이 보이지 않을 때도 있다.

그리고 볼 수도 없던 사람들과 짐승이 바로 옆에서 걸어가고
일하는 소리와 잡담으로 떠들고 있는 소리를 듣게 된다. 모두가
동화의 세계 같고 이국적이며, 매혹적인 것을 지니고 있다. 순간,
그 속에서 상징적인 것을 무섭도록 분명히 느끼게 된다.

근본에 있어서 한 사물은 다른 사물과 한 사람은 다른 사람과
완연히 다르다.

우리들의 길은 언제나 몇 걸음 동안, 순간 동안만 서로 교차하
는 데 불과한 것이고, 또한 공동성이라든가 근접성이라든가 우정

같은 것의 일시적인 외관을 지니고 있는데 불과하다.

문득 나는 한 편의 시가 떠올라 걸으면서 나직이 읊었다.

양 떼와 함께 목동이
한적한 오솔길로 들어선다.
집들은 잠에 겨운 듯 어둠 속에 잠기고
꾸벅거리고 있다.

나는 이 마을에서, 지금
단 한 사람의 이방인
그리움의 잔을 마지막까지 비운다.

길을 따라 어디 가든
부엌에는 언제나 불이 타고 있었다.
그러나 나만은
고향과 조국을 느껴보지 못했다.

멀리 네카 강이 보인다. 젊은 날 헤세는 이곳을 찾아 산책을 즐겼다.

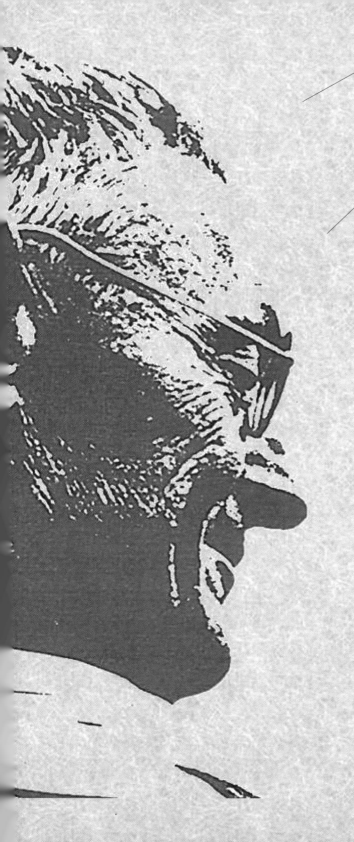

제3부

사랑하며

첫사랑에 눈뜰 무렵

밤이 되면 잠든 나의 입에서
금빛 한 마리 새가 너를 향해 날아간다
새는 너에게 사랑의 노래를 부른다
사랑의 노래를, 나의 노래를

엘렘포 별장은 짙은 숲과 산으로 둘러싸인 언덕에 고즈넉이 자리 잡고 있었다. 건물 바로 앞에는 자갈과 굵은 모래가 깔린 넓은 광장이 큰길과 잇대어 있어 방문객이 차를 세워두기에 알맞은 장소였다.

또한 이 사각의 광장은 항상 비어 있어서 실제보다 훨씬 넓게 보였다. 그런데다가 여름철이면 지루하도록 하얀 고요가 더위와 함께 머물러 있었고, 그 위에 내리퍼붓는 뜨겁고 눈 부신 햇살과 열기로 가득히 차 있는 한낮이 되면, 이곳을 지나갈 엄두도 나지 않았다.

광장과 큰길 건너 맞은편 건물 저쪽에 푸른빛의 정원이 파도에 밀린 하나의 섬처럼 자리 잡고 있었다. 정원이라고 하지만, 이곳은 버려진 듯한 넓은 공원이나 다름없었다.

그러나 겉모양과 달리 안은 넓어서 깊숙이 들어갈수록 느릅나무며 플라타너스, 단풍나무 따위가 짙은 그늘을 드리우고 있었고, 그 어두운 그늘 사이로 작은 오솔길이 산책하기에 알맞게 뻗어 있었다.

어린 전나무가 있는 바로 옆에 작은 벤치가 장난감처럼 놓여 있고, 양지바른 곳엔 잔디밭이 꿈꾸듯 펼쳐져 있었다.

짙은 녹색의 잔디밭은 잘 꾸며진 원형의 꽃밭과 관상목으로 풍경을 아름답게 이룬 곳과 멋대로 자라도록 내버려 둔 숲이 함께 어울려있었다. 무엇보다도 이 밝고 따뜻한 잔디밭이 있는 빈터에 커다란 나무 두 그루가 우뚝 서 있었는데, 그 모습은 다른 어느 나무들보다도 돋보였다.

그중에 한 그루는 수양버들이었는데, 바로 나무 밑에는 좁은 널빤지로 만든 간이 벤치가 길게 놓여 있었으며, 그 주위로 비단결처럼 가늘고 긴 실가지가 늘어져 있어서 그 속은 마치 천막 안이나 빈 교실 같았다. 그래서 언제나 그늘진 그곳은 어둠침침하였고, 항상 적막하면서도 따뜻한 공기가 감돌고 있었다.

또 다른 한 그루의 큰 나무는 너도밤나무였는데 수양버들과는 달리 낮은 목책으로 주위를 둘러싸서 보호하고 있었다. 진한 갈색의 이 나무를 멀리서 바라보면 거의 검은색으로 보였다.

그러나 좀 더 가까이서 바라보거나 바로 나무 밑에서 올려다보면 무성한 잎들이 작열하는 햇볕을 받아 검붉은색으로 물들어서 마치 교회의 유리창이 노을빛을 받아 불꽃이 튀듯 번쩍거리는 거와 흡사했다.

이 연륜이 많은 늙은 너도밤나무는 정원 안에서 가장 멋지고 제일 큰 나무로서 어느 곳에서나 볼 수 있었다. 주위가 트여 있는 풀밭 한가운데 우뚝 솟아 있는 검푸른 이 나무는 어느 방향에서 바라보나 그 둥글고 아치형으로 퍼진 가지가 하늘을 치받고 있기는 마찬가지였다.

더구나 하늘이 맑게 트여 있을수록 가지는 더욱 검푸르게 보였고, 기후와 시간에 따라 다르게 보였다.

또한 이 나무는 자신의 아름다움을 스스로 알 뿐만 아니라, 다른 나무들과 어울리지 않고 홀로 경건한 자세로 서 있어야 할 의미가 있다는 것을 깨닫고 있는 듯했다.

가슴을 활짝 연 채 다른 나무들과는 달리 초연하게 하늘을 향해 가지를 마음껏 뻗고 있는 자세가 마치 성자의 모습과 같았다.

때로는 이 넓은 정원 안에서 유일하게 너도밤나무는 자기가 혼자라는 사실을 알고 있는 듯했다. 그래서 너도밤나무는 멀리 떨어져 우르르 몰려 있는 다른 나무들을 부러워하기도 했다.

무엇보다도 이 나무가 가장 아름다운 모습을 하고 있을 때는 아침 무렵이었다. 물론 저녁때 햇볕을 받는 동안은 그런대로 괜찮은 편이었지만, 해가 기울기 무섭게 어둠이 깃들어 다른 어느 곳보다 빨리 밤이 찾아오는 것 같았다.

무엇보다도 이 나무가 그 특유의 음울한 모습을 가장 두드러지게 보여 줄 때는 비가 내리는 날이었다.

비 오는 날이면 다른 나무들은 가지를 활짝 펴고 숨을 크게 몰아쉬며 마냥 푸르름을 자랑하지만, 이 너도밤나무만은 죽은 듯 축 늘어져 가지에서 뿌리까지 거무스름하게 보였다.

물론 떨고 있지는 않으나 추운 모습을 하고 있었고, 혼자 버림받는 것을 몹시 언짢아하는 느낌을 주기도 했다.

처음부터 규모 있게 설계한 이 정원은 하나의 아름다운 예술품이었다. 그러한 것이 오랜 시간이 지나고 세월이 흘러감에 따라 사람들은 잔디를 가꾸고 나뭇가지를 다듬는 것을 게을리하게 되었다.

많은 인력과 정성을 들여 꾸며진 이 정원은 아무도 돌보는 이가 없게 되자 나무들과 풀이 제멋대로 다투어 자랐다.

나무들 한 그루 한 그루가 자기 나름의 아름다움과 품위를 지니고 있었던 역할을 망각한 채 지난날의 묘목밭과 정원사의 손길을 생각하면서 서로가 기대고 떠받치고 포옹하듯 어질러져 뒤엉켜 있었다.

곧게 뻗어 있고 깨끗했던 오솔길은 나뒹구는 나뭇잎들에 가려 어지럽혀 있었고 울퉁불퉁하게 모습을 드러낸 볼썽사나운 뿌리들로 하여 계곡의 입구와 같은 야생의 산림지로 변모해 가고 있었다.

그러나 이 나뭇가지들이 감싸고 있는 그늘진 곳에서는 어린나무들이 무럭무럭 힘차게 자라고 있었다.

무더기로 자라고 있는 어린나무들의 연약한 밑동과 보드라운 녹색의 잎이 숲속의 빈 곳을 모조리 메워가고 있어서 땅은 항상 엷은 그늘이 있고 낙엽이 쌓여 검은빛을 띠고 비옥해져서 이끼와 잡초, 작은 관목들이 다투어 무성하게 자랐다.

그러던 어느 날, 새로이 사람들이 이사 와서 이 버림받은 정원을 옛날처럼 오락과 휴식의 장소로 쓰려고 했을 때는 이미 숲의 동산이 된 후였다.

그리하여 옛날의 아름다웠던 정원의 모습으로 되살린다는 것을 단념할 수밖에 없었다. 다만, 두 줄로 늘어선 플라타너스 사이로 뻗어 있는 오솔길을 겨우 복구했을 뿐 그 밖의 사잇길은 꾸불꾸불한 채 잡초와 낙엽이 무성한 모습 그대로 놔두고 다만, 맨땅이 드러난 황폐한 곳곳에 잔디를 심고, 적당한 자리에 벤치를 다시 놓은 것으로 만족할 수밖에 없었다.

처음 정원을 만들 때 플라타너스를 계획대로 심고 가꾸어 아름다운 형태로 만든 사람의 손자뻘 되는 이가 식구들을 데리고 이곳으로 이사를 왔다.

너무나 오랫동안 내버려 두어서 작은 길이 온통 나무숲으로 뒤덮여 그늘진 곳에 태양과 바람이 쉬고 새가 깃들어 우짖는가 하면, 이곳을 찾는 사람들이 깊은 사색과 달콤한 꿈과 즐거운 환상에 잠길 수 있게 된 것을 그들은 오히려 기뻐했다.

포올 아브데리그는 나무숲과 풀밭 사이 엷게 그늘진 곳에 비스듬히 누워 흰색과 붉은색으로 장정한 책을 손에 들고 있었다.

그는 책을 읽고 있는가 하면 풀밭 위로 날아다니는 호랑나비를 바라보기도 했다. 지금 그는 신전의 침입자며, 고향에서 쫓겨난 프릿요프가 바다를 항해하는 장면을 읽고 있었다.

사나이의 가슴 속 깊이 분노와 회한을 간직한 채 키를 잡고 성난 파도를 헤쳐 가고 있는 주인공, 망망대해에 작은 나뭇잎 같은 배에 몸을 싣고 엄습해 오는 굶주림과 추위, 향수에 젖어 마음마저 가눌 길 없는 서글픔…….

풀밭에는 따뜻한 공기가 떠돌고 철 이른 귀뚜라미가 소리 높이 울어대고 숲속에는 새들의 지저귐이 투명한 하늘을 울렸다.

포올 아브데리그는 달콤한 향기와 노래와 햇볕이 뒤섞여 있는 이 아늑한 곳에 한가로이 누운 채 하늘을 쳐다보기도 하고, 짙은 그늘이 몰려 있는 나무숲에 귀를 기울이기도 하고, 때로는 조용히 두 눈을 감고 온몸으로 느끼는 상쾌하면서도 아늑한 감촉을 즐겼다. 그러나 프릿요프는 거센 바다를 용감히 건너가고 있지 않은가.

내일은 손님이 오기로 약속되어 있어 오늘 중으로 이 책을 다 읽지 않으면, 아마도 작년 이맘때처럼 끝을 맺지 못하고 중간에서 포기할지도 모른다.

그때에도 바로 이 자리에서 누운 채 『프릿요프』의 이야기를 읽기 시작했는데, 역시 손님들이 찾아오는 바람에 중단해 버렸었다. 그래서 이 책을 다 읽지도 못한 채 도시의 학교로 돌아갔던 것이다.

학교에서 『호머』와 『다찌트스』를 읽는 동안에도 그는 프릿요프를 생각하고 있었다. 그 비밀의 사원에서는 어떤 사건이 일어났을까? 약탈한 반지와 조각은 어떻게 될 것인가를 생각만 해도 가슴이 세차게 뛰었다.

그는 다시금 소리를 내어 책을 읽어 내려갔다. 나른하도록 느릅나무 가지 사이로 산들바람이 불어오고, 새들은 여전히 금빛으로 지저귀고, 나비와 모기와 벌들이 엷은 소리를 내며 빛 사이로 떠돌고 있었다.

그가 일어났을 때는 이미 책을 다 읽은 후였다. 풀밭은 여전히 그늘져 있었고, 잿빛으로 변해 가고 있는 하늘에는 저녁노을이 마지막 빛을 거두고 있었다. 지친 꿀벌 한 마리가 그의 소매에 앉아 피로한 듯 비틀거렸다. 그러나 귀뚜라미는 여전히 힘차게 소리를 냈다.

포올은 도망치듯 뛰어 달렸다. 그리고는 우거진 풀숲을 헤치고 플라타너스의 오솔길을 걸어 큰길로 나와 그 적막한 광장을 지나 별장으로 돌아왔다.

얼굴이 계집애처럼 예쁘장하고 키가 훤칠한 그는 열여섯 살의 나이보다 더 건강해 보였다. 침착해 보이는 용모에 조용한 눈매를 가지고 있는 그의 내면에는 조금 전에 읽은 북구 용사들의 운명에 대한 것으로 가득 차 있었다. 소년은 항상 그것을 숙명적으로 예감하고 있었다.

식당은 건물 안쪽 맨 끝에 전망이 좋은 자리가 있었다. 처음에는 베란다 옆에 있었는데 유리 벽으로 정원 쪽을 막아 한눈에 밖을 내다볼 수 있게 했고, 약간 툭 튀어나와 있어 거실처럼 보였다. 그래서 옛날에는 '호반'이라고 이름을 붙였던 곳이다.

물론 호수가 있는 것은 아니고, 약간 경사진 곳을 계단식 화단으로 꾸며 놓고 담장과 산책길이 뻗어간 나무 사이에 작은 연못이 있을 뿐이다.

베란다에서 문밖으로 난 돌층계는 상록수와 종려나무의 짙은 그늘로 항상 어두컴컴했다. 어쨌든 '호반'은 웅장하기보다 아담한 정취를 느끼게 해주는 작은 연못이었다.

"내일이면 손님들이 몰려들겠구나. 너도 기쁘지?"

아버지가 조용히 포올을 건네다 보며 말했다.

"그럼요, 저도 기뻐요."

"그러나 마음은 아플 거다. 그렇지만 어쩌겠니? 우리 식구들만 있는 집으로는 정원이 너무 크잖니. 또 사람은 자기 혼자서 좋은 것을 모두 독점하면 못 쓴단다. 더구나 별장이라든가 정원은 많은 사람이 함께 즐겁게 지내기 위해 만들어놓은 것이니까 찾아오는 사람이 많으면 많을수록 좋은 거란다. 그런데 포올, 너 너무 늦게 돌아온 것 아니냐? 수프가 다 떨어진 모양이더라."

그러고 나서 아버지는 가정교사 쪽으로 고개를 돌리며 말했다.

"선생……, 당신은 전혀 정원을 바라보지 않으니 어찌 된 셈이오? 시골 생활을 아주 좋아하시리라고 여겼는데 말입니다."

가정교사인 홈브게르 씨는 미간을 약간 좁히면서 대답했다.

"네, 저 역시 아주 좋아합니다. 그러나 될 수 있으면 이번 휴가 동안만큼은 제 개인적인 연구로 보냈으면 합니다."

"아! 그걸 미처 몰랐소. 홈브게르 선생, 앞으로 명성을 떨치게 되시거든 제발 창 밑에 간판이라도 걸게 해주구려. 꼭 그렇게 될 거라고 믿습니다."

가정교사는 습관처럼 얼굴을 찡그렸다. 그는 대단히 신경질적인 듯했다.

"그건 너무 지나친 평가입니다."

그가 냉정하게 말했다.

"앞으로 제가 유명해지든 어떻든 상관없습니다. 더구나 간판에 관한 것은 더욱……."

"선생님! 그런 내 얘기를 마음에 둘 건 없어요. 선생은 너무 겸손하신 게 탈이오. 애, 포올! 너도 선생님의 본을 좀 받아라."

곁에 앉아 있는 백모님이 이렇게 말을 가로막았다. 그녀는 지금이야말로 가정교사 편을 들어줄 때라고 생각한 모양이다.

백모님은 아버지가 심각한 대화를 좋아하는 것을 알기 때문에 또 무슨 언짢은 소리가 나올까 봐 미리 겁을 내는 것이 분명했다. 그래서 솜씨 있게 술을 따르며 화제를 돌리려고 애쓰고 있었다. 주로 내일 몰려올 손님들에 관한 얘기를 했다.

포올은 무슨 얘기가 오고 가든 먹는 데만 열중했다. 그리고 그는 자기의 젊은 가정교사가 백발이 다 된 아버지와 함께 있으면 언제나 가정교사 쪽이 훨씬 나이가 더 들어 보이는 것이 이상스러워서 그것을 생각하는 버릇이 있었다.

창밖은 어느새 어둠이 내려 정원은 더욱 어두워 보였다. 숲이며, 연못, 하늘이 변해 가고 있었다.

저녁 숲은 검게 물들어 거센 파도처럼 출렁이고, 먼 기슭을 가로막은 나뭇가지들은 낮에 본 것과는 달리 하늘에 선을 잘못 그려놓은 것처럼 희미하게 보였다.

멀리 보이는 산들은 대답을 기다리는 듯 줄기차게 높이 솟아 있고 어스름이 깔린 대지는 둔덕과 골짜기를 겨우 분별할 수 있었다.

아직도 희미하게 남아 있는 햇살이 램프 불을 켠 방 안의 미미한 불빛과 지루한 실랑이를 벌일 뿐이었다.

포올은 열려 있는 창가에 서서 이미 어두워진 밖을 내다보고 있었다. 어느 곳을 집중하여 바라보는 것도 아니었고 정작 보고 싶은 곳도 없었다. 다만 밤이 내리고 있는 검은 공간을 바라보고 있을 뿐이었다. 또한 밤이 아름답다는 감상적인 마음의 변화도 없었다.

그는 젊고 활기 넘친 사춘기의 소년이었다. 그러한 그가 어떤 것 하나에만 집착하고 골똘히 관찰하는데 만족할 리가 없다.

지금 소년이 생각하고 있는 것은 먼 북해의 침울한 밤이었다.

울창한 나무숲 건너 쪽에 보이는 해안, 사원이 붉은 화염에 휩싸이고 검은 연기가 하늘 높이 치솟고 거센 파도가 바위에 부서지면서 숨 가쁜 소리를 내는 바다가 불길을 받아 붉게 물들고 있는데, 그 가운데로 돛을 단 한 척의 해적선이 나타났다가 사라지는 광경을 떠올리는 중이었다.

"애, 포올."

그때 아버지가 부르는 소리에 퍼뜩 정신을 가다듬었다.

"너 정원에서 무슨 책을 읽었니?"

"네, 프릿요프의 이야기를 읽었어요."

"그래? 역시 젊은 애들은 그런 책이 좋은 모양이구나. 이봐요,

흠브게르 씨, 당신의 생각은 어떻소. 오늘날에 있어서 그 옛날 사람들의 인기를 어떻다고 생각하시오."

"에자야스 데그네르에 관한 말씀인가요?"

"그렇소. 에자야스 말이오. 하지만……."

"그 사람이 죽은 지는 벌써 오랩니다."

"아! 물론이오. 우리가 자라던 시절, 내가 그 책을 읽을 때도 그 사람은 살아있지 않았소. 내가 묻고 싶은 말은 아직도 그것이 유행하고 있느냐 그 말이오."

"대단히 유감스럽지만, 전 유행에 대해서는 아무것도 모릅니다. 학문적이거나 미학적인 평가라면 몰라도……."

"내가 말하고 싶은 뜻도 그렇소. 그럼 학문적으로는 어떻소?"

"데그네르라는 이름은 겨우 문학사에 나타나 있을 뿐이지요. 조금 전에 말씀하신 것처럼, 그는 단지 유행에 불과할 뿐입니다. 이 말로써 그의 모든 것을 설명할 수 있지 않을까요? 참된 것이란 결코 유행되는 것이 아니라, 우리의 마음에 살아 있는 것이죠. 하지만, 그는 우리 마음에 살아 있는 것이 아니라 다만, 기억될 뿐입니다. 우리들의 가치관으로 본다면 그는 불손하며, 부자연하고, 사탕발림 같은 존재죠."

"선생! 아니 흠브게르 씨, 그럴 리가 없습니다!"

"실례이지만, 어째서 그럴 리가 없다는 거죠?"

"아름답지 않소? 그것은 정말 아름다운 거요."

"그런가요? 그렇다고 해서 그렇게까지 흥분하실 거야 없지 않습니까?"

"그렇지만, 선생은 그것이 단지 사탕발림과 같은 거라고 하잖았소. 난 그것이 정말 아름답다고 생각하고 있소."

"그런 생각을 하고 계신 줄은 미처 몰랐는데요. 그토록 미에 대한 견해가 풍부하시다면 교수가 될 노릇이지 직업을 잘못 선택하셨군요. 그러나 파울 씨, 지금 당신의 판단은 미학과는 거리가 멀어요. 아시겠어요? 그것은 츠키디데스의 경우와는 정반대입니다. 학문적으로는 츠키디데스를 아름답다고 정의하고 있지만, 분명 당신은 그 점을 싫어하고 있어요. 그런데 프릿요프는……."

"난 당신이 그렇게 엉터리인 줄은 정말 몰랐소. 그런 것은 학문과는 전혀 관계가 없단 말이오."

"이 세상에 학문과 관계없는 것은 하나도 없습니다. 맹세코 절대로 없습니다……. 파울 씨, 이만 실례할까 하는데요."

"벌써요?"

"이제부터 원고를 쓸 시간입니다."

"좀 섭섭하게 되었는걸. 이야기가 한창 절정을 보여주고 있는데 하지만, 꼭 해야 할 일은 시간의 중요한 유산이오. 자, 그럼 편히 쉬도록 하시오."

가정교사 흠브게르는 기다렸다는 듯이 공손히 방을 나가더니 발소리를 죽이며 복도에서 자취를 감추었다.

"그래, 포올. 그 옛날의 모험담이 마음에 들었단 말이지. 그렇지만 학문을 게을리해서는 안 된다. 혹시 너 기분이 나빴던 것은 아니냐?"

하고 말하면서 아버지는 씁쓸하게 웃었다.

"아뇨, 하지만 흠브게르 선생님과는 같이 오지 않은 편이 더 좋았을 것 같아요. 아버지께서도 이번 방학 동안은 너무 공부에만 매달리지 말라고 하셨잖아요."

"그야 그랬지. 네 생각이 그렇다면, 너 좋을 대로 하려무나. 마음 편히 즐겁게 지내렴. 아마 선생님도 너를 괴롭히지는 않을 거야."

"그럼, 왜 그를 여기까지 오게 했죠?"

"뭐, 상관없는 일이잖니? 그가 우리와 함께 있지 않으면 어디가서 있을 마땅한 곳이 있어야지. 그 역시 고향 집에 돌아가기를 귀찮아하는 눈치여서 그랬다. 뭐, 나도 친구삼아 같이 지내고 싶었어. 교육을 많이 받은 유식한 사람과 어울리면 너도 알겠지만, 여러 가지로 유익하거든. 그래서 흠브게르 선생님과 함께 온 거란다."

"하지만, 아버지. 아버지 말씀은 농담하시는 건지, 정말인지 그것을 알 수가 없어요."

"그러냐? 그렇다면, 그것을 깨닫도록 열심히 공부하렴. 그 점이 너에게 유익한 해답을 줄 것이다. 자, 그건 그렇고, 우리 악기나 좀 연주할까? 싫으냐?"

포올은 기뻐하며 곧장 아버지를 이끌고 옆방으로 갔다. 이렇게 아버지가 아들과 함께 연주하자고 나서는 일은 거의 없었다. 그것 또한 이상한 일은 아니었다.

왜냐하면 아버지는 피아노의 명수였고, 아들은 지금 그것을 배우는 중이었기 때문이다.

백모 그레테는 자기 방에 혼자 앉아 있었다. 아버지와 아들은 자기들의 연주를 누가 지켜보는 것을 아주 싫어했다. 그러나 누군가가 조용히 귀 기울이고 들어주기를 바라는 음악가다운 사람들이었다.

백모는 그것을 너무나 잘 알고 있었다. 몇 해 전부터 두 사람과 함께 지내오면서 마치 어린애들에게 하듯 깊은 애정을 쏟아온 그녀는 그들 두 부자의 버릇을 모를 리 없었다. 그래서 그녀는 안락의자에 깊숙이 몸을 파묻고 조용히 귀 기울이고 있었다.

지금 들려오는 음악은 이중주로 된 서곡이었다. 이 곡을 처음 듣는 것은 아니었지만 곡명은 알지 못했다. 그녀는 그들이 연주하는 곡을 듣기만 할 뿐 깊이 이해하지는 못했다. 나중에 아버지와 아들이 그녀 곁으로 돌아와서는 이렇게 물을 것이다.

"백모님! 지금 연주한 것은 어떤 곡이지요?"

그러면 그녀는 모차르트 작이라고 하거나 '카르멘 중에서'하고 대답하여 웃음거리가 될 것이다. 사실 백모의 대답은 언제나 엉뚱했다.

백모는 안락의자에 깊숙이 몸을 파묻히고 미소를 띠고 귀를 기울이고 있었는데, 그녀의 순진한 미소를 아무도 보는 사람이 없다는 것이 유감스러울 정도였다. 입술을 씰룩이면서 웃는 게 아니라 눈으로 웃는 웃음이었다. 얼굴 전체로 마음속에서 우러나오는 깊은 이해와 애정이 담긴 따뜻한 웃음이 그녀를 온화한 모습으로 가꾸어 주었다.

그녀는 애정 어린 웃음을 띠고 옆방에서 흘러나오는 멜로디에 열중하고 있었다. 매우 아름다운 곡이라고 여겨져 듣기만 해도 마음이 흡족했다. 그러나 그녀는 그 곡의 멜로디만 듣는 것은 아니었다.

무엇보다도 관심의 대상이 되는 것은, 처음에는 누가 위에 앉고 누가 그 아래에 앉았는지를 알아내려고 애쓰는 것이다.

곧 그녀는 포올이 아래에 앉아 있다는 것을 알아냈다. 그것은 아래쪽의 음이 서툴러서가 아니라, 위쪽의 고음이 초보자의 연주로는 어림도 없을 만큼 능란하면서도 자유롭게 울려오는 까닭이었다. 그래서 그녀는 모든 것을 자기 나름대로 판단한 것이다.

사실 그녀의 판단은 옳았다.

그러자 두 사람이 피아노 앞에 앉아 있는 모습이 떠올랐다. 아버지는 화려하고 경쾌한 대목에 이르면 가벼운 미소를 띠고 있을 것이라는 생각도 들었다.

그러나 그런 경우 포올은 입을 벌린 채 눈을 번뜩이면서 몸을 뒤로 젖히고 있을 것이다. 경쾌하게 곡조가 바뀌는 대목에 이르러서는 포올이 웃어버리지나 않을까 하고 가슴이 조마조마하기도 했다.

왜냐하면 그런 대목에 이르렀을 경우 아버지는 이마를 잔뜩 찌푸리거나, 팔을 묘하게 흔드는 버릇이 있어서 나이 어린 아들이 그런 꼴을 그냥 참고 견딜 수가 없어서 중도에서 피아노 연습을 포기하는 경우가 있었기 때문이다.

어쨌든 멜로디가 점점 무르익어 갈수록 백모는 연주에 열중한 두 사람의 모습을 똑똑히 그려 볼 수가 있었다.

그러자 얼마 안 되어 더욱 고조된 멜로디와 더불어 희미해지는 그녀의 의식 속에 지난날의 추억과 아름다운 사랑으로 엮어진 삶의 포말이 영롱하게 방울지고 있었다.

밤이었다. 주위는 어둠과 고요 속에 잠들어 있었다. 이제 막 "안녕히 주무세요."하고 인사를 나누고 각기 자기의 방으로 돌아간 뒤였다. 여기저기서 문 닫는 소리가 끝난 뒤에 밤의 적막이 깃들어 있을 뿐이다.

밤의 적막감.

시골에서는 언제나 느끼는 감정이었으나 번화한 도시에서 온 사람들에게는 일종의 경이로움이었다. 오랫동안 고향을 떠나 도시에서 생활하다가 시골집에 내려온 첫날 밤, 일찍 잠을 이루지 못하고 창가에 서성거리거나 침대에 누워 정적을 뚫고 들려오는 저 미미한 음향들을 듣노라면, 마치 자신을 참회하는 마음으로 정적에 싸여 영원을 숨 쉴 수 있다는 느낌에 잠긴다.

물론 밤이라고 하나 완전한 정적을 가질 수는 없다. 무한한 공간은 여러 가지 소리로 가득 차 있고 어둡고 깊은 불안이 깃들어 있다.

또한 그것은 밤의 소음과 낮의 소음을 분간하기 어려운 도시의 소리와는 다르다.

밤을 지새울 듯한 개구리의 울음소리, 나무들의 속삭임, 시냇물 소리, 그리고 깃을 비벼대는 새들의 소리가 시골의 밤 소리다.

이따금 아주 늦은 시간에 돌아오는 마차의 삐걱거림과 말발굽 소리, 뒤이어 개 짖는 소리가 어둠의 적막을 깨뜨리면, 이것이 바

로 즐거운 하루의 생활과 작별하는 마지막 소리라는 느낌이 무한
대의 공간 속으로 사라져 버리고 난 뒤 자기 자신도 밤의 정적에
묻히게 되는 것이다.

가정교사 흠브게르는 아직도 램프 불을 켜놓은 채 잠을 이루지
못하고 있었다. 그는 너무 피곤한 나머지 휘청거리는 걸음으로
방 안을 왔다 갔다 하며 서성거리고 있었다. 이토록 늦은 시간까
지 책을 읽고 있었다.

이 젊은 선생은 보면 볼수록 겉모양도 달랐다. 그는 사색가도
아니었으며 학문적인 명석한 두뇌도 갖고 있지 못했다.

그렇지만, 다소 그런 천분을 지니고 있었고 역시 젊은 것이 장
점이기도 했다. 그러므로 그의 성격은 지배자의 절대적인 중심이
잡혀 있지는 않으나 이상만은 뚜렷하게 갖고 있었다.

지금 그는 몇 권의 책에 온 정신을 쏟고 있었다. 무분별하게 감
격하기 잘하는 젊은이들이나 즐겨 읽는 내용의 책이었다.

이를테면 석재를 쌓듯 새롭고 참신한 문화를 창조할 수 있는,
아주 달콤하고 유려한 언어만을 골라 늘어놓은 문장, 러스킨이나
니체에서 표절한 내용을 잘 다듬어서 엮어놓은 책들이었다.

그렇지만, 이러한 책들이 내용에 있어 많은 부담을 주는 러스
킨이나 니체의 것을 직접 읽는 것보다 오히려 더 재미있었다.

문장도 반짝이는 멋이 있고, 섬세한 뉘앙스가 주는 감각적인
낱말은 비단결처럼 곱게 빛났다.

또한 중요한 대목에 이르면 서슴없이 단테와 차라투스트라를
인용하고 있었다.

이렇듯 미사여구의 집대성 같은 책을 읽고 있노라면 젊은 흠브게르도 뭐가 뭔지 종잡을 수가 없어 머리가 흐려질 수밖에 없었다. 그의 사색적인 눈은 붉은 반점이 떠돌고 있는 방안을 더듬으며 알 수 없는 불안감에 떨었다.

잠 못 이르는 밤, 정적 속에 묻혀 자신을 둘러싼 보잘것없이 짧은 이 일상의 세상은 곳곳에 그토록 불행과 고통이 많은 것일까?

그리하여 안락과 행복을 누려보지도 못한 채 새 예언자를 찾아야 하는 인류의 미래는 과연 구원받을 수 있는 존재일까?

어쩌면 그들의 정신세계는 아름다움으로 충만해 있을지도 모른다. 그리하여 가난한 자의 세계는 한 걸음 전진할 때마다 시와 예지로 빛날 것이다. 그는 이런 생각을 하고 있었다.

어둠이 내린 창밖에는 별들이 찬란한 이야기를 나누고 있었다. 그 밑으로 엷은 구름이 몇 덩어리 가볍게 떠다니고, 이제 정원은 깊은 꿈에 빠져 있고, 숲은 숨결을 쉬며 잠들어 있었다.

이 밖에도 아름다운 모습들이 그가 창가에 서성거리면서 내다봐 주기를 고대하고 있는 듯했다.

그리고 그리움과 향수에 젖어 있는 그의 마음이, 차디찬 그의 눈이, 묶여 있는 영혼의 날개가 풀어지기를 바라고 있었다. 그러나 그는 침대에 곧장 누워버렸다. 누운 채로 램프를 끌어당겨 다시 책을 읽기 시작했다.

한편 포올 아브데레그는 불을 켜지 않은 어두운 방에 있었으나 아직 잠든 것은 아니었다. 셔츠 차림으로 창가에 앉아 고요한 나뭇가지들을 바라보고 있었다. 조금 전에까지 열중해 있던 프릿요프 용사 이야기는 까맣게 잊고 있었다.

소년은 어떤 한 가지만을 골똘히 생각하고 있는 것이 아니라 그저 이 늦은 여름밤을 즐기고 있을 뿐이었다. 밤의 충만한 행복감이 그의 잠을 몰아낸 것이다.

밤하늘에 영롱하게 반짝이는 별이여. 너의 숨 가쁜 아름다움이여! 아버지는 오늘 저녁에도 친절하게 피아노를 연주해 주셨다. 정원은 어둠 속에서 조용히 잠들고……

6월의 밤은 부드럽게 소년을 어루만져 그의 가슴속에 타오르는 정열을 식혀 주었고 넘쳐흐르는 젊음의 열기를 가볍게 쓰다듬어 주었다.

마침내 그의 마음은 잔잔해지고 눈 속 깊숙이 타올랐던 갈망의 불꽃은 서서히 꺼져갔다. 그러고 나서 6월의 밤은 자애로운 어머니처럼 웃음을 띤 채 그의 고고한 눈을 들여다보고 있었다.

그러나 그는 누가 자기를 지켜보고 있는지, 지금 자기 자신이 어디에 있는지조차 알 수가 없었다.

그는 그 자리에 벌렁 드러누워 숨을 크게 몰아쉬었다. 그리고는 크고 잔잔한 눈을 멍하니 뜨고 초점을 잃은 채 어느 불분명한 곳에 시선을 던졌다.

그러자 그의 눈에 비친 어제와 오늘의 일들이 기이한 영상으로 변하는가 하면, 풀 수 없는 수수께끼 같은 전설로 펼쳐지는 것이었다.

가정교사의 창도 불이 꺼졌는지 캄캄했다. 만일 이 시간에 잠 못 이루는 자나 몽유병자가 큰길을 건너와서 집이며, 그 앞의 광장, 정원이 소리도 없이 잠들어 있는 것을 보았다면, 필연코 그는 향수에 젖은 눈을 두리번거리면서 이 고요한 한밤의 광경을 즐기면서, 한편으로는 무한한 질투심을 가졌을 것이다.

하지만 잠잘 곳이 없는 방랑자나 거지, 길 잃은 주정뱅이였다면 멋대로 열린 정원 안으로 서슴없이 들어와서는 침상으로 사용하기에 알맞은 벤치를 발견하고는 안도의 숨을 몰아쉴 것이다.

잿빛 하늘이 열리면서 먼동이 트는 아침, 가정교사는 누구보다도 일찍 눈을 떴다.

잠을 잔 것 같으나 온몸은 그대로 나른했다. 지난밤, 램프 불 밑에서 오랫동안 책을 읽은 탓에 머리가 맑지 못했다. 불을 끄고 누웠을 때는 침대가 더워서 쉽게 잠들 수가 없었다.

그래서 자는 둥 마는 둥 엎치락뒤치락하다가 겨우 잠을 청하려 하자, 이번에는 또 배가 고파 견딜 수가 없어 눈을 뜬 채 허공을 바라보다가 자리에서 일어나고 말았다.

그러면서도 그는 지금까지의 것보다 더 뚜렷한 정신적인 가치관을 세워야겠다는 생각이 들었으나, 다시 책을 읽고 자신의 문제에 대해 사색을 계속할 생각은 전혀 없었다.

그 어떠한 것보다도 우선 맑고 시원한 공기가 필요했다. 그래서 그는 황급히 밖으로 나와 천천히 오솔길을 따라 걸었다.

벌써 농부들이 밭으로 나와서 일하고 있었다. 그들은 점잖은 걸음걸이로 주변을 배회하고 있는 홈브게르를 힐끔힐끔 바라보면서 수군거리며 웃었다.

웃음에 대한 반응이 별로 좋지 않다는 느낌을 받자, 그는 견딜 수 없는 감정에 빠른 걸음걸이로 숲속으로 들어가 버렸다. 아직도 어둠이 얇게 남아 있는 사위에 싸늘한 기운이 감돌고 있었다. 그는 무척 언짢은 기분으로 반 시간가량을 헤매었다. 쓸쓸하고 외로운 감정이 솟았다. 숲은 그들대로 부산하게 하루의 일과를 시작하고 있는 듯했다.

지금쯤 식구들이 거실에 모여 아침 커피를 마실 시간이라는 생각이 들자, 그는 발걸음을 돌렸다. 그리고 따스한 햇볕이 퍼지는 밭을 돌아 일하고 있는 농부들의 곁을 지나쳐서 별장을 향해 빠른 걸음으로 걸어갔다.

현관에 이르렀을 때, 문득 이렇게 허둥대며 식당으로 달려간다는 것은 아주 경망한 행동이라는 생각이 들었다.

그래서 그는 몇 발자국 뒷걸음쳐서 가쁜 숨결을 가라앉히기 위해 아주 느린 걸음으로 꽃밭 사이를 거닐다가 다시 집 안으로 들어가기로 마음먹었다.

그는 아주 천천히 여유 있게 플라타너스들이 줄지어 서 있는 오솔길을 걸어 나갔다. 그리하여 느릅나무가 있는 사잇길로 접어들려는 순간 뜻하지 않는 광경에 놀랐다.

숲으로 가려진 저쪽의 벤치에 불분명하나 사람이 분명한 물체가 움츠린 자세로 앉아 있었다.

흠브게르는 처음에는 끔찍한 일이 일어난 것이 아닌가 하는 생각에서 놀랐으나 다가가서 자세히 살펴보니 한 사내가 크게 숨쉬는 소리를 내며 잠든 것을 알아채고는 안심했다.

무척 남루한 차림을 한 그가 연약한 소년이라는 것을 알고 더욱 놀랐다. 그러자 흄브게르는 갑자기 용기와 분노가 뒤범벅되어 격정을 누를 수가 없었다. 그는 얼마간 망설였으나 어른으로서 긍지와 자부심이 자신의 주저함을 용납지 않았다.

그는 가까이 다가가서 잠든 소년을 흔들었다.

"애, 일어나지 못해. 여기서 뭘 하고 있어?"

그러자 소년은 깜짝 놀라면서 비실비실 일어나며 흐린 눈으로 앞에 서 있는 프록코트를 입은 신사를 쳐다보았다. 그리고는 어제저녁에 이 정원에 들어와 여기서 밤을 보냈다는 것을 깨닫게 되었는지 겸연쩍어했다.

소년은 날이 밝기 전에 이곳을 떠날 작정이었으나 그만 깜빡 잠이 들어버려 이런 꾸지람을 듣게 된 것이다.

"말 못 하겠어. 여기서 뭘 하지?"

"다만, 잤을 뿐입니다."

소년은 겁먹은 표정을 지으면서도 약간 반항하듯 대답했다. 그리고는 자리에서 벌떡 일어났다. 가늘고 야윈 손발이며, 앳된 얼굴 모습은 아직도 철없는 소년이라는 것을 한눈에 알 수 있게 해주었다. 아마도 열여덟 살쯤은 되어 보였다.

"너, 날 따라 와."

가정교사는 명령조로 말하며 돌아섰다. 그리하여 엉거주춤한 자세로 마지못해 따라오는 침입자를 데리고 별장 쪽으로 향했다. 바로 현관 앞에서 아브데리그 씨를 만났다.

"흄브게르 선생, 잘 주무셨소? 일찍 일어나셨군요. 그런데 그

묘한 젊은 친구는 누구요?"

"정원에서 잠든 녀석을 잡아 왔습니다. 알려드리려고요."

아브데리그 씨는 곧 영문을 알고 미소 지었다.

"선생, 수고했소. 솔직히 말해서 당신에게 이런 자비심이 있는 줄은 꿈에도 상상 못 했소. 썩 잘한 일이오. 이 불쌍한 소년에게 커피 한 잔쯤 마시게 해야 한다는 것은 나도 잘 알고 있소. 어쩌면 선생은 백모님께 이 아이에게 빵을 좀 주라고 부탁까지 할 작정이겠지. 참 그렇군. 어서 식당으로 데리고 갑시다. 애, 이리 오너라. 아직은 먹을 것이 남아 있을 거다."

식당으로 안내되어 커피잔을 놓고 앉아 있는 소년은 뜻밖에 베풀어지는 친절에 어리벙벙하기만 했다. 주인은 그런 소년의 모습이 재미있어 보였으나, 오늘 몰려들 손님들을 맞이할 생각에 한편으로는 조바심이 났다.

백모는 싱글벙글 웃으면서 바쁘게 이 방 저 방을 드나들며 일꾼들에게 이것저것을 지시하고 있었다.

아브데리그 씨는 점심 때쯤 포올과 함께 자동차를 타고 손님들을 마중하기 위해 정거장으로 나갔다.

소년은 여름 방학을 맞이하면 예외 없이 찾아오는 손님들로 하여 자기가 계획해 놓은 여러 가지 일들이 제대로 되지 않는 데 불만이 많았으나 어쩔 수가 없었다. 그러나 손님들이 묵게 되면 되도록 그들과 거리감 없이 친숙하게 지내려고 노력했다.

새 손님들과 함께 돌아오면서 포올은 그들을 조심스럽게 눈여겨보았다. 나이 많은 노교수 한 분과 그의 딸인 듯한 두 처녀가 아버지의 초청을 받은 손님들이었는데, 노교수는 혼자 기분이 좋아 줄곧 말을 계속했고, 두 처녀는 수줍은 듯 잠자코 그의 말을 경청할 뿐이었다.

교수는 아버지의 절친한 친구라는 사실 하나만으로도 우선 포올의 마음에 들었다. 노인다운 엄격함이 있었으나 모든 것을 잘 이해해 줄 것 같은 인자함도 지니고 있었다.

그러나 여자들에 대해서는 전혀 짐작할 수가 없었다. 자기와 비슷한 나이일 듯싶은 한 소녀는 어딘지 말괄량이 같은 면모가 엿보였다. 무엇보다도 그녀의 성격이 온순한지 거친지가 관심거리였다.

왜냐하면 함께 지내는 동안 서로의 작은 실수가 큰 싸움으로 발전하지 않을까 하는 염려에서였다. 사실 자기와 같은 나이 또래의 여자들이란 늘 말이 많고 번거로운 편인데, 이 소녀는 초면이라 그런지 조용히 침묵하면서 미소로 대답하는 것이 마음에 들었다.

그렇지만, 언니인 듯싶은 다른 처녀에 대해서는 짐작하기조차 어려웠다. 물론 나이도 알 수가 없었다. 어쩌면 스물이 훨씬 넘은 스물너덧 살은 되었을 거라고 혼자 계산해 보았다.

포올은 지독한 호기심을 참을 수 없어 다시 한번 곁눈으로 그녀를 눈여겨보았다. 어딘가 냉정한 것 같은 표정으로 보아 쉽게 대하기 어려운 인상이었다.

이런 여자들의 우아한 몸가짐과 의상에서 자연미가 우러나온다는 것을 그로서는 알 수가 없었다. 오히려 그녀의 몸가짐과 머리 모양이 이상스러울 뿐이었다.

아직 소년의 감정으로서는 도저히 풀 수 없는 수수께끼 같은 것들을 그녀가 많이 알고 있으리라고 상상했을 뿐이다.

포올은 이런 여자들은 매우 까다로울 것이라고 짐작하였다. 왜냐하면 예쁘기는 하지만, 그녀들의 자만심과 냉정함은 자기와 같은 소년은 거들떠보지도 않을 것 같아서였다. 그래서 다소 말괄량이 기질이 있는 듯싶은 동생 쪽에 더 관심이 갔다.

노교수와 아버지의 주고받는 대화에 이따금 언니인 토스넬데 양이 대답했다. 금발의 동생인 베르타 양은 마주 앉아 있는 포올과 마찬가지로 부끄러운 듯 입을 다물고 있었다.

그녀는 파란 리본이 달린 무늬 없는 밀짚모자를 쓰고 있었는데, 넓은 챙을 약간 구부려 멋을 내고, 연한 하늘색 여름옷 위에 은빛 벨트를 가볍게 매고 있었다.

지금 그녀는 차 안에서 강렬한 여름 햇볕이 쨍쨍 내리쬐는 밭고랑과 열기에 시달리고 있는 풀밭을 바라보느라고 정신이 없었다. 그러면서 이따금 포올 쪽을 곁눈질로 바라보기도 했다.

그녀는 이 소년이 엘렘 별장에서 살고 있지 않았더라면 벌써 이곳으로 달려왔을 것이다. 하지만 그녀에게는 소년이 매우 성실하고 영리하게 보였다.

사실 영리해 보이는 남자아이들일수록 개구쟁이 노릇을 하기 마련이다. 자기를 자랑해 보이느라고 서투른 외국어를 지껄이고, 때로는 겸손한 태도로 들꽃을 꺾어 들고 식물의 학명 등을 물어 올 것이다.

그런 경우 이쪽에서 알아내지 못하면 의기양양하며 엷은 비웃음을 입가에 띠우는 것을, 그녀는 두 종형제한테서 이미 경험한 바가 있었다.

그녀의 두 종형제는 대학생과 고등학생이었는데, 자존심을 손상하는 장난을 곧잘 해서 자주 그녀를 낭패하게 만들곤 했다.

베르타는 그와 같은 경험에서 꼭 한 가지만은 배워둬서 어떤 경우에도 그것만을 지키리라고 결심했다.

말하자면 눈물을 보인다거나 화를 내서는 안 된다는 사실이었다. 울거나 화를 낸다는 것은 곧 자기가 졌다는 약점을 표시하는 거나 다름없기 때문이다.

그녀는 누구에게나 지고 싶지 않은 성미였다. 무엇보다도 그녀가 다행스럽게 생각한 것은 소년에게 백모님이 계신다는 사실이다. 만일 어려운 경우가 생기면, 그녀의 현명한 도움을 청하리라 마음먹었다.

"포올, 너 벙어리가 됐니?"

아버지가 큰 소리로 말했다.

"아니, 왜 그러세요?"

"차 안에 너 혼자만 있는 것이 아니잖니. 베르타 양에게 시골 이야기라도 들려주려무나."

포올은 가벼운 하품을 하고 나서 비로소 입을 열었다.

"베르타 양이라고 하셨지요? 저쪽 모퉁이를 돌면 바로 별장입니다."

"이것 봐. 너희들 서로 존댓말을 빼는 게 좋겠다."

"아버지는 괜한 데까지 신경을 쓰시는군요. 저는 좋다고 생각하는데요."

"응, 그러냐? 그렇다면 너 좋을 대로 하려무나. 하지만 옆에서 듣기에 좀 어색한 것 같다."

베르타는 순간 얼굴을 붉혔으나 포올은 미처 그것을 보지 못했다. 하지만 그 역시 얼굴이 붉어져 있었다. 그들의 대화는 거기서 끊겼다. 노인들이 그들의 붉어진 얼굴을 보지 못한 것은 여간 다행이 아니었다.

두 사람은 서먹서먹한 기분에 휩싸여 차가 덜컹거리면서 자갈 투성이의 광장을 지나 건물 앞에 이르러서야 안도할 수 있었다.

베르타는 백모 곁에 앉아 안도의 숨을 몰아쉬고, 포올은 식구들의 대화에는 아랑곳하지 않고 식사에만 열중했다.

식사가 거의 끝날 무렵에서야 주인은 교수와 열띤 논쟁을 벌이고 나서 입을 다물었다. 논쟁에 진 교수는 그제야 식욕을 느꼈는지 마음껏 음식을 먹었다.

흠브게르 씨는 아무도 더는 자기를 공격하려는 기미가 없다는 것을 알고 안심했다. 그러나 자신의 침묵은 손님들에게 실례가 된다는 것을 깨달았다.

왜냐하면 토스넬데 양이 끝끝내 입을 다물고 언짢은 기색으로 바라보는 것만 같아서 견딜 수가 없었기 때문이다.

그래서 그는 턱을 밑으로 숙이고 적당한 화제를 찾아내느라고 궁리하고 있었다.

그러자 토스넬데 양은 가정교사가 더 이상 말을 걸어주지 않자 어쩔 수 없이 동생 베르타와 속삭이기 시작했다. 백모도 그녀들의 속닥거림에 끼어들었다.

포올은 그런 동안 실컷 먹었다. 지나치게 배가 부르자 칼과 포크를 내려놓았다. 고개를 쳐든 순간 우연히 교수의 우스운 모습이 눈에 띄었다.

그때 노교수는 포크에 찍은 큰 고깃덩어리를 입에 물고 아직 포크를 빼내기 전이었는데, 불쑥 아버지가 무엇인가를 질문해 온 것이다. 그래서 교수는 포크를 입에서 빼는 것도 그만 잊은 채 눈을 크게 뜨고 입을 벌린 이상한 얼굴 모양을 했다.

이런 바보 같은 우스운 물골을 본 포올은 갑자기 터져 나오는 웃음을 참을 수가 없어 혼자서 소리 죽여 웃었다.

아버지는 계속 말하면서 눈을 흘겨 소년을 꾸짖었다. 가정교사는 포올이 자기 때문에 웃는 줄 알고 공연히 입술을 깨물었다. 이때 베르타도 별 이유 없이 그를 따라 웃었다.

그러면서 그녀는 소년에게는 순진한 면도 있구나 싶었다. 역시 거만한 이 부잣집 소년도 별수 없는 개구쟁이 사내아이라는 생각이 들었다.

"뭘 그렇게 혼자서 좋아하죠?"

이윽고 토스넬데 양이 포올에게 물었다.

"아뇨, 아무것도 아닙니다."

포올이 놀라며 대답했다.

"베르타, 넌 또 왜 웃지?"

"나 역시 아무것도 아냐. 그냥 따라 웃었을 뿐이야."

"더 따를까요?"

그때 가정교사 흠브게르 씨가 토스넬데 양에게 물었다.

"아니, 그만 됐어요."

"그럼 내 잔에 따르도록 해요."

하고 백모가 잔을 내밀었다. 그러자 노부인은 술을 마시지 않고 그냥 식탁 위에 놓아두었다.

식사를 마친 다음에는 커피와 잎담배가 나왔다.

토스넬데는 포올을 바라보며 물었다.

"당신도 담배를 피워요?".

"아뇨. 전혀 피우지 못합니다."

그러고 나서 다시 말했다.

"아직 피워서는 안 될 나이니까요."

포올이 이렇게 말하자, 그녀는 소리 내어 웃으며 머리를 갸웃거렸다. 이 순간 소년은 그녀가 예뻐 보여 지금까지 미워했던 것을 곧 후회했다.

'어쩌면 이 여자는 정말 좋은 사람일지 모르겠다'는 생각이 들어 다시 그녀를 몰래 훔쳐보았다.

이 날밤은 유난히 서늘해서 기분이 매우 좋았다. 그래서 카바이트 불을 정원에 켜놓고 둘러앉아 짧은 여름밤을 즐겼다.

여행에 지친 손님들은 어서 자리에 누워 쉬었으면 하는 기색이었으나 이야기꽃을 피우느라 먼저 일어나는 사람은 없었다.

시원한 대기의 감촉이 이곳저곳을 어루만져 주고 어느덧 밤하늘에는 별이 나타나 반짝였다. 산은 어둠으로 검게 치장하고 황금색 섬광이 흘러갔다. 풀밭에서 풍겨오는 향긋한 풀 내음이 은은했고 흰색의 치자나무는 어둠 속에서 창백한 모습을 하고 서 있었다.

"그렇다면 말이오. 당신은 문화의 혁신이 민족의식에 의해서 이루어지는 것이 아니라, 한 사람 또는 몇 사람의 천재적인 개인에 의해서 이루어지는 것이라고 믿소?"

"네, 저는 그렇게 믿고 있습니다."

가정교사는 이렇게 단언하듯 말하고 나서 긴 연설을 시작했으나 교수 외에는 아무도 귀를 기울여 주지 않았다.

아브데리그 씨는 베르타를 상대로 말씨름하고 있었고, 백모는 그녀의 역성을 들고 있었다.

소년은 등받이 의자에 비스듬히 누워 소다수를 마셨다.

"그럼 에크하르트(19세기 독일 작가의 작품)를 읽어봤나요?"

포올이 토스넬데에게 물었다.

그녀는 조립식 의자에 기댄 채 어두운 하늘을 바라보면서 대답했다.

"그럼요. 하지만 그런 책은 당신 나이에는 맞지 않는다는 것을 모르나요. 역시 읽지 않는 게 좋을 거예요."

"왜요? 그건 왜죠?"

"읽어봤자 이해할 수 없을 테니까요."

"뭐라고요?"

"사실이 그런 걸 어쩌죠."

"어쩌면 당신보다 제가 더 잘 알고 있을 거예요."

"믿어도 좋을까, 어느 부분이죠?"

"라틴어로 쓴 부분이에요."

"아직 믿기엔 좀 이르지만……"

포올은 자신만만했다. 저녁 식사 때 그는 맥주를 약간 마셨다. 그래서 이 고요한 밤의 대기 속에서 대화를 나눈다는 것은 무엇보다도 유쾌했다.

이 침착하고 얄미울 정도로 우아한 여자를 어떻게든 흥분하게 해서 약을 올려 줄 수 없을까 하고 궁리하던 참이었다.

그런데 그녀는 포올을 바라보려고도 하지 않았고 아예 관심 밖이었다. 토스넬데는 밤하늘을 올려다보며 한 팔은 의자 위에, 다른 한 팔은 밑으로 늘어뜨린 채 꼼짝도 하지 않았다.

그녀의 하얀 얼굴과 긴 목이 어둠 속에서 불빛을 받아 유난히 돋보였다.

"그렇다면 에크하르트 중에서 어느 부분을 좋아해요?"

그녀는 여전히 포올을 보지 않은 채 이렇게 물었다.

"슈파쵸가 행동하는 부분입니다."

"뭐라고요?"

"그것보다는 숲속의 요녀가 쫓겨나는 장면입니다."

"그래서요?"

"하지만, 가장 마음을 끄는 것은 프락세디스가 에크하르트를 감옥에서 탈출시키는 장면이죠. 그건 너무 아슬아슬해요."

"맞아요. 그런데 어떻게 했죠?"

"프락세디스가 뒤에서 재를 뿌리고……."

"아하, 그렇군요. 저도 생각났어요."

"에크하르트 중에서 말인가요?"

"그야 물론이죠."

"저 역시 당신과 같은 생각이에요. 프락세디스가 에크하르트를 구해 주는 장면이죠. 무엇보다도 그 여인이 재빨리 키스를 해주고 나서 방긋 웃으며 성으로 돌아가는 장면은 너무 아름다워요."

"아! 그렇군요."

포올은 고개를 끄덕였다. 그러나 막상 키스하는 대목은 전혀 기억에 없었다.

교수와 가정교사는 이야기를 이미 마치고 있었다. 아브데리그 씨는 여송연에 불을 붙였다. 그가 긴 여송연을 카바이트 불에 붙이는 것을 베르타는 신기하게 바라보았다.

그녀는 옆에 앉은 백모를 오른팔로 껴안은 채 주인 노인이 늘어놓는 거짓말 같은 체험담을 눈을 크게 뜨고 듣고 있었다.

아브데리그 씨는 여행 이야기 중에서 특히, 나폴리에 머물렀던 자신의 이야기를 즐겨 말했다.

"아저씨, 그거 정말 경험하신 일이에요?"

마침내 그녀가 이렇게 물었다.

그러자 아브데리그 씨는 피식 웃었다.

"베르타야, 그건 네 생각에 달렸단다. 믿고 싶든 않든 간에 그것은 듣는 사람의 마음에 달렸지."

"그런가요. 그렇다면 우리 아빠께 물어보겠어요."

"너 좋을 대로 하려무나?"

백모는 자기 허리를 감고 있는 베르타의 손을 툭툭 쳤다.

"농담으로 알아라……."

백모는 이렇게 말하면서 아브데리그 씨의 잔에 날아드는 불나비를 쫓았다. 그녀는 누구에게나 눈길이 마주치면 잔잔한 미소를 보냈다.

노인 두 사람, 베르타, 그리고 신나게 떠들고 있는 포올, 밤하늘을 올려다보고 있는 토스넬데, 장황하게 늘어놓은 이야기를 다시 정리해 보고 있는 가정교사 흠브게르 씨, 이들 모두가 한결같이 풍요롭고 사랑스러워 보였다.

백모는 아직 젊었다.

이 한 여름밤의 정원이 얼마나 젊은이들에게는 소중한 것인가? 앞으로 어떤 운명이 이 사람들에게 닥쳐올 것인가!

가정교사는 줄곧 이런 생각에 골몰했다.

안락한 생활, 진실한 사랑과 이별, 끝없는 희망, 이런 것은 모든 이들에게 귀중한 삶의 유산이다.

'토스넬데, 당신은 너무나 아름답습니다. 별보다 더 빛나 보입니다.'

찬찬한 성미를 가진 백모는 베르타의 손을 매만지며 약간 우울한 기색을 하고 있는 가정교사에게 미소를 보냈다. 그러면서 술이 떨어지지 않았나 유심히 식탁을 살폈다.

"학교 얘기를 들려줘요."

토스넬데가 포올에게 말했다.

"네? 학교 얘기라고 했나요. 지금은 방학이죠."

"상급 학교에 진학할 것인가요?"

"뭐, 누군 학교가 좋아서 다니는 사람 봤어요."

"어쨌든 당신은 학자 타이프가 아니에요."

"뭐, 그야 그렇긴 하지만……."

"학자보다 더 희망하는 게 있어요?"

"가만있자……, 내가 희망하는 것은……, 꼭 말하라면 해적이 되는 거예요."

"해적?"

"맞아요. 해적이 되고 싶어요."

"하지만 해적이 되면 책을 많이 읽을 수 없을 텐데요."

"그야 뭐, 못 읽어도 할 수 없죠. 어떻게든 시간을 내 봐야죠."

"그럼요, 전……."

"또 뭔가요."

"저는……, 이건 비밀이에요."

"싫으면 말 안 해도 좋아요."

포올은 모든 것이 시들해졌다. 그는 베르타 쪽으로 가서 함께 이야기를 들었다. 아버지는 매우 기분이 좋아서 혼자서만 이야기했으며, 다른 사람들은 모두 듣고만 있었다.

마침내 영국식 양장 차림을 한 토스넬데 양이 자리에서 일어나며 말했다.

"전 이만 실례하겠어요."

그러자 모두 기다렸다는 듯이 자리에서 일어나며 시계를 보더니 어이없어했다. 여름밤이 너무 깊었다는 것을 깨달았다.

모두 자리를 대충 치우고 집으로 향했다.

포올은 베르타와 어깨를 나란히 하고 어둠에 싸여 있는 오솔길을 걸어갔다. 가까운 곳에서 풀벌레가 울었다. 갑자기 그는 베르타가 좋아졌다.

아버지가 우스운 얘기를 할 때 천진하게 웃는 모습으로 보아 좋은 소녀 같았다. 처음에 포올은 손님이 오는 것을 싫어했지만, 자신이 어리석었다는 것을 깨닫고는 후회하는 마음을 가졌다.

이렇듯 깊은 여름밤에 처녀들과 함께 어울린다는 것은 유쾌한 추억이 되리라.

그는 자기가 용감한 기사 같다는 생각이 들었다. 오늘 밤 토스넬데하고만 얘기하고 지낸 것을 조금 후회했다. 역시 그녀는 예상했던 것처럼 거만하고 냉정했다.

그리고 보면 베르타 쪽에 더 많은 호감이 갔다. 이제껏 그녀에게 가까이하지 않은 것이 잘못처럼 여겨졌다. 그런 자기의 마음을 용기를 내서 말하자, 그녀는 소리 높여 웃었다.

"포올, 당신의 아버지 정말 재미있으신 분이에요. 안 그래요?"

포올은 그 말에는 대답하지 않고 내일 산으로 소풍을 가자고 제안했다. 그가 가고자 하는 곳은 그리 멀지 않은 아름다운 곳이라고 몇 번이나 강조하면서 산으로 가는 길과 그 주변 경치를 설명하느라고 열을 올렸다.

그가 열심히 설명하고 있는데 토스넬데가 앞서 지나갔다. 그녀는 힐끗 곁눈질했다. 냉정하면서도 호기심에 찬 얼굴이었다.

그러나 포올은 조롱당한 것으로 착각하여 말을 중도에서 끊었다. 그러자 베르타는 영문을 몰라 그를 쳐다봤다.

그때는 이미 현관 앞까지 와 있었다. 베르타가 먼저 손을 내밀었다.

포올은 "안녕!"하고 짧은 인사말을 했다. 그러자 그녀가 고개를 끄덕이고는 곧 자리를 떴다.

토스넬데는 포올에게 인사도 없이 자기 방으로 사라졌다. 등불을 들고 층계로 올라가는 그녀를 바라보고 있던 포올은 알 수 없는 분노가 치밀어 올랐다.

늦은 밤은 알맞게 훈훈하고 주위의 고요는 알 수 없는 벅찬 흥분을 가져다주었다. 포올은 자리에 누워 눈을 감았다.

무더운 공기가 끈적거렸고 이따금 어디선가 번갯불이 일면서 천둥소리가 들려왔다. 나뭇가지조차 흔들지 못하는 엷은 바람이 창문 쪽에서 흘러들어왔다.

포올은 엷은 잠 속으로 빠지며 오늘 밤의 갖가지 일들을 꿈꾸듯 되풀이 생각했다.

그는 자기 자신이 오늘은 좀 달라졌다고 느꼈다. 그는 자기가 어른이 된 것 같았으며, 어른다운 행동을 한 것같이 생각되기도 했다. 아주 솜씨 있게 토스넬데와 이야기를 주고받았으며, 또 베르타와도 잘 어울리지 않았던가!

다만, 토스넬데가 자기 쪽을 좋게 생각하고 있는지가 마음에 걸렸다. 어쩌면 그녀는 심심풀이로 포올을 말벗 삼아 상대해 주었는지도 모른다. 그녀가 말한 프락세디스의 키스 장면을 내일 아침에 다시 한번 찾아 읽어보고 싶었다.

어쩌면 내가 그 장면을 이해하지 못한 것이 아닐까. 아니면 읽고도 무관심하게 잊어버린 것이나 아닌지!

토스넬데는 정말 다른 사람들도 아름답다고 생각할까. 사실은 그것이 매우 궁금했다.

그녀가 아름답게 보이는 것은 사실이지만, 그녀의 속마음을 알 수가 없었다. 어쩌면 믿을 수 없는 여자라는 생각도 들었다.

그 희미한 등불 밑에 앉아 있던 그녀는 정말 아름다웠다. 그 즐거워하던 모습, 멍하니 밤하늘을 올려다보고 있던 모습, 희고 가는 목, 그 멋진 옷차림, 그것은 그대로 한 폭의 아름다운 초상화였다.

하지만 좀 더 냉정히 생각해 보면 베르타 쪽이 훨씬 더 좋았다. 베르타는 어렸으나 귀여운 면모가 있었다. 그녀라면 조롱당한 것 같은 불쾌감을 느끼지 않아도 되었다.

처음부터 그녀와 가까이했더라면, 지금쯤은 매우 친밀감을 더했을 것이다. 아무튼 손님들이 이틀 후면 떠나게 된다는 사실이 이제는 무엇보다도 서운했다.

그런데 베르타와 이야기하고 있을 때 토스텔데는 왜 그런 표정으로 나를 바라본 것일까?

포올은 그녀가 힐끗 돌아보던 차디찬 모습을, 그 눈길을 떠올려보았다. 하지만 그녀는 아름다웠다. 자꾸만 그녀의 모습이 눈앞에서 맴돌았다. 그 비웃는 듯한 오만한 눈동자를 잊을 수가 없었다.

'에케하르트의 키스 장면 때문일까? 베르타와 함께 떠들며 웃던 것이 그토록 그녀를 못마땅하게 만든 것일까?'

그는 잠을 청하면서도 그 이유를 알고 싶어 깊은 잠에 빠질 수가 없었다.

다음 날 아침, 하늘은 잿빛으로 흐려 있었으나 비는 내리지 않았다. 마른 풀냄새며, 그리고 흙냄새가 코끝을 간지럽혔다.

"좋지 않은 아침인데……."

포올이 불평하며 층계를 내려갔다.

"날씨가 이러니 소풍은 틀린 것 같군요."

"아냐. 쉽게 비는 오지 않아."

아버지가 위로하듯 하늘을 바라보며 말했다.

"이상하군요. 포올은 소풍 따위 좋아하지 않을 줄 알았는데."

토스넬데가 말참견했다.

"하지만 손님을 위해서니까."

아버지가 포올을 대신해서 대답했다.

"저쪽 마당에 볼링장이 있어요. 그리고 크리미트 경기장도 있고요. 하지만 크리미트는 별로 재미없어요."

포올이 그녀를 바라보며 말했다.

"크리미트라면 재미있을 텐데."

토스넬데가 약간 볼멘소리로 말했다.

"그럼 좋아요. 우선 커피를 마시고 아침 식사가 끝나면 크리미트를 하도록 하죠."

아침 식사를 끝내자마자 젊은이들은 어울려 정원으로 나왔다. 물론 가정교사도 함께였다. 크리미트를 하기에는 풀이 너무 무성했을 뿐만 아니라, 인원도 적어 다른 놀이를 하기로 했다. 그래서 포올은 볼링을 준비했다.

"그럼 누구부터 시작할까요?"

"그렇게 묻는 사람부터 하면 되잖아요."

"그럼 좋아요. 누구하고 짝이 되어야 할 텐데……."

마침내 포올은 토스넬데와 한 편이 되었다. 그는 열심히 했다. 그녀가 칭찬해 주기를 바란 것이다.

그러나 그녀는 놀이엔 마음이 별로 없는지 포올이 공을 건네주니까, 아무렇게나 던져 핀을 몇 개 쓰러뜨리고 그것을 세지도 않았다. 전혀 관심이 없는 듯했다.

이윽고 그녀는 놀이에서 떨어져 가장 교사와 어울려 러시아의 작가 투르게네프에 관한 얘기를 하고 있었다. 홈브게르 씨는 오늘따라 유난히 점잖뺐다.

그러나 베르타는 놀이에 아주 적극적이었다. 그녀는 공 놓는 위치라든가 목표를 겨냥하는 법 따위를 일일이 포올에게 배웠다.

"임금님을 넘어뜨렸네! 단번에 열두 점을 얻었어. 토스넬데. 우리 편이 이기게 됐어요."

포올이 이렇게 소리쳤으나 그녀는 고개만 끄덕일 뿐이었다.

"더 정확히 말하면 투르게네프는 러시아 사람이 아닙니다."

가정교사는 엉뚱한 소리를 하면서 자기 차례라는 것조차 잊고 있었다. 포올은 잔뜩 약이 올라 소리쳤다.

"벌써 내 차례야?"

"네, 다들 기다리고 있잖아요."

포올은 들고 있던 공으로 가정교사를 때려주고 싶을 만큼 화가 나 있었다. 그가 화를 내자, 베르타도 기분이 상했는지 공을 제대로 던지지 못했다.

"그만두죠."

베르타의 이 제의를 누구도 반대하는 사람이 없었다. 토스넬데가 먼저 자리를 떴다. 가정교사는 재빨리 그 뒤를 따랐다. 포올은 잔뜩 화가 나서 볼링 기둥을 힘껏 걷어찼다.

"더 놀다 가요?"

베르타가 위로하듯 말했다.

포올은 기둥이랑 공을 다시 나무 상자에 넣었다. 베르타가 조심스럽게 그를 도왔다. 그는 힐끗 토스넬데 쪽을 바라보았다. 이미 그녀는 숲속으로 들어가고 있었다.

'토스넬데!'

그 여자 앞에서의 포올은 철없는 장난꾸러기 사내아이에 지나지 않았다.

"이젠 뭘 하지?"

"포올, 정원을 구경시켜 주지 않겠어요."

"그래 좋아!"

포올은 앞장서서 내달았다. 베르타는 가쁜 숨을 몰아쉬면서 뒤따라갔다.

포올은 짙은 그림자가 깃든 숲이며, 오솔길을 따라 늘어선 플라타너스, 그리고 크고 울창한 너도밤나무를 보여주었다. 그는 베르타에게 미안한 마음이 들면서도 내내 거칠게 행동했다. 그녀를 자기보다 두서너 살쯤 아래로 다루었다. 그랬는데도 그녀는 말없이 그가 하라는 대로 따라 했다.

수양버들이 늘어선 잔디밭에 이르렀을 때, 그들은 한 쌍의 남녀를 만났다. 가정교사와 토스넬데였다. 가정교사는 뭔가를 열심히 떠들고 있었으며 토스넬데는 가만히 듣고만 있었는데, 별로 좋은 기색이 아니었다.

포올은 가정교사의 이야기를 방해하려는 듯 빨리 발걸음을 놀렸다. 늘어진 버들가지를 헤치고 들어간 잔디밭 부근 벤치에 숨듯 앉았다.

"모두 여기에 앉도록 하죠."

토스넬데가 약간 화난 음성으로 말했다.

그러자 모두들 벤치에 나란히 앉았다. 포올은 마침 토스넬데 옆에 앉게 되었다. 그곳은 무덥고 습기로 가득 차 있었다.

"꽤 조용하군."

가정교사 홈브게르 씨가 이렇게 말하자, 토스넬데가 고개를 끄덕이면서 대답하듯 말했다.

"너무 덥군요. 우리 아무 말도 하지 말고 잠시 쉬어요."

네 사람은 침묵한 채 벤치에 앉아 있었다. 토스넬데는 벤치 바닥에 손을 내려놓고 있었는데 바로 포올 옆이었다. 가늘고 긴 하얀 손, 손톱이 잘 다듬어져 있는 부드러운 손이었다.

포올은 그 아름다운 손을 오래도록 내려다보았다. 넓은 소맷자락에서 살며시 드러난 손은 지친 듯 힘없이 놓여 있었다.

모두 잠자코 앉아 있었다. 포올은 어젯밤의 일을 생각해 보았다. 그때에도 그녀의 멋진 손은 피로한 듯 늘어져 있었다. 그리고 그녀는 거의 드러누운 거나 다름없이 의자에 앉아 있었다.

그러한 자세는 그녀의 옷차림이나 쉰 듯한 목소리와 잘 어울렸다. 역시 그녀다운 자세였다. 그녀의 냉정하면서도 서늘한 눈매, 영리하면서도 차게 보이는 어딘가 여유만만한 그녀의 용모와 너무나 잘 어울리는 자세였다.

흠브게르 씨는 지루하다는 듯 시계를 보았다.

"아가씨들, 저는 할 일이 있어서 그만 가 봐야겠습니다. 하지만 포올은 좀 더 여기 있어도 좋을 거야. 자, 그럼……."

그는 허리를 굽혀 보이고는 가 버렸다. 다른 사람들은 그 자리에 그냥 말없이 앉아 있었다.

포올은 마치 큰 죄를 짓는 것처럼 주저주저하면서 조심스럽게 자기 손을 토스넬데 손에 가까이 가져갔다. 어쩌려고 그런 짓을 하는 것일까. 가슴이 불타는 듯했고 이마에는 땀방울이 맺혔다.

"그리미트는 좋은 것인지 모르겠어."

베르타는 꿈에서 깨어난 듯 이런 소리를 중얼거렸다. 가정교사가 앉았던 자리가 비었기 때문에 그녀와 포올 사이에는 간격이 넓어졌다.

베르타는 그의 옆으로 가까이 다가가서 앉을까 말까 망설였다. 새삼스럽게 그러는 것도 우스울 것 같고, 혼자만 따돌림을 받는 것 같아서 그런 말을 해 본 것에 불과했다.

"썩 재미있는 놀이는 아니야."

그녀는 한참 만에 자기가 한 말에 대답했다. 그러나 아무도 말을 잇는 사람은 없었다.

다시 침묵이 계속되었다. 포올은 자기 심장의 고동이 들리는 것 같았다. 무엇인가 재미있는 이야기를 하든지, 아니면 이곳을 빨리 벗어나든지, 이대로는 견딜 수가 없었다.

그러나 그는 꼼짝도 하지 않고 그대로 앉은 채 여전히 손을 맞대고 있었다. 웬일인지 점점 가슴이 답답해지면서 숨결이 거칠어져 질식할 것 같았으나 기분은 좋았다. 하지만 슬프고 괴로운 기분이었다.

토스넬데는 아무 말 없이 초점을 잃은 듯한 시선을 던지고 있을 뿐이었다. 그러다가 포올이 맞닿아 있는 손만 내려다보고 있는 것을 비로소 알아차리고는 일부러 자기의 손을 그의 손 위에 겹쳐 놓았다.

그녀의 손은 부드러웠으나 힘이 있고 뜨거웠다. 포올은 불의의 습격을 받은 것처럼 깜짝 놀라서 약간 손이 떨렸으나 빼지는 않았다.

그는 숨도 제대로 쉴 수가 없었다. 맥박이 빨라지면서 심장이 뛰기 시작했고, 온몸의 피부가 부풀어 오르는 듯한 격렬함이 시작되다가 돌연 얼음처럼 굳어버리는 것 같았다.

포올은 창백한 얼굴로 애원하듯 그녀를 바라보았다.

"놀랐어요? 난 당신이 졸고 있는 줄 알았는데."

포올은 아무 말도 할 수가 없었다. 그녀는 이미 손을 치웠지만,

그는 그대로 손을 움직이지 않고 가만히 있었다. 아직은 그녀의 보드라운 손길이 닿아 있는 것 같은 느낌이 들어서였다.

그는 멍하니 넋을 잃은 채 아무것도 할 수가 없었다.

그런 자세로 앉아 있는데 갑자기 등 뒤에서 날카로운 신경질적인 소리가 들려와 놀라며 뒤를 돌아다보았다. 토스날데는 벌써 일어나서 서 있었다.

포올은 살았다는 듯이 숨을 크게 몰아쉬며 천천히 자리에서 일어섰다.

그때야 베르타가 고개를 숙인 채 울고 있는 것을 발견했다.

"먼저 가요, 곧 갈 테니까."

토스날데가 포올을 보며 말했다. 그냥 돌아서서 가려니까.

"베르타는 머리가 좀 아픈 모양이에요."

하고 뒤에서 그녀가 말했다.

"이봐, 베르타. 여기는 너무 더워. 숨이 막힐 지경이야. 정신 차려. 집 안으로 들어가야 해."

이렇게 포올이 재촉했으나 그녀는 아무 대답도 하지 않았다. 산뜻한 하늘색 카라 위에 가느다란 목이 얹어있고, 소매 밖으로 여윈 팔이 가냘프게 늘어져 있었다.

그녀는 얼마 동안 흐느껴 울다가 좀 계면쩍은 듯한 붉어진 얼굴을 쳐들고 일어나서는 머리를 매만졌다. 그러면서 영문을 알 수 없는 웃음을 띠었다.

포올은 아직도 자신을 가다듬지 못하고 있었다.

토스넬데가 왜 손을 겹쳐 놓았을까? 그것은 단순한 장난이었을까? 그 일로 해서 자신이 괴로워하고 있다는 사실을 그녀는 알고 있을까? 생각해 볼수록 대답은 저 멀리 무더운 공기처럼 답답하기만 했다.

그러자 신경과 혈관이 차차 굳어지고 머리가 무거워지면서 속이 메슥거렸다. 그런가 하면 목 안이 따끔거리기 시작하고 맥박이 멎는 것 같은 고통이 뒤따랐다. 그러나 괴롭기는 했지만 알 수 없는 흥분이 그의 가슴을 메아리쳤다.

그는 집 옆을 지나 연못가에 서 있는 사과나무 밑을 이리저리 뛰어다녔다. 온몸을 무더위가 감쌌다. 하늘은 온통 낮은 구름으로 덮여 당장에라도 비가 쏟아질 것 같은 형상으로 잔뜩 흐려지기 시작했다.

연한 실바람이 나뭇가지 사이를 흔들고 지나갔다. 그 때문에 거울처럼 맑던 연못에 엷게 주름이 잡히더니 번쩍번쩍 은빛을 발했다.

잔디밭 한쪽 기슭에 매여 있는 칠 벗겨진 낡은 보트가 포올의 눈에 띄었다. 그는 재빨리 보트에 올라앉아 노를 찾았다. 그러나 배를 저을 수가 없었다. 오래전부터 배에는 노가 없었다.

그는 두 손을 물속에 넣어보았다. 얼굴이 저절로 찌푸려질 만큼 물속은 미지근했다.

포올은 이 별장으로 온 지 처음으로 이유 없는 슬픔에 잠겼다. 꿈속을 돌아다니는 듯 움직여 보려 했으나 손과 발이 제대로 말을 듣지 않았다.

내려앉을 듯한 잿빛 하늘, 미지근한 연못, 칠이 벗겨져 이끼가 돋아 있는 낡은 보트, 이 모든 것들이 한결같이 쓸쓸하게 보였고, 처참하도록 까닭 모를 절망감을 안겨 주었다.

무엇인가가 끝나버렸으면 하는 좌절감이 그를 외롭게 만들어 주었다.

건물 쪽에서 피아노 소리가 은은히 들려왔다. 그리고 보니 토스넬데와 베르타는 이미 그의 곁에 없었다. 저 피아노 연주는 그녀들을 위해서 아버지가 쳐주고 있음이 틀림없었다.

포올에게는 그 곡이 무척 귀에 익었다. 그리그의 '페르 귄트' 중에서 골라낸 한 소절이었다. 그 멜로디를 듣자, 그도 그들과 함께 있고 싶은 마음이 간절해졌다.

그러나 그는 그대로 앉아서 연못 건너편 사과나무 사이로 어린 아이들이 뛰놀고 있는 모습을 물끄러미 바라보고 있었다. 곧 소나기가 쏟아질 것 같았다.

올여름 들어 처음 맞게 될 소나기이지만, 그는 여느 때와는 달리 그 소나기를 기다리지는 않았다.

그때 피아노 소리가 멎었다. 그리고 얼마 동안 조용했다. 그러자, 잠시 후에 저절로 흥을 돋우는 경쾌한 멜로디가 다시 들려왔다. 처음 듣는 낯선 곡이었다. 그리고 나서 노래가 시작되었다. 여자의 높은 목소리였다.

포올은 무슨 곡인지 알 수가 없었다. 지금껏 한 번도 들어본 기억이 없는 곡이었지만, 그 목소리의 주인공을 곧 알 수 있었다. 침착하면서도 약간 쉰 듯한 목소리, 바로 토스넬데의 노래였다.

그녀의 노래는 썩 잘 부르는 솜씨는 아니었지만, 충분히 포올의 마음을 사로잡았다. 그러자 그녀의 손이 닿았을 때처럼 야릇한 감동이 전해져 왔다.

포올은 이제 조용한 마음으로 그녀의 노랫소리를 듣고 있었다. 이윽고 견디다 못한 구름은 물방울을 뚝뚝 떨어뜨렸다. 빗방울이 그의 손과 얼굴을 때렸으나 그는 아랑곳하지 않았다.

무엇인가에 의해서 온몸이 조여지고 눌리어지는 듯한 절박감에서 벗어나려는 듯 애태우고 있었다. 그러면서도 '엑케하르트의 이야기'를 생각했다.

그 순간 그는 자신을 의심했다. 왜냐하면 토스넬데를 사랑하고 있다는 사실을 발견하고 확인한 것이었기 때문이다. 그리고 나서 그녀는 이미 어른이고 숙녀인 데 비해 자기는 아직 학생인데다가 내일이면 그녀는 이곳을 떠나고 만다는 사실을 깨달았다.

그때 식사 시간을 알리는 종소리가 힘차게 울렸다. 노랫소리는 이미 그치고 들리지 않았다.

포올은 힘에 겨운 듯 집 쪽으로 걸음을 옮겼다. 현관 앞에서 빗물을 닦고 머리를 손질한 다음, 마치 큰일을 당한 듯 숨을 깊숙이 가다듬었다.

"어머! 어느새 비가 오네. 그럼 다 틀리잖아."

베르타가 속상하다는 듯한 표정을 지으면서 말했다.

"뭐가 다 틀렸는데?"

포올은 음식을 먹느라고 고개도 들지 않은 채 물었다.

"뭐라뇨? 우리……, 오늘 산에 데려가겠다고 약속했잖아요?"

"참, 그랬었지. 하지만 날씨가 저러니 못 가겠는걸."

포올은 베르타에게 기분이 어떠냐고 묻고 싶었으나 잔인한 물음인 것 같아서 그 말은 피했다.

이미 그는 베르타가 버드나무 밑에서 울던 때의 그 괴로워하던 모습을 까맣게 잊고 있었다. 그녀가 뜻하지 않은 울음을 터뜨렸다고 해서 그를 자극하거나 감정을 동요시키지는 못했다.

그는 베르타를 무시한 채 토스넬데를 몰래 엿보곤 했다.

그녀는 가정교사와 스포츠에 관한 얘기를 나누고 있었다. 아마도 가정교사는 어제의 경솔했던 행동을 크게 뉘우치고 있는 모양이었다. 그래서 그런지 이번에는 다른 사람들처럼 억양을 낮춰 조용조용 말하고 있었다.

그러면서도 이제는 습관이 된 듯, 모르는 것을 잘 아는 척 꾸며대면서 말했다. 언제나 토스넬데만을 상대해서 말이다.

흠브게르 씨는 쉴 사이 없이 질문을 하거나 고개를 끄덕이면서 그녀의 말이라면 무조건 동조하는 듯싶었고, 전혀 알아들을 수 없는 구절을 외워댔다.

젊고 아름다운 여자의 달콤하면서도 매력적인 화술로 하여 그는 멋없는 꼴을 면할 수가 있었다. 또는 잔을 엎질렀을 때도 당황하지 않고 농담으로 웃어넘길 수 있는 것은 모두 그녀의 재치 있는 행동 덕분이기도 했다.

그런데 그가 가장 애송하는 시 한 편을 식사 후에 읽어 주겠다고 자청한 것이 그만 거절당하고 만 것이다.

"머리가 아프냐?"

백모가 베르타 쪽을 보며 물었다.

"아뇨."

베르타가 낮은 목소리로 대답했다. 그러자 그녀의 표정은 밝지 못했다.

"애들도 참!"

백모는 알 수 없다는 표정을 지으면서 혼자 뇌까렸다.

포올이 안절부절 애태우고 있는 모습이 그녀의 눈에 역력히 보였다. 그래서 백모는 두 젊은이의 기분을 상하지 않도록 조심해야겠다고 생각했다.

포올에게 있어 여자 교제는 이번이 처음이라는 사실을 백모는 너무나 잘 알고 있었다. 그는 언제인가 자기의 슬하를 벗어나 나름의 인생을 새롭게 출발할 것이라는 사실도 깨닫고 있었다.

'원 애들도……'

창밖은 이미 어두워 있었다. 때때로 몰아치는 바람과 함께 비가 쏟아지고 멀리서 천둥소리가 요란했다.

"소나기가 무섭잖은가요?"

흠브게르 씨가 마주 앉아 있는 토스넬데에게 물었다.

"무섭지 않냐고 했던가요. 멋진 것이 또 어디 있겠어요. 이따가 정자로 가서 쏟아지는 비를 구경하기로 해요. 너도 함께 가지 않겠니?"

"좋다면……."

"그럼 선생님은 어때요? 재미있을 거예요. 올여름엔 처음이니까요."

식사가 끝나자, 그들은 우산을 받고 정자로 갔다. 베르타는 책을 든 채 따라나섰다.

"넌 같이 안 가니? 포올."

백모가 재촉하듯 말했다.

"전 사양하겠어요. 할 일이 있으니까요."

포올은 복받쳐 오르는 감정을 달래고자 피아노 방으로 들어갔다. 자기 자신도 알 수 없는 곡을 치고 있으려니까 아버지가 방 안으로 들어오셨다.

"이봐, 포올. 저쪽 방에 가서 좀 얌전히 있을 수 없겠니. 우리 늙은이들은 이렇게 무더울 때는 한 잠씩 자야 하는 법이란다. 할 일이 없으면 너도 낮잠이나 즐겨라."

포올은 그만 방을 나와 식당을 지나 현관 쪽으로 갔다. 창 너머로 시선을 던지자 빗속을 뚫고 정자로 들어가고 있는 그들의 흐린 모습이 보였다.

그때 백모가 뒤를 따라 나오고 있어 포올은 재빨리 밖으로 걸음을 옮겼다.

그는 아무것도 쓰지 않은 채 두 손을 호주머니에 깊숙이 찔러 넣고 빗속을 천천히 걸어갔다. 천둥이 점점 가까이서 들려오고 번갯불이 어두운 하늘에 불빛을 던지고 있었다.

포올은 집 뒤에 연못이 있는 곳으로 갔다. 옷이 금세 비에 젖었다. 그는 무엇인가에 반항하고 절규하고 싶었다. 격렬한 슬픔이 쏟아지고 있는 빗발처럼 그의 작은 가슴을 때렸다. 정말 화석이 될 때까지 빗속에서 그대로 서 있고 싶었다.

무더운 날씨라 오히려 비를 맞는 편이 훨씬 더 시원했다. 정자에 앉아 있는 그들은 조금도 포올을 생각하는 것 같지 않았다. 그들은 손놀림까지 해 보이면서 마냥 즐거워하고 있었다.

포올은 그들이 있는 곳으로 가고 싶었으나 자존심과 반항심이 그것을 가로막고 있었다. 일단 같이 가지 않겠다고 해 놓고는 뒤따라간다는 것은 체면을 손상하는 일이다.

더구나 토스넬데는 함께 가자는 말조차도 하지 않았잖은가. 베르타와 가정교사에게는 가자고 했으면서 왜 자기에게는 아무 말도 하지 않고 그렇게 냉정했던 것일까?

포올은 쏟아지는 비로 온몸이 젖었기 때문에 정원 한쪽에 지어 놓은 초막으로 갔다. 끊임없이 번갯불이 꼬리를 물고 하늘을 갈라놓을 듯 번쩍거렸다. 그럴 때마다 빗발은 더욱 거세졌다.

정원지기의 집 돌계단 밑에서 사냥개 한 마리가 끙끙거리며 빗속을 달려와 포올에게 안겼다. 소년은 개를 쓰다듬어 주기도 하고 같이 쭈그리고 앉아 장난치기에 시간을 빼앗기고 있었다.

정자에서는 가정교사가 정원 탁자를 한쪽으로 밀어놓고 있는 것이 보였다. 정자의 벽면에는 이탈리아의 어느 해안을 연상케 하는 바다 풍경이 그려져 있었다. 끝없이 푸른 바다와 산뜻한 빛깔의 그림이 무척 추워 보였다.

"먼 데서 오셨는데 그만 날씨가 이래서……."

가정교사가 미안하다는 듯이 말했다.

"전 소나기를 좋아하는 편이에요."

"베르타 양도 그런가요?"

"네, 아주 좋아해요."

사실 그는 베르타가 옆에 있는 것이 아주 못마땅했다. 아름다운 토스넬데와 사귈 수 있는 절호의 기회에 그녀가 바보처럼 끼어 있다니!

"정말 내일 떠날 작정이십니까?"

"왜 그토록 언짢아하시죠?"

"너무 섭섭해서 그렇습니다."

빗발은 얇은 지붕을 마음껏 두드려 대고 있었다. 그러자 빗물이 홈통 위로 철철 넘쳐흘렀다.

"하지만, 선생님에게는 귀여운 포올이 있잖아요. 그런 애를 가르친다는 것은 참 재미있을 거예요."

"진정으로 하시는 말씀인가요?"

"그럼요. 아주 영리해 보이는 아이인 것 같던데요. 베르타, 너도 그렇게 생각하지 않니?"

"모르겠어요. 자세히 보지 않았으니까."

"그럼 좋아하지도 않아?"

"약간 좋아는 하지만……."

"대체 이 벽화는 무엇인가요? 선생님, 혹시 리비에라의 바다가 아닌가요?"

포올은 두 시간이나 지나서야 흠뻑 비에 젖은 채 집으로 돌아왔다. 찬물로 몸을 씻은 다음 마른 옷으로 갈아입었다. 그러고 나서 아직도 정자에 있는 그들이 돌아오기를 인내하며 기다렸다.

얼마 후에 토스넬데의 말소리가 현관 쪽으로부터 들려왔다. 또다시 그의 가슴이 뛰기 시작했다. 그러나 그는 지금까지 엄두도 내지 못하던 짓을 저지르고 말았다.

토스넬데가 혼자 계단을 올라오자, 그는 층계 옆에 숨어 있다가 그녀를 깜짝 놀라게 했다.

그런 다음, 그는 그녀의 곁으로 다가가서 장미꽃 다발을 불쑥 내밀었다. 그가 비를 맞으면서 정원에서 꺾은 들장미였다.

"제게 주는 건가요?"

토스넬데가 약간 머뭇거리면서 물었다.

"물론입니다."

"이런 것을 받아도 괜찮을까? 나를 싫어하는 줄 알았는데."

"너무 놀리지 말아요."

"정말이에요. 어쨌든 고마워요. 이 꽃 들장미죠?"

"네, 맞아요."

"조금 있다가 하나 꽂아주겠어요?"

토스넬데는 이런 말을 남겨놓고 자기 방으로 황급히 모습을 감추었다.

이날 밤은 모두들 넓은 거실에 모여 앉아 있었다. 거실 안은 알맞게 서늘했다. 창밖의 비 맞은 나무에서는 물방울 떨어지는 소리가 후드득거렸다.

모두 음악을 즐겼으면 하는 마음이었지만, 노교수는 아브데리그 씨와 이야기를 계속하고 싶은 기색이 역력했다.

그러나 모두 잡담에 열중해 있었고, 어른들은 담배를 피우고 있었으며, 젊은 사람들은 과일 주스를 마시고 있었다.

백모는 베르타와 함께 앨범을 보면서 옛날의 한때를 이야기로 꽃피우느라고 열심이었다.

토스넬데는 기분이 좋은지 내내 웃음 띤 얼굴을 하고 있었다. 가정교사는 정자에 함께 있었을 때의 실패를 만회하려는 듯 전전 긍긍하며 애를 태우고 있는 모습이 완연했다.

그녀가 어린애 같은 포올과 농담을 주고받으며 웃고 떠드는 것이 그의 눈에는 무척 못마땅하게 보인 것이다. 어떻게든 그 두 사람을 떼어놓아야겠다고 생각하면서 기회를 찾고 있었다.

포올은 누구보다도 기분이 유쾌했다. 낮에 빗속을 거닐고 들장미를 꺾던 그 참혹한 일들을 까맣게 잊었다.

지금은 토스넬데가 그 들장미를 가슴에 꽂고 있는 데다 "포올!"하고 부르는 것이 한없이 기뻤다. 마치 술에 취했을 때처럼 몸이 달아올라 그녀를 바라보는 것만으로도 황홀할 지경이었다.

지금 이 아름다운 여자는 나의 애타는 마음을 아무 거리낌 없이 받아주고 있는 것이 아닌가!

'내일이면 이 여자는 나의 곁에서 떠날 것이다. 영원히 가버리겠지……'

그는 마음속으로 이렇게 부르짖고 있었다. 아름다운 여자와의 마지막이 될 지금의 시간이 너무 빨리 지나가는 것 같아 마구 떠들어댔다.

그러자 아브데리그 씨가 아들 포올을 바라보며 큰 소리로 웃으며 말했다.

"포올, 넌 아직 여자와 가까이할 나이가 아니야."

그러나 포올은 못 들은 척했다.

순간, 그는 어두운 밖으로 뛰쳐나가고 싶은 충동을 가까스로 자제했다. 그런 말을 하는 아버지가 원망스럽기조차 했다.

문기둥에 머리를 대고 실컷 울기라도 했으면…… 그러나 울어서는 안 된다고 스스로 다짐했다.

베르타는 줄곧 백모 곁을 떠나지 않고 있었다. 그토록 자기를 보살펴 주는 그녀가 더할 나위 없이 고마웠다.

한편 포올이 그녀만을 따돌리고 말 한마디 거들어 주지 않는 것이 너무 무시당하는 것 같아 화가 나기도 했다. 그래서 그녀는 백모의 따뜻한 보살핌에 온통 마음을 빼앗기고 있었다.

두 노인은 서로 지지 않으려고 논쟁에 팔려 바로 곁에서 젊은 이들이 제각기 시기하며 정열에 찬 마음의 싸움을 벌이고 있다는 사실을 깨닫지 못했다.

토론하는 동안 흠브게르 씨는 점점 난처하게 되어갔다. 그는 간혹 근사한 말로 위기를 모면하기도 했으나 아무도 긍정해 주는 사람이 없었다. 그래서 화가 난 나머지 더 이상 말을 계속할 수 없게 되었다.

그의 눈에는 포올이 하는 짓이 모두 어린애처럼 귀엽게 보였으나 토스넬데가 그와 너무 친밀하게 대화를 나누고 있는 광경에 불쾌했다. 그만 그는 자리를 뜨고 싶은 생각이 들었으나 그런 행동은 완전히 항복했다는 것을 뜻한다.

그래서 오히려 모르는 체 그냥 눌러앉아 있는 것이 유리할 듯 싶었다. 하지만 토스넬데의 애교 어린 태도는 그냥 보고만 있을 수도 없었다.

토스넬데는 가정교사의 언짢아하는 마음을 얼마간 짐작했으나 굳이 포올과 지나치게 어울리는 행동을 자제하지는 않았다. 왜냐하면 그 때문에 은근히 속을 태우고 있는 젊은 가정교사의 난처한 표정을 보기 위해서였다.

흠브게르 씨 역시 쉽게 흥분하거나 의지가 약한 편은 아니었다. 이제 그는 단념하고 있었다. 그가 겪었던 지난날의 연애는 모두가 이러한 체념 속에서 끝난 것이다.

지금까지 여자에게 자기의 가치를 인정받은 적이 과연 있었던 것인가? 그러나 그는 환멸과 고통과 매력 있는 고독을 즐길 줄 아는 예술가다운 품위를 지니고 있었다.

때로는 떨리는 입술을 깨물 줄 아는 고독도 이미 맛보았다. 주위 사람들로부터 오해로 따돌림을 받았으나 그는 무대의 주인공처럼 가슴을 칼에 맞고도 웃을 수 있는 그런 아픔을 간직하고 있는 젊은이기도 했다.

밤이 깊어서야 모두 자리에서 일어났다. 포올은 자기 방으로 돌아와서 곧장 잠자리에 들지 못하고 창밖의 솜털 구름이 덮여 있는 밤하늘을 쳐다보고 있었다. 베일처럼 엷은 구름 사이로 내비치는 달빛이 젖은 잎사귀에 반사되어 반짝거렸다.

어두운 지평선이 끝나는 언덕 위에 마치 작은 섬처럼 하늘이 보였고, 그 섬 사이로 하나의 별이 창백한 얼굴을 내밀고 있었다. 소년은 오랫동안 그런 자세로 밖을 바라보고 있었다.

물결같이 변화를 보이는 구름, 그리고 젖은 숲 사이를 헤치고 온 서늘한 바람, 그 속에서 이제까지 들어보지 못한 낮은 소리가 들려왔다.

마치 먼 곳에서 소용돌이치는 폭풍 소리 같았다. 그러나 아무 것도 보이지 않았다.

눈 앞에 펼쳐진 인간의 생활과 정열의 어두운 불꽃, 그것이 거센 폭풍에 휩싸이면서 사나운 먹구름에 밀려 삭막한 벌판으로 밤의 어둠이 되어 쏟아져 내리고 있었다.

백모는 맨 나중에서야 자리를 떴다. 그녀는 조심스럽게, 그러면서도 주의 깊게 문단속하고 부엌까지 살핀 다음에서야 자기의 방으로 돌아와 촛불을 밝히고 작은 고풍스러운 의자에 앉았다.

그녀는 포올의 마음을 너무나 잘 알고 있었기 때문에 내일 손님들이 떠나는 것을 속으로 다행하게 생각했다. 가는 사람이나 보내는 사람이 다 함께 즐거운 이별이었으면 하는 바람이었으나 젊은이들의 미묘한 마음의 변화를 너무나 잘 알고 있어 한편으로는 걱정이 되었다.

이후부터는 포올을 잃어버릴 것 같은 조바심까지 들었다. 어린 조카의 생애에 아픈 기억으로나 남게 되지 않을까 염려스러웠다. 아무래도 포올의 마음이 백모의 지극한 사랑과 보호에서 벗어나 점점 멀어져가고 있다는 것을 그녀는 너무나 잘 알고 있었다.

이제 포올이 사랑의 세계에 첫발을 내딛는 그 서투른 발걸음이 몹시 걱정스러운 것이었다.

지난날, 그녀 자신이 스스로 겪어야 했던 사랑의 나무에 맺히는 탐스러운 열매는 거의 없었으며, 겨우 얻은 것이란 쓰디쓴 고통이란 허상뿐이었다.

백모는 베르타를 함께 생각하면서 한숨을 내쉬고는 쓸쓸하게 웃었다. 그러고 나서 옷장을 뒤져 그녀에게 위로가 될만한 선물을 찾았으나 밤이 너무 깊었다는 것을 알고 깜짝 놀랐다.

깊은 어둠 속에 잠들어 있는 집, 그리고 어슴푸레한 정원, 그 위로 솜뭉치 같은 잿빛 구름이 떠 있었다.

지평선 저쪽 언덕 위에 섬 모양으로 틔어 있던 하늘은 면적이 점점 넓어져 검푸른 들판으로 바뀌었고 반짝이는 별들을 그득히 안고 있었다.

그리고 먼 능선에는 가늘고 연한 은빛의 줄이 그어져 있어 하늘과의 경계를 뚜렷하게 드러내고 있었다.

정원의 나무들은 깊은숨을 천천히 몰아쉬었으며, 나른해 보이는 잔디밭에는 희미한 그늘이 벗겨진 다음에 너도밤나무의 짙은 그림자가 무겁게 깔려 있었다. 얼마 후면 다시 새날이 밝아올 것이다.

땅의 표면에 남아 있던 습기가 안개꽃이 되어 맑게 갠 하늘로 솔솔 피어오르기 시작했다. 자갈이 깔린 광장과 큰길은 이미 물바다가 되어 금빛으로 빛났으며, 거기에 푸른 하늘이 무늬를 드리우고 있었다.

그때 자갈 구르는 소리와 함께 차가 와서 멎었다. 모두 올라탔다. 가정교사는 몇 번이고 되풀이해서 허리를 굽혀 인사를 했다.

백모는 공손하게 작별 인사를 하며 다시 한번 세 손님과 악수했다. 하녀들은 현관 안에서 그들의 출발을 지켜보고 있었다.

포올은 토스넬데 앞에 마주 앉아 있었다. 그는 날이 맑게 개어 있어 좋다느니, 즐거운 등산을 할 예정이라는 등 쓸데없는 말까지 보태어 떠들어대고 있었다. 그러면서 토스넬데가 대답해 주고 웃는 것이 사뭇 고마워했다.

사실 그는 아침 일찍이 누구보다 먼저 일어나 정원으로 몰래 스며들어 아버지가 아끼는 장미를 골라 꺾었다. 나쁜 짓인 줄 알면서도 그렇게 하지 않고서는 견딜 수가 없었기 때문이다.

그는 지금 그 꽃을 예쁜 종이로 싸서 옷 속에 간직하고 있었다. 꽃송이가 부러지지나 않을까 온 신경이 그곳에 집중되었으며, 혹시 아버지에게 들켜 꾸지람을 받지 않을까 걱정이 되기도 했다.

베르타는 백모가 준 재스민 꽃가지를 앞에 단 채 묵묵히 앉아 있었다. 그녀는 이곳을 떠나는 것이 기쁘고 홀가분한 마음도 들었다.

"그럼, 편지를 보내드릴까요?"

토스넬데가 이렇게 물었다.

"정말 잊지 말아요. 그리고 베르타 양도 거기에 사인을 해 보내 줘요."

포올의 말에 베르타는 뜻밖이란 듯이 그러나 가볍게 고개를 끄덕였다.

"그럴게요. 약속하죠."

토스넬데가 기꺼이 대답했다.

"꼭요. 편지 안 하면 독촉하겠어요."

그러는 동안 차는 어느덧 정거장 앞 광장에 다다랐다. 열차는

15분 후면 도착할 것이다.

포올에게는 이 15분이라는 시간이 선고를 기다리고 있는 죄인처럼 조마조마했다. 그래서 역에 도착하고부터는 한마디의 말도 하지 않았다. 몇 번이나 시계를 보며 기차가 오기를 기다렸다.

마지막 작별의 순간이 왔을 때 비로소 그는 장미를 꺼내어 토스넬데의 손에 쥐여주었다. 그녀는 기쁜 마음으로 꽃송이를 받으며 작별 인사를 했다.

그러자 기차가 서서히 떠나기 시작했다. 결국 이렇게 그녀는 떠나갔고, 포올은 다시 외로움을 간직한 채 남겨졌다.

포올은 아버지와 함께 돌아가고 싶은 마음이 없었다. 그래서 먼저 아버지가 차에 오르자 머뭇거렸다.

"전 혼자 걸어가겠어요."

"왜 마음이 아프냐?"

"아뇨, 그럼 같이 가겠어요."

그러나 아브데리그 씨는 의미 있는 웃음을 지으며 포올을 그 자리에 남겨놓은 채 가버렸다.

"녀석, 괜찮을까?"

아버지는 혼자 뽀얀 먼지가 나는 길을 달려가면서 중얼거렸다. 그리고 젊은 날 물불을 가리지 않고 격정의 시간을 보냈던 자기의 모습을 회상해 보았다.

오랜 세월이 지난 그때의 일들이 확연하게 떠올랐다. 그런데 이제는 벌써 아들이 그렇게 되었다는 말인가! 아들이 장미를 훔친 것을 보면 제법 기특하기까지 했다.

아브데리그 씨는 집에 돌아오자마자 책상 앞에서 잠시 서성거리다가 『젊은 베르테르의 슬픔』을 뽑아 주머니에 넣었다. 그러다가 휘파람을 한 곡 불고는 다시 그 책을 제자리에 꽂았다.

그런 동안 포올은 자갈과 먼지로 덮여 있는 신작로를 더위 속에 달려오고 있었다. 그는 토스넬데의 모습을 한사코 떠올리면서 별장 앞의 생나무 울타리까지 와서는 어떻게 해야 좋을지 몰라 안으로 들어가기를 주저했다. 그러다가 그는 수양버들이 있는 곳으로 달려갔다.

가늘게 늘어진 가지 사이를 헤치고 들어가 둥근 벤치에 앉았다. 그리고 토스넬데의 손이 닿았던 그 자리에 손을 올려놓고 어제의 그 열띤 느낌을 되살려 봤다. 눈을 감자 작은 불꽃이 맴돌고 바다가 출렁이면서 다가왔다.

포올이 그런 모습으로 빠져 있을 때, 누군가가 다가오는 소리가 났다. 그래서 그는 막 꿈속에서 깨어난 듯 조금은 멍청한 시선으로 바라보았다. 아버지가 바로 눈앞에 서 계셨다.

"포올이구나. 너 언제 왔니?"

"얼마 전에요. 걸어서 오느라고 좀 늦었어요."

"그러고 나서 여기 이렇게 우울하게 앉아 있었군."

"조금도 우울하지 않아요."

"그러냐? 얼마 전에는 명랑해 보이던데, 지금은 왜 그러냐?"

포올은 대답할 수가 없었다.

"너, 그 애에게 몹시 친절하더구나."

"그렇게 생각되세요?"

"특히 어느 한 사람에게는 말이다. 나는 작은 아가씨를 더 좋아할 줄 알았는데……."

"그 바보 말이에요?"

"그래, 그 애 말이다."

그때, 포올은 가정교사 흠브게르 씨가 비웃은 듯한 미소를 짓고 바라보고 있는 것이 눈에 띄어 그대로 입을 다물고 잔디밭 쪽으로 달아났다.

점심시간을 알리는 종소리가 들려오고 식탁에 앉았을 때는 나른한 여름의 한낮이었다.

"모두 피곤한 모양이군. 포올도 그렇고. 흠브게르 씨도 그렇게 보이는군. 그러나 정말 유익한 휴가였어. 안 그러냐?"

아버지가 웃으며 말했다.

"그럼요, 좋은 휴가였습니다."

가정교사가 건성으로 대답했다.

"아가씨와 잘 사귀시더군. 아주 영리한 아가씨로 보이던데요."

"그 점은 포올이 더 잘 알 것입니다. 저는 별로 말할 기회가 없어서……."

"포올, 그러냐?"

"저 말인가요? 그런데 어느 쪽을 말씀하시는 건가요?"

"토스넬데를 두고 하는 말이다. 너 아직 제정신이 아니구나."

"원, 남자가 그런 여자 하나로 정신을 차리지 못하려고요."

아직도 여름은 남아 있어 더위가 계속되었다. 광장과 큰길에

군데군데 괴었던 물도 다 말라버렸다.

햇볕이 일직선으로 떨어지는 잔디밭에는 여전히 너도밤나무가 울창한 잎과 가지를 뻗고 서 있었다. 포올은 그 나무 밑에서 서성거리고 있었다. 그곳은 여기 오던 날부터 그의 마음에 들었으므로 누구에게나 쉽게 눈에 띌 염려가 없었다.

삼 년 전, 이 너도밤나무에 올라가 남몰래 『군도(群盜)』를 읽으며 생전 처음 담배를 피운 적이 있었다. 그때, 가정교사를 조롱하는 시를 썼었는데, 그만 백모에게 들켜 꾸지람을 듣기도 했다.

그는 곧잘 어리석은 짓을 하던 유년 시절을 돌이켜 보았다. 이젠 아주 옛날의 일처럼 느껴졌다. 정말 어린애들이 저지른 철없는 때였다고 생각했다.

포올은 나뭇가지로 올라가 숨을 한 번 크게 몰아쉬고는 작은 주머니칼을 꺼내어 나뭇가지를 골라 조심스럽게 깎기 시작했다.

거기에다 하트(심장) 모양을 새기고 'T'자를 파 놓을 생각이었다. 아무리 오래 걸리더라도 이 여름 방학이 끝날 때면 멋지게 완성할 수 있다고 자신했다.

그날 저녁, 그는 정원사에게 가서 무디어진 칼을 다시 갈아 달라고 부탁했다. 숫돌을 자기가 직접 돌리면서 재촉까지 했다.

그러고 나서 집으로 돌아오는 길에 낡은 보트에 올라앉아 손으로 물을 저으면서, 바로 어제 여기서 듣던 토스넬데의 노랫소리를 다시 떠올려보았다.

또다시 하늘은 잿빛으로 부풀어 있었다. 오늘 밤에도 소나기가 내릴 것 같은 그런 날씨였다.

위험한 사랑

빛과 바람과 나비가 꽃에서 사랑을 찾는다
꽃은 인생을 향해 최초의 미소 속에서
불안한 가슴을 열고
꿈속에 머무는 짧은 생명에 몸을 던지는 것을 배운다

맑은 날씨가 며칠이고 계속된다기보다는 몇 주간 이어지는 그런 여름의 나날이었다. 아직은 6월이었고 바쁜 풀베기가 거의 끝나갈 무렵의 여름이 대지를 지배하고 있었다.

이때쯤이면 습기 찬 늪지대의 갈대가 강렬한 태양에 갈색빛으로 바싹 마르고 그 엄청난 더위를 겪고서도, 어느새 지난여름만큼 좋은 계절은 없었노라고 하는 철 바뀜을 미리 맛보는 사람도 있었다.

대개 이런 사람들은 자기가 좋아하는 날씨가 다가오면, 예상한 대로의 더위와 쾌감을 즐겼다는 듯이 활동적일 수 없었던 지나간 날을 예찬하며 남아 있는 계절의 안일을 더욱 즐기는 습성을 가진 것 같았다.

나 역시 그런 종류의 쪽에 드는 사람이었다. 그래서 여름이 시작될 무렵에는 매우 유쾌한 나날을 보냈다.

하지만, 나는 내 생애에서 가장 어려운 한때를 이 무렵에 경험했다. 이 작고도 큰 사건을 지금부터 천천히 이야기해 보기로 한다.

그해의 여름도 내가 경험했던 계절 중에서 가장 위대한 6월이었다. 앞으로도 결코 그런 6월은 없으리라.

아스라한 시골길을 따라 작은 꽃밭에는 계절로 이어져 있는 사촌 형 집의 앞마당에 만끽하듯 갖가지 꽃들이 만발해 있었다.

금방 부서져 넘어질 듯한 나무 울타리를 의지하고 뻗어 있는 달리아는 키가 자랄 대로 자라서 탐스러운 꽃봉오리를 매달고, 그 봉오리 사이에서 노랑과 빨강, 엷은 보랏빛 꽃잎이 엿보였다. 가을로 흐르는 강물과 같은 꽃이 바로 달리아꽃이다.

과꽃은 형용할 수 없는 고운 빛깔로 피어나 사랑하는 사람을 방종하게 기다리고 있는 것처럼 꽃향기를 풍기고 있었는데, 이제는 여름과 함께 모습을 감추려는 듯 무성하게 자라 있는 물푸레나무 그늘 밑에서 마지막 여름을 불태우고 있었다.

사랑의 신념을 말해 주는 듯한 봉선화는 깊은 사색에 잠긴 듯 유리 대롱 같은 줄기 위에 꽃을 피우고 있고, 바로 그 옆에 날씬한 숙녀처럼 꿈꾸듯 서 있는 분꽃, 이젠 멋대로 자라난 장미 덩굴은 붉은 꽃들이 덩어리를 이루고 피어 있었다.

꽃밭 전체가 조그만 꽃병을 가득 채운, 색채가 풍부한 한 묶음의 꽃다발 같아서 손바닥만큼 크기의 땅도 보이지 않았다.

그리고 이 커다란 꽃다발 가장자리에 수를 놓은 듯 금련화가 숨이 막힐 듯 장미 덩굴 속에 피어 있었다. 또한 그 한가운데 거만한 자태로 불타는 백합이 활발하게 꽃술을 뽑아 올렸다.

나에게는 이런 꽃밭의 모습이 무척 마음에 들었는데, 사촌 형이나 이곳 마을 사람들은 관심조차 없다는 듯이 바쁜 일손에 매달려 있었다.

아마도 이들은 가을바람이 불기 시작하여 마지막 늦게까지 꽃을 피우고 있는 장미나 국화, 탱자꽃만이 남아 있게 되어서야 비로소 꽃밭을 바라보는 여유가 생기는 모양이었다.

지금은 모두 이른 아침부터 저녁 늦게까지 밭이나 들판에 나가 있었고, 밤이 되면 피로에 지친 나머지 군인들처럼 곧장 침대 위에 쓰러졌다. 그래도 해마다 거르지 않고 봄이 되면 꽃밭을 가꾸고, 가을이면 손질을 하는 것이 그들의 일이었다.

가장 아름다울 땐 거들떠보지도 않았지만, 그들은 그렇게 꽃을 사랑하고 가꾸는 것이다.

거의 보름 동안을 푸른 하늘이 들판 위에 끝없이 펼쳐져 있었다. 아침에는 맑고 명랑한 대기가 코끝을 상쾌하게 해주었지만, 오후가 되면 서서히 낮게 밀집된 구름 덩어리가 팽창해져서 온 하늘을 덮었다.

밤이 깊어갈수록 멀리서 또 가까이에서 비바람과 천둥 번개가 쳤지만, 아침이 되면 ─ 아직 귀에는 번개와 천둥소리가 남아 있는데 ─ 언제나 씻은 듯이 하늘은 여전히 푸르고 햇살이 쨍쨍 쏟아져 내려 여름의 끝마무리를 풍요롭게 장식하는 것이었다.

그러면 나는 결코 서두르는 일 없이 나 나름대로 하루의 여름을 시작한다.

우선 무더운 공기 속에서 숨 쉬고 있을 다 자란 밭곡식 사이를 지나 들판으로 뻗어 있는 사잇길을 따라가면, 밭에는 양귀비꽃이라든가 선웅초, 메꽃들이 사이좋게 어울려 피어 있었다.

그리고 들판 끝에 숲이 나타나고 그 어구 풀숲 속에서 오랫동안 몇 시간의 나른한 휴식을 즐긴다.

그러면 바로 머리 위에서는 풍뎅이가 황금빛 날갯짓으로 반짝반짝 빛나고 꿀벌들이 붕붕거리며 주위를 날았다. 그러자 숲속은 점점 열기로 가득 찼고 강렬한 풀냄새에 몽롱해질 지경이었다.

그러다가 서서히 열기가 식어가면서 저녁 무렵이 가까워지면 먼지가 풀썩대는 햇볕을 등에 업고 갈색으로 빛나는 밭 사이를 지나서 성숙과 피로와 암소의 게으른 울음소리가 가득 울려 퍼지는 속을 여유를 갖고 기분 좋은 귀로에 서두른다.

하루의 마지막으로 깊은 밤까지 자정이 넘도록 긴 시간을 단풍나무라든가 보리수 아래 혼자서 또는 마을 사람들과 어울려 포도주를 마시면서 마음껏 떠들어대며 무더운 밤을 보내기도 한다.

그러면 숲 너머 어디선가 먼 천둥소리가 점점 다가오는 듯하게 울려왔다. 그러자 갑자기 마음껏 팽창해진 공기가 선선해지면서 최초의 빗방울이 어둠 속을 뚫고 떨어지면서 거의 소리도 내지 않고 흙먼지 속으로 금세 배어들었다.

"정말이지, 너 같은 게으름뱅이가 이 세상에 또 있으려고."

하고 사촌 형이 어이없다는 듯이 머리를 흔들며 말했다.

"네 손발이 썩지나 않았으면 다행이겠다."

"아직은 멀쩡해."

하고 나는 장난 섞인 표정을 지어 보이면서 말했다.

그가 밭일이나 풀베기로 땀투성이가 되어 몸이 굳어질 정도로 일을 한 나머지 피로에 지쳐 있는 모습을 볼 때마다 난 재미있어 했다. 나에게는 그럴만한 충분한 이유와 권리가 있었다.

마지막 시험을 위해 길고 고된 세월을 겪어왔으므로 그동안에 즐거움이란 것은 생각조차 해 볼 수 없는 강요된 시간 속에서 희생당해 온 것이다.

사촌 형인 키리안도 나만이 이 여름 한때를 무위도식하면서 즐기는 것을 시기할 남자는 결코 아니었다. 오히려, 그는 나의 학식에 깊은 경의마저 표하고 있었다.

그의 눈에는 내가 신성한 학문의 주름으로 감싸여 있는 존재로 보였고, 또 그렇게 믿은 것이다. 물론 나도 여러 가지 결점이 겉으로 나타나지 않도록 이 지적인 주름을 교묘히 이용하였다.

나는 무한히 즐거웠다. 게으르도록 천천히 또 조용히 건초더미와 차곡차곡 쌓아놓은 낟가리 옆을 빠져나와 키가 큰 해바라기꽃 밑을 지나 들판과 풀밭을 걸어가다가 마른 건초 위에 뱀처럼 꼼짝도 하지 않고 숨만 쉬며 드러누워서 한여름 한때의 끝없는 사색의 시간을 즐겼다.

그리고 보일 듯한 여름의 소리! 그것을 들으면 마음이 여름의 하얀 구름처럼 즐거워지기도 하면서 또 슬퍼지기도 하는, 내가 가장 사랑하는 계절의 소리였다. 사실 그것은 한 줄의 시와도 같았다.

가령 밤이 깊었는데도 들려오는 매미 소리, 그것을 미풍 속에서 듣고 있노라면 끝없는 바다를 바라보고 있는 것처럼 모든 상념을 잊어버릴 수가 있었다.

그리고 물결치는 이삭들의 예민한 소리, 언제나 대기하고 있는 먼 뇌성, 저녁때가 되면 이곳저곳 날아다니는 아련한 모깃소리, 밤이면 팽창한 바람 소리와 돌연히 쏟아지는 빗소리의 아득함.

이 짧고 정열적인 몇 주일을 보내는 동안 나는 젊음의 한때를 꽃피우고 호흡하고, 얼마나 열정으로 생활하고 있으며 삶의 향기를 풍기고 동경하며 자신을 불태울 것인가!

그때 나는 스물네 살이었다. 세상의 일이나 나 자신이 매우 순조롭다고 생각하고 있었고, 인생이란 것을 아름다운 면에서 관찰하고 하루하루를 맛보며 도락처럼 지냈다.

다만, 사랑만은 나에게 기회를 주지 않았고 여전히 신비에 싸인 채 지나가 버리는 것 같았다. 그러나 아무도 나에게 그것을 가르쳐 주는 사람은 없었다.

나는 회의와 방황을 필요한 만큼 겪은 다음에 인생을 수긍하는, 즉 자기 나름대로 여러 가지 많은 경험을 하고 나서 사물을 침착하게 더 구체적으로 관찰하는 철학을 배웠다.

더구나 시험에도 합격했다. 그리고 주머니에는 쓸 만큼의 용돈이 있었고, 두 달 동안의 휴가가 계속되고 있었다.

아마도 누구의 인생에도 이런 시기가 있을 것이다. 바로 눈앞에서 먼 장래까지 평탄한 길이 펼쳐지고, 어떠한 장애도 없으며 불행을 가져다주는 구름 한 점 없고 삶의 어두운 진흙탕조차도 없었다.

그러므로 나뭇가지 끝에 피어나는 잎사귀와 같은 새로운 나날이 계획되고 계속되는 희망만 있을 뿐이라고 생각하고 있었다.

즉, 행운이라든가 우연이라는 것은 실제 존재하는 것이 아니며, 장래의 절반은 자기가 그것에 적합한 사람이었기 때문에 얻을 수 있었다고 대개들 생각한다. 이런 인식은 올바른 것이다.

왜냐하면 오물로 더럽혀진 새장을 청소해 주었을 때의 새들의 재잘거림처럼 동화 속의 왕자의 행복이란 것도 이러한 인식에 바탕을 두고 있음을 볼 수 있다. 그리고 행복이란 현실적으로 오래 계속되는 것도 아니다.

두 달 동안의 휴가 중에서 이제 겨우 2, 3일을 보냈을 따름이다. 아직도 시간은 충분히 남아 있었다. 즐거움에 가득 찬 현인처럼 자유로운 심정으로 잎담배를 말아 피워 물고, 들 양귀비꽃 한 송이를 꺾어 모자에 꽂고, 한 움큼의 버찌와 읽고 싶은 책 한 권을 주머니에 넣고는 계곡을 찾아 헤매었다.

땅 주인들과 스스럼없이 대화를 나누고 밭에서 일하는 사람들과도 친밀하게 말을 걸며 저녁 초대라든가 축제, 모임에 초대받거나 찾아가기도 했다.

때로는 오후 늦게 목사님과 함께 한 잔의 포도주를 마신다든가, 공장 주인이나 양어장 관리들과 산천어 낚시를 하기도 했다.

무엇보다도 그런 사람들, 뚱뚱하게 살이 찌고 세상 물정에 밝은 사람들이 나를 자기들처럼 대해 주며, 내 나이가 그들에 비해 너무 젊다는 것을 조금도 개의치 않을 때, 나는 적당히 즐거운 듯이 행동했지만, 마음속으로 무한히 기뻤다.

사실은 내가 너무 젊게 보인다는 것은 표면상의 문제이고, 얼마 전에 스스로 깨달은 바이지만, 이제는 어린 티를 벗어나서 한 사람의 어른이 되었다는 것을 발견한 것이다.

은근한 기대감과 기쁨을 내면에 지닌 채 하루하루 자기 성숙을 즐겼다. 그리고 벅찬 표현으로 인생과 내 삶을 바라보았다.

인생이란 한 마리의 준마와 같은 것이다. 그러므로 자기의 행복을 누리기 위해서는 기사처럼 조심스럽게 이 말을 다루지 않으면 안 된다고 생각한다.

마치 대지는 내 젊음처럼 지금, 여름의 아름다움에 가득 차 있다. 밭은 엷은 황금빛으로 물결치고 온통 건초 냄새로 충만한 공기가 코끝을 자극했다. 무성한 나뭇잎들은 밝고 강렬한 빛을 띠고 있었고, 한낮이 되면 아이들은 빵과 과일주를 담은 광주리를 들고 밭으로 가고 농부들은 더 바쁘게 낫질했다.

저녁 무렵이면 노을이 바쁘게 빛을 내던지는 오솔길을 따라 걸어가면서 이유도 없이 갑자기 웃음소리를 내고 서로 약속도 하지 않았는데, 누군가 먼저 노래를 시작하면 모두 기다렸다는 듯 합창했다.

한창 젊은 나이인 나는 알 수 없는 기대와 호기심을 갖고 그들을 바라보면서 아이들이랑 농부들, 아가씨들이 즐거워하는 모습을 진심으로 기뻐하며, 내가 그 모든 것을 너무나 잘 알고 있다는 듯한 생각에 빠져들었다.

이 삼백 미터마다 물방앗간이 있는 자텔바하 강기슭 서늘한 숲 속에 아름다운 대리석 공장이 자리 잡고 있었다.

이웃하여 창고며, 연마장, 세석장, 공터, 집, 정원 등 건물들이 간소하면서도 견고하고 짜임새가 있는 겉모양을 지니고 있어 비바람에 잘 견디어낸 고풍스러운 느낌이 들었다.

이곳에서 대리석 덩어리가 조그만 착오도 없이 차례로 사각형의 원판으로 끊어지고 씻기어 다듬어졌다. 조용하면서도 청결한 작업이어서 보는 사람이면 누구나 흥미를 느끼게 해주었다.

흰색, 푸른빛이 도는 회색 등 갖가지 무늬가 있는 커다란 대리석 원석, 여러 가지 형태의 크기로 잘 다듬어진 석판, 대리석 조각들, 영롱한 빛을 발하는 돌가루 무더기, 그런 것들로 가득 찬 대리석 공장이 좁은 골짜기 안에 너도밤나무며 왜전나무 숲 사이로 모습을 드러내며 띠 모양의 풀밭에 이어져 있는 건물을 보노라면 알 수 없는 외로움 같은 것을 느끼게 해주었지만, 아름다우면서 전설처럼 사람의 마음을 묘하게 사로잡는 비밀스러움이 있었다.

처음 이곳을 발견하고 찾아왔다가 돌아가는 길에 그냥 호기심에 갈다 만 대리석 조각 하나를 주머니에 넣어 가지고 왔다.

그 후 여러 해 동안을 나는 그것을 책상 위에 무슨 큰 기념품이라도 되듯이 놓아두었다.

이 대리석 공장의 주인 이름은 람팔트 씨였는데, 저 비옥한 농장 주인들의 변덕스러운 사람들보다도 가장 특색이 있는 인물이라고 생각되었다. 그는 부인과 일찍 사별했다. 그런데 그 비사교적인 태도 때문에 유별난 인물로 평가받고 있었다.

그는 매우 넉넉한 재산을 지니고 있다고 알려져 있으나 확실한 것은 아무도 몰랐다. 왜냐하면 그와 유사한 사업을 함으로써 규모나 재정 상태, 수익 내용을 통찰할 수 있는 사람이 이 근방에는 아무도 없었기 때문이다.

그의 유별난 성격이 무엇으로부터 형성되었는지, 나 역시 규명할 수가 없었다. 그러나 단 하나의 길이 있다면 람팔트 씨와는 다른 사람들과는 다른 방식으로 교제할 수밖에 없었다.

그를 찾아오는 사람은 늘 환영받았고 아울러 친절한 대접을 받았다. 그러나 이 대리석 공장주는 답례하기 위해 초대되어도 결코 그곳을 방문하는 일이 없었다.

하지만 어쩌다가 그가, 그런 일은 매우 드물었지만, 마을 축제라든가 수렵대회, 위원회니 하는 모임에 모습을 나타내면 마을 사람들은 그를 매우 정중하게 맞아들였다. 그러나 어떻게 인사를 해야 좋을지 몰라서 서로 눈치를 보면서 어려워하기도 했다.

왜냐하면 그는 흐트러짐 없이 매우 친절하게 걸어와서 누구든지 간에 무관심하나 진지하게, 마치 숲에서 나와서 또다시 숲속으로 돌아가는 은둔자와 같은 표정으로 쳐다보기 때문이었다.

"하시는 일은 잘 되십니까?"

하고 마을 사람들이 인사말로 물으면

"덕택에, 이럭저럭 지내고 있소."

하고 말할 뿐 결코 상대방에게 먼저 인사말을 건넨 적이 없었다.

지난여름 홍수, 또는 이번 가뭄에 피해는 없었느냐고 물으면,

"덕택에, 대단치는 않았소."

하고 대답처럼 말했지만,

"댁은 어땠소?"

하는 인사말은 하지 않았다.

얼굴 모습을 관찰해보면 그는 많은 역경을 거쳐왔음이 역력했고, 지금도 그러한 고통이 계속되고 있음이 분명했다. 그러나 그것을 주위 사람들에게 밝히지 않는 데 매우 익숙해져 있는 사람처럼 보였다.

그해 여름을 보내면서 나는 대리석 공장을 드나드는 일이 거의 습관처럼 되어 있었다. 그곳을 지나는 길이면 예외 없이 안쪽 공터를 거쳐 어둠침침하고 습기 찬 마석장으로 들어갔다.

공장 안에서는 번쩍번쩍 빛나는 강철 벨트가 규칙적으로 돌아가고 있고, 모래가루가 귀를 간지럽히는 소리를 내며 흘러내리고 사람들은 아무 말 없이 맡은 일에 열중하고 있었다. 판자 마루 밑에서 찰랑이는 물소리가 아련한 여음을 주었다.

나는 여러 개의 톱니바퀴가 끝없이 반복되며 돌아가는 것과 타원형을 그리면서 따라 도는 벨트를 바라보면서 대리석 덩어리 위에 걸터앉아서 나무 롤러를 구두 바닥으로 이리저리 굴려보던가 대리석 가루 덩어리나 파편을 부수든가 했다.

그러면서 물소리에 귀를 기울이고, 담배에 불을 붙이고, 잠시 고즈넉함과 서늘함을 즐긴 다음 밖으로 나왔다. 그러나 주인과

마주치는 경우란 거의 없었다.

때때로 그를 만나보고 싶은 충동에 사로잡히게 되면, 언제나 잠들고 있는 것처럼 조용하고 정적이 몰려 있는 듯한 작은 거실로 찾아가는 것이다.

복도 앞에서 구두의 진흙을 털면서 몇 번의 헛기침을 한다. 그러면 람팔트 씨이든가 아니면, 그의 딸이 문을 열고 나를 밝은 거실로 안내한 다음 자리를 권하면서 포도주 한 잔을 따라 주는 것이었다.

그러면 나는 큼직한 테이블 앞에 앉아서 따라 준 갈색 포도주를 조금씩 마시거나 손가락을 교대로 주무르면서 시간을 보내면 그제야 대화가 풀리는 것이었다.

주인이나 딸, 두 사람이 함께 있는 일은 극히 드물었지만, 어느 쪽이나 먼저 말을 하는 일은 없었다. 그리고 공장 사람들이나 주인과 마주 앉아 있으면 화제에 오르는 내용이 적합하지 않다는 것을 느껴질 때가 종종 있었다.

그런 어정쩡한 분위기 속에서 거의 반 시간가량이 지나면 서로의 이야기가 오고 가게 마련이고, 아무리 마음을 써도 이미 내 포도주잔은 이야기가 끝나기도 전에 비어 있었다.

물론 두 번째의 잔은 나오지 않았고, 나 역시 그것을 더 달라는 말을 하고 싶지도 않았다. 사실 빈 잔을 앞에 놓고 앉아 있는다는 것은 약간의 당혹감과 고통스러움을 주기도 했다.

그래서 나는 자리에서 일어섰고 모자를 썼다. 그러면 그들은 말없이 나를 문밖까지 배웅해 주었다.

아가씨에 대한 인상은 그녀가 자기의 아버지와 너무 닮았다는 것 이외에는 확실하게 아는 것이 없었다. 처음에는 그녀가 부친과 똑같이 키가 크고, 자세가 바르며 검은 머리를 하고 있다는 점이었다. 광택이 없는 검은 두 눈, 날카로운 곧은 콧날, 조용하고 아름다운 입까지 부친을 닮고 있었다.

결코 여자의 걸음걸이라고 할 수 없는 그 보폭이 넓은 걸음걸이도 아버지와 같았고 깨끗하고 맑은 음성도 그러했다. 남에게 손을 내미는 몸짓도 똑같았다. 그리고 항상 남이 먼저 말하기를 기다리는 태도도 역시 그랬다.

누가 인사말을 하면 되묻는 법 없이 짤막하게 얼마쯤은 놀란 듯한 투로 대답하는 버릇까지 닮고 있었다.

그녀는 아레만넨 족이 사는 지방, 즉 스위스 국경과 가까운 서남 독일 지방에서 쉽게 볼 수 있는 그런 타입의 미인이었다. 그것은 외관의 균형이 잡힌 미인으로서 힘과 무게를 함께 지닌 모습을 하고 있었다. 또한 비교적 몸집이 큼직하고 키가 큰 체격은 갈색빛 도는 얼굴과 잘 어울렸다.

처음에 나는 아름다운 한 장의 그림처럼 그녀를 관찰하고 있었는데, 그러는 동안에 이 아름다운 처녀의 명석함과 성숙함이 차츰 나를 매료시켰다.

이렇게 해서 나의 사랑은 시작되었는데, 그것은 마침내 내가 지금까지 경험해 보지 못했던 정열에 휩싸이게 되었다. 그리하여 나의 연정은 너무도 쉽게 남의 눈에 띄게 되었다.

그러나 그녀의 침착한 행동과 집 전체를 감싸고 있는 조용하면서 찬 공기가 그곳에 발을 들여놓는 순간 나를 사로잡았고, 가벼운 현기증을 일으키면서 나를 진정시키곤 했다.

더구나 그녀, 또는 그녀의 부친과 마주 앉아 있으면 내 열정의 모든 불길이 타오르지 못하고 속으로만 잦아들게 되어, 나는 그것을 조심성 있게 감추고 있어야만 했다.

무엇보다도 그 방은 젊은 사랑의 기사가 무릎을 꿇고 성공할 수 있는 무대로서는 전혀 어울리지 않았을뿐더러, 오히려 침착하게 지배하고 인생의 한 부분을 진지하게 경험하고 인내하는 억제와 인종의 장소처럼 보이는 것이었다.

그런데도 이 아가씨의 조용한 하루하루의 생활 속에는 힘찬 생활력과 흥분이 숨겨져 있는 것을 나는 감지하고 있었다. 그것은 항상 예외적이어서 어떤 대화 속에 끌려 들어왔을 때 빠른 몸짓이나 눈동자에서 순간적으로 보일 뿐이었다.

그래서 나는 이 아름답고 견고한 아가씨의 본래의 모습은 어떤 것일까 하는 생각에 자주 사로잡혔다. 어쩌면 그녀의 마음속은 정열의 불꽃으로 가득 타오르고 있는지 모른다. 그렇지 않으면 정말로 얼음처럼 차고 냉담할 것이다.

어쨌든 그녀의 표면에 나타나는 것이 그녀의 참된 전부가 아니라는 점만은 확실했다. 매우 자유롭게 판단하고 행동하고 있는 듯이 보이는 그녀 곁에서 그녀의 아버지가 무한한 힘을 떨치고 있었다.

그녀의 참된 내면의 세계는 아버지의 힘으로 이루어졌고, 설령 그것이 아버지의 사랑에 의해서 형성된 것이긴 하지만, 때로는 성장해 오면서 야단을 맞지 않을 수 없었으므로 어쩌면, 일찍부터 억압된 틀 속에서 강요당해 왔을 것이다.

그런 경우는 극히 드물었지만, 나는 그들 부녀가 함께 있는 것을 보고 있노라면 폭군과 같은 분위기를 서로가 느끼리라고 생각되어, 언젠가는 두 사람 사이에 뿌리 깊고 치명적인 싸움이 일어날 것이라는 불안한 느낌을 받았다.

언젠가는 그런 일이, 어쩌면 나 때문에 일어나게 될지도 모른다고 생각하면 내 가슴은 알 수 없는 불안감으로 두근거렸다. 그러면서 전율까지 느끼게 해주었다.

람팔트 씨와의 친교는 더 이상 진전되지 않았다. 그러나 다행히도 농장관리인 구스타프 백카와의 교제는 많은 즐거움을 주었다. 또한 우리 두 사람은 몇 시간의 대화를 나눈 끝에 의형제까지 맺었다.

사촌 형은 반대했지만, 나는 오히려 자랑스럽게 여겼다. 구스타프는 꽤나 학문을 받은 사람으로 서른두 살의 나이에 노련하고 사귐성이 좋은 사람이었다.

그는 나의 어른스러운 행동으로 말을 빈정대는 듯한 묘한 미소를 띠며 듣고 있었으나, 왠지 모욕당한 기분은 들지 않았다.

왜냐하면 그런 그의 표정은 자기보다 훨씬 나이 많은 훌륭한 사람들에게도 똑같은 미소로써 대하는 것을 알고 있었기 때문이다. 그런 그의 행동을 탓하는 사람은 아무도 없었다.

그는 능력 있는 관리인이고 장래에는 이 지방 최대의 지주가 될 뿐 아니라, 정신적으로나 학문에 있어 그 주위의 어떤 사람보다도 뛰어났다.

사람들은 그를 매우 현명한 사람이라고 칭찬하고 있었지만, 절대적인 호감을 품고 있는 편은 아니었다. 그 역시 마을 사람들로부터 다소 경원당하고 있다는 사실을 알고 있어서 나와 더 친하게 사귀는 것이라고 여겨졌다.

그는 자주 나를 실망하게 했다. 삶과 인간에 관한 나의 인생관에 대한 설명을 그는 말로써 대답하는 것이 아니라, 예의 그 냉혹한 표정으로 비웃고 있어서 나 자신 의구심을 갖게 해주었다.

어떤 경우에는 모든 철학을 전혀 생각해 볼 가치도 없는 우스꽝스러운 상상이라고 명백하게 선언하듯 말하는 데는 놀라지 않을 수 없었다.

어느 날 저녁 무렵, 나는 구스타프와 '독수리 집'에서 맥주를 한 잔씩 들고 앉아 있었다. 그때 우리는 어두운 그늘이 내리깔린 풀밭 쪽을 향한 테이블에 단둘이서 앉아 있었다.

꽤 무덥고 건조한 저녁 무렵이어서 모든 것이 갈색 먼지에 싸여 있었다. 보리수 숲에서 풍겨오는 향기로움이 코끝을 간지럽혔고 노을빛은 더 밝아지지도 어두워지지도 않고 있었다.

"이봐! 저 위의 자텔바하 계곡에 있는 대리석 공장주에 대해서 뭔가 알고 있나?"
하고 나는 그 친구에게 물었다.

그러자 그는 파이프에 잎담배를 넣으면서 얼굴도 들지 않고 고개만 끄덕였다.

"그렇다면 묻고 싶은 게 있는데, 그분은 어떤 사람인가?"

구스타프는 소리 없이 웃었다. 그러면서 담뱃갑을 윗주머니에 넣으며 말했다.

"아주 현명한 사람이지. 그래서 늘 말이 없지. 그런데 자네와 무슨 일이라도 있나?"

"아니, 아무것도…… 무슨 일이 있겠나. 그냥 생각이 나서 그래. 하지만 특별한 인상을 주는 사람이야."

"현명한 사람이란 다 그렇지 않은가."

"그밖에 다른 것은 모르나?"

"아름다운 딸이 있지."

"그 얘길 듣고 싶은 게 아니야. 왜 그분은 마을 사람들과 어울리지를 않지? 그것이 궁금해서 그러네."

"어째서 그가 마을 사람들한테 와야 해?"

"그야, 아무래도 좋겠지. 무슨 특별한 관계라도 있는 게 아닌가 싶어 묻는 말일세."

"아! 자네가 즐겨 쓰는 로맨틱한 얘기 말인가? 계곡의 조용한 물방앗간, 대리석 공장, 침묵을 즐기는 은둔자의 비밀한 생활, 그 속에 숨겨져 있는 인생의 행복을 말하는 것인가? 유감스럽게도 자네 생각은 틀렸네. 다만, 그는 훌륭한 실업가일 뿐이야."

"그건 확실한가?"

"꽤 많은 돈을 벌었지. 겉모습과는 다른 이기적인 사람일세."

말을 마치자, 그는 더 이상 관심이 없다는 듯이 자리에서 일어섰다. 그에게는 아직 할 일이 남아 있었다.

구스타프는 자기가 마신 맥줏값을 계산하고는 베어진 풀밭을 똑바로 가로질러 갔다. 아직도 노을이 깔린 바로 언덕 너머로 모습을 감추자 한 줄기의 담배 연기가 아련하게 남아 있었다.

그러자 하늘에서는 노을빛이 스러지면서 푸른빛을 띤 어둠이 몰려오며 금방 샛별이 반짝일 듯했다.

어느 외양간에서는 암소가 배가 부르다는 듯이 게으른 울음소리를 내고 있었다. 저쪽 건너다보이는 밭 사이로 트여 있는 길에는 이미 들일을 끝낸 사람들의 모습이 보이기 시작했다.

산들은 어느덧 검푸른 빛을 띠고 있었고 구스타프는 노을과 엷은 바람을 안고 걸어갔던 것이다.

관리인과 나눈 짧은 대화는 사상가로 자처하는 나의 자랑을 약간이나마 손상이 가게 했다.

그러나 참으로 아름다운 여름날 저녁 무렵이었고, 무엇보다도 나의 자의식에 구멍이 난 듯한 허전함이 갑자기 그 대리석 공장의 아가씨에 대한 강렬한 애정을 몰고 왔다.

그리고, 정열을 함부로 발산해서는 안 된다는 자제심이 나를 더욱 외롭게 해주었다. 나는 맥주를 몇 잔 더 마셨다.

그러자 푸른빛이 사라진 검은 하늘에 별이 반짝이기 시작하고, 저쪽 마을로 가는 길에서 아주 감동적인 노랫소리가 들려왔다.

나는 알 수 없는 절망감에 사로잡혀 감정이나 체면, 쓰고 있던 모자도 그대로 의자에 버려둔 채, 이제 캄캄해진 들판을 향해 천천히 걸어갔다. 그리고 흐르는 눈물을 닦지도 않고 그대로 내버려 두었다.

그러나 나는 그 뜨거운 눈물을 통해서 한 여름밤의 대지가 펼쳐져 있는 것을 보았다. 밭의 이랑이 물결처럼 지평선 끝에서 하늘로 출렁거리고 있었다.

바로 그 옆에는 멀리까지 뻗어나간 숲이 조용히 잠들고 등 뒤에는 마을의 등불이 점점 밝아오고, 대기를 타고 흐르는 듯한 가냘프고 희미한 소리도 들리지 않을 정도로 모든 것이 어둠 속에 묻히고 있었다.

온 세상이 하늘과 밭, 숲과 갖가지 풀 내음, 간헐적으로 여기저기서 들려오는 풀벌레 울음소리와 함께 모든 것이 흐르고 어우러져서 후덥지근하게 나를 에워싸고 즐겁게 슬프게도 하는 아름다운 선율처럼 끝없이 속삭이는 것이었다.

그러한 가운데서 다만, 별빛만이 어두운 하늘을 배경으로 하여 밝은 빛을 토해내면서 꼼짝도 하지 않고 휴식을 취하고 있을 뿐이었다.

두려운 듯한, 그러나 불타는 열망이, 그 어떤 동경이 그리움 되어, 나의 가슴 깊은 곳에서 몸부림치고 있었다.

하지만, 그것이 새로운 미지의 기쁨과 고통으로 하여 모든 것을 초월하려는 것인지, 아니면 옛날의 고향으로 되돌아가서 아버지가 살던 정원의 나무 울타리에 몸을 기대고서 돌아가신 양친의 목소리던가, 죽은 개의 울음소리를 다시 듣고 싶은 그런 감정으로 마음껏 울고 싶다는 바램인지 분간할 수가 없었다.

어느덧 나는 숲에까지 와 있었다. 그리고 바스락거리는 나뭇가지와 울창한 어둠 속을 뚫고 좀 더 나가자 갑자기 눈앞이 트이며 밝아졌다. 나는 꽤 오랫동안 좁은 자텔바하 계곡 위의 왜전나무 숲속에 서 있었다.

바로 아래쪽에는 밋밋하게 푸른 빛을 반사하고 있는 대리석 무더기와 어두워서 거의 형태를 분간할 수 없는 좁다란 제방 둑과 람팔트 씨의 집이 희미하게 자리 잡고 있었다.

얼마 후에 그만 나는 왠지 부끄러운 생각이 들어 뛰다시피 가장 가까운 지름길인 들판을 가로질러서 집으로 돌아왔다.

다음날, 구스타프 벡카는 나의 비밀을 눈치챘는지, 또다시 내 자존심을 건드렸다.

"구태여 변명할 필요까지는 없네. 자넨 완전히 람팔트 씨 댁 아가씨한테 빠져 있으니까. 뭐, 그것은 큰 불행이 아니지. 자네도 이젠 그럴 나이가 됐으니까. 그런 일은 앞으로 더 자주 경험하게 될 테니까 말일세."

나의 자존심이 또다시 강렬하게 반발하고 있었다. 나는 완강하게 말했다.

"잘못 생각하고 있군. 내가 그렇게 어리석게 보이나? 그런 어린애 같은 연애 놀이에는 졸업한 지 이미 오래되었네. 나는 내 나름대로 모든 걸 깊이 생각해 보았네. 그리고 이보다 더 훌륭한 결혼은 없을 거라고 판단한 것일세."

그러자 구스타프는 예의 그 비웃는 듯한 묘한 웃음을 입가에 띠며 말했다.

"뭐, 결혼이라고? 이봐 젊은 친구. 자네에게 더 잘 어울리는 자리가 있을 걸세."

그 말을 듣는 순간 알 수 없는 분노가 치밀어 올랐다. 그러나 나는 포기하지 않고 이번 일에 관한 내 생각과 계획을 그에게 침착한 어조로 이야기했다.

"지금 자네는 가장 중요한 것을 잊어버리고 있군."

그는 나를 물끄러미 바라보더니 아주 진지한 표정으로 바꾸면서 힘주어 말했다.

"람팔트 씨 부녀와 자네는 어울리지 않는 사이라는 것을 모르는군. 그 사람들은 매우 까다로운 성격의 소유자들이야. 연애는 아무나 할 수 있는 것이겠지만, 결혼 상대란 먼 장래에까지 심사숙고해서 타협하며 협조해 나갈 동반자란 말일세."

내가 약간 신경질적인 반응을 보이며 그의 말을 가로막으려 하자, 그가 조롱하는 듯한 웃음을 다시 웃으며 말했다.

"자네가 정 그렇다면, 지금 당장에라도 쫓아가게. 성공을 비네."

그런 일이 있고 난 후, 나는 그에게 자주 그와 비슷한 이야기를 꺼내곤 했다.

그는 여름철 작업에 끊임없이 바빴으므로 이런 대화는 대개 함께 걸으면서 밭이나 가축우리, 건초 창고 같은 데서 나누었다.

그리고 대화를 거듭할수록 모든 것은 분명한 사실로 인정되었다. 내가 대리석 공장에 들러 거실에 앉아 있을 땐 알 수 없는 조바심과 억눌린 듯한 기분에 사로잡혀 나 자신이 아직도 목적에서 얼마나 먼 곳에 있는가를 새삼스럽게 깨닫는 것이었다.

무한한 거리감을 두고 혼자 부유하는 것 같은 허탈감이 더욱 나를 조급하고 외롭게 했다.

그러나 그녀는 언제나 다름없이 친절하고 조용한 태도를 보여 주었지만, 때로는 남에게 지지 않으려는 개성이 강한 성질을 지니고 있었는데, 그것이 나에게는 큰 매력으로 느껴졌다.

어쩌다가 그녀는 무슨 즐거운 것이라도 바라보듯 황홀한 눈빛으로 나를 마주 대할 때가 있었다. 또 무척 진지한 표정을 지우면서 나의 이야기에 열중하고 있는 것 같았지만, 가슴 속에서는 전혀 다른 의견을 가진 것처럼 애매모호한 태도를 보이기도 했다.

이렇게 말할 때도 있었다.

"여자에게 있어서 말인데요. 최소한 나에게 있어서는 인생이란 좀 더 다른 모습으로 느껴지게 마련이죠. 물론 남자분이라면 달리 해석할 일을 우리는 피동적인 면에서 생각하지 않으면 안 돼요. 우리 여자들은 그렇게 자유롭지 못하니까요."

그때만 해도 몽상가로서의 나는, 누구든지 인간은 자기 운명을 자기 손에 쥐고 있는 것이므로 한 인간의 생애란 완전히 자기의 작품이며, 자기의 것으로서 생활을 창조하지 않으면 안 되는 것이라고 역설했다.

그러자 그녀는 흔들림 없이 조용하면서도 단호하게 말했다.

"남자분이라면 가능하겠죠. 물론 제 말이 다 맞는다고는 할 수 없지만, 우리 여자들 경우는 달라요. 여자들도 자기의 생활을 해 나갈 수 있지만, 그런 때는 자기 길을 걷는다기보다는 어쩔 수 없는 것을 숙명적으로 견디어 나가는 편이 훨씬 중요하다고 봐요."

그녀의 말에 내가 다시 반박하며 설득하려 들자, 그녀는 마침내 흥분하여 열정적으로 말했다.

"당신은 당신대로의 신념을 지켜나가면 그만이에요. 저에게는 저의 신념이 필요할 뿐이죠. 선택의 자유를 가지고 있다면 인생에 있어서 가장 아름다운 것을 가려낸다는 것은 그리 힘든 일이 아니니까요. 그렇지만, 누가 선택의 자유를 갖고 있을까요? 만약, 당신이 오늘이나 내일, 아니면 한순간에 차에 치여 팔이나 다리를 잃게 된다면, 당신의 화려한 꿈은 어떻게 될까요? 그럴 때 당신은 숙명과 화해하는 것을 배워두길 잘했다고 스스로 위안받겠죠. 꼭 행운을 잡도록 하세요. 당신을 위해서 축복해 드릴게요."

일찍이 그녀가 이토록 흥분된 적은 없었다. 무엇이 그렇게 그녀를 흥분의 열정으로 몰아넣은 것일까?

그러고 나서 그녀는 더 이상 아무 말도 하지 않았다. 입가에는 엷은 의미 모를 웃음이 감돌고 있었다.

내가 자리에서 일어서며

"오늘은 실례가 많았습니다."

하고 작별 인사를 말했을 때도, 그녀는 침묵하면서 더 이상 만류하지 않았다.

그런 일이 있고 난 후부터, 그녀의 말은 나의 마음 한 부분을 차지하게 되었는데, 대개 예상치 않은 장소나 아무 이유도 없이 문득 머리를 스치곤 했다.

어느 날 구스타프에게 그 일을 얘기하려고 생각하고 있었는데, 그 친구의 무관심한 듯한 냉랭한 시선과 비웃음을 가득 머금은 듯한 그의 입술을 보자 그런 마음은 까마득히 사라져 버렸다.

어쨌든 람팔트 양과의 대화가 개인적인 조심스러운 것이 되면 될수록 그녀에 관한 일을 구스타프에게는 차츰 얘기하지 않게 되었다. 무엇보다도 그에게는 그 일에 대해서 별로 흥미를 느끼지 않는 눈치였다.

이따금 내가 대리석 공장엘 자주 드나들고 있는지를 묻고는 나를 놀려대는 것이 고작이었고 그 이상은 관심조차 두지 않았다.

이것이 바로 그의 특성이기도 했다.

어떤 때는 놀랍게도 은둔자의 처소와 같은 고즈넉한 람팔트 씨 댁에서 그를 만나기도 했다.

내가 들어갔을 때 그는 거실의 주인 옆에서 늘 마셔 온 그 포도주잔을 앞에 놓고 앉아 있었다. 그가 잔을 비우자, 그에게도 두 번째 잔을 권하지 않는 것을 보고는 알 수 없는 안도감을 느꼈다.

그가 자리에서 일어났다. 주인 람팔트 씨는 바쁜 일이 있는 듯 싶었고, 그녀도 모습을 보이지 않았으므로, 나는 구스타프를 따라나섰다.

큰길로 나왔을 때, 나는 그의 옆얼굴을 살피면서 말했다.

"무슨 일로 왔지? 람팔트 씨를 잘 알고 있는 것 같더군."

"뭐, 그런 셈이지."

"그분과 거래라도 있단 말인가?"

"응! 돈거래야. 그런데 자네가 찾고 있던 산양이 오늘은 없는 모양이지, 금방 일어서는 걸 보니……."

"그 얘기라면 그만두세."

이미 나는 그녀와 아주 다정한 사이로까지 발전해 있었지만, 날이 갈수록 더해 가는 내 연정을 군이 그에게 알리고 싶지는 않왔다.

그런데 이번에는 그녀가 나의 기대를 무참히 무너뜨려 버리는 돌변한 태도로 나왔다. 그것은 순식간에 모든 희망을 나에게서 빼앗아 가버렸다.

처음부터 그녀는 자기의 내성적인 성격을 드러내 보이지 않았는데, 웬일인지 이전의 서먹서먹한 사이로 되돌아가고 싶은 방도를 모색하는 듯, 우리의 대화를 표면적인 일들에 결부시켜 끝내면서 나와의 교제를 더 이상 발전시키지 않도록 애쓰는 것이 역력했다.

그렇다고 해서 이미 내 가슴속에 타오르고 있는 그 황홀한 불꽃을 나 스스로 꺼버리기에는 너무 늦어 있었다.

나는 깊은 고민에 잠겼다. 여름 숲속을 더위와 함께 헤매면서 여러 가지 어리석고 불길한 억측을 했다.

이런 일이 며칠이고 반복되자, 나 자신마저도 그녀에 대해서 안정된 마음을 보여줄 수가 없게 되어 더욱, 불안과 고민에 쌓여 마침내 의구심을 갖게 되었다.

참으로 이러한 내 태도는 스스로가 추구해 온 행복과 사색에 대한 경멸이며 조소였다.

그러는 동안에 이미 휴가도 반 이상이나 후딱 지나가 버렸다. 나는 내 곁에서 떨어져 나가는 날짜의 수를 세며, 낭비해 버린 듯한 지나간 시간을 질투와 절망의 마음으로 원망하고 있었다.

그런 하루하루가 인생에 있어서 돌이킬 수 없는 가장 중요한 의미를 지니고 있었던 것처럼……

그러는 동안에 작은 사건이 일어났다. 그날 나는 안도의 숨을 내쉬었고, 모든 것을 다 얻게 된 것 같은 착각 속에 빠져들고 한순간 행복의 문이 열린 화원 앞에 서 있었다.

내가 채석장 앞을 지나가는데 헬레네가 키 큰 달리아 꽃밭 속에 서 있는 모습이 눈에 띄었다.

순간 나도 모르게 발걸음을 그쪽으로 옮겨가 인사를 건네고 옆으로 누워있는 꽃줄기를 나무로 받침을 세워주고 잡아매는 일을 거들어 주었다. 내가 그녀와 함께 있었던 시간이란 고작해야 15분 정도에 불과했다.

내가 그녀 곁으로 다가서자, 헬레네는 깜짝 놀라는 표정을 지었다. 여느 때와는 달리 어색해하며 당황하는 빛이 역력했다. 그러나 그 당황한 표정 속에는 글자로 뚜렷이 나타내듯 그 무엇이 담겨 있었다.

'나를 사랑하고 있다.'고 나는 분명히 느꼈다.

갑자기 내 마음은 알 수 없는 충만감이 넘쳐흘렀으며, 자신감이 생겨 새로운 눈빛으로 아름다운 그녀의 모습을 부드럽고 동정 어린 심정으로 바라보며, 그녀의 어색함을 위로해 주려고 더욱 조심스럽게 행동했다.

그리고 얼마 후에 그녀에게 악수한 다음 뒤돌아보지도 않고 떠나오면서 나는 온 세상을 얻은 듯한 도취감에 사로잡혀 있었다.

그녀가 분명히 나를 사랑하고 있다고 하는 것을 나는 온몸으로 느꼈다. 내일이면 모든 것이 순조롭게 되어갈 것이다.

햇빛이 찬란한 어느 날이었다.

나는 너무나 오랫동안 불안과 흥분에 들뜬 나머지 아름다운 계절에 대한 감각마저 잃고 무작정 걷고 있었다.

마음이 조금 안정되자, 숲이 햇볕을 받아 반짝이고 시냇물은 갈색에서 은빛으로 찰랑거리고, 먼 곳이 부드럽게 밝아오자 들길에는 아낙들의 빨강, 파랑 치맛자락이 웃음처럼 유쾌해 보였다.

나는 진실로 기도라도 드리고 싶을 만큼 즐거운 마음으로 가득차 있어서 나비 한 마리도 쫓아갈 생각이 없었다.

늦은 더위를 무릅쓰고 높은 산정까지 치달아 올라가서는 벌렁드러누워서 풍요로운 들판을 내려다보고 멀리 시타우펜 산까지 눈길을 보내다가는 한낮의 태양에 몸을 내맡기고 아름다운 사랑의 세계에, 나 자신에, 모든 것에 진심으로 만족을 느꼈다.

이날 온종일 내내 나는 꿈꾸며 즐거워하면서 행복의 의미를 깨닫고 있었다. 저녁 무렵에는 술집에 들러 가장 좋은 붉은 포도주를 마셨다.

하지만 다음날, 대리석 공장을 다시 찾아갔을 때는, 그곳의 모든 것이 어제 그대로의 냉정한 상태로 되돌아가 있었다. 변한 것이라고는 아무것도 없었다.

거실은 물론 여전히 조용하고 차분한 헬레네의 모습을 대하게 되자, 지금까지 가졌던 나만의 자신감과 승리한 것 같았던 기분은 어디로인가 사라져 버리고 불행한 나그네가, 어느 돌층계에 주저앉듯이 온몸은 힘이 빠졌다.

그리고 잠시 후에는 비에 젖은 강아지처럼 비참하고 참담한 기분으로 그곳을 나왔다. 사실은 아무런 일도 일어나지 않았다. 다만 헬레네의 친절이 있었을 뿐, 어제의 감정은 전혀 찾아볼 수 없었다.

이 시간 이후부터의 내 생활은 또다시 쓰라리고 절박해지기 시작했다. 나는 너무나 빨리 행복의 예감을 맛보고 말았다.

이제는 너무나 강렬했다. 동경이 탐욕스러운 굶주림으로 변모하여 나 자신을 침식시켜 기대와 영혼의 안정을 잃게 되었다.

아름다웠던 세계는 나의 주위에서 침몰하기 시작했고, 나 혼자만이 버림받은 듯 정열의 꽃이 시들어버린 빈 대지에 서서 아무 것도 들리지 않는 고독과 정적 속에 파묻혔다.

나는 오랫동안 갈망하면서 아름답고 청초한 그녀가 나에게로 다가와서 내 가슴에 몸을 의지하는 꿈을 꾸고 있었는데, 이제는 슬퍼하며 저주하면서 두 팔을 허공에 쳐든 채 낮이나 밤을 구별하지 않고 대리석 공장 주위를 숨어다닐 뿐, 그곳을 다시 찾아갈 용기마저 잃고 있었다.

관리인 구스타프의 지루하고 믿음성 없는 조소 어린 설교를 대답도 하지 않은 채 들어보아도 아무 소용이 없었다.

몇 시간 동안을 무더운 들판을 들짐승처럼 뛰어다녀 보아도, 이가 덜덜 떨릴 만큼 차가운 숲속의 계곡에 누워있어 보아도 아무런 보람이 없었다.

토요일 저녁 마을의 패싸움에 끼어들어 온몸이 흙투성이가 되도록 치고 맞고 했으나 별다른 효과가 없었다. 오직 허탈과 실망만이 엄습해 올 따름이었다.

그리고 시간은 끊임없이 흘러갔다. 이제 2주일 남은 휴가, 열이 틀, 열흘! 그 새 나는 두 번인가 대리석 공장엘 갔었다.

한 번은 그녀의 아버지인 람팔트 씨만을 잠깐 보았을 뿐이다. 그와 함께 마석장에 가서 갓 운반해 온 대리석 덩어리를 마석기에 올려놓는 것을 멍하니 바라보고 있었다.

그때 람팔트 씨가 창고에 들어가서는 모습을 나타내지 않아, 나는 그냥 돌아왔다. 그리고 다시는 그곳에 가지 않겠다고 마음속으로 굳게 다짐했다.

그런데도 나는 이틀 후에 또 그곳에 모습을 나타냈다. 헬레네는 언제나 다름없이 나를 맞아주었다. 그런 그녀에게서 나는 시선을 거둘 수가 없었다. 왜 그런지 침착하지 못한 들뜬 기분으로 생각도 없이 쓸데없는 농담이나 불분명한 말들을 늘어놓아 그녀를 크게 실망하게 했다.

헬레네는 노여움까지 표시했다.

"오늘은 또 왜 그러시죠?"

하고 반문하듯 말하면서 아름다운 갈색 눈으로 나를 똑바로 바라보았는데, 내 가슴은 뛰기 시작했다.

"뭘 그러십니까?"

하고 나는 애매모호한 대답을 하면서 웃으려고까지 했다.

결국은 내 어색한 웃음이 그녀의 비위를 거슬렀던 모양이다. 그녀는 넓은 어깨를 움츠리며 슬픈 표정으로 잠시 나를 바라볼 뿐 아무 말이 없었다.

그때 나는 당치도 않게 그녀가 나를 좋아하고 있으며, 나를 맞아들이려고 하고 있으므로 그런 표정을 하는 것이라고 단정한 것이다.

한동안 나는 약간 불안정한 마음으로 침묵하고 있었는데, 또다시 어떻게 된 것인지 전번의 그 엉터리 같은 심정으로 되돌아가서 잡담을 지껄이기 시작했다.

그러나 내가 내뱉고 있는 한마디 한마디는 나 자신에게 고통을 줄 뿐이었고 끝내는 그녀를 화나게 했다.

어리석게도 나는 젊음만으로 비상식적인 행동을 연극처럼 향락하면서, 때로는 어린아이와 같이 반항심에서 그녀와의 간격을 스스로 더 벌려 놓았다.

차라리 혀를 깨물고 침묵하든가 그녀에게 정직하게 용서를 빌었어야 내 행동이 올바른 것이었을 텐데 끝내 일을 그르치고 말았다.

그리고 나서 성급하게 포도주를 단숨에 들이켜 마셨으므로 사레가 들려 얼굴까지 붉어졌다. 그래서 이제까지 보다도 더욱 비참한 마음으로 그 방을 나왔다.

이제 휴가도 8일밖에 남지 않았다. 정말 맑고 깨끗한 여름이었다. 처음에는 모든 것이 희망 속에서 시작되었었는데, 이제 나의 기쁨은 반딧불처럼 어디로인가 사라져버렸다.

나머지 8일 동안을 어떻게 보내면 좋을까 하고 생각해 보았으나, 지금과 같은 마음으로는 내일이라도 출발해야겠다는 결심만이 앞설 뿐이었다.

그러나 한쪽 마음은 다시 한번 그녀의 집에 갈 것을 강요하고

있었다. 마지막으로 그녀를 찾아가서 힘에 넘치고 기품 있는 아름다운 모습을 바라보며,

"나는 진실로 당신을 사랑하고 있습니다. 그런데 왜 나를 멀리하려고 합니까?"

하고 말하지 않을 수 없었다.

먼저 나는 요즘 거의 만나지 않고 있던 구스타프 벡카를 찾아보기 위해 리파하 저택으로 갔다. 그는 가구라고는 불필요한 듯한 썰렁한 방에서 매우 불안전하게 보이는 다리가 가늘고 볼품없는 긴 테이블에 앉아서 몇 통의 편지를 쓰고 있었다.

내가 먼저 말을 건넸다.

"작별 인사를 하러 왔네. 내일 출발할까 해. 이제부터는 정신을 가다듬어 공부에 열중해야겠어."

그러자 구스타프는 진지한 표정을 지어 다소 나를 놀라게 했다. 그는 나의 어깨를 두드리며 마치 동정하는 듯한 미소를 띠며 말했다.

"아! 그런가? 그렇다면 떠나야겠지."

그러고 나서 내가 방문을 나서려 하자, 그가 다시 나를 불러 세웠다.

"자네 마음을 이해할 수 있을 것 같으이. 하지만 그 아가씨에 대한 감정은 어쩔 수 없으리란 건 나는 처음부터 알고 있었네. 자네는 그녀 앞에서 늘 이상적인 말만 했지. 우리의 생활이란 자네 말대로 될 수 없다는 것을 곧 깨닫게 될 걸세. 그 말을 명심해서 설혹 머릿속이 아프더라도 잊지 말게나."

그것이 오전에 있었던 일이었다.

오후가 되자, 나는 자텔바하의 계곡이 바라다보이는 산 중턱의 이끼 낀 바위 위에 앉아서 굽이치고 있는 계곡의 흐름과 공장, 람팔트 씨의 집을 내려다보고 있었다.

나는 작별을 고하고 꿈꾸며 사색에 잠기면서 구스타프가 나에게 한 말들을 되새겨 보면서 오랫동안 머물러 있었다.

끝을 모르게 뻗어 있는 계곡과 몇 채의 집과 지붕이 잇대어 있고, 시냇물이 은빛으로 반짝이고, 하얗게 트인 작은 사잇길에서 가벼운 먼지가 솟아오르는 것을 쓰라린 생각을 하면서 바라보았다.

이제 나는 오랫동안 결코 이곳을 다시 찾는 일이 없으리라. 그런 동안 여기서는 시냇물과 물방아와 순진하기만 시골 사람들이 아무 변화 없이 생활을 계속해 나갈 것이다.

나는 또 다른 생각에 잠겼다. 어쩌면 헬레네가 그녀 나름의 체념과 운명적인 평화스러움을 서슴없이 내던지고 자기 마음의 요구에 따라서 감당하기 힘든 행복이든 괴로움을 맞아들이고, 과연 그것에 만족하게 될 것인가?

나의 삶 역시 계곡처럼 얽히고설킨 골짜기를 굽이쳐 나가서 밝고 넓은 안정의 나라에 도달할 것이라고 어떻게 확신할 수 있을까? 누가 그것을 미리 알 수 있다는 말인가?

그것은 가장 불확실한 미래에 대한 상상이었다. 비로소 나는 진정한 정열의 포로가 된 것이다. 그리고 이 정열과의 싸움에서 완전히 승리할 수 있을 만큼의 강하고 지혜로운 힘이 없다는 사실을 깨달았다. 나는 아직도 그저 꿈꾸는 방랑자에 불과했다.

이제는 아무런 미련 없이 헬레네의 곁을 이대로 떠나리라는 결심이 앞을 섰다. 그것이 가장 확실하고도 현명한 방법이라는 것을 확신하게 되었다.

나는 그녀의 집과 좁은 정원을 바라보면서 다시 그녀를 만나지 말자고 스스로 다짐하고 마음속으로 이별을 고하면서 저녁 무렵까지 그 언덕에 머물러 있었다.

얼마 후, 나는 꿈속에서 헤매듯 급한 경사에 자주 발부리를 채이면서 숲 아래쪽으로 걸어갔다.

그러는 동안, 어느새 내 발걸음은 공장 안의 대리석 부스러기를 밟는 소리를 내며, 다시는 볼 수 없으리라고 생각했던 그녀의 집 문 앞에 서 있는 나 자신을 발견하고, 비로소 나는 꿈속에서 깨어나듯 깜짝 놀랐다.

그러나 이제는 너무 늦었다. 나 자신도 모르게 어둠에 싸인 거실 테이블 앞에 앉아 있었다.

그리고 헬레네는 나의 맞은편에 등을 창 쪽으로 향한 채 어둠보다 더 깊은 침묵에 잠겨 있었다. 나에게는 나 자신이 이미 오랫동안 그렇게 앉아 있었던 것 같았다. 그때 나는 놀라 일어서면서 이제는 정말 마지막 순간이라고 느꼈다.

"지금 전 작별 인사를 드리기 위해 왔습니다. 이제 휴가가 끝났거든요."

"그러세요?"

그리고 다시 두 사람은 침묵에 잠겼다. 직공들이 저쪽 별채에서 일하고 있는 소리가 미미하게 들려왔다. 큰길을 따라 마차가 천천히 지나가는 소리가 났다. 그 마차 소리가 모퉁이를 돌아 멀어질 때까지 나는 조용히 귀를 기울이고 있었다.

나는 좀 더 시간을 갖기 위해 그 소리에 귀를 기울이고 싶었지만, 왠지 쑥스럽고 불안정하여 겨우 결심하고 급히 의자에서 일어나 나가려고 자세를 바로잡았다.

나는 어둠이 흘러들고 있는 창 쪽으로 걸어갔다. 그녀도 일어서서 나를 바라보았다. 그녀의 눈은 꼼짝도 하지 않고 오랫동안 나를 진지하게 바라보고 있었다.

나는 못 박혀 버린 듯한 침묵이 싫어 최후의 마지막 말을 하고 싶었다.

"그때 화원에서의 일을 기억하고 계십니까?"

"네, 기억하고 있어요."

"헬레네 양! 그때 당신이 나를 사랑하고 계신 걸로 생각했었습니다. 하지만, 이제 난 떠나야 합니다."

그녀는 내가 내민 손을 잡고 창가로 갔다.

"다시 한번 당신을 만날 수 없을까요."

하고 말하면서 한 손으로 내 얼굴을 받쳐 들었다.

그리고는 어두운 눈을 내 가까이에 대고 지그시 나를 들여다보았다. 그때 그녀의 얼굴이 너무나 가까이 있었으므로 나는 내 입술을 그녀의 입술에 댔다.

그러자 그녀는 두 눈을 감고 나의 키스를 조용히 받아주었다. 나는 그녀를 꼭 껴안으며 낮은 목소리로 물었다.

"왜, 오늘에서야 허락하는 겁니까?"

"아무 말씀도 하지 마세요. 지금 돌아가셨다가 한 시간 후에 다시 오세요. 전 저쪽에서 일하고 있는 직공들을 돌봐야 해요. 오늘은 아버지가 계시지 않거든요."

하고 그녀가 진지하게 말했다.

나는 곧바로 밖으로 나와서 갖가지 형상을 이루고 있는 눈부시도록 밝은 구름 사이의 낯선 땅과 시냇물을 따라 걸어가면서 꿈속에서의 일처럼 멀리 떨어진 환상적인 것들만 생각했다.

아주 어릴 적의 장난스럽고 또는 슬픔을 자아내는 어떤 장면이라든가, 그와 비슷한 것들이 구름 속에서 희미한 모습으로 나타났다가 이내 사라져 버리는 사건 등등을.

나는 걸어가면서 작은 소리로 노래를 부르고 있었는데, 그것은 유행가 곡조였다. 이렇듯 낯선 곳을 배회하는 동안에 표현하기 어려운 기묘하게 달콤한 따뜻함이 기분 좋게 온몸에 퍼져나가자 다시 헬레네의 힘찬 아름다운 모습이 떠올랐다.

그러자 나는 그녀와의 약속에 제정신이 들었다. 이미 사방은 어두웠고, 계곡의 아래쪽으로 너무 멀리 와 있다는 것을 느끼고 바로 길을 되돌아섰다.

그녀는 기다리고 있었다. 나를 맞이하자 현관과 복도를 지나 거실로 대려고 갔다. 테이블 가에 앉자 우리는 서로의 손을 잡았다. 한마디의 말도 하지 않았다. 방안은 남아 있는 열기로 하여 후덥지근하고 어두웠다. 창문이 하나만 열려 있어 그 너머로 보이는 검은 숲 위에 아직도 어둠으로 채워지지 않은 희뿌연 하늘이 왜전나무 가지 사이로 희미하게 보였다.

우리는 서로의 손가락을 만지작거렸다. 그리고 가볍게 손가락을 놀릴 때마다 무한한 행복감과 함께 몸이 짜릿하게 떨렸다.

"헬레네!"

"네?"

"아아! 헬레네⋯⋯."

우리 두 사람의 손가락은 서로 어루만지고 있다가 잠시 멈췄다가는 다시 꼭 움켜잡고 있었다. 나는 희뿌연 하늘이 보이는 곳을 바라보고 있다가 그녀의 눈길을 찾으면 그녀도 그곳을 보고 있음을 알았다.

그리고 어둠을 타고 창에서 흘러들어오는 약한 빛이 그녀의 눈과 눈물이 고여 있는 두 개의 눈망울에 반사되고 있는 것을 발견했다.

그 눈물을 나는 조용히 내 입술로 닦아 주었는데, 그것이 차갑고 짭짤한 맛에 나는 놀랐다. 그러자 그녀는 나를 힘껏 끌어당기며 오랫동안 키스를 하고는 나의 품 안에서 몸을 뗐다.

"이제 시간이 다 됐어요. 당신은 돌아가셔야 해요."

우리가 문 앞까지 왔을 때, 그녀는 또 한 번 격렬한 정열이 담긴 키스를 했다. 그녀의 입술은 불타는 듯 뜨거웠고 또한 무척 떨고 있었으므로 나 역시 몸을 제대로 가눌 수가 없었다. 내가 밖으로 나오자, 그녀가 말했다.

"안녕히⋯⋯ 빨리 가세요, 네! 이제 다시 오시면 안 돼요. 절대로 오지 마세요. 그럼 안녕!"

미처 내가 아무 말도 못 하고 서 있는 사이에 그녀는 문을 닫아 버렸다. 나는 잠시 불안함과 이해할 수 없는 마음으로 그 자리에 서 있었다.

그러나 커다란 행복감에 젖어 집으로 돌아오는 동안에 그것은 날개를 퍼덕이는 소리처럼 부드럽게 나를 감싸고 있었다. 집에 돌아오자, 나는 옷을 벗고 셔츠 차림으로 자리에 누웠다.

그런 밤을 다시 한번 맞이하고 싶은 생각이 들었다. 열기와 습기 찬 후덥지근한 바람이 나에게는 어머니의 손길처럼 부드럽게 느껴졌다. 높다랗게 열려 있는 창문 밖으로 크고 울창한 나무들이 속삭이며 그림자를 드리우고 있었다. 그러자 들판을 거쳐 온 가벼운 풀 내음이 어둠 속을 흘러들어왔다.

어딘가 멀리서 구름이 무겁게 깔린 하늘 아래서 번개가 금빛으로 떨리면서 번쩍거렸다. 뒤이어 낮은 천둥소리가 약하고 이상스러운 울림으로 간헐적으로 들려왔는데, 그것은 마치 먼 곳에서 산들이 서로 잠들면서 몸을 뒤척이는 소리 같았다.

아니면 숲속에 잠들어 있던 메아리의 잠꼬대 웅얼거림과 흡사했다.

이런 모든 것을 나는 나의 높은 행복의 성에서 왕처럼 거만하게 내려다보며 듣고 있었다. 그런 것들은 이제 모두가 나의 것이며, 나의 기쁨과 황홀한 휴식처가 되기 위해서 거기에 존재하고 있었다.

나의 깊은 영혼은 방황을 끝내고 아름다운 기쁨 속에서 안도의 숨을 쉬며 사랑의 노래처럼 잠들어 있는 들과 계곡을 돌아 산을 넘어서 밤의 정적 속으로 떠돌며 멀리서 반짝이고 있는 구름을 스치고 모든 숲과 희미하게 보이는 언덕을 애무하고 있었다.

그것을 나의 말로 표현하기에는 너무나 크고 위대했다. 만약 그것을 표현할 수 있다는 단 한마디의 언어가 있다면!

어둠 속에 잠들어 있는 대지의 숨결, 나뭇가지에 스치는 바람과 잎사귀의 아련한 소리, 멀리서 번개가 그리는 빛의 섬광과 줄기, 천둥의 신비한 선율을 좀 더 섬세하게 묘사할 수 있었을 것이다.

그러나 그것을 표현할 수 있는 재능을 누가 가지고 있다는 말인가? 인간보다 더욱 아름다운 것, 더 깊은 곳에 있는 것, 더더욱 감미로운 것은 도저히 언어로 표현할 수 없는 경지가 있다.

그러나 나는 그 밤이 다시 한번 되돌아왔으면 하고 끈질기면서도 무리하게 생각했다.

내가 미처 관리인인 구스타프에게 떠난다는 인사를 하지 않았다면, 그 이튿날 아침에 틀림없이 그에게 갔을 것이다. 그러나 나는 망설이면서 마을 안을 돌아다니고 나서 아침에 헬레네에게 긴 편지를 써서 보냈다.

나는 다시 한번 그녀를 방문하고 싶다는 마음을 전하고, 여러 가지 의견을 말하고, 나의 입장과 장래의 생활에 대해서 상세하게 설명하고는 그녀의 아버지에게 의견을 물어봐도 좋겠느냐는 내용의 편지였다.

저녁때 나는 그녀의 집으로 갔다. 람팔트 씨는 이번에도 집에 없었다. 이삼일 전부터 그의 고객 한 사람이 이 지방에 와 있었으므로 그 사람과 상담차 집을 떠나있었다.

나는 아름다운 내 연인을 포옹하고 키스를 한 다음, 그녀를 따라 방으로 들어가서 내가 보낸 편지에 관해서 물었다. 그녀는 편지를 받아보았노라고 눈빛으로 대답했다.

"그 문제를 어떻게 생각하십니까?"

헬레네는 침묵한 채 열정과 슬픔이 담긴 얼굴로 나를 바라보았다. 내가 다시 말하려고 하자, 그녀는 손을 내 입에 갖다 대고는 이마에 가볍게 키스했다. 그리고는 무척 애처로운 신음을 냈으므로 나는 당황하지 않을 수 없었다.

내가 여러 가지로 부드러우면서 친절한 음성으로 물어보아도 그녀는 고개를 저을 뿐, 어떤 말도 하려고 하지 않았다.

다만 희미한 미소를 띤 채 팔을 나에게 감고 어제와 똑같은 자세로 내 곁에 앉아서 잠자코 몸을 의지하고 있었다. 잠시 후에 그녀는 나에게 몸을 바싹 붙이고 머리를 내 가슴에 기댔다.

나는 아무 생각도 할 수 없어 다만, 그녀의 머리카락이며 이마와 볼, 목덜미에 키스하는 동안 그 강렬함에 현기증을 느꼈다.

나는 벌떡 자리에서 일어서며 말했다.

"내일 아침에 당신 아버지께 얘기해도 좋다는 말입니까?"

"아! 그건 안 돼요. 제발 그러지 마세요."

"왜, 걱정이 돼서 그럽니까?"

그녀는 고개를 저었다.

"그럼, 왜 그러십니까?"

"제발 물어보지 마세요. 그 얘기는 그만 해요. 아직 15분 동안

같이 있을 수 있어요."

다시 우리는 앉아서 힘껏 포옹했다. 헬레네가 나에게 바싹 기대어 애무의 손길을 기다리며 몸을 떨고 있어서 그녀의 고뇌와 우울감이 그대로 나에게 옮겨진 듯했다.

나는 그것에 저항하면서 우리들의 행복을 믿도록 그녀를 격려했다.

"잘 알아요. 하지만, 지금 우리는 정말로 행복한 시간을 보내고 있어요."

내가 이렇게 말하자, 그녀는 무언의 힘과 정열을 쏟아 몇 번이고 키스를 한 다음 피로한 듯이 내 팔에 몸을 기대었다.

어느덧 그녀의 곁을 떠나지 않으면 안 되었을 때, 헬레네는 문 앞에 서서 내 머리카락을 매만지면서 작은 음성으로 말했다.

"사랑스러운 분, 안녕히 가세요. 이젠 다시 오지 마세요. 제발 부탁이에요. 당신이 오시면 저를 불행하게 하는 일이라는 걸 알고 계시잖아요?"

그러자 내 가슴 속에는 격렬한 고통이 밀려왔다. 집에 돌아와서도 잠을 제대로 이룰 수가 없었다.

왜 그녀는 나를 믿고 행복해지지 않으려는 것일까? 지난 주일에 그녀가 나에게 한 말을 다시 떠올려보았다.

"우리 여자들은 남자분들처럼 자유롭지 못해요. 자기에게 주어진 숙명적인 것을 견뎌 나가는 법을 배우지 않으면 안 되는걸요. 아시겠어요?"

도대체 무엇이 그녀에게 숙명적으로 정해져 있다는 것일까? 어쨌든, 나는 그녀의 내면에 깊숙이 자리 잡은 불행의 사슬을 풀어 주지 않고서는 견딜 수 없는 마음이 되었다.

그런 나머지 다음날, 나는 오전 중에 그녀에게 간단한 편지를 써서 보내고, 저녁때 공장 일이 끝나고 직공들이 모두 가버린 뒤에 대리석 더미가 쌓여 있는 곳에서 그녀를 기다리고 있었다.

헬레네는 약속 시간보다 훨씬 지나서야 망설이면서 모습을 나타냈다.

"왜 또 오셨어요. 이러시면 안 돼요. 아버님이 안에 계세요."

"왜 저를 피하려고만 하십니까? 당신이 가슴에 지닌 진실을 말씀해 주십시오. 그렇잖으면 돌아가지 않겠습니다."

헬레네는 어둠 속에서도 조용히 나를 바라보았다. 그러나 그녀의 얼굴은 대리석처럼 창백했다.

"저를 더 이상 괴롭히지 마세요. 저는 당신에게 어떠한 말도 할 수 없어요. 또 하고 싶지도 않고요. 분명히 한 가지 말씀드리고 싶은 것은, 오늘이든 내일이든 빨리 떠나시라는 거예요. 그리고 지금까지의 저와의 일은 모두 잊어주세요. 저는 당신의 아내가 될 수 없는 몸이에요."

그녀는 열기가 덜 가신 후덥지근한 7월의 밤공기 속에서도 추위를 느끼는 모양이었다. 몹시 떨고 있었다.

나는 일찍이 지금과 같은 고통을 경험해 본 적이 없었다. 하지만, 이대로 물러설 수 없다는 고집을 부렸다.

"모든 걸 얘기해 주십시오. 사실을 알지 않고서는 떠날 수가 없습니다."

그녀는 내가 더 이상 마주 볼 수 없을 정도의 강렬한 눈빛으로 나를 쳐다보았다. 그러나 나는 달리 어쩔 수 없는 어정쩡한 표정으로 조르듯 말했다. 아니 소리치고 있었다.

"말씀해 주십시오. 그렇지 않으면, 지금 곧 당신 아버님께 달려가겠습니다."

그러자 그녀는 화가 난 듯이 벌떡 일어섰다. 어둠 속에서도 그녀의 창백한 얼굴에는 슬프고도 숭고한 아름다움이 깃들어 있었다. 그녀는 침착하면서도 조금도 흔들림 없는 음성으로 말했다.

"그럼 말씀드리죠. 난 자유의 몸이 아네요. 그래서 당신의 말에 따를 수 없다는 거예요. 이미 정해진 사람이 있어요. 이만큼 얘기하면 아시겠죠?"

"아직은 잘 모르겠습니다. 그것만으로는 문제가 될 것이 없습니다. 당신은 나보다도 더 그 사람을 사랑하고 있습니까?"

그러자 그녀가 격한 목소리로 소리치듯 말했다.

"어쩜, 당신은! 난 그 사람을 지금은 사랑하고 있지 않아요. 하지만, 이미 그 사람에게 약속했어요. 그것을 저버릴 수 없어요."

"왜 저버릴 수 없다는 겁니까? 지금 당신은 그를 사랑하고 있지 않다면서 말입니다."

"그때는 당신을 몰랐을 때였어요. 난 그 사람이 마음에 들었어요. 사랑하지는 않았지만, 훌륭한 분이었어요. 사실 난 다른 남자를 몰랐거든요. 그래서 나는 승낙했던 거예요. 그런 마음은 지금도 변함없어요. 또 그래야만 되고요."

"헬레네! 그건 취소할 수 있습니다. 오직 당신의 마음에 달린 겁니다."

"그야, 그렇겠죠. 그러나 문제는 그분이 아니라 아버님이에요. 전 아버님을 결코 배반할 수 없어요."

"그렇다면 내가 아버님께 말씀드려 보겠습니다."

"안 돼요. 당신은 아직도 모르시는 것이 있어요."

나는 그녀를 똑바로 바라보았다. 헬레네의 얼굴은 어둠보다 더 짙게 고통에 싸여 있었다. 이윽고 그녀의 입에서 고뇌에 찬 음성이 터져 나왔다.

"난 아버님에 의해서 팔려 간 몸이나 다름없어요. 나도 승낙했어요. 돈거래가 있었죠. 우리는 이번 겨울에 결혼식을 올리게 되어 있어요."

말을 끝내자마자, 헬레네는 몸을 돌려 몇 발자국을 걸어가다가 다시 돌아보며 말했다.

"아셨어요? 용기를 내세요. 이젠 오시면 안 돼요. 저를 잊으셔야 해요."

"단지 돈 때문입니까?"

하고 나는 묻지 않을 수 없었다. 그러자 그녀는 놀라운 표정을 지었다.

"또 왜 그러시죠. 그건 아버님도 되돌릴 수 없는 일이에요. 아버님도 나처럼 묶여 있어요. 내가 아버님을 돌보지 않으면 우린 다 같이 불행해져요. 그러니까 이해해 주세요. 부탁이에요."

그리고 나서 잠시 그녀는 뭔가를 생각하고 있는가 싶더니 목소리를 높여 다시 말했다.

"제 말뜻을 이해하시겠죠. 저를 죽게 만들지 마세요. 지금은 저 자신을 감당할 수 있지만, 만약 당신이 다시 한번 건드리기라도 하면 더 이상 견딜 수가 없게 돼요. 이젠 당신에게 키스할 수도 없어요. 여기서 끝내지 않으면, 우리는 다 함께 파멸해 버려요."

한순간 모든 것이 정지되어 버린 듯 조용해졌다. 다만, 저쪽 공장 별채에서 그녀의 아버지가 돌아다니는 발소리가 들려올 뿐이었다.

"아직도 난 내 마음을 결정지을 수가 없습니다. 그 사람이 누군지 말해 주시지 않겠습니까?"

"안 돼요. 당신은 모르는 편이 좋아요. 저를 위해서 오지 마세요. 아셨죠?"

그녀는 집 안으로 들어갔다. 나는 어둠 속에 홀로 서서 그녀의 뒷모습을 바라보았다. 나도 곧 자리에서 일어나 그곳을 떠나오려고 했으나 차가운 돌에 걸터앉아 끊임없이 흘러가고 있는 물소리를 들으며, 그 어떤 것도 실감할 수가 없었다. 끝없이 흐르는 물처럼 나도 어디로인가 막막 밀려가고 싶은 마음뿐이었다.

그것은 마치 나의 생명과 헬레네의 생명과 다른 수 없이 많은 생명이 나의 곁을 지나 계곡을 내려가서 어둠 속으로 물처럼 흘러가 버리는 것 같았다.

깊은 한밤에 심한 피로와 슬픔에 지쳐 집으로 돌아왔다. 그리고 곧 깊은 잠 속에 빠져들었다.

아침이 되자, 나는 짐을 챙기고 떠나려 결심했다가, 그것을 곧 잊어버리고 식사를 끝내자 기다렸다는 듯이 숲속으로 목적도 없이 걸어갔다. 머릿속에는 무엇 하나 정리되지 않고 불분명한 상태로 남아 있었다.

많은 생각들이 포말처럼 머릿속에 떠오를 뿐, 어떤 형상을 이루지 못하고 그대로 꺼져버렸다. 이제는 모든 것이 끝장이라는 현명하지 못한 판단이 나를 더 큰 고통으로 몰아넣었다.

오후가 되자 비로소 애정과 비참함이 마음속에서 서로 대립하여 더욱 나를 못 견디게 했다. 그러나 나는 스스로 억제하여 분별심이 생길 때까지 기다리지 못하고 마음의 충동에 이끌려 대리석 공장 근처에서 몸을 숨기고 기다리고 있었다.

이윽고 람팔트 씨가 집을 나서 시냇가 한길을 지나 마을 쪽으로 사라지는 것을 지켜보았다.

나는 지체하지 않고 집 안으로 들어갔다. 그러자 헬레네가 깜짝 놀라며 소리를 지르면서 나를 바라보았다.

그녀는 신음하듯 말했다.

"왜! 왜 또 오셨어요."

나는 몸 둘 바를 모를 정도로 창피스러웠다. 이때만큼 쓰라린 상처 깊은 마음을 가져 본 적은 없었다.

나는 문에 손을 의지하고 서 있었는데, 그냥 나와버릴 수도 없어서 그녀가 있는 쪽으로 천천히 다가갔다. 그러자 헬레네는 불안과 고뇌에 가득 차서 괴로워하는 눈길로 나를 바라보고 있었다. 조용하면서도 슬픔이 깃든 눈빛이었다.

"용서하십시오, 헬레네."

하고, 나는 힘없이 말했다.

그녀는 내 마음을 이해하려는 듯 몇 번이고 고개를 끄덕이면서 눈길을 내리깔았지만, 다시 얼굴을 쳐들며 슬픔과 원망으로 가득 찬 음성으로 말했다.

"당신은……, 아! 당신은 오지 말았어야 했어요."

이제까지 보다도 그녀의 얼굴은 물론, 태도까지도 성숙하고 더 힘이 세어진 것처럼 보였다. 그 곁에 서 있는 내가 한없이 초라하고 나약하게 보였다.

"그래요."

하고 그녀는 반문하듯 물으면서 애써 미소 지으려고 했다.

"말씀해 주시기 바랍니다. 그러면 떠날 수 있을 것 같습니다."

순간 그녀의 얼굴이 일그러지면서 금세 눈물이 쏟아질 듯한 표정으로 변했다.

하지만 뜻밖에도 그녀는 미소를 짓고 있었다. 그것은 뭐라고 말할 수 없는 느낌을 주는 고뇌의 미소였다. 그녀는 일어서며 속삭이듯 말했다.

"왜 그렇게 긴장해서 서 있어요. 어서 이쪽으로 오세요."

그 말에 용기를 얻은 나는 한 발 그녀 앞으로 다가가서 두 팔로 껴안았다. 그녀도 기다렸다는 듯이 내 가슴을 파고들었다. 우리는 온몸에 힘을 주어 서로 힘껏 포옹했다.

그때 나는 순간적으로 찾아온 기쁨이 더욱더 불안과 공포, 슬픔을 억제하려는 노력에 휩쓸려 버렸는데, 오히려 그녀는 눈에 띄도록 명랑해져서 아이들에게 하는 것처럼 나를 어루만져 주고 자기가 하고 싶은 대로 애칭을 붙여서 부르며 내 손을 가볍게 깨물어 보는 등 사랑의 행위를 서슴없이 해 와 놀라게 했다.

한편 나의 마음속에서는 어떤 이해할 수 없는 불안한 감정이 몸을 불태우는 듯한 열정과 싸우고 있었다. 그래서 나는 한마디의 말도 못 하고 그녀를 껴안은 채 생각에 잠겨 있었다. 그러나 그녀는 들뜬 밤공기처럼 나를 애무하며 농담까지 했다.

"좀 더 명랑해질 수 없어요? 꼭 고드름 같아요."
하고 말하면서 나의 콧수염을 가볍게 잡아당겼다.

"헬레네! 이제부터 우리들의 일은 잘되어가는 겁니까? 끝까지 당신이 결혼할 수 없는 사이라면……"

그녀는 두 손으로 내 얼굴을 감싸고 바로 코앞에서 나를 들여다보았다.

"그럼요, 이제부터는 모든 게 잘 되어갈 거예요."

"그렇다면 내가 좀 더 이곳에 머물러 있으면서 내일 다시 와서 당신 아버지께 말씀드려도 좋다는 애기인가요?"

"아직 제 말뜻을 모르세요? 무얼 해도 좋아요. 만약 프록코트를 갖고 계시면 그걸 입고 오셔도 좋아요. 내일은 일요일이니까 더 좋을 거예요."

"그럼 됐습니다. 마침 가지고 있으니까."
하고 나는 웃으며 갑자기 아이들처럼 명랑해지면서 그녀를 안고 방안을 두세 번 왈츠를 추며 돌았다. 그리고는 테이블 귀퉁이에서 그녀를 무릎 위에 앉혔다.

그녀는 이마를 내 볼에다 갖다 댔다. 그래서 나는 그녀의 부드럽고 검은 긴 머리카락을 어루만지고 있었는데, 갑자기 그녀가 자리에서 벌떡 일어나며 뒤로 물러서서 잠시 머리를 매만지고 나서는 나를 위협하듯 소리쳤다.

"어쩌면 아버지가 곧 오실지 몰라요. 우리 두 사람 똑같이 정신 나갔어."

나는 짧고 힘찬 키스를 하고 나서 창가에 있는 화병에서 꽃 한 송이를 모자에 꽂아 달라고 했다. 벌써 저녁이 계곡에까지 와 있었다.

토요일이기 때문에 '독수리 집'에는 많은 손님이 모여 떠들고 있었다. 나는 포도주를 마시고 카드놀이를 한 판하고 일찍 집으로 돌아왔다.

나는 프록코트를 꺼내놓고 들뜬 기분으로 그것을 바라보았다. 그 코트는 시험을 치를 때 한 번 입은 후 거의 입어본 적이 없었으므로 새것 그대로였다.

그 검고 반짝이는 천을 바라보자, 어떤 의식에 참석하는 듯한 엄격한 생각이 떠올랐다.

그대로 잠자리에 들 수가 없어서 침대에 걸터앉아서 내일 헬레네 양 아버지에게 무슨 말을 해야 좋을까 하고 생각에 잠겼다.

젊은이다운 품위와 겸손함을 유지하며 그의 앞으로 걸어가는 내 모습을 명확하게 상상해 보았다.

한사코 반대하는 그의 말, 그것에 대한 나의 대답, 그와 나의 다른 사고방식, 행동 등이 복잡하게 떠올랐다.

나는 목사가 설교 연습을 할 때처럼, 그에게 말할 첫마디를 몇 번 반복하며 입 밖으로 소리 내어 보기도 했다.

드디어 일요일 아침이 되었다. 다시 한번 침착하게 생각을 가다듬기 위해 교회 종이 울릴 때까지 그대로 침대에 누워있었다.

아침 예배가 끝나자 면도를 다시 하고 우유를 마신 다음, 나는 예복을 시험 직전의 그때만큼 단정하게 차려입었다. 가슴이 두근거렸다.

어느덧 늦여름의 햇살이 들판에 가득 쏟아져 내리고 있었다.

나는 집을 나서 의젓하게 천천히 먼지 나는 길을 조심스럽게 피해 가며 벌써 더위를 느끼게 하는 햇볕 속을 뚫고 자텔바하를 향해 걸어갔다. 프록코트의 깃을 세우고 있었으므로 땀이 약간 몸에 배었다.

내가 대리석 공장에 도착했을 때 놀랍게도 몇몇 사람들이 길가나 뜰 안에 옹기종기 모여 서서 뭔가를 수군거리고 있었다. 나는 내 일이 방해되는가 싶어 불유쾌한 마음으로 다가갔다.

그러나 나는 지금 무슨 일이 일어나고 있는지, 아무에게도 묻고 싶지 않아서 불안하면서도 꿈이라도 꾸고 있는 듯한 미심쩍은 답답한 기분으로 사람들 곁을 지나쳐 문 앞으로 갔다.

안쪽으로 들어서자 현관 앞에서 공교롭게도 관리인 구스타프와 마주쳤다. 전혀 예기치 않았던 일이었으므로 나는 당황해서 간단히 인사를 했다.

그는 지금쯤 내가 이 고장을 떠났을 것으로 생각하고 있었을 것이므로 돌연, 이런 장소에서 그를 만난다는 것이 매우 어색하게 해주었다.

그러나 그는 그런 것은 조금도 생각지 않고 있는 모양이었다. 그런 내색도 전혀 없었다. 오히려 그의 모습은 긴장되어 있었고 피로해 보이기까지 했다. 그리고 얼굴이 창백했다.

"아! 자넨가? 왔군."

그는 고개를 끄덕이면서 신랄한 음성으로 말했다.

"이봐, 친구, 자넨 여기 오지 말아야 할 사람인데, 잘못 왔군."

"그렇지만, 지금 람팔트 씨는 계시겠지."

내가 그의 말을 일축하며 되물었다.

"물론이지. 어디 있겠나?"

"그럼, 헬레네 양은?"

그는 말없이 눈길로 방문을 가리켰다.

"안에 있는 모양이지?"

구스타프는 고개를 끄덕였다. 그리고 내가 막 문을 노크하려는 순간, 문이 열리면서 한 남자가 밖으로 나왔다.

그때 나는 방안에 몇 명의 손님이 말없이 서 있고, 가구 일부가 옮겨져 있는 것을 보았다.

나는 불안한 예감에 가슴이 섬뜩했다. 온몸에 갑자기 추위가 엄습해 오는 그런 느낌이었다.

"구스타프! 무슨 일이 생겼단 말인가? 모두 왜 그러는 거지. 그리고 자네는 왜 왔지?"

그러자 그는 확 돌아서며 기묘한 눈빛으로 나를 쏘아보았다.

"그렇다면, 자네는 아무것도 모른단 말인가?"

"무엇을 말인가? 내가 뭘 모른다는 것인가?"

그러자 그는 앞을 가로막고 내 얼굴을 뚫어지게 바라보았다.

"여보게, 더 이상 여기서 지체하지 말고 어서 집으로 돌아가, 응!"

그는 낮고 거의 목멘 소리로 말하면서 내 팔을 잡아끌었다. 나는 더욱 알 수 없는 불안감에 빠져들었다.

그는 다시 한번 주의 깊게 나를 살펴보더니 조용한 목소리로 말했다. 이미 그의 두 눈은 젖어 있었다.

"어제 그녀와 얘기를 나누었나?"

순간 내 얼굴이 붉어지자, 그는 어색하게 헛기침했다. 그러나 그 소리는 신음처럼 침울하게 울렸다.

"어디 있는가? 지금 헬레네 양은……."

더 이상 견딜 수가 없어서 내가 소리쳤다.

구스타프는 뜰 안을 왔다 갔다 하며 허공을 응시하기도 했다. 그런가 하면, 나를 완전히 잊어버린 것처럼 자기만의 생각에 골똘했다.

나는 층계의 난간을 의지하고 선 채 낯모르는 정신 나간 사람들에게 둘러싸여 조롱당하고 있는 듯한 느낌이 들었다.

그때 구스타프가 다시 내 앞으로 다가오며

"이리 좀 오지!"

하고는 나를 계단이 꺾여지는 곳까지 끌고 와서 그 위 층계에 앉았다. 나는 코트가 구겨지는 것도 개의치 않고 그와 나란히 앉았다. 집안이 죽은 듯이 조용했다.

그는 참기 어려운 듯 머뭇거리며 말을 꺼냈다.

"마음을 진정해야 하네. 단단히 각오하고 내 말을 듣겠나! 저 헬레네 람팔트 양이 죽었어. 오늘 아침 세석장 앞의 물웅덩이에서 발견했어. 진정하게 모든 것은 사실이니까. 내 말을 못 믿겠다면 가서 확인하고 오게. 지금 그녀는 저 방에 누워있어. 우리가 물웅덩이에서 그녀를 발견하고 끌어올렸을 때는 아! 여보게 형편 없었다네⋯⋯. 하지만, 지금은 참으로 아름다운 모습을 하고 있다네."

그는 말을 멈추고 고개를 저었다.

"아무 말도 하지 말고 조용히 있게. 얘기할 기회는 또 있을 걸세. 하지만 자네보다도 나에게는 더 관계가 깊은 일이야. 뭐, 그런 얘긴 그만두는 게 좋아. 내일 자네에게 모든 사실을 얘기해 주겠네."

"아냐, 구스타프! 지금 얘기해 주게. 모든 것을 알지 않고는 견딜 수가 없어."

"그렇다면 좋아. 자세한 것은 나중에 얘기해 주지. 다만 이것만은 지금 명백히 말해 두고 싶어. 내가 자네를 항상 이 집에 출입하게 한 건 자네에게 호의를 갖고 있었기 때문일세. 그것은 진심이었네. 하지만 누가 미리 앞일을 알겠는가? 쉽게 말하면 나는 헬레네와 약혼한 사이였어. 아직 정식으로 알리지는 않았지만."

그 말을 듣는 순간, 나는 그를 힘껏 때려주고 싶은 강렬한 충격을 받았다. 하지만, 그는 그것을 눈치채고는 침착하게 나를 바라보며 말했다.

"그런 짓은 안 하는 게 좋아. 다시 자세히 이야기할 기회는 또 있으니까."

우리는 더 이상 아무 말도 하지 않고 그대로 앉아 있었다. 헬레네와 구스타프, 나 사이와의 관계된 사건 전체가 명확하고 재빠르게 내 앞을 스쳐 갔다.

왜 나는 일찍이 이 일을 깨닫지 못했던 것일까? 왜 내가 조금이라도 눈치채지 못했을까?

그랬다면, 또 달리 어떻게든 방법이 있었을 것이다. 단 한마디라도, 아주 조그만 예감이라도 있었다면, 나는 조용히 나 자신의 길을 찾아갔을 것이고, 그녀는 지금처럼 저 방에 누워있는 일은 절대로 일어나지 않았을 것이다.

어느덧 나의 노여움은 사라져버렸다. 구스타프가 사건을 예감하고 있었음이 틀림없다는 것을 나는 알 수 있었다.

그는 자기 스스로가 나를 그녀와 멋대로 행동하도록 방관했으므로 죄의식을 마음속에 깊이 느끼고, 지금은 얼마나 무거운 짐을 지고 있는지, 나는 깨달을 수 있었다. 그래서 나는 가장 명백한 답을 그로부터 직접 듣고 싶었다.

"이보게, 구스타프! 자네는 진실로 그녀를 사랑한 것인가?"

그러자 그가 무슨 말을 하려고 했는데, 그만 말문이 막혀 고개만 끄덕일 뿐이었다. 두 번 세 번 거듭해서 그가 고개를 끄덕이는 것을 보았을 때, 이 인내심 강하고 완고한 사내가 아무 말도 못하고 밤을 지새운 초라한 얼굴로 전율하고 있는 것을 보았을 때, 비로소 나는 슬픔에 잠겼다.

얼마 후에 눈물을 거두고 고개를 드니까, 그가 내 앞에 서서 손을 내밀었다. 나는 그의 거친 손을 힘껏 움켜쥐었다.

　그러자 그는 내 손을 놓으면서 층계를 천천히 내려가 조용히 거실문을 열었다.

　그곳에 아름다운 헬레네가 누워있었다. 그날 아침 그곳으로 들어간 것이 그의 마지막 모습이었다.

사랑의 꽃을 피웠으나 열매는 슬픔이었다

네가 사랑했고, 네가 갈망했던 것이
네가 꿈꾸었고, 네가 체험한 것이
환희, 아니면 고뇌였다고
너는 아직도 믿지 못하는가

젊은 친구들이여, 더 이상 나를 괴롭히지 말기를 간절히 바랍니다. 이제부터 내 학창 시절의 슬픈 이야기를 해볼까 합니다.

내가 사랑했던 아름다운 여인 살로메와 나의 절친한 친구 한스 암슈타인에 대해서 말하려고 합니다.

어쩌면, 그것은 좋은 생각인지도 모르겠습니다. 여러분들은 조용히 정숙한 마음으로 나와 함께 무슨 하찮은 대학생의 연애 사건인가 하고 추측해서는 안 됩니다. 절대로 우스운 이야기가 아니니까요.

우선 포도주라도 한잔했으면……, 그것도 백포도주라면 더욱 좋습니다. 자, 그럼 창문을 닫아 주시겠습니까. 아니 천둥이 치게 그냥 내버려 두십시오. 번개와 천둥이 치는 무서운 밤, 오히려 그런 분위기 속에서 이야기하는 것이 더 어울릴지 모르겠습니다.

젊은 여러분들은 우리 기성세대들 역시 젊은 날에는 굵고 짧게 살고 싶었다는 한때가 있었다는 사실을 기억해 두어야 할 것입니다. 아직 술은 남아 있습니까?

난 일찍 부모를 여읜 탓에 방학이 시작되면 곧바로 오토 삼촌 댁으로 달려가서 과일도 먹고, 동네 부랑배들의 이야기도 듣고, 숭어잡이도 하며, 때때로 숲속의 돌로 지은 집에서 나 혼자만의 시간을 보내곤 했습니다. 그것은 삼촌의 취미를 이해해 주는 조카가 바로 나였기 때문입니다.

여름과 가을 방학, 크리스마스 때가 되면 작은 가방과 빈 주머니를 가지고 가서 마음껏 포식하며 이것저것 얻어 가지고도 왔습니다. 나는 항상 어린 사촌 동생을 사랑했고, 그곳에 있는 동안만은 학교 공부 따위는 모두 잊고 유쾌한 나날을 보내곤 했습니다.

때로는 삼촌과 심심풀이 내기를 하기도 하고, 독한 이탈리아 담배를 피우며 낚시질을 함께 즐기고, 그에게 아슬아슬한 탐정 소설을 읽어주고, 저녁 무렵이면 그를 따라 주점에 들러 찬 맥주를 얻어 마셨습니다.

그 시절, 이런 모든 것은 나쁘기보다는 훌륭하고 남자다운 일로 생각되었습니다. 금발의 사촌 여동생은 수줍음을 잘 타는 온화한 성격이어서 우리의 거친 행동에 대해 이해하지 못하고 이따금 연민과 애원에 찬 시선을 보내곤 했습니다.

대학생이 되기 바로 직전, 그러니까 고등학교 마지막 여름 방학에 다시 삼촌 댁에 갔었습니다.

그때 난 졸업반 학생답게 들뜨고 자부심에 가득 차 있었으며, 무분별한 알 수 없는 불만에 얼마쯤은 난폭해져 있었습니다.

그러던 어느 날, 이 작은 도시에 새로운 산림소장이 취임하게 되었는데, 노년에 직위를 얻은 그는 젊지도 않고 그리 건강해 보이지도 않았지만 성실하고 착해 보이는 사람이었습니다.

그러나 첫눈에 좋은 평판을 얻을 사람 같지는 않았습니다. 그는 부자라서 훌륭한 가구들과 이 지방에서는 볼 수 없는 애완용 개와 잘 훈련된 말과 우아한 마차를 타고 왔습니다. 장난감 같은 작은 신형 영국제 낚시기구들은 처음 보는 아주 사치스럽고 근사한 것들이었습니다.

정말 모든 것이 귀하고 훌륭한 것들로 온 마을 사람들의 부러움을 샀습니다. 그러나 다른 어느 것보다도 우리를 놀라게 한 것은 살로메라는 양녀가 그들 일행 중에 끼어 있었다는 사실이었습니다.

어떻게 저토록 강렬한 야성미를 지닌 처녀가 그런 진지하고 조용하기만 한 사람 곁에 있게 되었는지, 우리로서는 정말 이해하기 힘들 정도였습니다.

그 처녀는 매우 이국적인 용모를 지니고 있었는데, 브라질이 원산지인 열대성의 강한 식물처럼 건강하면서도 매우 독특한 모습을 하고 있었습니다. 적도의 태양처럼 강렬한 인상을 주는 여자인 것만은 틀림없습니다.

여러분들도 그녀가 어떻게 생겼는지 매우 궁금할 것입니다. 하지만 설명하기가 그리 쉽지 않다는 것을 솔직히 고백합니다. 누구에게 금방 눈에 띄는 이국적인 용모로 보였으니까요.

스무 살쯤의 몸집이 큰 아주 건강해 보이면서 명랑하고 쾌활한 걸음걸이는 우리까지도 즐겁게 하여 주었습니다. 또한 목이며 어깨, 팔과 손이 단단하게 뻗어 있으면서도 율동적이고 고귀하게 보였습니다.

머리카락은 유난히 숱이 많고 굵고 길었으며, 짙은 갈색으로 이마 위에서 물결이 흘러넘치듯 곱실거렸고, 뒷머리를 다발로 묶어 커다란 꽃핀으로 장식하고 있었습니다.

얼굴은 자세히 설명하지 않겠습니다. 그러나 살이 약간 찐 편이고 입이 큰 편이었습니다. 무엇보다도 눈이 아주 인상적이었습니다.

얼굴에 비해 눈이 너무 컸으며 짙은 갈색으로 약간 튀어나온 것이 매력적이었는데, 습관에서 온 것인지 앞을 보고 웃으며 눈을 크게 뜨면 꼭 그림 같았습니다.

그러나 그녀가 사람을 빤히 쳐다보면, 모두 당황했습니다. 태평스러운 듯한 눈길이면서도 훑어보듯 무관심한 듯 조금도 사양함이 없고 수줍음 없이 사람을 똑바로 보곤 했는데, 결코 건방진 것은 아니었고, 마치 예쁜 애완용 동물 같은 부드러움을 간직하고 있었습니다.

무엇보다도 그녀는 자기의 감정을 직선적으로 나타내는 성격이었습니다. 대화가 지루하면 고집스러울 정도로 입을 다물었고, 한눈을 팔거나 스스로 부끄러워질 정도로 사람을 빤히 쳐다보는 버릇이 젊은 나에게는 아주 감동적인 인상을 주었습니다.

남자들은 그런 그녀에게 매료되어 열중했고, 여자들은 그녀를 좀처럼 이해하려 들지 않았습니다. 나 역시 성급하게 그녀를 사랑한 것은 결코 잘못이 아니라고 확신했습니다.

산림청의 직원, 약제사, 교사, 군인, 부유한 상인이나 공장주의 아들들, 박사 아들까지 모두 경쟁이라도 하듯이 그녀를 좋아하고 선망의 눈길로 바라보고 있었습니다.

아름다운 살로메는 혼자 들길을 거닐기도 하고, 이곳저곳을 방문하며, 때로는 예쁜 마차를 몰고 시골길을 달리기도 하며 자유로운 시간을 즐기고 있어 접근하기에 어렵지 않았고, 그리하여 순식간에 많은 젊은이로부터 사랑의 고백을 듣게 되는 존재가 되었습니다.

한 번은 살로메가 삼촌과 사촌 여동생이 집을 비운 사이에 방문한 적이 있었는데, 정원의 벤치에 앉아 있는 내 옆에 서슴없이 앉는 것이었습니다.

정원 한구석의 작은 텃밭에는 디롤릿츠 열매와 딸기가 빨갛게 익어 있는 것을 보자, 그녀는 환호성을 지르며 구스베리 열매를 한 움큼 따서 그 크고 붉은 입 안으로 집어넣는 것이었습니다.

그때 그녀의 모습은 강렬하도록 아름다웠습니다. 곧 우리 두 사람은 이야기를 주고받았고, 결국 난 열기로 달아오른 얼굴로 그만 사랑의 고백까지 하게 되었습니다.

"아! 진심인가요."

하고 이어 다시 그녀가 말했습니다.

"나도 당신이 꼭 마음에 들어요. 그런데 그리벨을 아세요?"

"카롤 말인가요? 잘 알죠."

"그 사람, 아주 매력적이더군요. 눈이 아름답죠. 그 사람도 날 사랑한다고 했어요."

"그가 직접 그렇게 말하던가요?"

"물론이죠. 바로 어제 그랬어요. 좀 우스운 사람이에요."

그녀는 활짝 웃으면서 머리를 뒤로 젖혔는데 희게 드러난 목에 엷은 푸른빛의 정맥이 움직이는 것이 보였습니다.

순간 나는 그녀의 손을 잡고 싶은 강렬한 충동을 느꼈으나 그러지 못하고 조용히 손을 인사하듯 내밀었습니다.

그러자 그녀는 몇 개의 구스베리 열매를 내 손바닥에 위에 놓고 안녕이라는 짧은 말만 남긴 채 그만 떠나가 버렸습니다.

그 후부터 나는 그녀가 자기에게 연정을 가진 사람을 희롱하고, 그런 우리에 대해 얼마나 자만감에 가득 찬 마음으로 즐거워하고 있는가를 알게 되었습니다.

그러나 나 역시 다른 많은 젊은이와 마찬가지로 열병을 앓듯 또는 아련한 현기증과도 같은 맹목적인 애정으로 괴로워하며 낮과 밤의 순서를 잊은 채 그녀가 내 사랑을 희롱하지 않고, 또한 내 삶의 모든 것을 희생시키지 않기를 간절히 소망했습니다.

이렇듯 악몽과 같은 시간 속에서 나 자신을 불태우며 그녀의 주위를 맴돌게 되었습니다.

아직도 포도주가 남아 있습니까? 고맙습니다…… 내 생활은 질서를 잃고 젊음을 낭비하며 방황하고 있었습니다.

그해 여름뿐만 아니라, 거의 일 년 이상을 그런 상태로 나날을 보냈습니다.

그러자 그녀를 사모하는 자 중 몇 명은 지친 나머지 스스로 떠나갔고, 더러는 새로운 상대를 찾기도 했습니다.

하지만 살로메는 조금도 태도를 바꾸지 않았고, 때로는 명랑하고, 때로는 조용하고, 때로는 누구도 가까이할 수 없을 정도의 냉랭한 몸가짐으로 우리 위에 군림하고 있었습니다.

방학이 되면, 나는 열병이 재발하듯 그녀에 대한 열정에 빠져들어 방황하면서 그것을 견디어내는 데 익숙해졌습니다. 나와 같은 고민을 하는 친구는 그녀에게 사랑을 고백하는 일은 바보스러운 짓이라고 말해 주었습니다.

왜냐하면 그녀는 이 세상의 모든 남자가 자기를 사랑해 주었으면 하는 이기적인 마음을 노골적으로 이야기했기 때문입니다. 그러므로 그녀에게 조금도 동요하지 않는 몇몇 사람들에게는 온갖 교태를 부리며 접근하는 것이었습니다.

그러는 동안, 나는 튀빙겐의 학교 운동에 가담했고, 두 학기를 술집에만 드나들면서 분별없는 생활을 보내고 있었습니다.

이때 만난 친구가 한스 암슈타인이었는데, 나와 같은 나이였고, 그 역시도 학생 운동에 적극적으로 가담하고 있었습니다. 의대생으로는 그리 뛰어난 두뇌를 가지고 있지는 않았지만, 음악을 좋아하고 나와의 작은 마찰에도 불구하고 시간이 갈수록 떨어질 수 없는 사이가 되었습니다.

그해 겨울, 크리스마스 때 한스는 나를 따라 삼촌 집에 손님으로 가게 되었습니다. 그 역시 일찍 부모님을 여의었기 때문에 나와 같은 처지였습니다.

내 기대와는 달리 그는 아름다운 살로메에게 전혀 관심이 없었고, 오히려 근방의 내 사촌 여동생에게 더 많은 관심을 가진 눈치였습니다.

그는 날씬한 모습의 미남자로 음악에 대해서도 깊은 조예를 지니고 있었으며, 재치 있는 말솜씨를 구사하고 있는 무척 촉망받는 젊은이였습니다.

그래서 나는 그가 내 사촌 여동생에게 잘 보이려고 노력하는 것을 즐겁게 바라보았고, 또한 동생의 연극 같은 냉담과 두 남녀의 우스꽝스러운 싸움을 지켜보며 나 스스로는 여전히 살로메를 만날 만한 곳을 찾아 헤매는 데 열중하고 있었습니다.

부활절이 되자, 다시 우리는 삼촌 집에 갔었는데, 내가 삼촌과 함께 낚시질하며 시간을 끌고 있는 동안 내 친구는 사촌 여동생과 급속도로 가까워지고 있었습니다. 이 무렵 살로메가 자주 찾아와서 나를 열광시키고 있었습니다.

그녀는 한스와 누이동생 베르타의 관계를 외관상으로는 호의적으로 바라보는 눈치였습니다. 우리는 한데 어울려 숲속으로 산책도 하고, 낚시도 하고, 아네모네를 찾아 계곡과 초원의 들길을 쏘아 다니기도 했습니다.

그때 살로메는 나를 완전히 사로잡았고, 한편으로는 그들에게서 잠시도 눈을 떼지 않는 듯했고, 뭔가 깊이 생각하는 조롱하는 시선으로 그들을 바라보고는 내게 사랑이나 신혼의 행복 따위에 관해 아리송한 견해를 이야기하기도 했습니다.

한 번은 내가 그녀의 손을 붙잡고 재빨리 입을 맞추자, 돌연 그녀는 성난 얼굴로 쏘아보는 것이었습니다.

"당신의 손을 이리 줘요. 깨물어버릴 테니."

나는 손을 내밀었고 그녀의 크고 고른 이가 거침없이 내 손가락에 닿는 것을 느꼈습니다.

"더 세게 물까요?"

나는 바보처럼 고개를 끄덕였습니다. 순간 강한 통증과 함께 내 손에서는 피가 흐르고 있었는데도 그녀는 웃으며 나를 조롱하듯 빤히 바라보는 것이었습니다. 무척이나 아팠고 피가 계속 흘렀습니다.

우리가 다시 튀빙겐으로 돌아왔을 때, 한스는 나에게 베르타와 여름에 약혼하기로 약속했다고 감격해하면서 말했습니다. 나 역시 당연한 것으로 받아들였습니다. 사실 그들 두 사람은 잘 어울리는 한 쌍이었습니다.

새 학기를 맞이하면서 나는 편지를 여기저기 보냈고, 8월이 되자 우리는 다시 기다렸다는 듯이 달려가 삼촌과 식탁을 같이 하게 되었습니다.

한스는 삼촌하고 아직 얘기가 안 되어 있었으나, 그도 약간은 눈치를 채고 있는 것 같았고, 그래서 어떤 어려움이 있으리라고는 생각되지 않았습니다.

다시 살로메가 우리를 찾아왔고, 불안하고 날카로운 시선으로 여기저기를 살피면서 조용한 베르타에게 지나친 장난을 거는 못

된 행동을 서슴없이 행하곤 했습니다.

그녀는 조금도 호감을 보이지 않는 암슈타인에게 교태를 부리며 자기 곁에 붙잡아 두고 좋아하게끔 하려는 모습은, 어느 누가 보더라도 결코 아름다운 행동은 아니었습니다.

결국 그는 맹목적으로 한 마리의 선량한 양처럼 그녀에게 끌려갔습니다. 사실 그녀의 유혹이 그들 열정적인 기분에 휩싸이게 하지 않았다면, 아마 그것은 기적이었을 것입니다.

하지만, 그의 태도는 확고부동하여 일요일이 되자 삼촌과 정면 대좌하여 약혼식을 하려고 마음먹고 있었습니다.

그때 금발의 사촌 여동생은 예약된 신부로서의 행복감에 젖어 엷은 흥분을 감추지 못하고 있었습니다.

한스와 나는 창문이 낮은 1층의 아랫방과 윗방에서 각각 잠을 잤는데, 아침이 되면 그 창문을 통해 정원으로 나가곤 했습니다.

어느 날, 살로메가 찾아와 몇 시간을 우리와 함께 보내게 되었는데, 그때 베르타는 집안일을 돌보느라고 자리에 없었기 때문에 그녀는 나의 친구를 독차지하고는 몸이라도 내맡기듯 교태를 부리며 나를 격노케 했습니다. 결국 참다못한 나는 그들과 떨어져 거리로 혼자 나왔습니다.

이곳저곳을 돌아다니다가 저녁 무렵에 돌아와 보니 이미 그녀는 가버렸는지 보이지 않았고, 나의 불쌍한 친구는 잔뜩 이마를 찡그리고 피곤한 듯한 눈을 하고 있었습니다. 몹시 괴로워하고 있다는 것을 내가 알아차리자, 그는 머리가 아프다고 핑계를 댈 뿐 더 이상 말하려 들지 않았습니다.

'그래, 머리가 아플 거다.'

하고 나는 속으로 빈정대면서 그를 내 옆으로 끌어당기며 화가 난 음성으로 말했습니다.

"무슨 일인가? 말해 봐."

나는 아주 진지한 표정으로 물어보았습니다.

"아무것도 아냐. 그냥 너무 더워서 그래."

그는 이렇게 변명하는 것이었습니다.

그러나 나는 그의 거짓말을 용서할 수 없어서 산림소장의 딸이 어떻게 너를 미치도록 만들었느냐고 단도직입적으로 물어보았습니다.

"무슨 소리야. 아무것도 모르면 날 좀 조용히 있게 내버려 둬."

그는 비탄에 젖은 목소리로 말했습니다.

나는 그가 말하지 않아도 대략 짐작할 수 있었으며, 한편으로는 깊은 연민의 정까지 느꼈습니다.

그의 얼굴은 고통과 후회로 일그러져 있었고 매우 고민하는 빛이 역력했습니다. 나는 더 이상 그의 잘못을 탓할 수 없었으며, 살로메에 대해 알 수 없는 분노가 치밀어 올랐으나, 한편으로 패배의 쓰디쓴 절망감을 느끼지 않을 수 없었습니다.

이제 나의 깊은 연민을 내 가슴으로부터 멀리 쫓아버릴 수 있다면…… 나는 너무나 많은 시간을 살로메로 하여 방황했고 낭비하였다는 자책감에 괴로워하기도 했습니다.

나 역시 모든 처녀가 살로메보다 존경스러웠으나 그녀가 너무 아름답고 매력적이었기 때문에 어쩔 수 없이 포로가 되었던 것입니다.

또다시 번개가 치고 있습니다. 그날도 오늘과 비슷한 저녁이라고 생각됩니다. 소나기가 쏟아지는 무더위 속에서 우리 두 사람은 쓸쓸히 정자에 앉아 포도주를 말없이 마셨습니다.

어둠과 빗소리, 젊음의 갈증과 우울로 하여 찬 포도주만을 들이켰습니다. 술잔을 권하거나 들이켜는 술을 서로 만류하지도 않았습니다.

한스는 슬픔에 젖어 걱정스러운 듯 포도주잔을 응시했고, 정원의 나뭇잎은 훈훈한 바람에 흔들리며 강렬한 냄새를 풍기고 있었습니다.

어느 사이에 시간은 흘러 밤 아홉 시가 되고 열 시가 되었습니다. 아무 말 없이 우리 두 사람은 의심과 수심 어린 얼굴을 하고는 쭈그리고 앉아 큰 유리 항아리에서 포도주를 퍼내는 것과 정원에 깔린 어둠만을 바라볼 뿐이었습니다.

그리고 얼마 후에 말없이 헤어져 한스는 방문을 통해, 나는 창문을 넘어 내 방으로 갔습니다. 방안은 내 마음만큼이나 무덥고 습기로 가득 차 있었으나, 나는 셔츠 바람으로 의자에 앉아 파이프에 담배를 담아 보랏빛 연기를 피워올리면서 마음을 정리하지 못한 채 우울하게 어두운 밖을 바라보고 있었습니다.

달빛이 밝게 비칠 때였으나 하늘은 회색 구름에 덮여 있었고 멀리서 천둥소리가 들려오고 있었습니다.

무덥고 습기 찬 공기가 깔려 있어서 질식할 것 같은 밤이었습니다. 어떠한 말로도 아름다움을 묘사할 수 없는 그런 기분이었습니다. 하지만, 그 기분 나쁜 이야기를 하지 않을 수 없는 지금의 나를 이해해 주시기 바랍니다.

파이프 담뱃불을 마저 태우고 침대에 누워 쓸데없는 잡념에 잠겨 있을 때 창밖에서 인기척이 들려왔습니다. 누군가가 조심스럽게 안을 들여다보고 있었습니다. 그때 내가 왜 그대로 누워있었는지, 지금 생각해 봐도 좀 이상한 일이었습니다.

그 검은 그림자는 곧 사라져 몇 발짝 한스가 있는 방 쪽으로 가는듯싶더니 창문을 조심스럽게 두드리는 소리가 들리다가 다시 잠잠해졌습니다.

그러자 "한스 암슈타인!"하고 나직이 부르는 여자의 목소리가 들려왔습니다. 그때 난 격한 감정에 사로잡혔습니다. 그 목소리의 주인공이 다름 아닌 살로메였기 때문입니다.

난 꼼짝도 하지 않고 사냥꾼과도 같이 온 신경을 집중시켜 귀를 기울였습니다. 짐작하기조차 어려운 일이었습니다. 그러자 다시 그녀의 목소리가 분명하게 들려왔습니다.

"한스 암슈타인! 한스……."

낮은 음성이었지만, 분명하고 급한 부름이었습니다. 그때 나의 등은 땀으로 축축이 젖어 있었습니다.

그러자 친구의 방에서 기척이 나면서 그가 기다렸다는 듯이 재빠르게 창가로 달려가는 것이었습니다. 급한 속삭임이 열렬하게 아주 나지막이 들려왔습니다.

'아니 저럴 수가 있단 말인가!'

나는 괴로웠고 자리에서 일어나 소리 높이 외치고 싶었으나 그냥 누운 채로 이런 모습의 나 자신을 이상하게 생각하고 있었습니다. 보아서는 안 될 것을 본 순간 같은 두려움이, 갈증이 그리고, 포도주의 뒷맛이 날 쓸쓸하게 만들었습니다.

다시 속삭임이 들리고 곧이어 한스 암슈타인이 정원으로 나오면서 그녀와 어깨를 나란히 하고 서 있다가 두 개의 그림자가 하나로 포개지듯이 한 발짝도 움직일 수 없을 정도로 밀착된 모습이 창문 밖 어둠 속에 실루엣처럼 나의 시야를 어지럽혔습니다.

그들은 그렇게 정원을 벗어나 정자와 우물 곁을 지나쳐 문밖으로 나가 숲으로 갔습니다. 뒤이어 두 번씩이나 계속 천둥이 울려왔고, 그 불빛으로 하여 살로메의 긴장된 눈을 볼 수 있었습니다.

"이봐, 친구들…… 목이 마르면 잔을 들게나…….''

그럼, 이야기를 더 계속해야겠습니다. 한밤중에 그녀는 누워 잠든 내 친구를 불러낸 것입니다. 이제 난 그가 그녀로부터 풀려날 수 없을 것이라는 사실을 확인해야만 했습니다. 그것은 그녀가 달콤한 말과 적극적인 육체로 그를 유혹했기 때문입니다.

그러나 나는 한 가지 기대를 걸고 있었습니다. 그것은 친구 한스가 나보다 훨씬 책임감이 강하다는 사실이었습니다. 밖에서 살로메와 나눈 키스로 배반당한 사촌 동생 베르타에 대한 죄책감이 그의 마음을 아프게 했을 것입니다. 그보다는 내가 그를 심하게 책망한 것이 더욱 괴롭게 하는 중대한 책임이라고 생각되기도 했습니다.

무엇보다도 내가 사랑하는 여인이 한밤중에 내 절친한 친구와 함께 있다는 그럴듯한 연상이 머릿속을 어지럽혔습니다.

결국 나는 심한 갈증을 느낀 나머지 물을 한 모금 마시고는, 얼마 후에 내 친구가 조용히 돌아와 창문을 통해 그의 방으로 들어갈 때까지 그대로 차가운 방바닥에 누워있었다는 사실을 기억하고 있을 뿐입니다.

그가 깊은숨을 몰아쉬며 오랫동안 양말을 벗지 않은 채 방안을 왔다 갔다 하는 소리를 듣다가 깜빡 잠이 들었습니다. 밤이 얼마나 깊었는지는 기억할 수 없습니다.

나는 다음 날 아침 일찍 잠에서 깨어났습니다. 아마 새벽 5시도 안 되었을 겁니다. 나는 황급히 옷을 입고 한스가 있는 창문으로 가서 안을 들여다보니 그는 어지럽혀진 침대에 누워 깊이 잠들어 있었습니다. 이마에는 땀이 흐르고 있었고 매우 괴로운 표정을 짓고 있었습니다.

나는 곧장 밖으로 달려 나와 산지기의 아담한 집이 자리 잡은 고요한 풍경과 들판, 과수원과 밭이랑을 바라보면서 어젯밤의 일을 떠올려 보았습니다.

온통 내 머릿속은 술을 마시고 난 뒤보다 더 심한 현기증을 느꼈으나 이리저리 돌아다니는 동안 다소 마음을 가라앉힐 수 있었습니다. 마치 악몽을 꿈꾼 것처럼 조금씩 평온을 되찾고 있었습니다.

내가 다시 정원으로 돌아왔을 때, 한스는 창가에 서 있다가 나를 본 순간 황급히 방안으로 모습을 감추는 것이었습니다. 내 가슴 속에서는 다시 분노의 불길이 타오르고 있었지만, 그의 비겁한 태도가 나를 더욱 슬프게 해주었습니다.

그러나 이러한 감정은 그와 나 사이에 아무런 도움도 주지 못했습니다. 결국 내가 그를 찾아갔습니다. 그가 나를 향해 돌아섰을 때, 난 너무 놀란 나머지 소리를 지를 뻔했습니다.

그의 얼굴은 잿빛으로 어두웠고 갑자기 주름투성이로 얼룩져 있었기 때문입니다. 마치 그는 경주에 지친 말처럼 겨우 몸을 가누고 있을 뿐이었습니다.

내가 의아한 표정으로 물어보았습니다.

"한스, 왜 그래?"

"너무 더워서 잠을 제대로 못 잤을 뿐이야. 아무 일도 없어."

그러나 그는 나의 시선을 의식적으로 피했고, 그래서 나는 그가 창가에서 피했을 때와 같은 당혹감과 고통을 느꼈습니다.

나는 벽 가까이에 앉아 그를 바라보면서 말했습니다.

"이봐, 한스! 난 네가 지난밤에 누구와 함께 있었는지 알고 있어. 살로메와 무슨 일이 있었지?"

그러자 그는 고통스러운 듯 얼굴을 일그러뜨리며 나를 바라다볼 뿐이었습니다. 그의 참담한 모습은 마치 겁에 질린 들짐승 같았습니다.

"아무 말도 하지 말아. 날 이대로 조용히 있게 해줘."

"한스! 그렇게 할 수는 없어. 너와 내가 이 집에 손님으로 와 있는 이상, 베르타나 작은아버지에 대해서는 아무 얘기도 하지 않겠어. 그것보다는 우리들의 문제야. 너와 나, 살로메 우리 세 사람은 어떻게 되는 거지? 다음에도 그녀와 즐길 셈인가?"

그러자, 그는 대답 대신에 한숨과 깊은 신음을 토해낼 뿐이었습니다.

　나 역시 지금과 같은 기분으로는 어떠한 말도 할 수가 없었습니다. 적당한 시기에 다시 이야기하기로 하겠습니다.

　이런 상태에서 나는 물론 한스도 어쩔 수가 없었습니다. 나는 커피를 마시겠다는 핑계를 대고 자리를 피했고, 그는 더 자고 싶다며 나를 경계했습니다.

　그때 내 속마음은 낚싯대를 가지고 시원한 물가로 갈려고 작정하고 있었지만, 내 뜻과는 달리 어느새 산림청 직원들이 사는 사택 부근에 발길이 닿아 있었고, 길옆의 풀숲에 누워 습기를 먹음은 아침 더위를 잊고 엷은 졸음에 취해 있을 때 말발굽 소리가 요란히 들리며 아름다운 살로메가 마차의 뒤에 타고 모습을 나타냈습니다.

　그녀는 산림청 직원과 함께 숲길을 달리면서 종달새처럼 아침을 즐기고 있었습니다.

　그녀의 마차 옆에 앉아 있는 그 젊은 산림청 직원은 양산을 펼쳐서 살로메를 햇빛으로부터 보호해 주느라고 애쓰고 있었고, 그녀는 채찍을 들어 힘껏 휘두르며 활기차게 웃자, 젊은 직원은 당황한 듯 따라 웃는 것이었습니다.

　살로메는 아주 큰 밀짚모자를 모양 있게 쓰고 있었으며, 화려하나 가벼운 옷을 입고 방학을 맞은 아이들처럼 싱그럽도록 행복한 표정을 짓고 있었습니다.

　그때 나는 한스의 수심에 찬 얼굴을 떠올리고는 살로메가 슬퍼하고 있는 그의 모습을 보았더라면 알 수 없는 위안을 받을 수 있다는 막연한 생각을 가져 보기도 했습니다. 마차는 나를 지나쳐 앞쪽을 향해 빠르게 사라져버렸습니다.

나는 그만 집으로 돌아가 뉘우침과 절망감에 사로잡혀 있는 한스를 들여다보는 것이 더 좋을 것이라는 생각과 함께 두려운 마음에 마차를 따라 골짜기 쪽으로 갔습니다.

친구에 대한 동정심에서 그리고 숲속의 정적과 고요, 서늘한 그늘을 찾기 위해서라는 내 나름의 변명이었으나 사실은 아름답고 매력적인 그녀 때문이라는 것이 더 옳을 것입니다.

그러자, 정말 산모퉁이를 서서히 돌고 있는 마차가 보였고, 나는 숭어들이 뛰고 있는 시냇가에서 그녀를 만날 수 있을 거라는 기대감에 부풀어 있었습니다. 이미 오랫동안 나는 숲 그늘에 누워있었는데도 대단한 더위를 느꼈고, 마침내는 천천히 걸으면서 얼굴에 흐르는 땀을 팔뚝으로 씻었습니다.

시냇가에 다다랐을 때, 그녀가 눈에 띄지 않아서 조금은 섭섭한 마음으로 그늘에 앉아 쉬면서 머리를 차가운 물 속에 담갔습니다. 그런 후에 조심스럽게 바위 위로 해서 시냇물을 따라 내려갔습니다. 흰 물이 거품을 내며 흐르고 있었고, 나는 살로메를 찾느라고 곁눈질하다가 바위에 넘어지기도 하였습니다.

바로 그때, 살로메는 이끼 낀 통나무 뒤에 놀란 듯이 서 있었는데, 무릎까지 옷을 추켜올린 자세로 서 있는 그녀의 모습을 보고는 나 역시 놀라 한순간에 숨을 멈추고 그 자리에 우뚝 섰습니다.

그녀의 한 발은 물속의 물거품에 덮여 있었고 이끼 낀 돌을 밟고 다른 한 발은 아주 예쁘게 보였습니다.

"안녕하십니까?"

그녀는 고개를 끄덕였고, 나는 할 수 없이 그녀 옆에서 낚시질을 시작하였습니다. 사실 나는 그녀와 한마디의 이야기도 나누고 싶지 않았고 더더욱 낚시질은 관심 밖의 일이었습니다.

그러기에는 너무 지쳐 있었고 피로한 나머지 머릿속이 텅 빈 상태로 사물을 판단하기에 어려움이 있어서 잠자코 흐르는 물에 빈 낚시를 드리우고 있었습니다.

살로메가 그런 내 마음의 동요에 대해 알고 있다는 듯 은근히 즐거워하고 요염하도록 얼굴을 차갑게 한 모습을 훔쳐보면서 낚싯대는 그냥 옆에 걸쳐 놓은 채 그녀에게서 약간 떨어져 이끼로 덮여 있는 바위 위에 앉아 있었습니다.

나는 그늘에 한가로이 앉아 구름이 떠 있는 물속을 걸어 다니는 그녀를 바라보았습니다. 그러자 살로메는 멈춰서서 물을 한 움큼 나에게 뿌리고,

"나도 당신 있는 쪽으로 갈까요?"

하고 묻는 것이었습니다.

그런 다음 그녀는 양말과 구두를 재빨리 신기 시작하더니

"왜 도와주지 않죠?"

하고 다시 말했습니다.

"어울리고 싶지 않아서 그렇습니다."

하고 내가 말했습니다.

"왜죠?"

그녀는 미심쩍다는 듯이 순진한 표정을 지으면서 말했습니다.

하지만, 나는 어떤 대답을 해야 좋을지 몰라 잠시 망설였습니다. 이 순간이 나에게는 슬프도록 이상하게 느껴졌고 그녀와 함께 있다는 것조차 전혀 즐겁지 않았습니다.

살로메가 아름답게 느껴질수록, 더욱이 나에게 친절하게 대하면 대할수록 친구 한스 암슈타인과 사촌 여동생 베르타 생각이 떠오르면서 우리 모두 장난감처럼 가지고 놀다가 팽개쳐 버린 듯한, 자기만족을 위해 우리 세 사람을 마음껏 희롱하고 불행하게 만드는 그녀에 대한 분노가 끊임없이 내 가슴을 불태우고 있었습니다.

이제는 그녀에 대한 괴로움과 연민의 정, 고통 같은 것이 내 정열의 불꽃을 식혀 이 어리석은 젊음의 유희를 끝내야 할 시간이 온 것을 깨닫게 되었습니다.

"댁까지 바래다 드릴까요?"

내가 조금 냉정하게 말했습니다.

"난 조금 더 있고 싶은데, 당신은 어때요?"

그녀 웃음 띤 얼굴로 말했습니다. 그 웃음 속에는 아직도 야릇한 여운이 감돌고 있었습니다.

"아니, 가는 게 좋을 듯해서요."

"그렇다면 날 혼자 여기에 남겨두고 가시겠다는 건가요? 거기 앉아서 얘기하면 좋을 텐데요. 당신은 나와 함께 오래 있기를 좋아하시잖아요?"

"살로메 양, 오늘은 매우 친절하시군요. 하지만, 난 가야 합니다. 당신은 나보다도 상대할 남자들이 더 많이 있을 테니까요."

나는 일어서면서 조금은 냉정한 마음으로 말했습니다.

그러자 그녀는 밝은 웃음을 가득 머금고 "그럼 안녕히!"하고 즐거운 듯이 말하는 것이었습니다. 그리하여 나는 얻어맞은 듯한 기분으로 재빨리 그곳을 떠났습니다.

집으로 돌아왔을 때, 한스가 기다리고 있었다는 듯이 나를 보자 자기 방으로 데리고 가는 것이었습니다. 그가 들려주는 이야기라는 것은 모두가 명백하고 이해할 만한 내용이었지만, 나를 혼란 속으로 몰아넣었습니다.

이제 그는 사촌 여동생의 불행 따위는 문제 되지 않을 정도로 완전히 살로메에게 사로잡혀 있었습니다. 더 이상 이 집에 손님의 자격으로 머물고 있을 수 없음을 알고 오후에는 떠나야겠다고 말했습니다.

나는 모든 것을 이해할 수 있었고, 아무런 반대할 조건도 없었습니다. 다만 떠나기 전에 베르타에게 모든 것을 솔직하게 털어놓고 말해 줄 것을 약속받았습니다.

그러나 무엇보다도 중요한 일은 한스가 성격상으로 불분명한 것을 싫어하기 때문에 곧 살로메와 확실한 약속을 한 다음, 그녀의 양 아버지로부터 승낙을 받아두려고 했던 것입니다.

왜냐하면 그는 더 이상 이런 상태로 삼촌 댁을 방문할 수 없었기 때문입니다.

나는 좀 더 인내심을 갖고 기다리도록 그를 설득하였으나 아무 소용이 없었습니다.

그때 그는 너무 흥분해 있어서 무분별했고 예민한 명예심에서 더욱 그러한 것같이 느껴졌습니다. 그리 유쾌하다거나 결코 명예롭지 못한 이 복잡한 사건에서 어떻게든 승리자로 보여서 순수하지 못한 애정을 자신이나 다른 사람들에게 정당화하기 위한 행동에서 시작되었다는 추측을 나는 나중에야 알게 되었습니다.

나는 그의 기분을 바꾸어 주려고 무척 노력도 해보았습니다. 심지어는 사랑하는 살로메를 비방하면서 그에 대한 그녀의 애정은 순수한 것이 아니라, 사랑을 하나의 유회로 작은 질투에 불과하다는 것을 암시해 주었습니다.

하지만, 헛수고였습니다. 끝내 그는 내 말의 뜻을 멀리했고 함께 산림소장의 집으로 갈 것을 졸라대는 것이었습니다.

어느새 외출 준비까지 하고 있어 놀라지 않을 수 없었습니다.

그때, 나의 감정은 어떻게 표현할 수 없을 정도로 야릇한 기분을 느꼈습니다. 나도 그렇게 여러 학기 동안을 달려와 보람도 없이 사랑했던 그 처녀에게 친구의 구혼을 도와주어야만 했으니 말입니다.

물론 싸울 일도 아니었지만, 내가 양보하기로 결심하고 고통받는 만큼 친구를 도와주겠다는 결심을 하자, 다음은 조금 안정과 위로를 받을 수 있었습니다.

한스는 무슨 대항할 수 없는 악마에게 사로잡힌 듯이 정열적인 활력에 넘쳐 있었습니다.

나 역시 검은 외투를 입고 한스와 같이 산림소장의 집으로 갔습니다. 우리는 둘 다 괴로움에 사로잡혀 있었고, 정오 때라 날씨는 팽창한 공기로 무더웠고 단추를 단정히 잠근 예복 사이로 바람 한 점 들어오지 않았습니다.

　내가 맡은 일은 한스가 살로메와 단둘이 얘기할 수 있도록 산림소장 옆에 달라붙어 그의 관심을 다른 곳으로 돌릴 수 있게 하는 일이었습니다.

　하녀는 우리 두 사람을 훌륭한 거실로 안내했고, 산림소장과 살로메가 함께 들어왔습니다. 곧 나는 노인을 따라 옆방으로 가서 엽총을 구경시켜 달라고 했습니다. 그러는 사이 한스와 살로메는 단둘이 거실에 그대로 남아 있었습니다.

　산림소장은 교양이 있어 보였고 조용한 태도로 나를 친절하게 대해 주었습니다. 난 엽총에 꽤 관심이 있는 듯 자세히 관찰하는 모습을 애써 보였으나, 사실은 끊임없이 옆방에 정신을 집중하고 있었고 거기서 들려오는 것들이 이상하게 나를 흥분시켜서 마음이 편치 않았습니다.

　처음에는 조용한 속삭임이 계속되더니 갑자기 큰 소리가 들려왔는데, 나는 그것을 감추기 위해 연극을 꾸며 큰소리로 산림소장에게 말했으나, 우리 두 사람이 동시에 들을 수 있을 정도의 흥분된 한스 암슈타인의 격렬한 목소리가 고함치듯 들려와서 모든 것이 탄로가 났습니다.

　"무슨 일인가?"

하고 산림소장이 말하며 문을 힘껏 열었습니다.

　거실에는 살로메가 서성거리며 서 있다가 말했습니다.

　"아버지, 여기 암슈타인 씨가 청혼했어요. 하지만 제가 거절했더니……"

하고 그녀가 침착하게 말하는 것이었습니다.

　이미 한스는 이성을 잃은 것처럼 보였습니다.

　"넌 부끄러움도 모르는 여자란 말이야. 날 강제로 다른 사람에게서 빼앗고는…… 이제…… 뭐……?"

　그러자 산림소장은 그의 말을 도중에서 중단시키고 냉정하면서도 좀 거만스럽게 진상을 밝히라고 요구했습니다.

　그러자 한스는 잠시 침묵하고 있다가 겨우 진정하며 분노와 흥분 때문에 숨이 찬 목소리로 그동안 두 사람의 관계를 말하기 시작했으나, 곧 말의 순서가 뒤바뀌고 너무 감정에 치우친 나머지 그나마 중단되고 말았습니다. 할 수 없이 내가 나서야겠다는 생각이 들었고, 마침내 일은 완전히 망쳐버리고 말았습니다.

　나는 산림소장에게 진심으로 양해를 구하고 내가 알고 있는 두 사람의 관계를 모두 말해 주었습니다. 살로메가 먼저 내 친구를 유혹했고, 내가 밤에 목격한 사실까지 숨김없이 털어놓았습니다.

　그러자 노인은 애써 마음을 진정시키는 듯 두 눈을 감고 시종 괴로운 표정으로 듣고 있을 뿐 아무 말도 하지 않았습니다. 5분쯤 후에 우리는 다시 거실로 나왔는데, 한스만 혼자 앉아 있었습니다.

　"자네 친구로부터 우리 딸이 호의를 보였다는 별로 유쾌하지 못한 이야기를 들었네. 하지만, 살로메는 아직도 어린아이라는 걸 잊지 말게."

하고 산림소장은 애써 태연하게 말했습니다.

　"아직 아이일세. 철모르는 아이 말이야! 내일 다시 이야기하는 것이 어떻겠소?"

이렇게 말하고 그는 당당한 모습으로 우리 두 사람의 곁을 떠났고, 우리는 그만 기가 죽어 말없이 삼촌 댁으로 돌아오고 말았습니다. 돌아오는 도중 갑자기 폭우가 쏟아져 깊은 우울감에 빠져 있었는데도 불구하고 예복을 버리지 않으려고 서둘러 개처럼 빗속을 뛰어갔습니다.

점심 식사 때 삼촌은 기분이 매우 명랑해 보였으나 우리 세 젊은이는 음식을 먹는 둥 마는 둥 이야기할 기분마저 잃고 있었습니다.

베르타는 한스가 그녀에게서 소외되고 있다는 사실을 느꼈고 슬픈 시선으로 나와 그를 번갈아 보았습니다.

어색한 식사가 끝나자, 우리는 담배를 피우며 발코니에 앉아 어디서인가 들려오는 천둥소리를 듣고 있었습니다.

굵은 빗방울이 떨어질 때마다 땅에서는 폭발하듯 먼지가 일어났고, 초원과 정원은 안개로 덮였으며 젖은 공기와 풀냄새로 가득 차 있었습니다.

나는 한스와 더 이상 하고 싶은 말이 없었습니다. 아니 그와 대화를 나눌 가치를 느끼지 않았다고 하는 편이 더 옳았을 겁니다. 분노와 고통이 그에게서 혐오감을 느끼게 했고, 그를 바라보면 살로메와 그림자처럼 붙어서 정원을 떠나던 어젯밤의 일이 너무나 생생하게 떠올라서 나를 수치심으로 몰아넣었습니다.

나는 그날 밤의 모험을 야비하게 친구를 위한다는 구실로 산림소장에게 고해바친 데 대해 나 자신을 비난했고, 한 여자를 맹목적으로 사랑한 나머지 그로 하여 당하는 괴로움이 어떤 것인가를 뼈저리게 체험했습니다.

지금은 비록 내가 그 여자를 포기했고, 다시는 소유하고 싶지 않은 여자이긴 하지만 말입니다.

그때 발코니 문이 열리면서 비에 젖은 검은 형체가 들어왔습니다. 비옷을 벗자 그게 아름다운 살로메라는 것을 알고 놀라지 않을 수 없었습니다. 그녀가 무슨 말인가 하려고 하자, 나는 그녀가 방금 들어온 그 문을 통해 나와버리고 말았습니다.

거실에서 혼자 베르타가 근심에 싸여 뜨개질하고 있었습니다. 순간적으로 버림을 당한 여자에 대한 동정심에 나는 알 수 없는 분노를 느꼈습니다.

"베르타! 지금 살로메가 한스 암슈타인과 함께 있어."
하고 그녀에게 알려주었습니다.

베르타는 하던 일감을 미루어 놓자 얼굴이 창백해졌습니다. 그러자 경련이 이는 듯한 얼굴에 곧 울음을 터뜨릴 것 같았으나 그녀는 입술을 깨문 채 움직이지 않고 한 자리에 서 있었습니다.

"가봐야겠어요."
하고 분명한 어조로 말하며, 그녀는 밖으로 나갔습니다.

나는 그녀가 조금도 당황하는 빛이 없는 의연한 몸가짐으로 발코니 문을 여닫는 것을 바라보고 있었습니다. 한동안 그 자리에 선 채 발코니에서 무슨 일들이 벌어질까 상상해 보았습니다.

하지만, 내가 관여할 일이 아니라는 사실을 깨닫고 나는 곧 방으로 올라가 긴 의자 위에 누워 담배를 피우며 빗소리에 귀를 기울였습니다. 그리고는 지금 저 세 사람 사이에 어떤 일이 일어나고 있을까 상상하며 사촌 동생이 가련하다고 생각했습니다.

어느새 비는 그치고 다시 땅바닥에 메말라 가고 있었습니다. 다시 거실로 올라가 보니 베르타가 식탁을 정리하고 있었습니다.

"살로메는 갔어?"

하고 내가 물었습니다.

"네, 벌써 갔어요. 그동안 어디 있었어요?"

"잠을 잤어. 그런데 한스는 지금 어디 있지?"

"나갔어요."

"그래, 셋이서 뭘 했지:

"그 얘기라면 그만둬요."

나는 끈질기게 졸라댔고, 마침내 그녀는 얘기하지 않을 수 없었습니다.

그녀는 조용하고 나지막한 음성으로 말하면서 조금도 동요되지 않는 얼굴로 날 쳐다보는 것이었습니다. 성품이 온화한 여동생은 내가 생각한 것보다 더 용기 있었고, 우리 남자들보다도 더욱 대담하였습니다.

베르타가 발코니로 갔을 때 한스는 의기양양한 자세로 서 있는 살로메 앞에 무릎을 꿇고 있었다는 것이었습니다. 그때 베르타는 처참한 패배감을 느끼며 자제하였습니다.

결국에는 암슈타인을 일으켜 세우고 그로부터 해명을 요구했습니다. 그러자 그는 모든 것을 털어놓았고 살로메는 옆에서 재미있다는 표정으로 이따금 웃기까지 했다는 것이었습니다.

그가 이야기를 끝마쳤을 때 베르타는 어떠한 대답도 할 수 없었고, 두 사람 사이에는 어색한 침묵만이 모든 것을 대답해 주고 있었습니다. 살로메가 가려고 외투를 입을 때까지 침묵이 계속되었습니다.

"기다려요."

이윽고 베르타가 침묵을 깨며 말했습니다.

"저 여자가 당신을 유혹했으니, 이제 당신은 저 여자 거예요. 모든 것이 끝났어요."

하고 베르타가 한스에게 말했습니다.

그러자 살로메가 무엇인가 얘기하려는 듯했으나, 그녀는 흥분해 있었던 탓으로 알아듣지 못했습니다.

"무엇인가 나쁜 말이었을 거예요. 인정 없는 여자니까요."

하고 베르타가 말했습니다.

마침내 그녀가 밖으로 나가려고 문 쪽으로 다가갔을 때, 아무도 말리지 않았고 혼자 계단을 내려갔습니다. 그러자 한스는 불쌍한 베르타에게 용서를 빌었습니다.

결국 그는 오늘 떠날 것이고, 그녀는 그를 잊어야 했으며, 한스는 동생에게 자기 자신을 가치가 없는 사람이라고 말하고는 밖으로 나가버렸다는 것이었습니다.

베르타가 나에게 이런 말을 했을 때, 나는 위로의 말을 찾으려고 했으나 그녀는 반쯤 덮인 식탁 위에 엎드려 격렬히 흐느껴 우는 것이었습니다.

그녀는 더 이상 아무 말도 못 하게 했고, 나는 옆에서 그녀가 눈물을 멈추는 것을 기다리는 수밖에 없었습니다.

"가세요, 오빠도 어서 가란 말이에요."

하고 그녀가 외치듯 말해, 나는 할 수 없이 밖으로 나와버렸습니다.

한스가 저녁 식사 때도 모습을 나타내지 않고 밤에도 돌아오지 않았으나, 나는 그리 놀라지 않았습니다.

어쩌면 그는 이미 이곳을 떠났을 것이고, 가방이 그대로 있었지만, 나중에 보내 달라는 편지를 할 것이라고 대수롭지 않게 생각했습니다.

이러한 도피가 유쾌한 행동은 아니었으나 이해 못 할 것도 아니었습니다. 무엇보다도 난처한 것은 이제 내가 삼촌에게 지금까지의 괴로운 사실을 알려야 한다는 일뿐이었습니다.

하늘과 땅을 한꺼번에 무너뜨려 버릴 듯 번개가 세차게 때리고 있어 난 일찍이 방으로 올라갔습니다. 지루하고 고통스러운 하루였습니다.

다음 날 아침, 바로 집 앞에서 들려오는 떠들썩한 소리에 나는 잠에서 깨어났습니다. 아직 회색 어둠이 남아 있는 새벽 다섯 시였습니다. 초인종 소리가 빠르게 울렸습니다. 나는 황급히 바지를 입고 밖으로 뛰쳐나갔습니다.

바로 문 앞, 한스 암슈타인이 소나무 가리로 만든 들것 위에 회색 털로 된 야회복을 입은 채 누워있었습니다.

산림청 직원이 그를 발견하고 세 명의 나무꾼이 그를 들것에 들고 왔다는 것이었습니다. 물론 마을 사람들이 몇 명 더 있었습니다.

내가 더 이상 어떠한 말도 할 수가 없다는 사실을 여러분들도 이해하시기 바랍니다. 이제 나의 이야기는 모두 끝났습니다.

오늘날에는 학생의 자살 사건이 별다른 의미를 주지 못할 만큼 그 빈도가 높지만, 그 당시 우리의 젊은이들은 삶과 죽음에 대한 경의를 가지고 있었고, 그를 알고 있는 사람들은 오랫동안 잊지 않고 많은 이야기를 했습니다.

물론 나 역시 그 경솔하고 철없는 살로메를 지금까지 용서치 않고 있습니다.

그 일로 다소 충격을 받은 그녀도 많은 참회를 한 것은 사실입니다. 그 당시에는 생각이 다소 모자라는 듯싶었으나 그녀에게도 생을 진지하게 받아들여야 하는 시기가 있었습니다.

누구나 다 그렇듯 그녀 역시 결코 쉬운 인생의 길을 걷는 것은 아니었습니다. 그렇다고 노년에 들어선 것은 아니었지만.

그건 먼 훗날 또 하나의 이야기로 우리들의 기억에 남을 것입니다. 그러나 오늘은 여기서 그만 이야기를 끝내야 하는 것이 좋을 듯싶습니다.

그런 뜻에서 우리 술 한 잔을 더 유쾌히 마셨으면 합니다. 자, 그럼 어떻게 하시겠습니까?